唐诗句型结构及其源流研究

张延俊　著

WUHAN UNIVERSITY PRESS
武汉大学出版社

图书在版编目(CIP)数据

唐诗句型结构及其源流研究/张延俊著.—武汉：武汉大学出版社，2021.5
ISBN 978-7-307-22042-3

Ⅰ.唐…　Ⅱ.张…　Ⅲ.唐诗—句型—研究　Ⅳ.I207.21

中国版本图书馆 CIP 数据核字(2020)第 272987 号

责任编辑:李　琼　　责任校对:汪欣怡　　版式设计:马　佳

出版发行:武汉大学出版社　(430072　武昌　珞珈山)
(电子邮箱:cbs22@whu.edu.cn　网址:www.wdp.com.cn)
印刷:武汉邮科印务有限公司
开本:720×1000　1/16　印张:20.5　字数:304 千字　插页:1
版次:2021 年 5 月第 1 版　2021 年 5 月第 1 次印刷
ISBN 978-7-307-22042-3　定价:62.00 元

自　序

诗歌是常见文体之一，诗歌语言是常见的一种语体类型，唐诗语言是唐代汉语的宝库。句型即句子类型，是从无穷无尽的句子中归纳出来的一些固定格式，一个句型内部又可以分析出层次不一的结构形式(如动词谓语句中的无宾句、单宾句、多宾句，以及主动式、使动式、比拟式、被动式、处置式、处所式、动补式等)。本书是以唐诗句型的格局、分布、源流等为主要研究对象的，所做工作大致有以下几个方面。

第一，考察唐诗句型的整体格局。通过分析诗句内部不同成分之间和诗句之间的结构和语义关系，确定其句法类型，归纳出唐诗的整个句型体系，统计每种句型及其主要下层结构形式的使用频率。研究发现，唐诗句型丰富、完备，具备一般汉语语体句型体系的基本框架。

第二，考察唐诗不同句型在五七言、近古体中的分布。通过数量统计发现：(1)紧缩复句、含动词性宾语的双宾句(本书指旧称的“兼语句”)、主谓话旨话题句、动补式等较多地分布于七言诗，比较适用于长句。(2)被动式、比拟式、动补式等较多地分布于古体诗(动补式多见于七言古体诗)。(3)无主句、使动式等较多地分布于近体诗，但总数很少。总体看，各种体裁的分布差别不大。

第三，考察唐诗各种句型或其主要结构形式的源流。将唐诗各种句型或其主要结构形式与唐代前后文献句型或其主要形式的发展状况进行纵向比较(唐代前后文献中的情况一方面来自本书对相关文献样本的研究，另一方面来自汉语史学界以往的研究)，发现唐诗句型体系整体比较接近六朝汉语，但是也有对前代的发展，能够大致反映汉语句型发展的历史进程。

第四，在唐诗句型实际的考察过程中修正现行汉语句型体系学说中的一些不合理之处，弥补其漏洞。例如：根据话旨类型把话题句分为主谓话旨、无主话旨、复句话旨和话题句话旨的话题句等类型；根据考察到的古代汉语相关事实，在使动双宾语句“使动词+间接宾语+直接宾语”（“饮赵盾酒”）的基础上，增加“使动词+直接宾语+间接宾语”（“贡金九牧”）一类；根据分句间的语义关系且类比主谓句和文章的分类，把复句分为“叙述复句”“描写复句”和“判断复句”，并将“保留复句”作为与递进复句相对应的复句而归入“描写复句”。

总之，本书是一部立足于句型及其结构研究的唐诗学著作，是一部有关诗歌语言研究的语体学著作，是一部描述唐代汉语句型体系的句法学著作，是一部反映唐代汉语句型发展状况的汉语史著作。

目　录

第一章　前　　言

第一节　相关研究概况及本研究的意义、方法和语料

一、相关研究概况

(一)汉语句型体系研究概况

1. 创始阶段(清末—20世纪70年代)

高第丕和张儒珍《文学书官话》(1869年刊行)将句子分为"单句、双句(复句)、合句(句群)",根据宾语的语序将动词谓语句分为"顺行"(主动式)、"退行"(处置式)和"逆行"(被动式)三种,还论及了"扣起来"(连动)、"中位次"(兼语)现象。《马氏文通》把句子分为"起词-语词-止词"句和"无起词"句(无主句)。刘复(2009)把"询问句"划分为"普通询问句""特别询问句""选择询问句"。黎锦熙(1992)把复句划分为"等立复句"和"主从复句"两类,其下又分出两层若干小类。吕叔湘(1982)把"简句"划分为"叙事句""表态句""判断句""有无句"。几乎同时,王力(2011)把单句分为"叙述句""描写句""判断句"。李荣(1985)在其所编译的《北京口语语法》(赵元任,1952)中开始关注话题句,提出"(有的)主语可以从字面解释成主题"的重要看法。张志公(1953:52)在相关研究的基础上对汉语句子体系进行了全方位的整合:(1)按结构分为"主谓句、无主句","主谓

句”又分为“判断句、描写句、叙述句”；(2)按用途分为“直陈句、疑问句、祈使句、感叹句”；(3)按完整性分为“完全句、省略句”；(4)按成分次序分为“常式句、变式句”；(5)按繁简分为“单句、复句”(见图1.1)。至此，汉语句型体系初步形成。

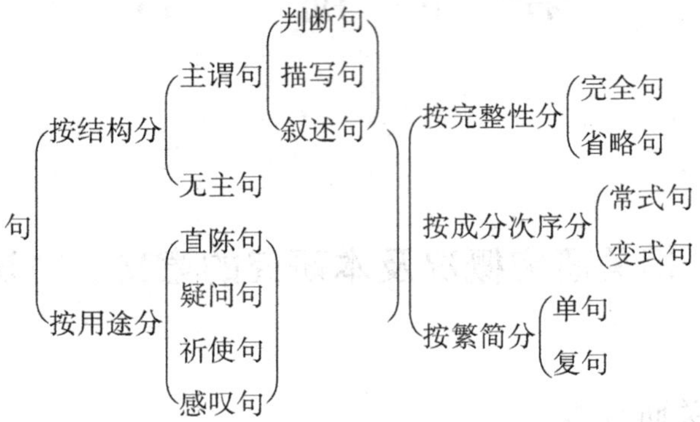

图1.1 张志公汉语句型体系示意图

2. 调整阶段(20世纪80年代—)

该阶段出现的相关专著，在基本句型的划分上往往另辟蹊径，又从成分间的语义关系、成分的数量和顺序、成分的性质、成分的语法功能、成分的语气、表达方式或具有标记作用的某个词语等方面入手，对基本句型下面的类型进行多层次的剖析。李临定(1986)根据动词数量把句型分为“单动句型”、“双动句型”(连动、兼语、助动词、动补格等)、“代表字句型”(“被”字、“得”字、“是”字等)、“其他句型”(数量语对应、形谓、主谓谓等)四类，其下又分许多小类。陈建民(1986)根据主谓语数量等把汉语句型分为“一主一谓句”(名词谓语、形容词谓语、动词谓语、主谓谓语句)、“非主谓句”、“是字句”、“一主多谓句”(连动、兼语、叙述式、描述式、交错式、动词复说式、动词连用式、关联词呼应式、并列式、主从式)、“多主谓句”(大部分为复句)五类，其下也分不少小类。申小龙(1988)采用穷尽性定量统计方法，把《左传》句子分为“施事句”(又叫“动句”，指同一个施事者管辖的动词谓语单句、复句和句群，共14381例，占句子总数的 71.71%)、"主题句"(又叫"名句"，包括描写句、判断句、存现句、主谓谓语句和部分复句，共 4146 例，占句子总数的 20.67%)和"关系句"(大多数复句，包括广义因果关系句、广义转折关系句、广义并列关系句，共 1475 例，占句子总数的 7.35%)三类，其下又分许多小类。申小龙(1989)把现代汉语句子分为"施事句、主题句、描写句、说明句、存现句、有无句、关系句"，其下又含许多次类。管燮初(1994)采用统计法，把《左传》句子分为单句(分句)和复句，其中单句(分句)共有 37926 个，带主语的 18421 个，不带主语的 19505 个；动词谓语句 35086 个，形容词谓语句 876 个，体词谓语句 1700 个，主谓结构谓语句 252 个。范晓(1998)把单句分为主谓句和非主谓句，其主谓句包括动谓句、形谓句和名谓句，动谓句内部又分单动、动宾、动补、介宾、连动、兼语等。刘月华等(2001)把句子分为主谓句和非主谓句，主谓句包括动词谓语句、形容词谓语句、主谓谓语句、名词谓语句，非主谓句包括无主句(没有主语的句子)、独语句(由名词、形容词、叹词构成)，另有"几种特殊的动词谓语句"("是"字句、"有"字句、连动句、兼语句、存现句、"把"字句、"被"字句)和"是……的"句，其"复句"部分包括联合复句(并列、承接、递进、选择复句)和偏正复句(因果、转折、条件、假设、让步、取舍、目的、时间、连锁复句)。邵敬敏(2001)的"句型系统"包括单句和复句，"单句"分为主谓句和非主谓句，"主谓句"又分为名词性谓语句、动词性谓语句和形容词性谓语句，另有"句式系统"(主谓谓语句、双宾语句、重动句、兼语谓语句、连谓谓语句、存现句、比较句、被动句、把字句、被字句、连字句、比字句、是字句、有字句)。李佐丰(2004)将古汉语单句分为六类，即"叙事句"、"说明句"、"论断句"(判断、按断句)、"有无句"(存现、领有、记异、介绍句)、"背景句"(时地主语、隶属主语、复指主语句)、"分类句"(归属、类比、名称句)。

总之，经过前修时彦一百多年的不懈努力，汉语的句型体系研究取得了不菲的成绩。同时也必须看到，现有的汉语句型研究著作数量并不多，穷尽性的句型体系描写著作很少，而穷尽性句型描写与历史比较相结合的研究著作更为罕见，同时在句型体系的归纳上仍有不少问题，分歧比较严重。

(二)唐诗语法研究概况

宋代开始，出现了一些零零星星关于唐诗句子倒装等现象的散论。如宋代王得臣《尘史(卷中)》所论：“杜子美善于用事，及常语多离析，或倒句，则语峻而体健，意亦深稳。如‘露从今夜白，月是故乡明’是也。白乐天工于对偶，寄元微之曰‘白头吟处变，青眼望中穿’，然不若杜云‘别来头并白，相见眼终青’尤佳。”①再如明代胡震亨《唐音癸签》卷四认为，“叠字为句，不过合者析之，顺者倒之，便成法”。

20 世纪四五十年代，王力(1958)《汉语诗律学》问世，该书属于语体语言学著作，虽不专门针对唐诗，但主要是以唐诗为研究材料的，该书“近体诗的语法”和“古体诗的语法”两部分，运用现代语法学的理论观察古代诗歌语法现象，介绍了“词的变性”“倒装法”“省略法”“譬喻法”“关系语”“判断句”“递系式”“使成式”“处置式”“被动式”等句型或短语形式，十分简要。王力(1989)处置式和被动式研究部分也用了一些唐诗语料。

20 世纪 70 年代，国外美籍华人高友工和梅祖麟(1989)，采用以前国内很少提及的休姆、费诺罗萨、朗格、卡西尔等国外学者的理论，挖掘唐诗名词句、倒装、使动结构、兼语结构等在文学上的特殊表达效果，总体属于文学性研究。

20 世纪 80 年代以后，在语体语言学研究方面，蒋绍愚(2008)《唐诗语言研究》一书问世，这是唐诗语言研究的专著，其“唐诗的句法”一节论述了“唐诗的句式”“唐诗的省略”“唐诗的错位”“特殊兼语式”“特殊述宾式”

① 青眼：与“白眼”相对，指眼球居中处于正视状态，能够反映对人的尊重或喜爱。“露从今夜白”等句在结构上并不相同：“别来头并白”“相见眼终青”属于“状语+主语+谓语”结构，“露从今夜白”“白头吟处变”“青眼望中穿”属于“主语+状语+谓语”结构，以上两种结构比较常见，是所谓“常式句”，即基本句型，“月是故乡明”属于话题句，是所谓“变式句”，即非基本句型。

等内容，分析得十分细致、深入，但其所关注的只是唐诗特殊的句法现象。进行过此类研究的还有李鹏飞(2010)，其对唐诗“名词语”的发展过程、类型以及诗学意义等有深入研究，认为“名词语”萌芽于上古时期，有六种类型。段曹林(2005)立足于修辞研究，认为唐诗句法的移位、省略、紧缩句、连贯句、名词句等特殊句法现象具有特殊表达效果，有对前代的继承。在汉语语法史研究领域也出现了一定数量以唐诗为语料的成果，其中刘丽川(1983)考察了王梵志诗“被”字句和“将”字句的类型、结构，钱学烈(2007)通过对《全唐诗》的调查，描绘了“把”字句在唐代的发展状况。另外，唐钰明(1988)在“唐至清被动式”研究中对李白、杜甫和白居易诗中的“被”字被动式出现次数作过统计，张赪(2002, 2010)对唐诗比较句使用情况有详细的调查、描写，蒋绍愚(1994)和吴福祥(1996)在被动式、处置式或比较句等研究部分用了一些唐诗语料。

总之，经过前修时彦立足于不同角度的辛勤劳动，有关唐诗语言的研究取得了一定的成果，但是这些研究大多来自文学、修辞和诗律研究领域，比较关注一些所谓特殊现象，不是句型体系研究。

二、本研究的意义

(1)有助于开展诗歌语体的语法研究。竺家宁(2003)说：“诗的语言仍是自然语言的延伸与规律放宽，并不是完全独立，重新塑造的新语言。它可以说是自然语言的一个‘方言变体’。”作为一种常见的语体类型，诗歌语法研究也应在语法研究中占有一席之地。目前，诗歌句型研究甚为缺乏。

(2)有助于加强汉语句型体系研究。胡裕树指出，“汉语句子类型的研究，是汉语语法研究中的一个薄弱的环节。……从建立一个科学的、完整的汉语句子网络系统的要求来看，那还是很不够的”。目前的句型体系研究数量不多，而且其研究范围局限于现代汉语和上古汉语，中间时代的汉语句型体系研究是一个短板。

(3)有助于充实汉语语法史研究。目前，汉语语法史研究还比较粗略，有关唐代汉语语法的发展状况并不十分清楚。从研究语料看，学术界公认口语性较强的唐代文献很少，且都存在这样或那样的缺陷。唐诗数量众多，在时间、地域等方面覆盖范围大，多数诗作的语言比较接近当时的日常口语，能够比较真实地反映唐代汉语句型发展的具体面貌。

(4)有助于推进唐诗语言研究。蒋绍愚(2008)指出："唐诗语言的各个方面，包括格律、词汇、句法、修辞，都有许多问题值得进一步深入研究。但就目前的情况来看，除了在唐诗词语的研究方面出现了一些高水平的研究专著以外，其他方面似乎在《汉语诗律学》以后没有出现过有影响的学术专著。"(蒋绍愚《唐诗语言研究》"前言")唐诗语言研究传统应予继承、发扬，唐诗语言研究的内容需要丰富。

三、本研究采用的方法

(1)体系描写与历史比较相结合。句型体系是由各种句型相互联系而构成的一个有结构、分层次的整体，不同的句型之间既有区别又有联系，不应孤立地研究某个句型。要知道唐诗被动式使用频率的高低，就必须同时了解唐诗主动式的使用频率。汉语语法也是有变化的，比如使动式、处所补语等的使用由多到少，句型研究要区别汉语发展的不同历史阶段。唐诗句型研究只有坚持体系描写和历史比较相结合，将唐诗中的各种句型尽收眼底，把唐诗句型赖以存在的历史背景纳入视野，才能避免"盲人摸象"和"以今律古"的毛病。

(2)以归纳为主，演绎为辅。归纳研究和演绎研究是两种不同的研究模式。物理学家杨振宁(1998：467)说："演绎法是学考试的人用的方法，归纳法是做学问用的办法。"语言学家刘复在《中国文法通论》"绪论"里也讲到，研究文法要用归纳法，不能用演绎法；要重在实证，不能依凭臆测(参看马松亭，1986：36)。本研究主要采用归纳式研究方法，从唐诗实际出发，在全面考察分析的基础上来归纳句型体系，而不是完全遵从现有句型体系，然后据此到唐诗语料中去寻找相关用例加以证明。同时也会采用演绎式研究方法，以句型体系和唐诗句法研究现有成果作为研究基础。

(3)定性与定量相结合。定性研究是基于感觉判断和语言描述形成的研究方法，定量研究是基于统计分析和数据展示形成的研究方法。本书在句型及其结构形式确认等方面采用定性研究方法，在句型及其结构的使用频率和语例分布研究等方面采用定量研究方法。

(4)多角度比较。比较方法是最基本的研究方法。以往的唐诗语言研究也采用了比较方法，但是其选择的比较基准物主要是古代散文。散文只是文体中的一种，而且是与日常语言差别较大的文体，写散文时要考虑句子是否完整，表达是否准确、严密，这是需要专门训练的。本研究除了沿用这种比较外，还采取了其他比较角度，如将其与一般口语特点进行语体比较，将其与前后不同时代文献进行纵向比较，以及在唐诗内部将古近体和五七言不同体裁语例分布状况进行比较等。

四、本研究所用语料

本书的研究对象是唐诗语言，所用的文献主要是《全唐诗(增订本)》(中华书局编辑部点校本，含彭定求等《全唐诗》、陈尚君《全唐诗补编》，横排简体，15册)。本研究主要以孙洙《唐诗三百首》为样本，必要时调查《全唐诗》全书情况。《唐诗三百首》不仅是大家熟悉、喜爱和易于理解的一部诗集，而且其编辑方法接近于分类抽样，书中包括不同时间段许多作者各类体裁的诗作，虽然李白、杜甫诗作数量偏多，但是二人处于唐代中期，对研究结论不会有根本影响。

本书依据异时性、同质性、熟悉性、口语性等标准，选择以下文献作为历时比较的主要语料："《诗经》20首"(《关雎》《卷耳》《氓》《伯兮》《黍离》《君子于役》《伐檀》《硕鼠》《蒹葭》《无衣》《月出》《七月》《东山》《采薇》《黄鸟》《节南山》《何草不黄》《载驰》《公刘》《崧高》)，《古诗十九首》，"六朝诗35首"(曹操《苦寒行》、王粲《西京乱无象》、曹丕《杂诗》、曹植《白马篇》《野田黄雀行》《种葛篇》、刘桢《亭亭山上松》、阮籍《夜中不能寐》、张华《情诗》、左思《郁郁涧底松》、张载《北芒何垒垒》、陆机《总辔登长路》、陶渊明《游斜川诗》《少无适俗韵》《种豆南山下》《结庐在人境》、谢灵运《七里濑》《登池上楼》《登江中孤屿》、鲍照《代出自蓟北门行》《代放歌行》《代东门行》、何逊《咏早梅》《酬范记室云》《与苏九德别》、吴均《答柳恽》、谢朓《入朝曲》、江淹《古离别》、刘孝绰《咏百舌诗》、张正见《从永阳王游虎丘山诗》、庾信《昭君辞应诏》《榆关断音信》《日晚荒城上》、徐陵《出自蓟北门行》、沈约《饮马长城窟》），“宋词 65 首”（李煜《春花秋月何时了》《林花谢了春红》《无言独上西楼》、范仲淹《塞下秋来风景异》、晏殊《一曲新词酒一杯》《燕子来时新社》、张先《水调数声持酒听》《龙头舴艋吴儿竞》《乍暖还轻冷》、柳永《寒蝉凄切》《对潇潇暮雨洒江天》《一枕清宵好梦》《雾敛澄江》、欧阳修《去年元夜时》《凤髻金泥带》《庭院深深深几许》、王安石《数家茅屋闲临水》、王观《送鲍浩然之浙东》、晏几道《关山魂梦长》《旧香残粉似当初》、苏轼《明月几时有》《赤壁怀古》《见说岷峨凄怆》、黄庭坚《春归何处》《江水西头隔烟树》、秦观《纤云弄巧》《雾失楼台》《漠漠轻寒》、贺铸《杨柳回塘》《疏雨池塘见》、张耒《庭户无人秋月明》《帘幕疏疏风透》、周邦彦《朝云漠漠散轻丝》《秋阴时晴渐向暝》《燎沉香》、李清照《常记溪亭日暮》《昨夜雨疏风骤》《薄雾浓云愁永昼》、岳飞《怒发冲冠》、陆游《咏梅》、张孝祥《洞庭青草》、辛弃疾《书江西造口壁》《村居》《夜行黄沙道中》《少年不识愁滋味》《去年燕子来》、陈亮《登多景楼》、姜夔《淮左名都》《空城晓角》、刘克庄《寒相催》《梅谢了》、宋自逊《自述》、吴文英《何处合成愁》《小娉婷》、周密《水仙花》《禁苑东风外》《长安独客》《琼花》《送陈君衡被召》、黄公绍《年年社日停针线》、张炎《候蛩凄断》《行行且止》《清明时节雨声哗》《别四明诸友归杭》《寄李筠房》）。此外还有司马迁《报任安书》、刘义庆《世说新语》、北魏慧觉译《贤愚经》、王梵志诗、王重民等编《敦煌变文集》、刘坚和蒋绍愚主编《近代汉语语法资料汇编》（唐五代卷、宋代卷、元代明代卷），以及《金瓶梅》《水浒传》《红楼梦》等。

第二节 汉语一般句型体系研究

汉语句型体系研究是本研究的应有之义。本书在这方面所做工作主要是“调整”和“补缺”：“调整”是对现有各种句型进行重新排列组合；“补缺”是弥补漏洞，添加一些新的句型或者结构形式。

一、对句型体系的调整

(一)提升“常式句”和“变式句”在句型体系中的层次

张志公(1953：50)说：“句子里各种成分都有一定的排列次序。比如修饰关系的仂语，总是修饰语在前，被修饰语在后；一般的主谓句里总是主语在前，谓语在后；等等。按照这种正常的次序构成的句子叫作‘常式句’。有时为了把语气加重一点，或是为了其他的目的，我们可以把句式变换一下，这就成了‘变式句’。”徐重人(1955)指出：“分析句子，最要紧的是‘明变通常’。主语在前，谓语在后，这是一般的情形，也就是所谓‘常’；但在一定条件下，主语也可以在谓语后面，这是特殊的情形，也就是所谓‘变’。我们对汉语的语言事实，因为思维‘抽象化的工作’做得不够，‘词的变化规则及用词造句的规则’的研究至今还没有可观的‘成果’。‘常’未大‘明’，‘变’亦难‘通’。”词汇学上有“基本词汇”与“一般词汇”之别，认知语义学将人类对事物的分类区别为“原型”和“边缘类型”，句型划分上也应区别“常式句”与“变式句”。现行语法著作常把“变式句”置于“单句”中介绍，其实“复句”也有常变之分，单句的“变式句”有“成分错位句”(包括话题句①以及“绝代有佳人”这样的定语前置句)和“成分省略句”等，复句的“变式句”有“紧缩复句”。总之，“常式句”和“变式句”所处的位置应是句型体系的最上层。

---

① 所谓“话题”，有人指“主语”，有人指“句首成分”，有人指主语和状语之外的名词性成分。本书采纳第三种看法。作为句法学术语的“话题”跟“主语”不同：(1)从句法上看，“话题”之后的话旨是句子(主谓句、无主句、复句或话题句)，“话题”跟话旨之间不能进行层次分析，而“主语”之后的谓语一般是动词性和形容词性成分，有时是名词性成分，“主语”跟谓语之间存在直接关系。(2)从语义上看，“话题”的话题性强，“主语”的话题性弱，施事或当事，无论有无话题性，通常情况下都要置于句首。(3)从语用上看，“话题”的出现频率低，“主语”的出现频率高。

（二）将"主谓谓语句"归入"变式句"中的"话题句"

"主谓谓语句"是主谓结构充任话旨的一种话题句，它是在"名词谓语句""动词谓语句"或"形容词谓语句"的基础上通过某成分的话题化而形成的"错位句"①，性质上属于"变式句"，与"名词谓语句"等不是并列关系。吕叔湘先生说："……又比如近来有一种议论，说汉语不是'主动宾'(SVO)型语言而是'主宾动'(SOV)类语言。这也是必得首先罗列各种句型并且确定比较的单位，然后就这些单位句型的使用频率做统计，才能下结论的。"(参看李临定，1986"序")。实际上，这种句型的使用频率相对较低。据管燮初(1994)，《左传》所谓主谓谓语句只有252例，远远少于动词谓语句(35086例)、形容词谓语句(876例)、体词谓语句(1700例)。现代汉语里也是如此，在邓小平《答意大利记者奥琳埃娜·法拉奇问》2000多字的口语作品中，"主谓谓语句"只有寥寥1例。

（三）将"有无句"分别归入"无主句"和"无主话旨话题句"

"有无句"是根据代表性动词"有、无"来划分的，在标准上跟其他类型的划分不同。这类句子，从语义上看是表示"存在"或"领有"的，但是用"存在句"(或存现句)和"领有句"来代称"有无句"又是不严密的，因为汉语表示"存在"的结构形式可以是"N_1+在+N_2"(书在桌子上)，表示"领有"的结构形式也可以是"N_1+属于+N_2"(书属于我)，而"有无句"的结构形式是"(N_1+)有/无+N_2"。"(N_1+)有/无+N_2"其实包含两种句型：一是无主句，即"有/无+N"；二是无主话旨话题句，即"话题+有/无+N"。无主句属于《马氏文通》的"无起词"句。根据《马氏文通》"同动助动"和"无属动

① 话题化的原因多种多样。话题一般来自宾语、主语和主语的定语等，有的是因为要强调表示未知信息的成分而将表示已知信息的成分提到句首，例如《左传·成公二年》"此车一人殿之"，可以强调"一人殿之"，有的是因为句子中的某个成分文字较多，不便于口语表达，便将其提到句首，例如《左传·僖公四年》"昭王南征而不复，寡人是问"，比"寡人昭王南征而不复是问"更便于口语表达。

字”中所举语例类型，“无起词”句有两类：一是动宾短语构成的，如“有人”之类的存在句；二是名词或名词短语构成的，如“雨、电、雪、大雨、蛇”之类(《马氏文通》把“雨、电、雪、大雨”看作动词欠妥)。

(四)将“兼语句”分别归入双宾句、形谓句、动补式、无主句和紧缩复句

“兼语句”是指包含 $V_1+N_1+V_2$ 结构，而 N_1 既是 V_1 的宾语又可以看做 V_2 的主语的句子。如果从局部看，“N_1+V_2”的确可以构成主谓结构，但是从整个句子看，“V_2”其实同样是受“V_1”直接管辖的，比如“请你坐”就往往说成“请坐”，只不过这种宾语是由动词性成分充当的而已。不少学者不赞同“兼语句”(或称“递系式”)的看法。史存直(1954)指出，“照递系式的解释来分析这类句子，有初系的主语又有次系的主语，有初系的谓语又有次系的谓语，自然就容易使人得到一个错误的印象，以为上述这些句子乃是两个叙述(或两个疑问)的结合”。张静(1977)提出，“兼语式”的句子中，“有的可以划归双宾语结构，有的可以划归主谓词组作宾语的动宾结构，有的可以划归复句”。李临定(1986：163)指出：“根据前边的讨论，所谓‘兼语’句，只是从语义关系上考虑的。当然也可以另换一个名称。”李运富(1994)认为，一直被视为兼语句的“请”字句(如《左传》“君请六子画”)包含四个成素——“N_1、V_1、N_2、V_2”，其中“N_2”“V_2”均为宾语(以往认为是“兼语”和“小谓语”)。至于“羽父请以师会之”之类的句子，则包含更多的成素，比前面的例子多了一个“N_3”(自己)，尽管在字面上没有出现，但是意义上是显然存在的。从结构看，这个句子也是双宾语句：一个名词性宾语，一个动词性宾语。即：

羽父(N_1)　请(V_1)　(鲁君)(N_2)　(自己)(N_3)以师会之(V_2)

(羽父向鲁君请示关于自己率领部队与宋国军队会合的事情)

邢欣(1995：192)认为，所谓兼语式可以分析为“双宾语句”，“VP_2”也可

以分析成补语。范晓(1996：490)指出："有的语法著作认为N是'兼语'('宾语兼主语')，即认为N既是V_1的宾语，又是V_2的主语。从语义关系上看，N和V_2单独拿出来可构成一个表述(主谓关系)，但那是间接成分之间的深层的隐性的语法关系；从表层的句法结构上说，'N只是V_1的宾语……不能看成V_2的主语'。"为避免因句型划分标准不统一而出现句型交叉现象，本书取消"兼语式(句)"句型的设立，将相关句子分别划归双宾语句(如"不教胡马度阴山")、紧缩复句(如"红入桃花嫩"句意为"粉红融入桃花，桃花娇嫩可爱")、形容词谓语句(如"胡风入骨冷"，"入骨冷"为状中结构)、隔开类动补式(如"石角钩衣破")、带后置定语结构的特殊无主句(如"上有黄鹂深树鸣"，"深树鸣"看作后置定语)。

(五)将"连动句"分别归入状中结构、紧缩复句和无主话旨话题句

"连动句"是指由两个或多个动词性成分组合而成的一种结构形式，句子中不同的动词性成分属于同一个主语，它们之间一般没有语音上的停顿，往往也没有字面上的区别。《文学书官话》第十章"论靠托言"写到："扣起来：有个时候，有两三个靠托言，扣起来，都靠一个为根本的。像'你去买肉吃'，'去'是靠托言，动字，靠'你'为根本，不归到什么为尽头，'买'也是靠托言，扣着'去'，同靠'你'为根本，归到'肉'为尽头，'吃'也是靠托言，动字，扣着'买'，同靠'你'为根本，不归到什么尽头。"这里所讲的就是所谓的"连动式"。但学者们对"连动式"的界定有窄有宽，甚至有不少学者主张取消"连动式"的设立，如张静(1977)和胡附、文炼(1955：139)等。外语当中也存在着类似动词连用的现象。例如英语："Come and meet our employees. Mr. Richards."(来看我们的雇员，理查兹)；"Come upstairs and see it."(来楼上看看它)；"Open the window and air the room."(打开窗子，给房间通通气)；"In the morning the president ment to the airport to welcome the delegation."(早晨，校长去机场接代表团了)。再如日语："デパートで買物をして，映画を見て，コーヒーを飲んで帰っ

た。"(在百货商店买了东西，看了电影，喝了咖啡，回家了)；"ハンカチはたたんで，ポケットに入れた。"(手帕叠好放进口袋)；"朝学長さんが代表団を出迎ぇに空港へ行った。"(早晨，校长去机场接代表团了)。在英语或日语的语法学中，似乎并无"连动式"之类的说法。有鉴于此，本书采纳取消"连动式"划分的看法，将相关句子分别划归状中结构、紧缩复句或无主话旨话题句：

A. $VP_{先}$+$VP_{后}$(如"打开门走出去")：紧缩顺承复句。

B. $VP_{方}$+VP(如"走路去上学")：状中结构。

C. VP+$VP_{目}$(如"去教室看书")①：紧缩目的复句。

D. $VP_{目}$+VP(如"游泳去了")②：紧缩目的复句。

E. $VP_{正}$+$VP_{反}$(如"一直揣在口袋里没有交出来")③：紧缩解注复句。

F. $VP_{因}$+$VP_{果}$(如"洗衣服洗累了")④：状中结构。

G. V(有/无)P+VP(如"有权表决")⑤：无主话旨话题句。

(六)将复句划分为"叙述复句""描写复句"和"判断复句"

高第丕、张儒珍《文学书官话》第二十章"论句连读"(论句和读)提到"设若的句头""转折的句头""推及的句头""志向的句头"四种复句。20世纪80年代以前，汉语复句体系基本上以"暂拟汉语教学语法系统"等规定的两大类十小类为划分标准：两大类是"联合复句"和"偏正复句"，前者包括并列、连贯(顺承)、递进、选择、解说五小类，后者包括因果、条件、

---

① "去教室"是现实行为，"看书"则未必是已经发生的行为(尚未到教室)，它是"去教室"的目的。

② "去"是现实行为，"游泳"则未必是已经发生的行为，它是"去"的目的。

③ "没有交出来"是对"一直揣在口袋里"的补充说明。此类例子又如"拽着我不放"，"不放"是对"拽着我"的补充说明。

④ 句子中心成分是"洗累"，"洗衣服"是表示原因的状语。此类例子又如"做寿做完了""看书看累了"，"做寿""看书"分别是"做完""看累"的状语。

⑤ "有权表决"不同于"有人跳河"。"有人跳河"的句首没有"话题"，属于无主句。"有权表决"的句首一定会出现或含有"他(们)"或"她(们)"这样的话题，属于无主话旨话题句。

让步、转折、目的五小类。80 年代以后有所突破。申小龙(1988)将《左传》复句分为“广义因果关系句”“广义转折关系句”“广义并列关系句”，杨伯峻、何乐士(2001)把复句分为“并列复句”“连贯复句”“偏正复句”，邢福义(2001)将复句分为“并列类复句”“因果类复句”“转折类复句”三类，邵敬敏(2007)将“连贯复句”从“广义并列复句”中抽出，归入“推理复句”。本书在对分句进行语义分析的基础上，借鉴单句和文章分类法，将复句分为“叙述复句”“描写复句”“判断复句”三类(详见表 1-1)。下面简述之：

1. 叙述复句。叙述复句与单句分类中的叙述句(又称动词谓语句，是表示动作行为或变化发展的句子)和文章分类中的记叙文(是记叙人物经历和事件发展变化过程的文体)相应，过去被称为顺承复句或连贯复句，是反映事物发展变化过程的复句，具有时间性，分句顺序比较固定。从使用频率看，叙述复句一般要高于描写复句和判断复句。

2. 描写复句。描写复句与单句分类中的描写句(或称表态句，是描写人、事、物性质和状态的句子，没有时间性，没有议论性)和文章分类中的说明文(解说事物形态、构造、性质、种类、功能、关系、成因等，不以叙事和主观论说为主的独立文体)相应，所反映的是客观对象之间的轻重、取舍、容斥等横向关系，分句之间不存在时间先后关系，不存在因果关系，顺序也比较灵活。

描写复句包括下列次类：(a)任选复句，是反映或彼或此选择关系的复句。(b)限选复句，是表示非彼即此选择关系的复句。(c)等立复句，是表示客观对象之间共存且平等相容关系的复句。(d)对立复句，是表示客观对象之间平等但不相容关系的复句。(e)递进复句，是表示客观对象之间相容但不平等(有轻重差别)关系的复句。(f)保留复句，是表示客观对象之间既不相容又不平等(有轻重差别)关系的复句，过去被归入转折复句(参看黎锦熙，1992：209-210，吕叔湘，1990：344-346)，其实是一种与递进复句关系最近的复句(详见下文)。(g)解说复句又叫解注复句或补充复句，是表示客观对象之间包含关系的复句，后一分句是对前一分句的补充说明，两个分句之间不仅是共存的，而且是包含的(前者包含后者)、有轻重之分的(前重后轻)①。列举如下：

任选复句：他或是党员，或是班长　[-包含，+选择，+平等，+相容]

限选复句：他要么是班长，要么不是班长 [-包含，+选择，+平等，-相容]

等立复句：他是党员，他也是班长　[-包含，-选择，+平等，+相容]

对立复句：他是党员，他不是班长　[-包含，-选择，+平等，-相容]

递进复句：他不仅是党员，而且是班长　[-包含，-选择，-平等，+相容]

保留复句：他不是班长，只是党员　[-包含，-选择，-平等，-相容]

解说复句：他是班长，去年任命的　[+包含，-选择，-平等，+相容]

3. 判断复句。判断复句与单句分类中的判断句(对事物之间同一、相似和因果关系作出肯定或否定判断的句子)和文章分类中的议论文(又叫说理文，剖析事物、论述事理、发表意见、提出主张的文体)相应，是一种反映事件之间因果关系的复句，具有明显的论述性，其分句之间的顺序也比较灵活。在传统复句体系中，判断复句被称为“偏正复句”，申小龙(1988)和邢福义(2003：39-42)则将其一分为二：一是广义因果复句(关系句)；二是广义转折复句(关系句)。我们认为，无论是广义因果复句还是

① 在现行语法体系中，像“‘原谅’是儒家精神，‘忘掉’是道家境界，两者都不容易”“老头儿有两个儿子，一个已经工作，一个还在读大学”之类，一般被划入解说复句或补充复句。我们将其看作句群，因为这些例子的内部都包含其他复句(“‘原谅’是儒家精神，‘忘掉’是道家境界”“一个已经工作，一个还在读大学”)。

广义转折复句，它们都是表示因果的复句(参看张延俊，2017)。

广义因果复句可从“现实与虚拟、全部与部分、肯定与否定”角度分析：

因果复句：因有人找他，所以他很高兴 [+现实原因，+肯定，+现实结果]

目的复句：有人去找他，让他高兴 [+现实原因，+肯定，+虚拟结果]

假设复句： 若有人找他，他定很高兴 [+虚拟原因，+肯定，+虚拟结果]

必要条件复句：只有去找他，他才会高兴 [+部分原因，+肯定，+虚拟结果]

充分条件复句：只要有人找他，他就很高兴 [+全部原因，+肯定，+虚拟结果]

无条件复句：有没有人找他，他都很高兴 [+全部原因，+否定，+虚拟结果]

从复句内部分句间的逻辑关系看，广义转折复句也含“原因”与“结果”。即：

转折复句：虽然有人找他，他却不高兴 [+现实原因，+否定，+现实结果]

让步复句：即使有人找他，他也不高兴 [+部分，+虚拟原因，+否定，+虚拟结果]

有趣的是，转折句和让步句与广义因果复句的假设句和无条件句形成严整对应关系：

转折复句 [+现实原因，+否定结果]

假设复句　[+虚拟原因，+肯定结果]

让步复句　[+部分，+虚拟原因，+否定结果]

无条件复句　[+全部，+虚拟原因，+否定结果]

表 1.1　汉语复句分类表

复句类型		语例	特点
叙述复句	顺承复句	他翻开课本，大声朗读起来。	时间先后关系
描写复句	任选复句	他或是党员，或是班长。	平等、选择、相容关系
	限选复句	他要么是班长，要么不是班长。	平等、选择、不相容关系
	等立复句	他是党员，他也是班长。	平等、相容、非选择关系
	对立复句	他是党员，他不是班长。	平等、不相容、非选择关系
	递进复句	他不仅是党员，而且是班长。	相容、非平等、非选择关系
	保留复句	他不是班长，只是党员。	非平等、非选择、不相容关系
	解说复句	他是班长，去年任命的。	相容、非平等、非选择关系
判断复句	因果复句	因为有人找他，所以他很高兴。	现实原因-肯定、现实结果
	目的复句	定要有人找他，以便让他高兴。	现实原因-肯定、虚拟结果
	转折复句	虽然有人找他，他也不高兴。	现实原因-否定结果
	假设复句	如果有人找他，他准会很高兴。	虚拟原因-肯定结果
	必要条件复句	只有有人找他，他才会高兴。	部分原因-肯定结果
	充分条件复句	只要有人找他，他定会很高兴。	全部原因-肯定结果
	让步复句	即使有人找他，他也不高兴。	部分、虚拟原因-否定结果
	无条件复句	无论有没人找他，他都很高兴。	全部、虚拟原因-否定结果

二、对句型体系的补缺

(一)将“保留复句”作为一种跟递进复句相对应的独立的复句类型

“保留复句”这一术语采自吕叔湘(1990：345)，例如“他很善良，只是性格有些内向”“颜色质料都好，就是价钱大些”。对于保留复句，吕叔湘(1990：344-346)认为，其“上重下轻，下句的力量只抵消上句的一部分”，与转折复句“微微有点不同”。其他语法著作也大多将其视为轻转类的“转折复句”。笔者认为，它实际上是与递进复句相对应的一种联合复句。理由如下：

第一，保留复句不是转折复句，也不是其他偏正复句。据张延俊(2017)，汉语偏正复句内部的基本关系是因果关系，所有的偏正复句都是表示因果关系的复句，如果将否定性结果改变为肯定性结果，将关联词语也作相应的改变，转折复句就会变成因果复句。上面两例不能这样改造，即：

*因为他很善良，所以他性格不内向。

*因为颜色质料都好，所以价钱低。

故它们都不是转折复句或其他偏正复句。

第二，保留复句的分句之间只有横向性，没有纵向性，不属于顺承复句。横向对应关系就是范围、程度等方面的对应关系。例如：

他很善良，只是性格有些内向。【品德——性格】

颜色质料都好，就是价钱大些。【颜色、质料——价钱】

兄弟并没有什么过人之处，不过为人率真罢了。【能力、品德——性格】

他肚子里很明白，只是嘴里说不出罢了。【内在思考能力——外在表达能力】

随你到什么地方去住，只是不能够住在这里。【这里之外的地方——这里】

什么地方都可以住，惟有这里不能够住。【这里之外的地方——这里】

都好将就，就只水喝不得。【其他生活起居——喝水】

第三，保留复句是与递进复句相对应的一种联合复句。在几种横向性的联合复句当中，不同的复句之间有关系远近之分，而其关系远近可以通过语义特征来进行观察，相同的语义特征越多，其关系也就越近（参看张延俊，2020）。保留复句与递进复句的关系最近，因为其差别仅有一处：递进复句的分句间存在“[+相容]”关系，保留复句的分句间存在“[-相容]”（相互排斥）关系。例如：

他不但没有完成承包合同规定的各项指标，而且使企业负债累累。

哥白尼地动学说不但带来了天文学革命，而且开辟了各门学科向前迈进的新时代。

前例“没有完成承包合同规定的各项指标”与“使企业负债累累”是相容的，后例“带来了天文学革命”与“开辟了各门学科向前迈进的新时代”也是相容的，所以都是递进复句。由于两种复句的差别仅在于一个是“[-相容]”，一个是“[+相容]”，故只要将“[+相容]”改为“[-相容]”，将分句顺序反转一下，递进复句就成为典型的保留复句。如上面两例变成的保留复句：

他没有使企业负债累累，只是没有完成承包合同规定的各项指标。

哥白尼的地动学说没有开辟各门学科向前迈进的新时代，只是带来了天文学革命。

需要说明的是，现行语法著作所谓的“轻转复句”中，有些语例确实属于转折复句，例如：

事情到了后头，他倒不干了。

该例的分句之间存在否定性因果关系（肯定性因果关系是“事情到了后头，

他应该继续干”)，所以属于转折复句。

(二)对话题句话旨的分类

“话旨”出自陈远骢(1955)，现多称“述题”或“说明”，是话题句中居于“话题”之后的部分。话题句中的话题一般是由宾语和主语转化而成的，比较容易分类。话旨的类型比较复杂，过去缺乏分类研究。本书将其划分为“主谓句充任的话旨”“无主句充任的话旨”“复句充任的话旨”“话题句充任的话旨”等几类：

第一，主谓句充任的话旨。此类用例最多，例如“这事阿Q后来才知道”“我饭做好了”“他个子高”。

第二，复句充任的话旨。由常规复句充任话旨的话题句，例如“这个人啊，头脑简单，四肢发达”“金山取了笔记本，走了”，过去被作为一般复句看待，其实它跟一般复句不同。由紧缩复句充任话旨的话题句，例如“这瓜吃起来很甜”。唐诗中也有一些以常规复句或紧缩复句为话旨的话题句，但是本书还是沿用过去做法将其看作常规复句或紧缩复句。

第三，话题句充任的话旨。例如“小张，那件事，我认为办不了”。再如《论语·公冶长》“求也，千室之邑，百乘之家，可使为之宰也”(“可派冉有做千室之邑与百乘之家的宰臣”)、“由也，千乘之国，可使治其赋也”。也有学者将其视为“多话题”的话题句(参看张延俊，2018)。

第四，无主句充任的话旨。无主句充任话旨的话题句，涵盖了多种在学术界争议极大而一直没有定论的句子。这类句子的话旨可细分为以下各类：

(1)“其他动词(+N)”。例如“电脑没了”，它是在无主句的基础上通过宾语“电脑”的话题化而形成的无主话旨话题句。又如“他有电脑”“老赵少(丢失)了钱包”“王冕死了父亲”等，都是“话题+无主句”结构，“少”“死”跟“无”的意义相近。“王冕死了父亲”的句型归属问题曾引起学界长期争议，如曹伯韩(1956)认为此句是描写句，郭继懋(1990)称为“领主属宾句”，等等。

（2）“其他动词+N”。例如《诗经·小雅·鼓钟》“笙磬同音”，桓谭《新论》“车挂毂，民摩肩”（《太平御览》卷七七六引），刘孝标《广绝交论》“彯组①云台者摩肩，趍②走丹墀者叠迹”，“同音”“挂毂”“摩肩”“叠迹”均属“其他动词+N”的结构。

（3）“形容词定语+N”。例如《尚书·汤誓》“有夏多罪”，《韩非子·饬令》“民少言”，《古诗十九首》之十二“燕赵多佳人”，杜甫《哀王孙》“朔方健儿好身手”，现代汉语“这个人急性子”。这类句子，吕叔湘（1982：55）归入“表态句”（描写句），赵元任（1979：55）和洪心衡（1956：14）归入“名词谓语句”，丁声树（1961：22）和朱德熙（1982：102-103）归入“体词谓语句”，王建军（2003：187）认为这类句子属于“叙述性存在句”。

（4）“数量词定语+N”。例如《吕氏春秋·季夏纪·明理》“雄鸡五足”，韩愈《调张籍》“光炎万丈长”，王感化《奉元宗命咏苑中白野鹊》“上林琼树一枝高”，现代汉语“老赵两个孩子”“代表们一片笑声”“这棵白菜两斤重”（“长”“高”“重”是名词）。

（5）“名词/代词性定语+N”。例如《尚书·顾命》“王麻冕”（意为“君主拥有麻冕”），汪曾祺《皮凤三楦房子》“（他）虎背熊腰”，《古诗十九首》“虚名复何益”，现代汉语“你什么感觉”。

（6）“动词性定语+N”。例如《论衡》卷十六“虞舜重瞳，王莽亦重瞳”，杜甫《韦讽录事宅观曹将军画马图》“昔日太宗拳毛騧”（当年太宗拥有毛发卷曲的騧马），杜甫《西山》“辩士安边策，元戎决胜威”（辩士有安定边疆的计策，将军有决定胜利之威风），杜甫《秋兴》“香稻啄余鹦鹉粒，碧梧栖老凤凰枝”（香稻有被鹦鹉啄余之粒，碧梧有让凤凰栖老之枝），孙奕《履斋示儿编·事同》“晋文骈胁，张仪亦骈胁”。

（7）“‘是’字结构定语+N”。例如“他是美国的太太”“你是什么看法”“他是学校发的工资”“我是昨儿去看的戏”“我是昨天买的票”。此类无主

① 彯（piāo）组：飘动着佩印绶带的官员。
② 趍：同“趋”。

话旨话题句可转换为主谓话旨话题句，“他是美国的太太”对应的主谓话旨话题句是：

他〒 太太‖是美国的。①

“月是故乡(的)明”“媳妇是别人的好”“成绩还是哥哥的好”也可划归此类。“月是故乡(的)明”对应的主谓话旨话题句是：

月〒 明‖是故乡(的)。

赵元任(1979：153)认为，“我是昨儿去看的戏”是由“我是昨儿去看戏的”稍加变化而成，属于带有强调语气的叙述句。朱德熙(1980：125；145-146)把“我是昨天买的票”视为一个完整的判断句，句中“是昨天买的票”本身又是一个“主语后置的主谓句”。沈家煊(2008)主张“移情说”，认为在“她是去年生的孩子”中，语言表达者将“她”跟“生的孩子”等同起来，“表达的是一种主观认同的移情义”，是判断句。李秀明(2011)主张“语用说”，认为在口语互动语体中，为了保持话题一致性，不会说“他的工资是学校发的”，而是说“他是学校发的工资”，在字面上是判断句。我们认为，叙述句一定含有动词，但是含有动词的句子不一定是叙述句，这要看动词在谓语中是否充任主要成分，在“是昨儿去看的戏”和“是昨儿去看戏的”中，“去看”都不是谓语中的主要成分。判断句一般表示主语事物和谓语事物之间的同一关系(如“她是你的亲妈妈”)、相似关系(如“她是夜明珠”)、因果关系(如“这次输球是训练不够”)、“隶属者-领有者”关系(如“弟弟是中学生”)，而“他是去年生的孩子”等语例中却并不存在这些关系，也不是判断句。需要说明，“他是付的美金”“他是学的法语”等带“(是)‘的’字结构”的句子与表示领有的“有”字句并不属于同一类，它们不能变换为相应

① “〒”表示话题，“‖”表示主语。

的话题句：*“他美金是付的”；*“他法语是学的”。

(8)“‘是’字结构定语+‘的’字结构”。例如“钢铁是怎样炼成的”“我是昨儿去看戏的”。此类无主话旨话题句同样可以转换为主谓话旨话题句：

钢铁╤　炼成的(方式)‖是怎样(的)。
我╤　去看戏的(时间)‖是昨儿。

也就是说，无主话旨可分两大类：一是动词性成分充当的；二是名词性成分充当的。

第二章　被动式、使动式、意动式和比拟式

第一节　被动式

对于唐代及其前后相邻时代的被动式，刘世儒(1956；1963)的研究较早，其通过对《世说新语》等中古及上古文献的研究指出，“被”字式至迟在六朝时代已经产生了，他认为张廷彦、田中庆太郎《官话文法》和宫锦舒《支那语文典》提出汉语被动式只是“用于凶事”的说法是不合事实的。此后有张涤修(1984)的《世说新语》被动式研究，柳士镇(1985)的《百喻经》被动式研究，唐钰明(1987)对六朝时期多份文献被动式用例的调查统计，曹小云(1990)的《朝野佥载》被字句研究，吴福祥(1996)的《敦煌变文集》被动式研究，萧红(2008)的《洛阳伽蓝记》被动句研究，何亚南(2004)的《三国志》和裴注被动句研究，王东(2004)和张延俊(2005)的《水经注》被动式研究，胡萍(2007)的《太平经》被动式研究，程亚恒(2012)的《魏书》被动句研究，等等。

学者甚至将研究的触角伸到了唐诗语言。王力(1958：269-270；495-496)认为，“新兴的被动式是用‘被’字表示的……唐诗中已经常常用它”，“为”字句是“古体诗中常见，而近体诗中罕见者”，“被”字句是“古体诗中罕见或不宜有者”。太田辰夫(1987：229)认为，“被动的‘教’从唐代开始用”，如“只教桃李占年芳”“莫教人笑汝”等。蒋绍愚(2003：214-218)认

为，“在唐代，‘教’由表使役发展为表被动，在开始时也是理解为使役和理解为被动两可的”。江蓝生(2000：230)认为，“到了唐代以后，‘与’表被动的用法就很常见了”(如寒山诗“诚堪与人笑”，王梵志诗“鬼识人与料”)。① 尤其是出现了定量研究，如刘丽川(1983)的王梵志诗被动式研究，唐钰明(1988)对李白、杜甫和白居易诗被动式语例的统计。以上研究表明，从东汉到晚唐五代，汉语被动式类型丰富，前期主要是“为”字式和“见”字式，后期主要是“被”字式，还有一些新生类型。

《唐诗三百首》被动式有55例，涉及无标记被动式(23例)、“于”字句的省略式(13例)、“见”字式(1例)、“为”字式(4例)、“所”字式(2例)、“被”字式(4例)、“遭”字式(2例)、“得”字式(2例)、“承”字式(1例)、“蒙”字式(1例)、“教”字式(1例)、“因”字式(1例)等类型。

一、无标记被动式

(一)无标记被动式静态考察

有23例，占被动式总数的42%，五古4例，七古8例，五律8例，七律3例。例如：

(1)可以荐佳客。(可被进献给嘉宾。张九龄《感遇》)(2)将老身反累。(你到年老时反被牵连。杜甫《梦李白》)(3)吾谋适不用。(只是我们的意见暂未被采纳。王维《送綦毋潜落第还乡》)(4)真源了无取。(佛经真谛世人并无领悟。柳宗元《晨诣超师院读禅经》)(5)四郊秋叶惊摵摵。(秋风中四郊的树叶被惊得摵摵作响。李颀《听董大弹胡

① 鬼识人与料：鬼精明则人被捉弄。《全唐诗》“与”字被动式，例如：张九龄《巡按自漓水南行》“心与清晖涤”，张籍《赠太常王建藤杖笋鞋》“称与诗人用”，汪遵《陈宫》“至今犹与酒家吹”，皮日休《奉和鲁望寄南阳广文次韵》“金液初开与鹤尝”，周朴《福州开元寺塔》“不与蒙蒙白雾迷”，王贞白《送马明府归山》“不与白云疏”，曹松《吊李翰林》“逸名犹与万方传”，温庭筠《和沈参军招友生观芙蓉池》“独与鸥鸟知”，方干《献王大夫》“高情不与俗人知”。《唐诗三百首》未见该式。

笳声兼寄语弄房给事》)(6)开元之中常引见。(他在开元年间常被引见。杜甫《丹青引赠曹霸将军》)(7)万里禽兽皆遮罗。(四方禽兽都被网罗。韩愈《石鼓歌》)(8)判司卑官不堪说。(判司卑官不值得言说。韩愈《八月十五夜赠张功曹》)(9)一朝选在君王侧。(有朝一日，被选在皇帝身边做妃嫔。白居易《长恨歌》)(10)姊妹弟兄皆列土。(兄弟姊妹都受奖获封。白居易《长恨歌》)(11)年年战骨埋荒外。(年年战死的尸骨都被埋在蛮荒之地。李颀《古从军行》)(12)钟鼓馔玉不足贵。(钟鼓馔玉不值得看重。李白《将进酒》)(13)不堪盈手赠。(月亮不能够被满手相赠。张九龄《望月怀远》)(14)遥隔楚云端。(被远远地阻隔在楚地云端之外。孟浩然《早寒江上有怀》)(15)白头搔更短。(白发被抓挠得更短。杜甫《春望》)(16)吴楚东南坼。(吴楚在东南方被拆分开来。杜甫《登岳阳楼》)(17)竹怜新雨后。(翠竹在新雨之后最值得被怜惜。钱起《谷口书斋寄杨补阙》)(18)山爱夕阳时。(山峰在夕阳之下最值得被爱。钱起《谷口书斋寄杨补阙》)(19)乡书不可寄。(家书无法被寄达。韦庄《章台夜思》)(20)旧好隔良缘。(旧友被阻隔了良缘。李商隐《风雨》)(21)玉珰缄札①何由达。(玉珰信札如何被送达。李商隐《春雨》)(22)扇裁月魄羞难掩。(在团扇遮蔽出的月形阴影中，羞色难掩。李商隐《无题》)(23)斑骓只系垂杨岸。(斑骓只被系在垂杨岸边。李商隐《无题》)

这些无标记被动式的谓语绝大多数是单音动词，但都带有状语或补语。

(二)无标记被动式溯源探流

无标记被动式产生最早。在抽检的《诗经》《古诗十九首》和六朝诗中，它也是例数最多的被动式类型(9 例)，占被动式总数的 60%。例如“《诗经》20 首”有“国既卒斩”“止基乃理”，《古诗十九首》有“会面安可知”“空

① 玉珰缄札：玉制的耳饰和书信。

床难独守”“欢乐难具陈”“此物何足贵”“锦衾遗洛浦”，“六朝诗35首”有“芜秽不复扫”“颓陇并垦发”。“宋词65首”中较少，仅周密《长安独客》“琼壶暗缺”(“缺”用为及物动词，“敲缺”义)。《朝野佥载》约有170例，远远超过有标志被动式(约100例)。

无标记被动式带状语、补语和宾语等附加成分的情况早在上古时期就有不少，后代更为常见。例如：《甲骨文合集》33240“来岁大邑受禾”(来年大邑会被给予好庄稼吗)，《麦鼎》“麦赐赤金”(麦被赏赐红铜)，《诗经·鹤鸣》“它山之石，可以攻玉”(它山上的石头可被用来加工玉器)，《贤簋》“公叔初见于卫”(公叔初次被任命到卫地)，《甲骨文合集》31182“豚暨羊皆用”(意为“豚和羊都应该被使用吗”)，《甲骨文合集》641“今来岁我不其受年”(今明两年我难道不会被给予好年成吗)，《师匣簋》“女敏可使”(你为人聪慧敏捷可被任用)。

二、“于”“见”字被动式

(一)“于”“见”字被动式静态考察

《唐诗三百首》“于”字被动式全部为省略式，即省略“于”字之后形成的格式，有13例，语例数量仅次于无标记被动式，其中五古4例，七古4例，五律3例，七绝1例，七律1例。例如：

(1)感子故意长。(被您的深厚友情所感动。杜甫《赠卫八处士》)(2)明日隔山岳。(明日又要被山岳阻隔。杜甫《赠卫八处士》)(3)杨柳散和风。(杨柳被和风吹散。韦应物《东郊》)(4)尔辈苦无恃。(你们被丧母无依靠所苦。韦应物《送杨氏女》)(5)星宫之君醉琼浆。(星宫之君被琼浆所醉。杜甫《寄韩谏议》)(6)美人胡为隔秋水。(美人为何被秋水所隔。杜甫《寄韩谏议》)(7)美人娟娟隔秋水。(美人姿态柔美地被秋水隔着。杜甫《寄韩谏议》)(8)为感君王辗转思。(因为被君王辗转之思所感动。白居易《长恨歌》)(9)城阙辅三秦。(城阙被三秦大地护卫着。王勃《送杜少府之任蜀州》)(10)客心洗流水。(客心被流水清洗。李白《听蜀僧浚弹琴》)(11)几度隔山川。(多少次被山川阻隔。司空曙《云阳馆与韩绅宿别》)(12)隐隐飞桥隔野烟。(飞桥隐隐地被野烟遮挡。张旭《桃花溪》)(13)紫泉宫殿锁烟霞。(紫泉宫殿被烟霞封锁。李商隐《隋宫》)

例中谓语动词“隔”出现5次，“感”出现2次。这两个动词，是中古时期“于”字省略被动式中的常客。

“见”字被动式仅有1例，出自五古，即：

此州独见全。(此州独独被保全。元结《贼退示官吏》)

《全唐诗》另有“求名迹易见”“书池幸见临”“清猿坐见伤”“石渠忽见践”“世人将见欺”“心贞徒见赏”等，也不多。

(二)“于”“见”字被动式溯源探流

远古和上古时期，省略介词“于”的“于”字式只是偶有所见，东汉之后日渐增多。例如张秉权《殷墟文字丙编》69“吏其𢦏方”，《颂壶》“允臣天子”，《左传·文公十八年》“舜臣尧”，《三国志·魏志·三少帝纪》“解杨执楚”，《世说新语·任诞》“少苦执鞭”，北魏慧觉译《贤愚经·降六师品》“心没忧海”。据程亚恒(2012：41-42)，《魏书》35例“于”字式中有10例是省略式，例如“疾群小”(被群小所妒忌)、“事皆决跋兄弟”(事情都由冯跋兄弟来决定)等。据张延俊(2005)，《水经注》中的“于”字式全是省略式(13例)①，如“县苦楚难”“感考叔之言”“阻此水”等。《朝野佥载》7例“于”字式也都是省略式，例如“旌阳没水”“百姓苦之”。“《诗经》20首”有

① 其中有3例是与“见”字式和“遇”字式的套用式，如“见馈(于)亭长妻”，“遇辱(于)窦门”。

1 例完整式("……闻于四国")，"六朝诗 35 首"有 1 例省略式("感彼雍门言")，"宋词 65 首"中 4 例都是省略式("吹开一夜风""江水西头隔烟树""易醉扶头酒""岸鯊冲波")。

"见"字式萌芽于商周时期，春秋至魏晋时期获得了巨大发展，南北朝以后进入衰退期。例如《搜神记》第十一卷"婢使数见捶挞"，《世说新语·术解》"甚见爱重"，《水经注》第二十五卷"后见侵削"，《颜氏家训·涉务》"故多见委使"，《朝野佥载》卷二"今见推勘"。在《太平经》《三国志》(包括裴注)被动式语例中，该式分别占 56%和 38%(参看胡萍，2007；何亚南，2004)，在《洛阳伽蓝记》《百喻经》《敦煌变文集》中，该式所占比例极低(参看萧红，2008；柳士镇，1985；吴福祥，1996；唐钰明，1988)。"六朝诗 35 首"出现 2 例("白首不见招""珍宝见剽虏")。

三、"为""所""被"字被动式

(一)"为""所""被"字被动式静态考察

"为"字被动式有 4 例，全部出自古体诗，七古、五古各 2 例。即：

(1)树木犹为人爱惜。(古柏至今仍被人们爱护珍惜着。杜甫《古柏行》)(2)岂必局束为人鞿①。(何必小心翼翼受人约束。韩愈《山石》)(3)幼为长所育。(妹妹被姐姐所养育。韦应物《送杨氏女》)(4)久为簪组②累。(久被官服所累。柳宗元《溪居》)

这些例子，有的是"为 AV"式(A 表示施事，下同)，有的是"为 A 所 V"式，有的是"为 V"式。《全唐诗》另有"非是为年催""果为物外牵""兹为世网牵""曾为人所羡""今年春色早，应为剪刀催""徒为卞和识""坐为波浪

① 鞿(jī)：马笼头；束缚。
② 簪组：冠簪和冠带。

冲”“勿为尘所欺”“独为尧所尊”。

“所”字式以“所 V”作谓语，又称“所 V”式。有 2 例，出自七古、五古：

(1)周南留滞古所惜。(在周南留滞自古被人们所痛惜。杜甫《寄韩谏议》)(2)妄迹世所逐。(荒诞之事却为世人所追逐。柳宗元《晨诣超师院读禅经》)

《全唐诗》另有“衰废时所薄”“大隐德所薄”“道术君所笃”“文章世所稀”“古来容光人所羡”“故人昔所尚”“家声众所归”“高僧代所稀”“腥臊讵所希”“舍之世所贤”等，不多。

“被”字被动式有 4 例，七古 3 例，五律 1 例：

(1)闻道玉门犹被遮。(听说玉门关还被关闭着。李颀《古从军行》)(2)被驱不异犬与鸡。(被驱赶得跟犬与鸡无异。杜甫《兵车行》)(3)妆成每被秋娘妒。(妆成之后常常被秋娘嫉妒。白居易《琵琶行》)(4)早被婵娟误。(早年我被容貌美丽所误，落入宫中。杜荀鹤《春宫怨》)

从《全唐诗》的情况看，“被 AV”式和“被 V”式都有不少，“被 AV”式较多。“被 AV”式如“已被春风吹”“偶被世人知”“终被狼虎灭”“久被浮名系”“看著被风吹”“南禽多被北禽欺”“憔悴被人欺”“羞被夭桃笑”“一朝被马踏”“纵被微云掩”。“被 V”式如“兄弟印绶皆被夺”“功勋多被黜”“隋珠枉被弹”“海内被吞食”“闻道松州已被围”“犹被赏时鱼”。刘丽川(1983)指出：“初唐，王梵志白话诗中‘被’字句已代替了‘为……所……’式……这时的被字句仍然可以不带施事，如‘被骂必纵饶’，但出现得多一些的是带施事的‘被’字句，如‘啾唧被人言’。整个唐代仍是这种情况。”

(二)“为”“所”“被”字被动式溯源探流

先秦时期，“为”字式的占比远低于“于”字式。汉魏六朝时期获得迅速发展，成为最重要的有标记被动式类型(参看柳士镇，1985；唐钰明，1987；萧红，2008；何亚南，2004；张延俊，2005；胡萍，2007；王玉红，2010)。隋唐以后，口语性作品中的“为”字式逐渐减少。据唐钰明(1988)和吴福祥(1996)，在部分唐诗、禅宗语录和《敦煌变文集》中，“为”字式语例少于“被”字式。《朝野佥载》“为”字式约有18例，少于“被”字式(24例，数据来自曹小云，1990)。在笔者抽检的唐代前后诗歌文献中，仅《古诗十九首》出现2例(《驱车上东门》“多为药所误”和《生年不满百》“但为后世嗤”)。

“所”字式在上古已有用例，魏晋南北朝时期增多。例如《淮南子·说林训》“明所蔽”，西晋竺法护译《生经》“多所窃取”。据胡萍(2007)，《太平经》“所”字式有12例，占被动式语例总数的3%。据张延俊(2005)，《水经注》中有“铜翁仲所没处”(第四卷)、“惟司徒滂、蜀郡太守腾、博平令光碑字所存”(第二十三卷)等用例。

“被”字式萌芽于上古时期，东汉以后趋于成熟，出现“被AV”等形式，魏晋南北朝以后迅速发展，逐渐超越“于”字和“见”字式，紧逼“为”字式，到唐代成为主要类型。袁宾(1989)指出：“九至十世纪不同地域口语中的被字句有些差异：在‘被’字引入主动者这一点上，长江流域口语的进展要比西北口语快一些……九至十世纪口语里的被字句，‘被ZV’式(引者按，此处Z指施事)已占有多数。”据唐钰明(1988)和吴福祥(1996)，唐代的“被”字式数量多于“为”字式，“被AV”式超过了“被V”式。据曹小云(1990)，《朝野佥载》“被”字式(24例)也多于“为”字式(18例)，“被AV”式占67%，高于“被V”式。“宋词65首”中“被”字式是唯一有标被动式(如贺铸《杨柳回塘》“无端却被秋风误”，张炎《寄李筠房》“几被暮云遮”)。

四、“遭”“得”“承”“蒙”字被动式

(一)“遭”“得”“承”“蒙”字被动式静态考察

“遭”字式有2例，七古和五古各有1例：

(1)途穷反遭俗眼白。(途穷的时候反被俗眼所鄙视。杜甫《丹青引赠曹霸将军》)(2)兄弟遭杀戮。(兄弟被杀戮。杜甫《佳人》)

《全唐诗》另有“何言中路遭弃捐”“俄遭霜露侵”“翻遭蝼蚁噬”“末路遭谗毁”“久遭诗酒污”等。

“得”字式有2例，七绝和五绝各有1例，即：

(1)常得君王带笑看。(常被君王面带微笑地看着。李白《清平调》)(2)欲得周郎顾。(希望被周郎青睐。李端《听筝》)

《全唐诗》另有“缘憨却得君王惜”“喜得廊庙举”“绿珠犹得石崇怜”“字得神明保”“喜得惠风洒”“偏得浑家怜”等。

“承”字式只有1例，出自七绝，即：

平阳歌舞新承宠。(平阳公主的歌女刚被武帝宠幸。王昌龄《春宫曲》)

《全唐诗》另有“揆予谬承奖”“女弟新承宠”“何幸承眄睐”“愿承甘露润”“只承简书命”“望阙未承丹凤诏”“复承天所赐”等。

“蒙”字式只有1例，出自七古，即：

忆昔初蒙征。(想起当年被皇上征召为国子监。韩愈《石鼓歌》)

《全唐诗》另有“幸蒙真僧顾”“但蒙魏侯重”“倘蒙罗袖拂”“谬蒙君子录”“书奏蒙省察”“赖蒙瑶华赠”“虚蒙清露沾”“五株蒙远赐”“曾蒙丹凤借枝柯”“忽蒙张翁呵”“蒙分一丸药”“诗律蒙亲授”“昔蒙兴化池头送”“近日蒙呼作隐人”等。

(二)“遭”“得”“承”“蒙”字被动式溯源探流

“遭”字式出自上古时期，魏晋南北朝时期渐多，近古时期数量最多。例如《史记·龟策传》“今龟使来抵网，而遭渔者得之”，《汉书·翟方进传》“予遭天役”，《搜神后记》第十卷“后郏城遭石季龙攻陷”，《后汉书·卢芳传》“社稷遭王莽废绝”，《朝野佥载》“韦氏遭则天废庐陵”。

“得”字式也出自上古时期，魏晋南北朝以后多见。例如《左传·闵公元年》“太子不得立矣”，《史记·秦始皇本纪》“狱吏得亲幸”，《汉书·项籍传》“事成犹得封侯”，《世说新语·赏誉》“未得用”，《水经注》第三十七卷“傍侧之田皆得浇灌”，《朝野佥载》卷六“鹏举得释”。

“承”字式出现很早，只是用例较少。例如《左传·襄公二十七年》“承君命”，《孟子·梁惠王上》“寡人愿安承教”。

“蒙”字式始见于上古时期，中古时期以后常见。例如《史记·西南夷传》“蒙厚赐”，《汉书·王嘉传》“先帝不独蒙其讥”，《后汉书·岑彭传》“彭幸蒙司徒公所见全济”，《世说新语·德行》“豫蒙眷接”，《水经注》第二十九卷“蒙除东荆州刺史”，《朝野佥载》补辑“蒙宠遇”①。

五、“教”“因”字被动式

(一)“教”字被动式静态考察和溯源探流

“教”字式只有1例，出自七律：

① 除“遭”“蒙”“得”字式外，《朝野佥载》中还有“受”字式，例如“受默啜封为汉可汗”“受贼辱”“受戮”“受委”“受嘱求”“受行杖”“受封”等。

更教明月照流黄。(更被明月照着流黄。沈佺期《独不见》)

《全唐诗》另有“未教游妓折”“若教靖节见”“若教泥污更伤心”“回无斜影教僧踏”等。

“教”字句可能萌芽于中古时期，一般用于口语性较强的诗歌作品中。徐摛《赋得帘尘诗》有“恒教罗袖拂，不分秋风吹”(常被罗袖拂，不被秋风吹)句，徐摛是南朝梁代作家，“属文好为新变，不拘旧体”(《梁书·徐摛传》语)。

(二)“因”字被动式静态考察和溯源探流

“因”字被动式只有1例，出自七古：

兴因庐山发。(诗兴被庐山所触发。李白《庐山谣寄卢侍御虚舟》)

《全唐诗》另有“林与西山重，云因北风卷”“君因风送入青云，我被人驱向鸭群”“眼昏久被书料理，肺渴多因酒损伤”“远被登楼识，潜因倒影窥”“名因天下闻，传者入歌声”“却羡浮云与飞鸟，因风吹去又吹还”“半夜腊因风卷去，五更春被角吹来”“未因丞相庇，难得脱朝衣”“幸念翅因风雨困，岂教身陷稻粱肥”“空被秋风吹病毛，无因濯浪刷洪涛”“畹兰未必因香折，湖象多应为齿焚”“海上春耕因乱废，年来冬荐得官迟”“终期道向希夷得，未省心因宠辱惊”“炉为窗明僧偶坐，松因雪折鸟惊啼”“半生因酒废，大国几时宁”“潜被燕惊还散乱，偶因人逐入帘帏”“二乱岂由明主用，五危终被佞臣弹”“因循每被时流诮，奋发须由国士怜”“门缘御史塞，厅被校书侵”“讵以天地累，宁为宠辱惊”等。

该式多用于唐诗，敦煌变文中也有个别用例，如无名氏《维摩诘经讲经文》“我三途不出，皆因贪爱所迷”。“因、缘、由”等本是表示原因的连词，它们是在“为”字的同化影响下转变为被动标记的。“为”字除了用作被动标记外，它还可以用作原因连词，于是与“因、缘、由”等成为同一个聚合的成员，这就为同化创造了条件。从其动因说，“因”字式等的使用可能与唐诗对仗、平仄方面的要求以及避复修辞等有关。总之，“因”字被动式虽未见于唐前文献，但其出现条件是早已具备的。

小　结

被动式是一种用频较低的句式。① 在我们所抽检的唐代前后时代 140 首诗歌作品中只出现了 22 次。《唐诗三百首》只有 55 例，其中古体诗 35 例，近体诗 21 例；七言诗 29 例，五言诗 26 例(见表 2. 1)。

表 2. 1　《唐诗三百首》被动式语例统计表

	五古	五近	七古	七近	合计
无标记式	4	8	8	3	23
“于”字省略式	4	3	4	2	13
“见”字式	1				1
“为”字式	2		2		4
“所”字式	1		1		2
“被”字式		1	3		4
“遭”字式	1		1		2
“得”字式		1		1	2
“承”字式				1	1
“蒙”字式			1		1
“教”字式				1	1
“因”字式			1		1
合计	13	13	21	8	55

① 在不同作品中的使用具有不平衡性。如沈佺期《被弹》一诗中出现了“被弹”(诗题)“见呵叱”“为众所嫉”“囚桎”(“囚于桎”的省略式，意为“被桎所囚”)等 4 例不同类型的被动式：“知人昔不易，举非贵易失。尔何按国章，无罪见呵叱。平生守直道，遂为众所嫉。少以文作吏，手不曾开律。一旦法相持，荒忙意如漆。幼子双囹圄，老夫一念室。昆弟两三人，相次俱囚桎……”

《唐诗三百首》中古体诗字数多于近体诗，七言诗字数多于五言诗，分布上的差别与文本大小有关。

唐诗被动式类型十分丰富，其中“于”字省略式、“见”字式、“为”字式、“所”字式、“被”字式、“遭”字式、“得”字式、“承”字式、“蒙”字式等都是中古时期常见的被动式类型，反映了唐诗语言与前代汉语的密切联系，而“教”字式的使用，“被”字式尤其是“被+施事+动词”式语例在各类被动式语例中占比的提高，则反映了汉语被动式在唐代的进一步发展。

第二节 使动式和意动式

使动式和意动式一般被放在“实词活用”的话题中讨论，分别叫“使动用法”和“意动用法”。郭锡良(1999：279)指出，“所谓使动用法，就是以动宾结构的形式表达了递系结构的内容”。使动式总是与“动宾”结构联系在一起的，只是这种“动宾”结构不同于一般的“动宾”结构，不妨认为它是一种由主谓结构转化而成的结构，如使动式“惊姜氏”就是由主谓结构“姜氏惊”转化而成的。意动式也与一定的结构形式相联系，原句中形容词谓语或名词表语，在原义基础上增加一个“认为”的义素，原主语通过移位而变为其宾语或表语(“鲁小”→“小鲁”，“风友”→“友风”)，这样就构成了意动式。

有关唐诗使动式和意动式的一些论述基本来自诗律学和文学研究领域。王力(1958：254)指出：“因为有对仗的关系，词性互相衬托，极便于运用变性的词，所以有些诗人就借这种关系来制造警句。例如韩愈的‘暖风抽宿麦，清雨卷归旗’。‘抽’和‘卷’都是所谓使动词(或称致动)。因为有了暖风，所以使得宿麦都抽了芽；因为有了清雨，所以使得归旗都被卷起了。这种句法是散文里所罕见的，如果散文里用了诗句的句法，我们可以认为那是以诗的格调来行文。”王力(1958：254)还谈到了意动式用法(该书所举“涧花轻粉色，山月少灯光”欠妥)。郭锡良(1999：1098)在“近体诗的句法”一节中指出：“在近体诗中，词类活用是相当常见的。”高友工、梅祖麟(1989：36；100-101)指出，“费诺洛萨进一步认为：英语中‘非诗性’的不及物动词，在诗歌中，只要可能，都应转变成及物动词。事实上，这在中国诗中是很常见的”。韩晓光(2000)认为，在杜甫的律诗创作中，“常常巧妙地运用词类活用这一变异方式来开拓诗歌的审美内涵，增强诗歌语言的审美功能”。过分夸大使动、意动在唐诗中的使用可能会引起误解。

下面对《唐诗三百首》使动式和意动式类型、用频等情况的考察，范围限于单行的动词谓语句，不涉及“栗深林兮惊层巅”这样的紧缩复句。

一、使动式

(一)使动式静态考察

有26例，可分四类。

1. 不及物动词使动式

有18例(五律4例，七律7例，七古5例，七绝和五古各1例)：

(1)晴光转绿蘋。(温暖的阳光让绿萍恢复了元气。杜审言《和晋陵陆丞早春游望》)(2)归思欲沾襟。(归乡的心情几乎让泪水沾湿衣襟。杜审言《和晋陵陆丞早春游望》)(3)山光悦鸟性。(山上明净的景物让鸟儿欢悦。常建《破山寺后禅院》)(4)风鸣两岸叶。(江风让两岸树叶发出飒飒响声。孟浩然《宿桐庐江寄广陵旧游》)(5)感时花溅泪。(在感伤时事时鲜花也让人流出泪水。杜甫《春望》)(6)恨别鸟惊心。(在痛惜离别时飞鸟也让人心惊肉跳。杜甫《春望》)(7)金阙晓钟开万户。(宫阙晓钟打开了万家门户。岑参《奉和中书舍人贾至早朝大明宫》)(8)花近高楼伤客心。(鲜花开到楼边，反而令游子伤心。杜甫《登楼》)(9)环佩空归月夜魂。(遗留的环佩徒然让昭君的幽魂回归梦中。杜甫《咏怀古迹》)(10)指挥若定失萧曹。(指挥才能让萧何曹参黯然失色。杜甫《咏怀古迹》)(11)阳和不散穷途恨。(和煦阳光不能驱散穷途落魄的遗憾。钱起《赠阙下裴舍人》)(12)耻令越甲鸣吴君。(为让越国甲兵惊吓吴国君主而感到耻辱。王维《老将行》)(13)香叶终经宿鸾凤。(芳香的树叶曾经让鸾凤来此栖息。杜甫《古柏行》)(14)一箭正坠双飞翼。(一箭正好射落双飞之鸟。杜甫《哀江头》)(15)疏粝①亦足饱我饥。(粗劣饭食也足以让我饱腹。韩愈《山石》)(16)嗣皇继圣登夔皋。(继任的圣皇让夔皋那样的贤臣得到升迁。韩愈《八月十五夜赠张功曹》)(17)昨夜风开露井桃。(昨夜春风吹开了露井上的桃花。王昌龄《春宫曲》)(18)夜榜响溪石。(夜间划动的船桨让溪边石壁发出哗哗的声响。柳宗元《溪居》)

高友工、梅祖麟(1989:36;100-101)指出,"'感时花溅泪,恨别鸟惊心'这联诗在英文翻译中,'花'和'鸟'分别被当作了'溅泪'和'惊心'的主语。但早在宋朝,司马光就说过:'花鸟,平时可娱之物,见之而泣,闻之而悲,则时可知矣。'这种解释暗示:'溅泪'和'惊心'的正是诗人自己;同时它还表明:'溅'和'惊'在这里是用作使动词,因此,这两句应读作'……花使我溅泪……鸟使我惊心'。"此话有理:a. 花、鸟无心也无泪。b. "感时""恨别"的是"我"不是"花""鸟"。c. 唐诗中有相对应的带"我"的"使"字句,例如李白《赠别从甥高五》"使我惊心魂"("惊心魂",心魂受惊),高适《别韦参军》"使我惆怅惊心神"。

2. 及物动词使动式

只有1例,出自七律:

画图省识春风面。(画图不能让皇帝认识真正的昭君。杜甫《咏怀

① 粝(lì):粗糙的米。

古迹》)

此例“省识”有多种解释，如“辨认、错识、曾识、不识”等，笔者赞同“不识”说。杜甫《闻斛斯六官未归》“归来省醉眠”中“省”义为“休”，杜甫《回棹》“回帆又省牵”中“省”义为“免”，均表否定。

3. 形容词使动式

有6例，五古3例，五律、七古、七绝各有1例：

(1)惊呼热中肠。(您的惊呼使我心里感到温暖。杜甫《赠卫八处士》)(2)清辉淡水木。(皎洁的月光使水面和树木颜色灰白。王昌龄《同从弟南斋玩月忆山阴崔少府》)(3)青山淡吾虑。(苍翠的山峰使我的思虑逐渐散去。韦应物《东郊》)(4)潭影空人心。(潭水的碧绿让人心旷神怡。常建《破山寺后禅院》)(5)阴风惨淡大王旗。(阴冷的北风使天王大旗变得昏暗不清。李商隐《韩碑》)(6)可怜夜半虚前席。(可惜到半夜时让前面的席子空了出来。李商隐《贾生》)

例中使动词“热、淡、空、虚”都是当时常见的形容词。

4. 名词使动式

在《唐诗三百首》中，此类用例很少，仅有下列1个(出自五古)：

微雨霭芳原。(小雨让芳香的原野笼罩在一片烟雾之中。韦应物《东郊》)

“霭”本为名词，意为“云气”，此处活用为动词。

《唐诗三百首》使动式出自12位诗人(占所有77个诗人的16%)之手。在分布方面差别不大：古体诗为11例，近体诗为15例；七言诗占15个，五言诗 11 个(七言诗总体字数较多)(详见表 2.2)。

表 2.2 《唐诗三百首》使动式语例统计表

诗人	不及物动词使动		及物动词使动		形容词使动		名词使动		合计
	近体	古体	近体	古体	近体	古体	近体	古体	
杜审言	2								2
孟浩然	1								1
王昌龄	1					1			2
王　维		1							1
常　建	1				1				2
杜　甫	5	2	1			1			9
岑　参	1								1
钱　起	1								1
韦应物						1		1	2
韩　愈		2							2
柳宗元		1							1
李商隐					1	1			2
合　计	12	6	1		2	4		1	26

(二)使动式溯源探流

使动式是先秦汉语中一种常见的语言现象，是古代汉语的语法特点之一。在郭锡良(1999)所选《左传》的《郑伯克段于鄢》《鞌之战》(共 1230 余字)中，使动式多达 11 例，每 110 字就有 1 例，如“惊姜氏”“欲立之”“无生民心”“大叔完聚”“不介马”“未绝鼓音”“以病败君之大事”“韩厥俛定其右”“臣辱戎士”“免其君”“乃免之”。“《诗经》20 首”多达 8 例，如“劳心悄兮”“劳心慅兮”“劳心惨兮”“食我农夫”“降此鞠訩”“降此大戾”“方茂尔恶”“式遄其行”。西汉时期仍然常见。在司马迁《报任安书》(约2800字)中就有“辱先”“权倾五伯”“悉意”“晓左右”“立名者”“显岩穴之士”“羞当世之士”“竭其不肖之材力”“仆沮贰师”“通其道”“舒其愤”“垂空文”等10多例。东汉时期，一些注释家有时会将使动式转换为带动词性宾语的双宾语句。例如：《孟子·告子下》“是谓殃民”，赵岐注为“是使民有殃祸也”；《周礼·春官·大宗伯》“亲宗族兄弟”，郑玄注为“亲者，使之相亲”；《吕氏春秋·慎大》“大者小邻国也”，高诱注为“夫大者侵削邻国使小也”(以上参看孙良明，2002：92-99)。使动式到这时已呈衰退之势，但在口语色彩较浓的作品中仍保持较高的使用频率。如《古诗十九首》中有“极宴娱心意”“东风摇百草”“荡涤放情志”“萧萧愁杀人”等例。“六朝诗35首”也有不少，如“断绝我中肠”“俯身散马蹄”“忧思独伤心”“中觞纵遥情”“忘彼千载忧”“且极今朝乐”“片言辞草莱”“朝洒长门泣”“夕驻临邛杯”(晚上使钟情的临邛人停下酒杯)等。据董云雯、陈宗胜(1996)和丁建川(2007)考察，在《世说新语》(电脑统计为79335字)中，动词使动式有“登圣明”“鸣鼓”“进人”“退人”“出齐王”“迁顽民”“感动路人”等20余例，形容词使动式有“坚城垒”“莹其蹄角”“荣国士”“静之”“盛舆卫”“小简之”“畅彼我之怀”等10余例，名词使动式也有“病母”“爵之”“西戎其屋”等例。实际的数字可能还要多，在张世禄(2008)所选《世说新语》的八篇短文(约有1160字)中，使动式就有5例(“华捉而掷去之”“歆废书出看”“人欲危己”“便足慰吾余年”“帝预敕左右毁瓶罐”)，平均230字就有1例。宋代，使动式用法作为通常语体的一种语法手段发生了明显变化。在我们抽查的60余首宋词作品中，仅发现下列数个疑似用例：“渐觉惊栖鸟”“花开柳拆伤魂魄”“消溽暑”“叶上初阳干宿雨”“惊起一滩鸥鹭”“浓睡不消残酒”“明月别枝惊鹊”，而且其中“惊、消、伤”在很久以前就有使动的用法，此时已经成为兼类词，说明使动式到宋代已经风光不再。王安石“春风又绿江南岸”中的“绿”字历来被认为用得很好。据洪迈《容斋随笔》(“续笔”卷八)之《诗词改字》记载，诗人前后换了十多字才定下“绿”。钱锺书(2005：49)说：“‘绿’字这种用法在唐诗中早见而亦屡见：丘为《题农父庐舍》‘东风何时至？已绿湖上山'，李白《侍从宜春苑赋柳色听新莺百啭歌》'东风已绿瀛洲草'……"对于一个用法并不新鲜的"绿"字，为什么王安石会感到尽意，而世人也津津乐道(也有并不赞赏的，参看臧克家，1988)呢？可能是因为宋代以后使动式已经变得很不"平常"了，也就是说它不再是常规用法，而是能够给人带来新奇感的反常规用法，即钱锺书先生所说"讲究修辞"的用法。

关于使动式在宋代的衰落，当时的"古文"也能作个旁证。韩愈《师说》和柳宗元《捕蛇者说》等古文中还不时露面，如"习其句读""已大风、挛踠、瘘疠""去死肌""君将哀而生之乎""殚其地之出""竭其庐之入"等。苏轼《石钟山记》和王安石《游褒禅山记》等宋代古文则难觅其踪(虽在苏、王其他作品中也有使用，但总体不多)。

在现代汉语中，使动式在语言中的占比低于历史上的任何时代，不少是沿用自前代(如"气人""愁人""死了这条心""活了一盘棋""绿了荒山""光盘行动")，也有一些是新出现的，多是双音词(如"端正学习态度""你视频我")，这些新的双音活用词语往往仅是作为修辞用法出现于文学作品(如徐志摩《卑微》"枯槁它的形容")。

二、意动式

(一)意动式静态考察

意动式仅有3例，全部出自古风：

(1)由来轻七尺。(从来都是把自己的身体看得很轻。李颀《古意》)(2)耻令越甲鸣吴君。(为让越国甲兵惊吓吴国君主而感到耻辱。王维《老将行》)(3)幸此南夷谪。(感到这次被贬谪到南夷很幸运。柳宗元《溪居》)

例中意动词"轻、耻、幸"均由形容词活用而来。

(二)意动式溯源探流

意动式也是上古汉语中常见的语言现象，使用频率低于使动式。例如《孟子·尽心上》“登东山而小鲁，登泰山而小天下”，《礼记·礼运》“故人不独亲其亲，不独子其子”，司马迁《报任安书》“曷足贵”“何足怪”“重施刑于大夫”“自古而耻之”“流俗之所轻”。东汉以后，意动式用频进一步降低。此时的注释家往往用“以……为……”的格式来解释此前文献中的意动式，例如：《孟子·离娄上》“今小国师大国而耻受命焉”，赵岐注为“今小国以大国为师学法度焉，而耻受命教，不从其进退”；《战国策·秦策》“吾楚人也而自子之”中的“子之”，高诱注为“以异人为己子”；《战国策·秦策》“……不远千里而庭教之，愿以异日”，高诱注为“不以千里之道为远而来在秦庭，寡人愿以他日敬承之也”；《淮南子·修务训》“圣人不高山，不广河”，高诱注为“圣人，盖谓禹、稷，不以山为高，不以河为广”(以上参看孙良明，2002)。据董云雯、陈宗胜(1996)和丁建川(2007)，《世说新语》中有“涛甚奇之”“不足贵”“王公怪其如此”“母甚异之”“各贤其臣”“张高其人”“卿自君我”“我自卿卿”“京陵家内范钟夫人之礼”“汝其师之”等10余例。

小　结

在总字数为21000余字的《唐诗三百首》中，使动式只有26例，平均近1000字中有1例(见表2.2)。这样的使用频率，虽然高于宋词，但是却远远低于上古汉语，也明显低于中古(魏晋南北朝)汉语，反映了汉语使动式从古至今逐渐减少的历史趋势。从类型上看，唐诗不及物动词使动式最多，其次是形容词使动式，名词和及物动词使动式最少，这种格局与前代基本一致，反映了唐诗语言与前代汉语的密切联系。从《唐诗三百首》使动式的分布来看，多出自中唐(766—835)之前诗人之手，在近体诗中的用例稍多一些(近体诗与古体诗比例为15∶11)，一般不用于对仗。

《唐诗三百首》中意动式只有3例，语例更少，均用于古体诗。

第三节　比　拟　式

比拟式就是以比拟动词作谓语的短语形式，是动词短语中的一种。① 它在比喻修辞中会以明喻的面目出现，例如“叶子像亭亭的舞女的裙”，在形容词谓语句中可以充任补语或状语（例如“快如风”“像风那样快”），构成比较句（比拟动词虚化为介词）。

有关汉语比拟式的研究，有的侧重于现代汉语，有的侧重于古代汉语。吕叔湘（1982：353-369）论述了表示相似和不定推测等比拟形式，把“像、如”等叫做“准系词”，把位置靠后的“一样”等视为“词尾”。黄岳洲（1955）主要研究“像……一样”和“似的”，把“一样”看作形容词，“似的”看作“表比况的助词”，他认为“像……一样”在句中可以作“谓语”“名词的附加语”“动词的附加语”“形容词的附加语”“补语”等成分，“似的”可以单独使用，也可以帮“像”加强语气。朱德熙（1982）主要研究“跟……一样”，认为可以分成两类，一类是表示实际的比较（里头跟外头一样），“跟”是介词；另一类是修辞的比喻（这儿的耗子跟猫一样），“跟”是动词。陆俭明（1982）主要研究“像//似的”，认为它跟强调相似的“跟 X 一样”（他跟狐狸一样）相同，应该分析为述宾短语“像//X 似的”。太田辰夫（1987：178-184）在“类似的”部分介绍了古汉语中的相关句式（“文犹质也”“若牧羊然”“壹似重有忧者”“冷如鬼手馨”“皆如编发”等），介绍现代汉语“像、好像”等“同动词”的来源，在“同一的”部分考察了同动词“同、等”的始用时间（唐代）。江蓝生（1992）通过对“似的、是的”使用的考察指出，“‘是的’最初跟‘似的’是来路和用法都不相同的两个词儿”，“似的”有“比拟”和“推

① 这里采用的是学界的一般说法。其实，以比拟式为主体构成的句子也可看作形容词谓语句（“名姓同于斯”“言与故人同”“所闻异于是”，“同”“异”是形容词，类似于英语的“same”“different”和日语的“等しい”）、名词谓语句（“燕草如碧丝”“人同白鹤”，“如”“同”是关系词）、主谓话旨话题句（“余与崔刘年相同”，话旨“年相同”中的“相同”为形容词）、无主话旨话题句（“与子同袍”，话旨“同袍”是“形容词+名词”的无主结构）。

测”两个用法，其前身是“也似”和“似”，不加“的”很可能是受阿尔泰语（主要是蒙古语）语法影响而产生的形式，“是的”经历了“表示判断语气→表示不定判断语气→表示相似、比喻”的演变过程。李思明(1998)在全面考察的基础上指出：晚唐至清代前期比拟助词体系分为“似”系和“般”系两大系；晚唐至清代前期比拟助词体系经历了使用频率由低到高，“似”“般”两系比重互换，各系用词由一到多，“似”系重点词转移(由“相似”到“也似”再到“似的”)，格式和功能由单一到多种并用(由全式扩展到简式、由作谓语扩展到作状语、补语和定语)的发展阶段。江蓝生(1999)对比拟式在各个历史时期的发展状况进行了全景式的描述。王建军、汤洪丽(2017)辟有“汉语比拟句的历史发展”一章，详细描述了“如、像”等比拟动词句和“般”“似”系比拟助词句从古到今的历史发展过程。

笔者综合以前的相关研究，将汉语比拟式分为以下类型①：(1)“V+X”式，(2)“V+P+X”式，(3)“P+X+V”式，(4)“V+X+Z”式，(5)“V_1+X+V_2”式，(6)“X+V”式(“V”指比拟动词，“X”指比拟客体，“Z”指比拟助词)。其中第(5)(6)两式最为特殊。第(5)式应是受外族语言“X+V”语序的影响而在汉语“V+X”(“像云”)与“P+X+V”(“跟云像”)两种形式的基础上形成的杂糅形式，过去一般被划入“V+X+Z”式。早期“V_1+X+V_2”式用例全部出自支娄迦谶、昙果、康孟祥、支谦、求那毗地等古印度来华佛教人士的译经(例如东汉支娄迦谶译《道行般若经》卷二“其影如一影相类”，三国吴支谦译《大明度无极经》卷六“如灭度无异”，南朝求那毗地译《百喻经·共相怨害喻》“如彼愚人等无差别”)。第(6)式应是“V_1+X+V_2”式的省略形式，因为相关用例出现较晚(例如支谦译《佛说龙施女经》“既要易得且俱度世泥洹无异”，唐代宗密《禅源诸诠集都序》“后之人观其法而不生悲感，木石无异”)。

从语意功能看，汉语比拟式可以表示异同(如“V+X”式的“人同白鹤”，“V+P+X”式的“名姓同于斯”，“P+X+V”式的“这病与你老人家的病一

① 不包括个别省略比拟动词的情况(如“古来万事东流水”)。

样”)、相似(如“V+X”式的“笔似青鸾”，“X+V”式的“明镜相似”，“V+P+X”式的“言语状貌颇类于兽”，“P+X+V”式的“与天地相似”，“V+X+Z”式的“像只小鸡一般”，“V_1+X+V_2”式的“状如豹雷相似”，“X+V”式的“野鹿相似”)、不定推测(如“V+X”式的“这个姑娘好像病了”，“V+X+Z”式的“倒像在哪里见过一样”，“V_1+X+V_2”式的“好生奇怪，倒象在哪见过一般”)、示例(如“V+X”式的“名词如‘天’‘地’，动词如‘来’‘去’”，“V+X+Z”式的“像我们这样粗粗笨笨的”)。“异同”或“相似”是指某物与某物相异、相同或相似。“不定推测”是指对某种情况(可能是真实的)的不确定判断。“示例”是指从要说明的对象中举出某人某物作为例子。

《唐诗三百首》中独立成句的比拟式①有“V+X”式和“P+X+V”式两种类型，共40例，其中“V+X”式为38例，“P+X+V”式为2例。

一、“V+X”比拟式

此类比拟式可分成“表示事物相似的比拟式”“表示不定推测的比拟式”“表示事物异同的比拟式”三类。“V+X”式表示示例的用例比较少，出现时间也较晚(例如《金瓶梅》第四十四回“宁可他不来我这里还好……象刚才到这屋里，我就撺掇他出去”，《红楼梦》第二十六回“就象昨儿老太太因宝玉病了这些日子”，赵树理《小二黑结婚》“小二黑从小就聪明，象那些算属相、卜六壬课、念大小流年，或‘甲子乙丑海中金’等口诀，不几天就都弄熟了”)，《唐诗三百首》中未见。

(一)表示事物相似的“V+X”式静态考察和溯源探流

有37例，分别由动词“如、似、若、犹”构成。“如”字式有20例(五古10例，七古6例，五律3例，七绝1例)，数量最多：

(1)燕草如碧丝。(燕地小草像青绿细丝。李白《春思》)(2)动如

① “独立成句的比拟式”可称为比拟句。

参与商。(动辄就变得像参星与商星。杜甫《赠卫八处士》)(3)岱宗夫如何。(泰山像什么？杜甫《望岳》)(4)江畔舟如月。(江畔的小船好像弯月。孟浩然《秋登兰山寄张五》)(5)塔势如涌出。(宝塔宛如平地涌出。岑参《与高适薛据登慈恩寺浮图》)(6)奔凑如朝东。(奔流汇集如同归顺东海圣王。岑参《与高适薛据登慈恩寺浮图》)(7)岂不如贼焉。(难道还不如强盗吗？元结《贼退示官吏》)(8)舍生亦如此。(烈女殉夫也像雌桐鸳鸟。孟郊《列女操》)(9)青松如膏沐。(苍翠松树宛若沐后涂脂。柳宗元《晨诣超师院读禅经》)(10)须如猬毛磔。(胡须像猬毛直立。李颀《古意》)(11)世间行乐亦如此。(人世间的欢乐也像梦中的幻境这样。李白《梦游天姥吟留别》)(12)富贵于我如浮云。(荣华富贵对于我宛如空中的浮云。杜甫《丹青引赠曹霸将军》)(13)梨园子弟散如烟。(那些梨园子弟如云烟消散。杜甫《观公孙大娘弟子舞剑器行》)(14)四弦一声如裂帛。(四弦一声轰鸣好像撕裂了布帛。白居易《琵琶行》)(15)贺兰山下阵如云。(贺兰山下的战士们列阵如云。王维《老将行》)(16)杀人如麻。(毒蛇猛兽杀死的人多如乱麻。李白《蜀道难》)(17)流水如有意。(流水似乎对我充满了情意。王维《归嵩山作》)(18)如听万壑松。(好像听到了群山万壑的松涛声。李白《听蜀僧濬弹琴》)(19)欢笑情如旧。(欢笑的感情依旧。韦应物《淮上喜会梁川故人》)(20)受降城外月如霜。(受降城外的月色有如秋霜。李益《夜上受降城闻笛》)

“似”字式有11例(七古5例，七绝3例，五律2例，五古1例)，数量也不少：

(1)五十年间似反掌。(五十年的光阴，真好比翻一下手掌。杜甫《观公孙大娘弟子舞剑器行》)(2)犹似霓裳羽衣舞。(好像当年在宫中，跳起霓裳羽衣舞。白居易《长恨歌》)(3)石鱼湖，似洞庭。(湖南道州的石鱼湖真像洞庭。元结《石鱼湖上醉歌》)(4)似闻昨者赤松子。

(听说他仿佛是昔日的赤松子。杜甫《寄韩谏议》)(5)不似颍川空使酒。(不做颍川灌夫为牢骚酗酒。王维《老将行》)(6)落花犹似坠楼人。(飘飞的落花就像那坠楼的人。杜牧《金谷园》)(7)回乐峰前沙似雪。(回乐峰前的沙地白得像雪。李益《夜上受降城闻笛》)(8)多情却似总无情。(多情却好像全无情。杜牧《赠别》其二)(9)已似长沙傅。(我的遭遇像长沙太傅。刘长卿《新年作》)(10)蕃情似此水。(吐蕃人的情意就好像这条流动的河流。张乔《书边事》)(11)偶似山林客。(偶然间像个隐居山中的人。柳宗元《溪居》)

“若”字式有5例(五古3例,五律1例,七古1例):

(1)天边树若荠。(天边的树林好像荠菜。孟浩然《秋登兰山寄张五》)(2)连山若波涛。(连绵的山峦宛如起伏的波涛。岑参《与高适薛据登慈恩寺浮图》)(3)天涯若比邻。(身在天边宛如近邻。王勃《送杜少府之任蜀州》)(4)若负平生志。(似乎是悔恨辜负了平生壮志。杜甫《梦李白》其二)(5)公子斯文若元气。(韩公的这篇文章宛若天地元气。李商隐《韩碑》)

“犹”字式有1例,出自七古:

十四万众犹虎貔。(十四万众犹如勇猛的猛兽。李商隐《韩碑》)

表示事物相似是“V+X”式的一种比较常见的功能。在汉语史上,充当“V”的词语有不少,出现较早的是“若/如/犹+X”式。例如《诗经·小旻》“如临深渊,如履薄冰”,《左传·隐公四年》“夫兵,犹火也”,《孟子·公孙丑上》“民之悦之,犹解倒悬也”,《庄子·逍遥游》“肌肤若冰雪,绰约若处子”,《史记·留侯世家》“状貌如妇人女子”,刘向《说苑·杂言》“譬犹水火不相能然也”,《南史·王莹传》“丈人一旨,如汤浇雪耳”,韩愈

《送高闲上人序》"旭之书变动犹鬼神"，《宋史·汪应辰传》"太上视天下如弃敝屣"，《元史·张德辉传》"使祖宗之民如蹈水火"。汉代以后又增加了"像/象/类/似/一似/犹如/相似+X"式。例如司马相如《长门赋》"声象君之车音"，陆机《招隐》"轻条象云构"，谢灵运《初去郡》"无庸妨周任，有疾像长卿；毕娶类尚子，薄游似邴生"，裴松之《三国志注》"一似管窥虎欤"，北凉昙无谶译《檀波罗蜜品》"其身炽然犹如火聚"，刘禹锡《白侍郎大尹自河南寄示池北新葺水斋即事招宾》"一似画图来"，《入唐求法巡礼行记》"其体一似覆钟"，《祖堂集》卷十六"相似苗(猫)儿"，《陈御史巧勘金钗钿》"全不象宦家子弟"，《醒世恒言·金海陵纵欲亡身》"象似被人开过聪明孔了"，《金瓶梅》第二十一回"公公好象一员官"。"《诗经》20 首"6 例"V+X"式全为"如"字句("忧心如惔""君子如届""君子如夷""忧心如酲""如相酬矣""莫如南土")，《古诗十九首》"V+X"式也全是"如"字句("美者颜如玉""年命如朝露""不如饮美酒""不如早旋归")，"六朝诗 35 首"的"V+X"式有"如"字句 3 例，("秋月如团扇""送君如昨日""天云如地阵")、"似"字句 2 例，("春草似青袍""百啭似群吟")、"若"字句 1 例，("孤鸣若无对")。"宋词 65 首"的"V+X"式有"如"字句 8 例，("月如钩""花市灯如昼""江山如画""人生如梦""佳期如梦""廊上月华如昼""只有香如故""春思如织")、"似"字句 7 例，("恰似一江春水向东流""旧香残粉似当初""何似在人间""柔情似水""依依似与骚人语""不似当时""月落沙平江似练")。

(二)表示不定推测的"V+X"式静态考察和溯源探流

只有 1 例，出自七古：

似诉平生不得志。(似乎在诉说她平生的不得志。白居易《琵琶行》)

"V+X"式表示不定推测，上古时期到唐宋时期一般用"若/如+X"式等。例如《史记・孝武本纪》“(神人)若云‘见天子’”(神人似乎说“想见天子”),《旧唐书・郑畋传》“昼夜如临大敌”。元明时期至今多用“像/象+X”式，且有时采用“好像+X”式。例如《勘皮靴单证二郎神》“不象要买的”,《警世通言・崔待诏生死冤家》“像是秀秀的声音”,《金瓶梅》“这银子到有些眼熟，倒象爹银子包儿里的”,《红楼梦》第四十七回“倒象个小子一伸头”,《老残游记》“这样象是受了官刑的病，若不早治，要成残废的”，柳青《铜墙铁壁》“二木匠象有意见”。

(三)表示事物异同的“V+X”式静态考察和溯源探流

《唐诗三百首》中未见。《全唐诗》中有李白《拟古十二首》“愚夫同瓦石”，武元衡《窦三中丞去岁有台中五言四韵……》“报恩如皎日，致位等青云”，苏拯《经马嵬坡》“宠既出常理，辱岂同常死”，等等。

表示事物异同的“V+X”式是在“同/等/异+P+X”式的基础上省略介词“于”字而成。唐代之前罕见，唐代有少量用例，如张鷟《游仙窟》“笔似青鸾，人同白鹤”，王勃《滕王阁序》“等终军之弱冠”,《妙法莲花经讲经文》“佛将喻我诸菩萨，一个砂同一个人”,《神仙拾遗传》“饮食同常人，而独居一室”(《太平广记》第四十二卷引)。

二、其他比拟式

“其他比拟式”包括“V+P+X”式、“P+X+V”式、“V+X+Z”式、“V_1+X+V_2”式、“X+V”式等类型，其中“V_1+X+V_2”式在唐诗中尚未见到。

(一)“V+P+X”比拟式静态考察和溯源探流

“V+P+X”式既可以表示事物异同(“V”为“同”“异”)，也可以表示事物相似(“V”为“类”“似”)。唐诗例如李白《避地司空原言怀》“我则异于是”，白居易《和〈阳城驿〉》“名姓同于斯”，这些是表示事物异同的。《唐诗三百首》未见此类用例。

“V+P+X”式在汉语史上也出现较早，一直使用，只是用频较低。多数表示事物异同，例如《国语·晋语四》“唯青阳与苍林氏同于黄帝”，《韩非子·扬权》“道不同于万物，德不同于阴阳，衡不同于轻重，绳不同于出入，和不同于燥湿，君不同于群臣”，《世说新语·方正》“复那得等于圣治”，《颜氏家训》卷一“人之事兄，不可同于事父”，《豫章记》“其色光润，异于众石”（转引自《太平广记》第三百九十八卷），《故唐律疏议》卷四“其奴婢同于资财，不从缘坐免法”（缘坐：从犯），石言《秋雪湖之恋》“人到底不同于猫”。偶尔表示事物相似，例如《搜神记》“得一老翁，可百余岁，言语状貌，颇类于兽”（转引自《太平广记》第三百零八卷），扬雄《法言·问道》“圣人之言，似于水火”，《朱子语类》卷二十九“记者类于此”。

（二）“P+X+V”比拟式静态考察和溯源探流

“P+X+V”式既可以表示事物异同（“V”为“同”“异”“相同”“一般”“一样”），也可以表示事物相似（“V”为“相似”）。《唐诗三百首》中只有2例，是表示事物异同的，介词均是“与”，动词均是“同”，出自七古和五律：

（1）当与梦时同。（与他当年梦见坐享其间相同。唐玄宗《经邹鲁祭孔子而叹之》）（2）皆与此图筋骨同。（匹匹都跟画中马筋骨雷同。杜甫《韦讽录事宅观曹将军画马图》）

表示事物异同的“P+X+V”式，在上古时期已有较多使用。上古和中古时期主要是“与+X+同/等/异”式。例如《荀子·天论》“受时与治世同，而殃祸与治世异”，《史记·孝武本纪》“与黄帝时等”，《三国志·魏书》“其言语习俗与乌丸同”。近古时期有“与/共/同/和+X+相同/一般/一样”式。例如《太平经》乙部“休气与后宫相同”，李涉《寄荆娘写真》“写真与身真相同”，《三国演义》第五十七回“某之所学与公瑾大不相同”，《祖堂集》卷二十“道与心空状一般”，《金瓶梅》第十二回“这病与你老人家的病一样”，《禅林僧宝传》卷十五“却共首座一般耶”，《妙法莲华经讲经文》“还同池沼一般”，《红楼梦》第五十二回“那脸面就和那西洋画上的美人一样”)。现代主要是“跟+X+一样”式。例如老舍《鼓书艺人》“一切的一切，都跟七年前一样”，汪曾祺《葡萄月令》“葡萄藤的组织跟别的果树不一样”。“《诗经》20 首”有“P+X+V”式 3 例(《诗经·无衣》“与子同袍”“与子同泽”“与子同裳”)。《古诗十九首》有“P+X+V”式 1 例(“上与浮云齐”)，“六朝诗 35 首”有“P+X+V”式 1 例(“宿昔同衣衾”，此句是“宿昔与……同衣衾”的省略)。“宋词 65 首”有“P+X+V”式 1 例(“日长偏与睡相宜”)。

表示事物相似的“P+X+V”式也始见于上古时期。古代汉语一般用“与/共+X+相似”式。例如《周易·系辞上传》“与天地相似”，《公羊传·成公二年》“面目与顷公相似”，《太平经·辛部》“与吾文相似”，《祖堂集》卷六“个个与他相似”，王梵志《天下恶官职》“脱却面头皮，还共人相似”，《朱子语类》卷二十九“与上文乞醯之义相似”。近现代汉语一般用“和/跟+X+相似”式。例如邓友梅《漫忆老挝》“乡村和中国傣乡相似”，王浙滨《斯琴高娃和她的“儿子”》“和高娃的体态很相似”。

(三)“V+X+Z”比拟式静态考察和溯源探流

“V+X+Z”式主要用来表示事物相似、不定推测或示例。《唐诗三百首》中未见。

最早出现的“V+X+Z”式是“如/若+X+然/焉/者”式，主要见于先秦两汉时期，后代也偶有所见。例如：《左传·昭公十三年》“如市贾焉”，《孔子家语·王言》“则民之弃恶，如汤之灌雪焉”；《墨子·兼爱上》“如医之攻人之疾者然”，《庄子·达生》“善养生者，若牧羊然”，《国语·吴语》“譬如群兽然”，《朱子语类》卷二“过河便见太行在半天，如黑云然”；《论语·乡党》“孔子于乡党，恂恂如也，似不能言者”，《礼记·檀弓》“子之哭也，壹似重有忧者”，《史记·信陵君传》“似若无所容者”。中古以后出现了“如+X+馨”式、“如/共+X+一般”式、“V+X+许”式、“V+X+样”式等。例如：《世说新语·忿狷》“冷如鬼手馨”，《世说新语·文学》“顾看两王掾，辄翣如生母狗馨”；贯休《赠轩辕先生》“语共容城语一般”①，贯休《再逢虚中道士三首》“如今四十余年也，还共当时恰一般”，《禅林僧宝传》卷十五“却共首座一般耶”；《祖堂集》卷十三“若更见一法如丝发许，不是个事”，《朱子语类》卷十“未见道理时，恰如数重物色包裹在里许”；《水浒传》第七十六回“冲波战马似龙形，开山大斧如弓样”，《朱子语类》卷二“似伞样”。元代以后又出现了“V+X+般”式、“V+X+的样子”式等一些新的类型。例如：元代无名氏《诸葛亮博望烧屯》二折“我似儿戏般先收了魏”，《金瓶梅》第四十八回“糊的犹如雪洞般干净”；《红楼梦》第二十二回“倒象林妹妹的模样儿”，汪曾祺《湘行二记》“洞口倒是有点像《桃花源记》所写的那样”，老舍《残雾》“象影儿随着身子那样”；《陈御史巧勘金钗钿》“今番的人才清秀，语言文雅，倒象真公子的样子”，沈从文《鸭窠围的夜》“便是空气，也像快要冻结的样子”；《红楼梦》第七十七回“象我们这粗粗笨笨的倒好”，《红楼梦》第四十五回“虽然淘气，也没象你这扎窝子的样儿”；沈从文《生之记录》“你把笛子离开嘴，象我这样，倚在墙或树上”。以上各例多数是表示事物相似的，少数是表示不定推测的(如《论语》“似不能言者”，沈从文“便是空气，也像快要冻结的样子”)，还有个别是表示示例的，但出现较晚(如《红楼梦》“象我们这粗粗笨笨的倒好”，沈从文“你把笛子离开嘴，象我这样，倚在墙或树上”)。

(四)“X+V”比拟式静态考察和溯源探流

《唐诗三百首》中未见。《全唐诗》中有张九龄《湖口望庐山瀑布泉》“日照虹霓似，天清风雨闻”，张继《重经巴丘》“浮生聚散云相似，往事冥微梦一般”，阎立本《巫山高》“绝壁千寻画相似”，李白《于阗采花》“自言花相似”，李白《越中秋怀》“分明画相似”，裴度《雪中讶诸公不相访》“满空乱雪花相似”，令狐楚《宫中乐》“柳色烟相似”，刘禹锡《足成六十二韵》“银

① “共”可作介词，表示涉及对象，犹“同”“跟”，例如《洛阳伽蓝记·永宁寺》“荣即共穆结异性兄弟”，南唐张泌《河传》词“斜阳似共春光语”。

灯昼相似”，刘禹锡《出鄂州界怀表臣二首》“寒沙雪相似”，王諲《后庭怨》“白发如今雪相似”，蔡京《责商山四皓》“如何鬓发霜相似”，令狐楚《宫中乐》“梨花雪不如”，贯休《上卢使君二首》“马卿山岳金相似，张绪风情柳不如”，等等。以上例子中充任“V”的是“似”“相似”“一般”“不如”等。

“X+V”式始见于魏晋南北朝，担任“V”的有“无异”“相似”“一般”等。例如：支谦译《佛说龙施女经》“既要易得且俱度世泥洹无异”，宗密《禅源诸诠集都序》“后之人观其法而不生悲感，木石无异”；《舜子变》“凡为人身，游鹿不相似也”，《祖堂集》卷十一“黄檗和尚驴马相似”；《金刚般若波罗蜜经讲经文》“隐影思量梦一般”，《祖堂集》卷十八“者个事军国事一般”。宋代以后，“相似、一般”等依然使用。例如：《五灯会元》卷七“尽黑漫漫地，墨汁相似”，《水浒传》第七十六回“八方摆布的铁桶相似”，《金瓶梅》第三十七回“他宅里神道相似的几房娘子，他肯要俺这丑货儿”，《朱子语类》卷二十九“这便是乞醯意思一般”，《金瓶梅》第四十三回“两边街上看的人鳞次蜂排一般”，《红楼梦》第十二回“关得铁桶一般”。还出现了“似”“也似”“也似价(的)”“似的”“一样”等充任“V”的类型。例如：《刘知远诸宫调》第十一卷“璧玉似牙嚼欲将破”，《董解元西厢》第二卷“把山海似深恩掉在脑后”，陆游《次韵周辅道中》“芦花也似柳花轻”，宋史浩《祝寿》“拈起香来玉也似手，拈起盏来金也似酒”，《刘知远诸宫调》第二卷“倾盆也似雨降”，《董解元西厢》第二卷“喝一声爆雷也似喏”，《水浒传》第十一回“中间里镜面也似一片平地”，《金瓶梅》第七十八回“生的灯上人儿也似”，《水浒传》第五十九回“盗得一匹好马，雪练也似价白”，《水浒传》第六十二回“只见宋江军马泼风也似价来”，《红楼梦》第二十六回“只见那山坡上两只小鹿箭也似的跑来”，《金瓶梅》第七十三回“指头似的少了一个”，《红楼梦》第五十二回“病的蓬头鬼一样”。“X+V”式基本用来表示事物相似。

小　结

汉语比拟式有“V+X”式、“V+P+X”式、“P+X+V”式、“V+X+Z”式、

“V_1+X+V_2”式、“X+V”式等类型，《唐诗三百首》中只有“V+X”式(38 例)和“P+X+V”式(2 例)，与“《诗经》20 首”(“V+X”式 6 例，“P+X+V”式 3 例)、《古诗十九首》(“V+X”式 4 例，“P+X+V”式 1 例)、“六朝诗 35 首”(“V+X”式 6 例，“P+X+V”式 1 例)、“宋词 65 首”(“V+X”式 16 例，“P+X+V”式 1 例)一致，这两种类型是先秦到宋代比拟式的主要类型。

从《唐诗三百首》比拟式“V”中成员的使用频率看，“如”字最高(19 例)，“似”字次之(12 例)，与前后相邻时代的情况相近：“六朝诗 35 首”中的“如”字 3 例，“似”字 2 例；“宋词 65 首”中的“如”字 8 例，“似”字 7 例。

从《唐诗三百首》比拟式的分布看，古体诗(29 例)多于近体诗(11 例)，七言诗(19 例)少于五言诗(21 例)。

第三章　处所式、动补式和处置式

第一节　处　所　式

杜甫《登楼》“锦江春色来天地”句中，“天地”是处所成分，是“于天地”的省略形式，“于天地”和“天地”分别用“PL”和“ØL”表示。“PL”和“ØL”是表示处所义的两种形式，“P”指介词，“L”指处所名词性成分，“Ø”指缺省介词。

以往汉语史的相关研究，或为探讨“PL”和“ØL”由谓语之后到谓语之前的变化问题，或为探讨“PL”中“P”的省略以及与“ØL”的数量对比变化问题，或为探讨“P”的替换问题。王力(1989：209-211)指出，“西周以后，处所状语必须放在动词(及其宾语)的后面”，“到了汉代，一般的处所状语渐渐可以移到动词的前面”，“南北朝以后，在口语里，‘在’字取代了‘于’字，‘在’字结构放在动词(及其宾语)的前面，表示趋向的‘在’字结构，放在动词的后面”。这里涉及处所成分的位置变化和“P”的代谢。何乐士(1992：214)指出，处所短语中“处所词+方位词”形式，从《世说新语》到“敦煌变文”有很大发展，“中、上”等方位词的运用更加广泛，出现了“里、间”等新的方位词。何乐士(2000)指出，名词做状语现象，由《左传》到《史记》和《世说新语》大量增加，在《世说新语》的名词状语中，复音词不少，还出现了很多带方位词的处所成分。蒋绍愚(1999)指出，由于“后置词”(方位词)的出现，从而造成“于+L”式中前置词(介词)“于”的省略，形成“ØL”式。张赪(2002：76；123；178)指出，“介词词组的词序在魏晋南北朝时期发生了很大变化……‘介词+场所’已开始大量前移，介词词组在中心成分前后已开始形成语义对立，表示动作归结点的介词词组不能位于VP前，表示动作起点或发生场所的介词词组倾向于位于VP前”。李崇兴(2009：6)考察发现，《高祖本纪》全篇处所补语不用“于”字的有80例，用“于”的仅有14例，同先秦相较，数量上掉了一个过儿。刘海平(2011)研究发现：《史记》603例“于+L”中，10例居VP前，593例居VP后，752例“ØL”，747例居VP后，5例居VP前，居前和居后并无语义上的对应关系；《世说新语》97例“于+L”中，49例居VP前，48例居VP后，居前的用例比VP后多，106例“ØL”中，50例居VP前，56例居VP后，居前或居后与其所表示的语义已经相关，在动词前表示动作发生的场所、动作的起点，在动词或动词宾语之后一般表示动作的归结点，基本上按照“时间顺序原则”来安排。至于移位的原因，该文认为，“‘于’脱落以后，ØL仍居VP后，但是ØL与VP的关系没有‘于+L’与VP的关系密切，所以ØL可以跑到VP前做状语”。这些研究未涉及唐诗。

这里拟对《唐诗三百首》单行动词谓语句中“ØL”和“PL”的使用情况作些考察。据调查，其“ØL”有230例(做状语104例，做补语126例)，“PL”式有26例(做状语15例，做补语11例)。

一、谓语后的“ØL”式

(一)谓语后“ØL”式静态考察

“ØL”式用于VP(谓语)之后有126例，占“ØL”式总数(230例)的55%。从语义上可分为以下几类：

1. 动作行为归结点

有46例，其中七言26例(七古12例，七律7例，七绝7例)，五言20例(五律12例，五绝5例，五古3例)。例如：

(1)黄河远上白云间。(黄河远远地伸到白云中间。王之涣《出塞》)(2)千寻铁锁沉江底。(千寻长的铁锁链沉落江底。刘禹锡《西塞山怀古》)(3)共来百越纹身地。(一同来到这百越纹身的地方。柳宗元《登柳州城楼寄漳汀封连四州刺史》)(4)潮落夜江斜月里。(潮水退落在斜月照射的江面上。张祜《题金陵渡》)(5)清晨入古寺。(清晨进入到古老寺院。常建《破山寺后禅院》)(6)白日落梁州①。(白日落在遥远的西北凉州。张乔《书边事》)

2. 动作起点

有11例，其中七言4例(七古1例，七律3例)，五言7例(五律3例，五古4例)。例如：

(1)校尉羽书飞瀚海。(校尉的紧急军书从辽阔大漠飞速传来。高适《燕歌行》)(2)锦江春色来天地。(锦江的春色从天地交汇之处扑面而来。杜甫《登楼》)(3)一片降幡出石头。(一片降旗从金陵城头挂出。刘禹锡《西塞山怀古》)(4)气蒸云梦泽。(茫茫水汽从云梦泽蒸腾而起。孟浩然《临洞庭上张丞相》)(5)凉风起天末。(阵阵凉风不断从遥远的天边刮来。杜甫《天末怀李白》)

3. 发生(活动)场所

有29例，其中七言15例(七绝3例，七律5例，七古7例)，五言14例(五律6例，五绝2例，五古6例)。例如：

(1)漂泊西南天地间。(在西南天地间漂泊。杜甫《咏怀古迹》)(2)骨肉流离道路中。(骨肉亲人在奔波中流离失所。白居易《望月有

① 此处“梁州”指的是甘肃“凉州”。

感》)(3)未免捶楚尘埃间。(不免在地上遭受毒打。韩愈《八月十五夜赠张功曹》)(4)白首卧松云。(人老头白时到山林隐居。李白《赠孟浩然》)。(5)猿啼洞庭树。(猿猴在洞庭湖畔的树上啼叫。马戴《楚江怀古》)(17)红豆生南国。(红豆生长在南方。王维《相思》)

4. 存在场所

有17例，其中七言7例(七律2例，七绝1例，七古4例)，五言10例(五律6例，五绝1例，五古3例)。例如：

(1)诸葛大名垂宇宙。(诸葛大名在宇宙中间永垂不朽。杜甫《咏怀古迹》)(2)巴山夜雨涨秋池。(巴山夜晚的雨水已在秋天的池塘里涨满。李商隐《夜雨寄北》)(3)银河倒挂三石梁。(银河似的瀑布在三石梁上倒挂着。李白《庐山谣寄卢侍御虚舟》)(4)圣恩若许留太学。(如蒙圣恩允许在太学里保留。韩愈《石鼓歌》)(5)郡邑浮前浦。(郡邑恰似漂浮在水面上。王维《汉江临泛》)(6)同居长干里。(我俩一起在长干里居住。李白《长干行》)

5. 经过场所

有18例，其中七言10例(七古7例，七律2例，七绝1例)，五言8例(五律5例，五绝2例，五古1例)。例如：

(1)野鹿呦呦走堂下。(有如野鹿呦呦叫着从堂下跑过。李颀《听董大弹胡笳声兼寄语弄房给事》)(2)春风不度玉门关。(春风吹不过玉门关。王之涣《出塞》)(3)行舟绿水前。(船只在碧绿的湖水前经过。王湾《次北固山下》)(4)疏雨过中条。(冒着小雨从中条山中经过。许浑《秋日赴阙题潼关驿楼》)(5)残月下章台。(残月从章台上落下。韦庄《章台夜思》)

6. 动作方向

有 5 例，其中七古 2 例，五言 3 例(五律 2 例，五古 1 例)。例如：

(1)江流天地外。(江水流到天地外。王维《汉江临泛》)(2)早晚下三巴。(什么时候顺流而下前往三巴。李白《长干行》)

就五七两体来看，二者在语例数量和语义类型上都差别不大。从数量说，七言诗 64 个，五言诗 62 个，数量相当。从语义类型说，七言诗和五言诗在表示动作归结点、起点、发生(活动)场所、存在场所、经过场所和动作方向等类型的用频方面也相差不大(归结点，七言诗 26 例，五言诗 20 例，非归结点，七言诗 38 例，五言诗 42 例)。

就古近两体来看，近体诗语例数(75 例)与古体诗(51 例)的差别，主要在表示动作行为归结点方面(近体诗 31 例，古体诗 15 例)，而其用例多少没有历史方面的意义，因为无论古代还是现代，表示归结点的成分只能在谓语之后，不能移到谓语之前。在表示动作起点成分的用频方面，近体诗 6 例，古体诗 5 例，二者差别不大。

(二)谓语后“ØL”式溯源探流

“ØL”居于谓语之后的现象在上古晚期比较常见，此后出现逐渐减少趋势，但是直到魏晋南北朝时期，其用频仍在 50%以上，宋代以后方低于前置式。据刘海平(2011)，《史记》居于 VP 后的“ØL”语例占 99%，《世说新语》居于 VP 后的“ØL”语例占 53%。据笔者调查，“《诗经》20 首”20 例“ØL”中有 18 例居于谓语动词之后(如“置之河之干兮”“我行其野”“申伯还南”)，《古诗十九首》10 例“ØL”全部居于谓语动词之后(如“越鸟巢南枝”“人生天地间”“促织鸣东壁”)，“六朝诗 35 首”40 例“ØL”中有 32 例居于谓语动词之后(如“南登霸陵岸”“名编壮士籍”“种葛南山下”)，“宋词 65 首”32 例“ØL”中只有 11 例居于 V 后(如“雾敛澄江”“春归何处”“大儿锄豆溪东”)。

二、谓语前的“ØL”式

（一）谓语前“ØL”式静态考察

“ØL”式用于VP（谓语）之前有104例，占“ØL”式总数（230例）的45%。语义上有以下几类：

1. 动作起点

有11例，其中七言4例（七律2例，七绝2例），五言7例（五律5例，五绝1例，五古1例）。例如：

（1）剑外忽传收蓟北。（忽然从剑外传来了收复蓟北的消息。杜甫《闻官军收河南河北》）（2）玉楼天半起笙歌。（高高的玉楼在半空中奏起了笙歌。顾况《宫词》）（3）海上生明月。（海上升起了一轮明月。张九龄《望月怀远》）（4）墟里上孤烟。（村落里升起一缕炊烟。王维《辋川闲居赠裴秀才迪》）

2. 发生（活动）场所

有60例，其中七言41例（七古23例，七律10例，七绝8例），五言19例（五律11例，五绝2例，五古6例）。例如：

（1）金山西见烟尘飞。（金山西面胡骑搅起的烟尘漫天飞扬。岑参《走马川行奉送封大夫出师西征》）（2）凤凰台上凤凰游。（在这凤凰台上曾经有凤凰遨游。李白《登金陵凤凰台》）（3）鹦鹉前头不敢言。（在鹦鹉前头不敢说话。朱庆余《宫中词》）（4）天涯哭此时。（此时正在天涯海角为你痛哭。张籍《没蕃故人》）（5）夜雨剪春韭。（在夜雨中剪割春韭。杜甫《赠卫八处士》）（6）松下问童子。（在松树下询问儿童。贾岛《寻隐者不遇》）

3. 存在场所

有11例，其中七言7例(七古5例，七绝2例)，五言4例(五律2例，五绝2例)。例如：

(1)岁夜高堂列明烛。(似乎除夕的高堂排列着耀眼的蜡烛。李颀《听安万善吹觱篥歌》)(2)碧阑干外绣帘垂。(碧绿的阑干上垂挂着绣花的门帘。韩翃《已凉》)(3)明月松间照。(明月在松树间照着。王维《山居秋暝》)(4)岭外音书绝。(在岭南，全无家乡的音讯。李频《渡汉江》)

4. 经过场所

有3例，其中七言2例(七律1例，七古1例)，五律1例。例如：

(1)松柏一径趋灵宫。(松柏覆盖的一条小径直趋灵宫。韩愈《谒衡岳庙遂宿岳寺题门楼》)(2)清泉石上流。(清泉从石上流过。王维《山居秋暝》)

5. 动作方向

有19例，其中七言11例(七古9例，七律1例，七绝1例)，五言8例(五律6例，五绝1例，五古1例)。例如：

(1)前不见古人。(向前看不到古人。陈子昂《登幽州台歌》)(2)汉家大将西出师。(汉军大将率师向西出征。岑参《走马川行奉送封大夫出师西征》)(3)千乘万骑西南行。(千军万马向西南逃离。白居易《长恨歌》)(4)秋雁又南回。(秋雁又返回南方。韦庄《章台夜思》)(5)山光忽西落。(山上的太阳忽然向西落下。孟浩然《夏日南亭怀辛大》)

从构成看，104例中有46例不带方位成分(单音词14例，双音词或短语32例)，58例带方位成分。这58例中，“名词+方位词”式51例，占88%，“方位词+名词”式6例，占10%。前者有“凤凰台上、望仙楼上、海上、乐游原上、岩上、淮上、石上、墟里、九华帐里、昭阳殿里、峡里、花里、岐王宅里、锦里、风中、空中、幕中、世中、十二楼中、山中、水下、帐下、地下、松下、剑外、花外、郭外、碧阑干外、轮台城头、浔阳江头、鹦鹉前头、群玉山头、崔九堂前、军前、门前、马前、轮台城北、沉香亭北、蓟北、松间、花底、涧底、金山西、城南、天半、天际、路傍、村边、石矶西畔”，以及带方位词的并列短语“天上人间、榻上庭前”，后者有“中峰、北阙、南山、半壁、西门、西楼”。

从分布看，65个用于七言诗，其中48例(74%)表示发生(活动)场所和存在场所，39个用于五言诗，其中23例(59%)表示发生(活动)场所和存在场所，这说明长句便于指明动作行为发生或主体事物存在的处所。近体诗语例数(58例)比古体诗(46例)多一些，这证明近体诗在这一点上能够更为及时地反映语言的变化，因为二者语例数量的差别主要在表示动作起点方面(近体诗10例，古体诗1例)，表示动作起点的“ØL”式在上古时期一般位于VP(谓语)之后，中古时期以后才移到VP(谓语)之前。

(二)谓语前“ØL”式溯源探流

“ØL”做状语也是从上古时期开始出现的一种句法现象，但是其使用频率与做补语的情况相反，是由低到高的。上古例如《国语·越语》“必庙礼之”，《韩非子·五蠹》“山居而谷汲”，《战国策·秦策三》“秦王庭迎”，《史记·廉蔺列传》“相如庭叱之”，《汉书·张骞传》“大月氏复西走”，《列子·汤问》“北饮大泽”。据笔者调查，“《诗经》20首”20例“ØL”中只有2例居于VP前(“我东曰归”，“我心西悲”)，《古诗十九首》中，10例“ØL”中没有居于VP前的用例，“六朝诗35首”40例“ØL”中只有8例居于VP前(“不得中顾私、江南倦历览、车骑四方来、关山晓催轴、檐前露已团、冰河牵马渡、雪路抱鞍行、蓟北聊长望”)，“宋词65首”32例“ØL”中有多达21例居于VP前(如“小楼昨夜又东风”“小园香径独徘徊”“九疑山畔才雨过”）。VP 前“ØL”的占比是逐渐提高的。

从构成上看，VP 前的“ØL”经历了由简单到复杂的变化过程，表现在由单音处所名词发展为双音处所名词或名词短语，由不带方位词发展到带方位词。何乐士（2005，2000，1992）研究，从《左传》到“敦煌变文”，“ØL”的构成发生了巨大变化，双音词不断增多，添加方位词的现象越来越多，“充分显示出口头用语的丰富与灵活”。

三、“PL”式

（一）“PL”式静态考察

有 26 例，有的居于 VP（谓语）之后，有的居于 VP（谓语）之前。

1. 居于 VP（谓语）之后的“PL”

共有 11 例。其中 7 例(七古 4 例，五古、五绝、七律各 1 例)表示动作归结点，即：

（1）玉花却在御榻上。（玉花骢图如真马倒在御榻上。杜甫《丹青引赠曹霸将军》）（2）汉兵屯在轮台北。（岑参《轮台歌奉送封大夫出师西征》）（3）一朝选在君王侧。（一旦被选在皇帝身边做妃嫔。白居易《长恨歌》）（4）石鼓之歌止于此。（石鼓歌就结束在这里。韩愈《石鼓歌》）（5）演漾在窗户。（荡漾在门窗里。王昌龄《同从弟南斋玩月忆山阴崔少府》）（6）没在石棱中。（陷没在石棱中。卢纶《塞下曲》）（7）佩声归到凤池头。（佩饰铿锵声已回到中书省。王维《和贾至舍人早朝大明宫之作》）

3 例（五绝、五古、七古各 1 例）表示发生或存在场所，即：

（1）妾住在横塘。（妾居住在横塘。崔颢《长干曲》）（2）幽居在空谷。（幽居在空荡荡的山谷里。杜甫《佳人》）（3）故人从军在右辅。

(朋友在凤翔军中供职。韩愈《石鼓歌》)

1例(出自七古)表示动作起点，即：

杲杲寒日生于东。(一轮明亮的寒日从东方升起。韩愈《谒衡岳庙遂宿岳寺题门楼》)

2. 居于VP(谓语)之前的“PL”

共有15例。其中8例(七古3例，七律、七绝、五古、五律、五绝各1例)表示动作起点，即：

(1)租税从何出。(租税从哪里拿出。杜甫《兵车行》)(2)公从何处得纸本。(从哪里得到的拓本。韩愈《石鼓歌》)(3)此乐本自龟兹出。(此乐本来从龟兹引进。李颀《听安万善吹觱篥歌》)(4)二陵风雨自东来。(崤山南北二陵风雨从东而来。崔曙《九月登望仙台呈刘明府容》)(5)笑问客从何处来。(嬉笑着问客人从哪里来。贺知章《回乡偶书》)(6)秋色从西来。(悲凉秋色从关西弥漫而来。岑参《与高适薛据登慈恩寺浮图》)(7)客从东方来。(客人从东方来。韦应物《长安遇冯著》)(8)君自故乡来。(您从故乡来。王维《杂诗》)

4例(七绝、七古各2例)表示发生或存在场所，即：

(1)独在异乡为异客。(独自在他乡漂泊。王维《九月九日忆山东兄弟》)(2)会向瑶台月下逢。(一定在瑶台月下相逢。李白《清平调》)(3)还从物外起田园。(还在世外仙境种起了田园。王维《桃源行》)(4)家在虾蟆陵下住。(老家住在长安城东南的虾蟆陵。白居易《琵琶行》)

3例(五律、七绝、五绝各1例)表示经过场所或动作方向，即：

(1)长愿向南流。(愿这条河永向南流。张乔《书边事》)(2)杜鹃休向耳边啼。(杜鹃别在我耳边悲啼。无名氏《杂诗》)(3)白日依山尽。(太阳依傍着西山落地。王之涣《登鹳雀楼》)

总之,《唐诗三百首》"PL"式有 26 例,占处所式语例总数(256 例)的 10%。其中,居 VP 前的用例稍多(15 例),居 VP 后的用例较少(11 例)。"L"(介词)有"在、从、向、自、到、依、于"。

"PL"多数出自七言诗(17 例),少数出自五言诗(9 例),14 例出自古体诗,12 例出自近体诗。古体诗中的"PL"较多居 VP 后(8 例),较少居 VP 前(6 例),近体诗中的"PL"较少居 VP 后(3 例),较多居 VP 之前(9 例),说明近体诗与现实语言的关系更为密切些。在介词使用上,五七言和近古体都无显著差别。

(二)"PL"式溯源探流

历史上,"PL"式的用频有逐渐降低的趋势。"《诗经》20 首"中"PL"有 17 例(如"至于顿丘""鸡栖于埘""我来自东"),比"ØL"少 3 例;《古诗十九首》中"PL"只有 2 例(均为"客从远方来"),远低于"ØL"的 17 例;"六朝诗 35 首"中"PL"只有 3 例("羽檄从北来""欢爱在枕席""结庐在人境"),远低于 40 例的"ØL";"宋词 65 首"中"PL"仅有 2 例("笑从双脸生""归来插向谁家"),远低于 32 例的"ØL"。另外,《报任安书》中"PL"式有 15 例,占 35%①。详见表 3.1:

---

① 《报任安书》"PL"式和"ØL"式分别是 15 例和 28 例。前者为"托于世、列于君子之林、可见于此、遂下于理、近乎卜祝之间、幽于圜墙之中、拘于羑里、受械于陈、囚于请室、灌夫受辱于居室、至于鞭棰之间、幽于粪土之中、文采不表于后、自托于无能之辞、深藏于岩穴邪",其中"介词"全部是"于(乎)"。后者为"处秽、孔子适陈、待罪辇毂下、不能备行伍、仆亦尝厕下大夫之列、出入周卫之中、俱居门下、深践戎马之地、足历王庭、垂饵虎口、转斗千里、深幽囹圄之中、仆又茸之蚕室、卒就死耳、声闻邻国、人不能早自裁绳墨之外、自沉溺缧绁之辱、没世、不韦迁蜀、韩非囚秦、藏之名山、复上父母之丘墓、侧闻、东从上来、外廷末议、北首、上计轩辕、下至于兹"。

表 3.1 唐代前后部分诗歌文献中"PL"和"ØL"语例数量占比表

形式	诗经 20 首		报任安书		古诗十九首		六朝诗 35 首		宋词 65 首	
	数量	占比	数量	占比	数量	占比	数量	占比	数量	占比
PL	17	46%	15	35%	2	17%	3	7%	2	6%
ØL	20	54%	28	65%	10	83%	40	93%	32	94%

"PL"式在先秦时期一般居于 VP 后，汉代以后才发生明显变化。"《诗经》20 首"中 17 例"PL"式，居于 VP 后者有 16 例，占绝对多数。"六朝诗 35 首"中"PL"式只有 3 例，1 例居前，2 例居后。司马迁《报任安书》中的"PL"式均居 VP 后。刘海平(2011)对《史记》和《世说新语》的研究也得出了相近的结论。"《古诗十九首》"比较特殊，2 例"PL"式(均为"客从远方来")居于 VP 前。现将上述几种文献中的数据列表如下，见表 3.2：

表 3.2 唐代前后部分文献 VP 前后"PL"用频统计表

文献	"PL"居 VP 前		"PL"居 VP 后	
	例数	占比	例数	占比
诗经 20 首	1	6%	16	94%
史记	10	2%	593	98%
古诗十九首	2	100%	0	0%
六朝诗 35 首	1	33%	2	67%
世说新语	49	51%	48	49%

总体看，从上古到中古，"PL"式居后频率由高变低了，居前频率由低变高了。

"PL"里的"P"在汉语史上也发生了重要的变化，上古时期主要是"于"，南北朝以后替换为"在"。王力(1989：209-211)指出，南北朝以后的口语里，“在”字取代了“于”字。

小　　结

《唐诗三百首》处所式中的“ØL”式和“PL”式均是唐代之前形成的类型，反映了其与前代语言的密切联系。

《唐诗三百首》“ØL”式共有 230 例，占 90%，“PL”式共有 26 例，占 10%。这种“ØL”较多而“PL”较少的格局，一方面是汉语句法历史发展变化的反映，另一方面也是唐诗浓厚口语性的反映。

《唐诗三百首》“PL”式较多居于 VP 前，较少居于 VP 后，“ØL”式较多居于 VP 后，较少居于 VP 前，这种分布状况跟《世说新语》非常接近，符合当时汉语句法的发展过程。

VP 前“ØL”式的构成在历史上经历了由简单到复杂的变化过程，即由单音处所名词发展为双音处所名词或名词短语，由不带方位词发展为带方位词。《唐诗三百首》中的情况符合这种趋势。

《唐诗三百首》“PL”式中的介词“P”多为“在”，有时是“从、向、自、到、依、于”等，这是唐代汉语时代特点的体现。

第二节　动　补　式

学界对于汉语动补式形成与发展问题已有不少研究(参看蒋绍愚、曹广顺，2005)，但是涉及唐代或晚唐五代汉语动补式者却寥寥无几。王力(1958：268-269)只有“使成式也是新兴的形式，大约导源于汉代，到唐代才普遍应用，而且一般只用于诗句里”等只言片语，其所谓的“使成式”就是“动词+结果补语”。王力(1989)又提到唐诗语句“石角钩衣破”等，认为它们包括“隔开”型结果补语。高友工、梅祖麟(1989：99-101)所谓的“兼语句”中也包括这类句子，该文指出，“兼语句的例子有：‘寒天催日短’，‘峡云笼树小/湖日落船明’，‘石角钩衣破’，‘楼雪融城湿’，‘红入桃花嫩/绿归柳叶新’”，“所谓兼语式包括了名词+动词+名词+动词的语法结构和施动者—动作—动作对象—效果的语义形式，它是以第二个动词表达动作效果。‘大声吹地转’这句意为：‘宏亮的声音吹着地球，并使它转动’，‘地’同时充当着‘吹’的宾语和‘转’的主语，所以这是个兼语”。桥本万太郎(1985：48-49)探讨“动词+结果补语”格式形成问题时说：“从杜甫诗中，我们还看得到这种句型的演变过程：石角+钩+衣+破(NP1・V_1・NP2・V_2)；烧+烛+短(V_1・NP2・V_2)。至于‘钩破+衣服’‘烧短+蜡烛’这种V_1和V_2的结合形态，许多语法家都公认是宋以后的事。但是，Vl和V_2怎么会形成复合动词的呢？至今还没有对这一变化归纳为结构变化提出理论解释。我们把它解释为顺行结构向逆行结构统一的一个方面。”此外，刘利(1992)考察了《祖堂集》中表示结果、程度、能性、动态、趋向、处所、方位、数量等补语的使用情况，发现“补语的运用已经十分普遍”，“充当动词补语的词的阵容相当可观”，“出现了一些新生的补语词”，“动词的补语成分在结构上表现出多样化的特征”，“‘着’、‘了’、‘得’等词在动补结构中充当补语”。吴福祥(1996)考察了《敦煌变文集》动补式的使用情况，统计出动补结构1175例，其中有344例“动词+结果补语”，21例“动词+程度补语”，8例“动词+状态补语”，552例“动词+趋向补语”，250例“带‘得’动补式”(127例“动结式”，5例“动趋式”，11例“动状式”，104例“动能式”)。

关于动补式类型的划分，目前学术界尚存争议。本书主要采用下列分类方法(不含处所补语和形容词谓语句中的程度补语)：

无“得”动补式
- “动词+结果补语”式
- “动词+宾语+结果补语”式①
- “动词+趋向补语”式
- “动词+状态补语”式
- “动词+时态补语”式

① 指所谓隔开型动结式(王力，1989)，也有学者称之为“兼语句”等。

带“得”动补式
- 表示结果的带“得”动补式
- 表示趋向的带“得”动补式
- 表示状态的带“得”动补式
- 表示可能的带“得”动补式
- 表示程度的带“得”动补式①

据调查,《唐诗三百首》中有5例“动词+结果补语”式,4例“动词+宾语+结果补语”式,5例“动词+趋向补语”式,8例“动词+状态补语”式,1例“动词+时态补语”式,2例表示结果的带“得”动补式,3例表示可能的带“得”动补式,3例“动词+动量补语”式,5例“动词+时段补语”式,共36例动补式。

一、“动词+结果补语”“动词+宾语+结果补语”式

(一)“动词+结果补语”式静态考察和溯源探流

结果补语表示动作、行为导致的结果。5例。其中,1例表示肯定(出自七古),即:

惊破霓裳羽衣曲。(惊乱了霓裳羽衣曲。白居易《长恨歌》)

4例表示否定(出自七律、七绝、五古和五律),即:

(1)天外三峰削不成。(天外三峰不是人工所能削成。崔颢《行经华阴》)(2)唯觉尊前笑不成。(只觉得酒筵上要笑笑不出声。杜牧《赠别》)(3)秋风吹不尽。(秋风不能把砧声吹尽。李白《子夜秋歌》)(4)

① 例如“好得很”。这种补语多数用于形容词谓语句,少数用于心理动词谓语句。本书未涉及。

野火烧不尽。（野火不能把地上的草烧尽。白居易《赋得古原草送别》）

关于表示肯定意义的“动词+结果补语”式产生的时间，学术界有不同说法，先秦、汉代、魏晋南北朝和唐代均有主张。笔者认为，“动词+结果补语”式不可能是短时间形成的。《尚书·盘庚上》“若火之燎于原，不可向迩，其犹可扑灭”中的“扑灭”固然与后代的“扑灭”有所不同，但是不能说它与“动词+结果补语”式没有任何关系。先秦文献中类似的语例不少，如《左传》“战败卫师”、“余掖杀国子”、“匡正王室”，汉代的例子更多，如《史记》“越王勾践射伤吴王”（《楚世家》）、“绪正律历”（《张丞相列传》）、“齐伐取我隆”（《鲁周公世家》）、“遂饿死于首阳山”（《伯夷列传》）。因此，说“动词+结果补语”式萌芽于先秦也未尝不可。但直到魏晋南北朝时期，其使用频率都不高。李平（1984）认为该式“在《世说新语》和《百喻经》中还不很丰富，典型的例子尚不多”，例如《法显传》“欲夺取之”，《后汉书·刘盆子传》“士多冻死”，《世说新语·容止》“看杀卫玠”，《紫骝马歌辞》“壮女笑杀人”，《读曲歌》“打坏木栖床”，《魏书·阳尼传》“以感动悦”，《百喻经》“打破头”。唐代以后有了较多的用例。据刘利（1992），《祖堂集》中有“一棒打杀龙蛇”“倏忽之间迷病死”“与摩道还得剿绝”“踏破草鞋作什摩”“在路逢见天使”“师拦胸把住”“不用更磨莹”等。据吴福祥（1996），《敦煌变文集》中有338例。据我们调查，《古诗十九首》有“萧萧愁杀人”“古墓犁为田”“松柏摧为薪”3例，“宋词65首”中较多，有“折尽梅花”“绿萍涨断莲舟路”“听取蛙声一片”“寻取中流誓”等例，《朝野佥载》中有30余例。“动词+结果补语”肯定式直到晚唐五代时期才真正显示出迅猛发展的势头。

表示否定意义的“动词+结果补语”式出现较晚。在唐代之前的文献中尚未发现。此式可能是在“动词+宾语+不+结果补语”式（如《战国策·秦策三》“除疾不尽”，《世说新语》“客饮酒不尽”“澄之不清，扰之不浊”，《洛阳伽蓝记》卷二“有一柱焚之不尽”。参看李平，1984：147）的基础上形成的。唐代以后变得较为多见。《祖堂集》中有“千万人把不住”“这里针扎不人”等(参看刘利，1992)，“宋词65首”中有“剪不断”“青山遮不住”。

(二)“动词+宾语+结果补语”式静态考察和溯源探流

4例，全部出自七古。即：

(1)杀人莫敢前。(杀得顽敌不敢上前。李颀《古意》①)(2)一洗万古凡马空。(一下子把万代凡马清洗得无影无踪。杜甫《丹青引赠曹霸将军》)(3)风吹仙袂飘飘举。(风把衣袖吹得飘飘而起。白居易《长恨歌》)(4)长绳百尺拽碑倒。(百尺长绳把石碑拽倒。李商隐《韩碑》)

有学者认为这种形式是“黏合型动结式”(“动词+结果补语”)的前身。实际上有的用例并不能变为“黏合型动结式”，例如“杀人莫敢前”(*“杀前人莫敢”)。笔者认为，这种补语可能是“得”字动补式(“打得他魂飞胆丧”)的前身。

“动词+宾语+结果补语”式上古已有用例。如《左传》“举趾高”、“郏子执玉高”(参看梁银峰，2001)。又如《史记》“斫大树白”、“击陈柱国君房死”。东汉以后用例增多。如《子夜四时歌》“春风复多情，吹我罗裳开”，《法显传》“啮其腰带断”“遣人伐其树倒”，《贤愚经》“今当打汝前两齿折”，《百喻经》“以梨打我头破乃尔”“风吹枝折”“即便以嘴啄雌鸽杀”，《懊侬曲》“寡妇哭城颓”，《华山畿》“风吹窗帘动”，《宋书·索虏传》“贼撞三城已毁”。唐代以后例子更为多见。据吴福祥(1996)，《敦煌变文集》中有6例，如“力士便差人掘地道成”“仍更打他损伤”“遂即打其齿落”“即打韩朋双板齿落”“花儿被吓胆破”。《朝野佥载》中有近20例，如“于客舍遂饮之醉”“造天尊堂成”“遂于枷上斫安仁死”“弯弓射你伤”“昌仪打双脚折”“黄柏犊子挽蚓断”“浮休子乃推土龙倒”“打锁破”“即裂其书碎”。“宋词65首”有2例(“无计留春住”“垂柳不萦裙带住”)。

---

① 李颀《古意》整体属于七古。

二、“动词+趋向补语”式

(一)“动词+趋向补语”式静态考察

趋向补语表示事物随动作而移动的方向，都用趋向动词充当。有5例，其中3例出自七古，1例出自七绝，1例出自五绝，即：

(1)陋儒编诗不收入。(陋儒编诗时没有收入。韩愈《石鼓歌》)(2)罗帏送上七香车。(用绫罗帷幔覆盖把她送到香木车上。王维《洛阳女儿行》)(3)宝扇迎归九华帐。(用宝扇遮日把她接到九华帐里。王维《洛阳女儿行》)(4)蜻蜓飞上玉搔头。(蜻蜓飞到她的玉簪上头。刘禹锡《春词》)(5)打起黄莺儿。(把黄莺鸟儿赶走。金昌绪《春怨》)

趋向补语为“入、上、归、起”。补语后大多带有宾语，其宾语均居补语后。

(二)“动词+趋向补语”式溯源探流

“动词+趋向补语”式形成于上古。例如《左传》“还入于郑”、“捉发走出”、“督戎逾入”，《韩非子·内储说上》“走出门者何”，《战国策·赵策二》“楼缓闻之，逃去”等(参看潘允中，1982：238)。汉代开始进入发展快轨。何乐士(2005)指出：“《史记》中这类补语扩大了运用范围，用法也更加灵活多样。约有‘出’、‘入’、‘去’、‘下’、‘走’、‘至’、‘来’、‘到’、‘上’、‘过’、‘起’、‘还’等十二个。”例如《史记》“君为我呼入”“扁鹊已逃去”“有一人从桥下走出”“臣故载来”“陈平乃与汉王从城西门夜出去”“遂逐出献公”“右贤王走出塞”“取鸡狗马之血来”“汉王遁出去”“铁销皆飞上去”。魏晋南北朝时期，此前常见的形式进一步广泛使用，一些较为少见者也开始流行起来(参看柳士镇，2019：467)。例如《观沧海》“洪波涌起”，《紫骝马歌辞》“野鸭飞上天”，《孔雀东南飞》“府吏还家去”，

《艳歌何尝行》“吾欲衔汝去”，《博物志》卷三“此兽便跳起在师子头上”，《三国志·孙坚传》注引《英雄记》“城中贼出来”。唐代以后使用更加普遍。据吴福祥(1996)，《敦煌变文集》有552例，高居榜首。据笔者调查，“宋词65首”中有13例之多(如“乱红飞过秋千去”“卷起千堆雪”“把乾坤收入”“做出争雄势”)。

三、“动词+状态补语”和“动词+时态补语”式

(一)“动词+状态补语”式静态考察和溯源探流

状态补语表示动作、行为呈现出来的状态。关于状态补语的外延，学术界有不同看法，有人把“吓得魂不附体”“写得好”“看仔细”都视为“动词+状态补语”。我们认为：“魂不附体”是“吓”的结果，不是其状态(如何“吓”)；“好”是用来形容“写的字”的，不表“写”的结果或状态，因此实际上它们既非结果补语也非状态补语，而是谓语(“写得好”应为“写的好”)。只有“仔细”是“状态补语”，它可以变换为状态状语：

看〈仔细〉　⇔　[仔细]看

动词+状态补语　　状态状语+动词

共有8例，其中五言诗5例(五古2例，五律3例)，七言诗3例(七古2例，七绝1例)：

(1)樵人归欲尽。(打柴的樵夫们几乎全部归家。孟浩然《宿业师山房待丁大不至》)(2)烟鸟栖初定。(暮烟中的鸟儿刚刚安静地栖息。孟浩然《宿业师山房待丁大不至》)(3)几行归塞尽。(几阵旅伴已经全部飞回塞上。崔涂《孤雁》)(4)闲鹭栖常早。(悠闲的白鹭常常早早回巢栖宿。钱起《谷口书斋寄杨补阙》)(5)秋花落更迟。(秋花凋落得更

迟。钱起《谷口书斋寄杨补阙》)(6)被驱不异犬与鸡。(被驱赶得跟犬与鸡无异。杜甫《兵车行》)(7)升天入地求之遍。(上天下地到处寻找她。白居易《长恨歌》)(8)两岸猿声啼不住。(两岸猿声还在耳边不停。李白《早发白帝城》)

例中画线成分都可以变换为"状态状语+动词":"欲尽归、初定栖、尽归塞、常早栖、更迟落、不异犬与鸡(那样)被驱、遍求之、不住啼"。

"动词+状态补语"式出现不晚。如《诗经·宾之初筵》"屡舞仙仙"(意为"屡仙仙舞"),《史记·五宗世家》"府库坏漏尽"(意为"府库尽坏漏")。《古诗十九首》有"泣涕零如雨","六朝诗35首"有"马毛缩如蝟""秋蓬卷欲飞"。唐代以后不时浮现。例如《祖堂集》"尘劳难脱哭怆怆""哭太煞"等(参看刘利,1992)。"宋词65首"中有1例("丁宁花放迟")。

"动词+状态补语"式的否定式也始见于先秦。例如《诗经·风雨》"鸡鸣不已",《世说新语·识鉴》"看之不辍"。"宋词65首"有"秀野踏青来不定"。

(二)"动词+时态补语"式静态考察和溯源探流

时态补语是能够表示动作、行为所处时间状态的补语,由表示结束或持续的动词充当。在语义指向上与"状态补语"相同——完全指向谓语动词,在句法上与表示"完了"义的"时间状语"(如《史记·刺客列传》"鲁句践已闻荆轲之刺秦王"中的"已")相对应:

闻〈已〉	⇔	[已]闻
动词+时态补语		时态状语+动词

只有1例,出自七古,即:

继周八代争战罢。(周后八代已经争战结束。韩愈《石鼓歌》)

例中时态补语“罢”表示行为的结束。

“动词+时态补语”式萌生于中古时期。柳士镇(2019：131)指出：“汉语语法史上这种表示动作时态的成分由谓语动词之前移往谓语动词之后，由用副词充任状语从时间上对动作进行修饰，变为用部分虚化了的动词充任补语从结果上对动作进行补充说明，却是一次极为重要的转变。”例如《三国志·魏志·武帝纪》“葬毕”，《搜神记》“治毕”“食毕”“缫讫”“言卒”，《世说新语·汰侈》“崇视讫”，《法显传》“王闻已”，《齐民要术》卷八“要待食罢”，《神仙传·董奉》“食了飞去”，《百喻经·宝箧镜喻》“众人闻已”“即便封着”(参看柳士镇 2019：129)。唐代以后迅速发展，唐末五代开始得到普遍使用。例如《祖堂集》“既出家已”“我今为汝忏悔竟”“礼师迄”“说着则头角生”“汝与我斫却”“把着枕子”“各登坐了”“添香去来”(参看刘利，1992)。“宋词 65 首”中多达 9 例(“等闲妨了绣工夫”“灯前写了书无数”“白了少年头”“梅谢了”“老了玉关豪杰”“唱著子渊新曲”“凭却长江”“闲却半湖春色”“除非问取黄鹂”)。

四、带“得”的动补式

(一)表示结果的带“得”动补式静态考察和溯源探流

表示结果的带“得”动补式有三种具体形式，即“动词+得”式、“动词+得+体词成分”式和“动词+得+谓词成分”式。《唐诗三百首》只有“动词+得+体词成分”和“动词+得+谓词成分”式。

1.“动词+得+体词成分”式的静态考察和溯源探流

1 例，出自七绝：

无端嫁得金龟婿。(没来由嫁了个做官的夫婿。李商隐《为有》)

“动词+得+体词成分”式始见于上古时期。例如《韩非子·说林上》“孟孙猎得麑”，《史记》“乃求得赵歇”(《张耳陈余列传》)、“攻得十城”(《苏秦列传》)，《汉书·石显传》“探得人主微旨”，《论衡·纪妖》“太公钓得巨鱼”(参看何乐士，2005；潘允中，1982：234)。魏晋南北朝以后用例逐渐增多。例如《后汉书·班超传》“捕得单于从兄”，《世说新语》“已聚敛得数斗焦饭”，《洛阳伽蓝记》卷一“遂来捉得贼”。这种“得”，意为“得到”。据刘利(1992)，《祖堂集》中用例很多，如“聚得千七百人”“摄匠人往彼雕得三十一相”“师接得棒子”“后焚得灵骨”“觅得几个”“假使起模尽样觅得片衣口食”“拾得一颗明珠”等。“宋词65首”有3例(“识得愁滋味”“折得一枝杨柳”“直饶寻得雁分付”)。

2.“动词+得+谓词成分”式的静态考察和溯源探流

1例，出自七古：

十三学得琵琶成。(十三岁就已学成弹奏琵琶的技艺。白居易《琵琶行》)

“动词+得+谓词成分”式始见于中古时期。例如《后汉书·宋弘传》“自投于水，家人得救”，《世说新语·规箴》“平子饶力，争得脱”，《搜神记》卷十四“尔能为我迎得父还，吾将嫁汝”，《小说》“笛声一发，感得蜻蛉出吟”(《太平广记》二零二卷引)。唐代以后出现频次增多。例如《朝野佥载》“撩得李日知嗔”，《独异志》“乘醉深入，被刺得肝肚俱出”(《太平广记》一百九十一卷引)，《汉将王陵变》“唬得皇帝洽背汗流”，《伍子胥变文》“感得日月无光，江河混沸”，《祖堂集》“直饶说得石点头”“过一两日念得彻”。

(二)表示可能的带“得”动补式静态考察和溯源探流

3例，出自七古：

(1)津口停舟渡不得。(渡口停船不能过河。李颀《送陈章甫》)(2)君王掩面救不得。(君主掩着面无法拯救。白居易《长恨歌》)(3)血污游魂归不得。(满脸污血的游魂不能回归宫廷。杜甫《哀江头》)

例中可能补语比较单一，均为“不得”。《全唐诗》中有表示肯定的用例(如唐宣宗李忱《瀑布联句》“溪涧岂能留得住”)，以及单用“得”字作补语的语例(如杜甫《得舍弟消息》“乱后谁归得”等)，《唐诗三百首》中未见。

唐代之前，这类动补式用例不多，形式上仅限于“不得”类。例如《吴子·应变》“进退不得”，《汉书·孝成许皇后传》“摇手不得”，《后汉书·隗嚣传》“买卖不得”。唐代以后，“不得”用例更为多见，同时出现了不少“得”类用例。例如《祖堂集》“肉眼里著不得”“官家若判不得，须唤村公断”“去不得”“行不得”(参看刘利，1992)。“宋词65首”有1例(“怎生去得”)。

五、“动词+数量补语”和“动词+时段补语”式

(一)“动词+数量补语”式静态考察和溯源探流

动量补语由表示动量的数量短语充任，用来表示动作发生的次数。在《唐诗三百首》中，表示动作行为的数量多数采用“数词状语+动词”式(有20余例，如“一举累十觞”“随山将万转”“千唤不一回”“一洗万古凡马空”“回眸一笑百媚生”“犹堪一战取功勋”“会须一饮三百杯”“百步九折萦岩峦”“十生九死到官所”“千呼万唤始出来”“此地一为别”“为我一挥手”“浮云一别后”“长大一相逢”“一岁一枯荣”“一为取龙城”“三顾频烦天下计”“怅望千秋一洒泪”“十年一觉扬州梦”等)，采用“动词+数量补语”式的例子只有3个，出自七古：

(1)转轴拨弦三两声。(转动琴轴后拨动三两声琴弦。白居易《琵琶行》)(2)欸乃一声山水绿。(一声欸乃从山清水绿中传来。柳宗元

《渔翁》)(3)愿书万本颂万过。(愿意把它抄写一万本诵读一万遍。李商隐《韩碑》)

例中动量补语分别是“三两声、一声、万过”。从补语与动词的结合上看，有黏合型的“动词+数量补语”式和隔开型的“动词+宾语+数量补语”式两种，结构类型比较完备。

表示动作行为的数量，早期一般采用“数词+动词”式。例如《左传·桓公九年》“三逐巴师”，《左传·文公十六年》“七遇皆北”，《左传·成公二年》“三周华不注”，《墨子·公输》“子墨子九距之”。偶尔采用“动词+数词”式。例如《左传·僖公二十八年》“距跃三百，曲踊三百”。汉代基本维持这种状况。例如《史记·淮阴侯列传》“智者千虑必有一失，愚者千虑必有一得”，司马迁《报任安书》“肠一日而九回”，晁错《论贵粟书》“一日不再食则饥”，诸葛亮《出师表》“三顾臣于草庐之中”，《史记·李斯传》“赵高治斯，榜掠千余”。同时出现了一种新形式——“动词+数量词”式，即在数词之后添加动量词。例如《史记·项羽本纪》“楚挑战三合”，刘向《说苑·敬慎》“诵三遍而请习之”，《风俗通义·穷通》“从者击亭卒数下”。魏晋南北朝时期，这种“动词+数量补语”式的例子开始增多。例如《三国志·吴志·赵达传》“今欲思论一过”，《搜神记》(卷十一)“哭泣数声”，《后汉书·光武帝纪》“乃椎鼓数十通”，《世说新语·文学》“攻难数十番”，《齐民要术》卷二“锄三遍乃止”，《水经注·江水》“余尝往返十许过”“猿鸣三声泪沾裳”，《魏书·毛脩之传》“被挞百下”。同时，“动词+数量补语”式产生了变体形式——“动词+宾语+数量补语”，“数词+动词”式也产生了变体——“数词+量词+动词”式。例如《搜神记》卷十一“叩头三下”，《搜神记》卷十二“两三度堕地”，《世说新语·文学》“攻难数十番”，《世说新语·任诞》“尝一过大输物”，《齐民要术》卷三“三遍熟耕”。不过，这时“数词+动词”式仍占绝对多数。据笔者调查，在《世说新语》中，用“一”表示动作频数的动量短语共有 15 例，其中 2 例采用“动词+数词+量词”式(“各作一声以送之”“昨夜复南塘一出”)，13 例采用“数词+动词”式(如

“一叩洪钟”“一见便改观”“一饮一斛”)。总起来看，先秦时期的“动词+数量补语”式用例很少，且补语只由数词充任，汉代可由数量短语充任，但用例一直不多，这种状况到唐代以后才有改变，量词成员的数量也有增加。例如《祖堂集》“各打二十棒”“绕师三匝”“喝一声”“道一句”“打两三下”“殴之数拳”“退一步”“过与一脚”“作一划”等(参看刘利，1992)。

(二)“动词+时段补语”式静态考察和溯源探流

时段补语又叫时量补语，就是表示动作、行为持续时间的补语，① 与时段状语相对。时段补语由表示时间的量词和数词组成的数量短语充当，或由“数词+量词+名词”短语充当。《唐诗三百首》时段补语有 5 例(五律、五绝、五古各 1 例，七古 2 例)：

(1)流水十年间。(岁月如流水一晃过十年。韦应物《淮上喜会梁川故人》)(2)深宫二十年。② (居深宫二十年。张祜《何满子》)(3)山林二十年。(在山林二十年。元结《贼退示官吏》)(4)将军得名三十载。(曹将军画马出名三十年。杜甫《韦讽录事宅观曹将军画马图》)(5)淮西有贼五十载。(淮西蔡州出现逆臣五十年。李商隐《韩碑》)

例(1)至例(3)省略动词“游走”“居”等。“时段补语”可以表示动作、行为本身持续的时间，也可以表示动作、行为结果存续的时间，前 3 例属于前者，后 2 例属于后者。

《唐诗三百首》中，“时段状语+动词”式有 5 例(“十年征戍忆辽阳”“千载琵琶作胡语”“三年谪宦此栖迟”“万古惟留楚客悲”“六年西顾空吟哦”，前 4 例出自七律，后 1 例出自七古)，数量上与“动词+时段补语”式相当。

① 关于动词后的时量成分，学术界还有宾语和后置状语等说法。

② 上句“故国三千里”省略动词“距”，“三千里”是表示空间距离的数量补语。此类补语在唐代之前多见，如《搜神记》中有“去亭六七里”等数十例。

从“动词+时段补语”式的内部结构形式看，有黏合型的“动词+时段补语”式和隔开型的“动词+宾语+时段补语”式(“得名三十载”)之分。

早期汉语中，“时段成分”大多添加在谓语动词的前面，尤其在表示否定的情况下。例如《诗经·王风·采葛》“一日不见”，《论语》“子在齐闻韶，三月不知肉味”(《述而》)、“君子三年不为礼，礼必坏”(《阳货》)，《战国策·赵二》“今用兵终身不休”，《史记》“三年不言”(《殷本纪》)、“火三月不灭”(《项羽本纪》)。表示肯定的情况下也往往采用“时段状语+动词”式。例如《左传》“亦终夜有声”(《宣公十二年》)、“数世赖之”(《襄公十三年》)、“吴子三日哭于军门之外”(《哀公十年》)、“孔丘三日斋”(《哀公十四年》)，《庄子·逍遥游》“三月聚粮”，《荀子·劝学》“吾尝终日而思矣”，《礼记·内则》“六年教之数与方名”。先秦汉语中已有“动词+时段补语”式，用例较少，比例较低。例如《左传·昭公十六年》“在位数世”，《论语·子路》“善人教民七年，亦可以即戎矣”，《孟子·滕文公上》“独居三年”，《史记·扁鹊仓公列传》“服汤二旬而复故”(以上表示动作行为持续的时间)，《论语·阳货》“子生三年，然后免于父母之怀”，《史记·五帝本纪》“尧立七十年得舜”。储泽祥(2005)指出：“汉语时量成分的位置安排，有这样一个倾向明显的规律：否定式中，时量成分位于动词的前边；肯定式中，时量成分位于动词的后边。……这种倾向从古代汉语到现代汉语，都是如此。”魏晋南北朝时期，“时段状语+动词”式多见和“动词+时段补语”式少见的格局发生了明显变化，二者在数量上已经平分秋色。《世说新语》有3例“时段状语+动词”式(“驽牛一日行百里”“二世作贼”“二世而亡”)，4例“动词+时段补语”式(“与嵇康居二十年”“家有名士三十年”“遂停三日”“乃开库一日”)，二者数量相近。

小　结

《唐诗三百首》动补式有36例(不含处所补语和程度补语)，这些语例多数出自七言诗(25例)，少数出自五言诗(11例)，其使用频率高低与诗句字数多少有关(详见表3.3)。

表 3.3　《唐诗三百首》动补式用例统计表

动补式类型	五古	五近	七古	七近	合计(例)
动词+结果补语	1	1	1	2	5
动词+宾语+结果补语			4		4
动词+趋向补语		1	3	1	5
动词+状态补语	2	3	2	1	8
动词+时态补语			1		1
表示结果的带“得”动补式			1	1	2
表示可能的带“得”动补式			3		3
动词+动量补语			3		3
动词+时段补语	1	2	2		5
合计(例)	4	7	20	5	36

“动词+结果补语”式、“动词+宾语+结果补语”式、“动词+趋向补语”式、“动词+状态补语”式、“动词+时态补语”式、“动词+动量补语”式、“动词+时段补语”式以及带“得”动补式，均形成于唐代之前，反映了唐诗句法对前代句法的继承。

《唐诗三百首》“动词+时态补语”式、“动词+数量补语”式以及“动词+时段补语”式的使用频率与魏晋南北朝时期非常接近。

从魏晋南北朝到唐代，从唐代到宋代，补语方面都出现了比较明显的变化：魏晋南北朝到唐代，结果补语和趋向补语的占比有大幅提高；唐代到宋代，趋向补语和时态补语的占比有大幅提高。

第三节　处　置　式

处置式研究最初是针对“把”字式或“将”字式，以后扩展到其他类型。吕叔湘(1959：42)指出，上古汉语中的“以”字有时也类似后代的“把”字。

吴福祥(1996)涉足了“捉”字式和“与”字式研究，曹广顺、龙国富(2005)涉足了“取”字式、“持”字式研究。

关于处置式的发展问题，王力(1958：269；246)指出，“处置式比使成式更为后起，中唐以前，似乎没有出现过，直到晚唐，如李群玉的‘未把彩毫还郭璞’，方干的‘应把清风遗子孙’等句，才是真正的处置式”。王力(1989：267)又指出“处置式确是在唐代就产生了”。桥本万太郎(1985：47)也认为“把”字句产生于中唐以后。冯胜利(2000：311-335)与以上看法相近。据潘允中(1982：261-262)，“将”字式和“把”字式在南北朝时期的文献中已可见到，例如汉魏乐府《上山采蘼芜》“将缣来比素”，《洛阳伽蓝记》卷四“把粟与鸡呼朱朱”，三国吴支谦译《义足经》卷上“急将是梵志释逐出我国界去”，元魏瞿昙般若流支译《不必定入定入印经》“把碎茟芟著其眼中”。吉仕梅(1995)发现了更早用例：《睡虎地秦墓竹简》“甲把衣钱藏乙室，即告亡，欲令乙为盗之”，《论衡》“牛生马，桃生李，如论者之言，天神入牛腹中为马，把李实提桃间乎”。周迟明(1964)指出，宾语由“以”字介出而移置于动词之前的格式“到东周以后就大量出现了”。潘允中(1982)和陈初生(1983)也认为上古汉语中存在着“以”字处置式。梅祖麟(1990)根据句子语义和标记把处置式分成不同的类型，探讨了其不同的发展过程。吴福祥(1996)借鉴梅祖麟(1990)的分类方法，统计了《敦煌变文集》各类处置式的使用频数。江蓝生(2000：232)指出：“给予动词表示处置是一种转用，唐宋白话文献里已见其例”，如《燕子赋》“与你到头尿却”。曹广顺、龙国富(2005)致力于研究中古汉语的“以”字式和“取”字式等。刘丽川(1983)根据王梵志诗处置式的使用情况，指出“在初唐‘将’字句是经常使用的一种语言形式”。钱学烈(2007：51-62)发现：在《全唐诗》中，处置式把字句116句，工具式把字句73句，表比较、认定的把字句14句。从出现的时间来看，表比较、认定的把字句出现最早，处置式把字句稍后，工具式把字句出现最迟。处置式和工具式把字句随着时间的推移，越来越少，体现了动词“把”向介词“把”虚化的演变过程。这个演变主要是在7世纪至10世纪中期完成的。处置式把字句中复杂形式出现得更晚，出现于8世纪到9世纪。

从以前的研究中可以得到如下信息：(1)汉语处置式有“以”字式、“取”字式、“将”字式、“把”字式等多种标记类型；(2)汉语处置式可以根据谓语动词的意义分类，有“广义处置式”(给予义、心理义、搬移义、传播义动词谓语处置式)、“特殊处置式”(致使义动词谓语处置式)、“狭义处置式”(其他各种意义的动词谓语处置式)；(3)汉语处置式最早出现在上古时期；(4)汉语处置式直到唐代也不常见。在三十多万字的《敦煌变文集》中只有135例，在印刷字数为七百零五万多字的《全唐诗》中，“把”字处置式(包括表示比较、认定的处置式)只有130句。在两万两千多字的《王梵志诗》中，“将”字处置式只有10例，“以”字处置式只有数例。(5)此前的唐诗处置式研究很少，主要集中在“把”字式方面，对“将”字式和“以”字式等关注不够。

据查，《唐诗三百首》中的处置式只有3例，1例出自七古，2例出自七律，即：

(1)安能以此上论列。(怎么才能把此事向皇帝建议。韩愈《石鼓歌》)(2)惟将迟暮供多病。(只能把迟暮的年光交给多病的身躯。杜甫《野望》)(3)欲取芜城作帝家。(想把遥远的扬州作为帝业基地。李商隐《隋宫》)

下面对《全唐诗》各种处置式的整体使用情况作粗略介绍。

一、“以”字、“取”字式

(一)《全唐诗》“以”字式静态考察

《全唐诗》中的“以”字式约有55例。其中，心理义动词做谓语的句子占绝对多数(约39例)，动词多是“为”(37例)，意为“视为”，偶尔是“比”或“似”(2例)，意为“视同”。例如：

(1)以此为长策。(把这个作为良策。张子容《送孟八浩然归襄阳二首》)(2)匈奴以杀戮为耕作。(匈奴把杀戮作为耕作。李白《战城南》)(3)以我为刍狗。(把我看作一只用于祭祀的草狗。钱起《赠东邻郑少府》)(4)以闲为自在。(把清闲看作自在。刘禹锡《岁夜咏怀》)(5)以兵为仁义。(把用兵看作仁义。孟郊《寒溪》)(6)高人以饮为忙事。(高尚的人把饮酒作为忙事。杜牧《湖南正初招李郢秀才》)(7)故以钵为舟。(所以把钵器当作船只。符蒙《题壁画杯渡道人》)(8)人以身为本。(人以身体为根本。寒山《诗三百三首》)(9)以我似班扬。(把我比作班扬。杜甫《壮游》)(10)以兹时比尧。(把此时比作尧时。孟郊《晚雪吟》)

在55例"以"字式中，给予义动词充任谓语的句子也有不少(约11例)。在这类句子中，前置的宾语一般是给予义动词的受事。例如：

(11)聊以玉壶赠。(聊且把玉壶赠送。岑参《至大梁却寄匡城主人》)(12)愿以长鞭遗。(愿把长鞭赠送。元稹《野节鞭》)(13)以果投猿父。(把果子投给老公猿。皮日休《樵子》)(14)以此献吾君。(把这个东西献给我君。皮日休《酒池》)(15)亦以鱼虾供熟鹭。(也把鱼虾送给熟悉的白鹭。陆龟蒙《奉和袭美所居首夏水木尤清适然有作次韵》)

例中"玉壶、长鞭、果、此、鱼虾"分别是"赠、遗、投、献、供"的受事。

在55例"以"字式中，搬移义动词充任谓语的句子约有3例：

(16)以石投深池。(把石块投进深池。王建《求友》)(17)无以冰炭置我肠。(别把冰与火放在我胸膛。韩愈《听颖师弹琴》)(18)以蝉易犬。(用蝉换犬。元稹《君莫非》)

例中“石、冰炭、蝉”分别是搬移义动词“投、置、易”的受事。

在55例“以”字式中，传播义动词充任谓语的句子只有1例：

(19)莫以采菱唱。(莫把采菱曲唱。李商隐《又效江南曲》)

例(19)“采菱”是“唱”的内容。

“以”字式较多分布于古体诗。如例(1)至例(10)，除1例“故以钵为舟”属于题壁诗“残句”外，其余9例中3例为近体诗(“以此为长策”“以闲为自在”“高人以饮为忙事”)，6例为古体诗(“匈奴以杀戮为耕作”“以我为刍狗”“以兵为仁义”“人以身为本”“以我似班扬”“以兹时比尧”)。

(二)《全唐诗》“以”字式溯源探流

“以”字式产生于先秦时期。例如《尚书》“以民迁”“以汝迁”，《诗经》“以我贿迁”，《左传·成公十六年》“伯州犁以公卒告王”，《国语·越语上》“天以越予吴”“天以吴予越”，《孟子·万章上》“天子不能以天下与人”，《战国策·齐策》“以责赐诸民”。两汉时期有进一步发展。例如《史记》“王以六城赂齐”“秦亦不以城予赵”“复以弟子一人投河中”，《汉书》“以货物与常”“即具以实语光”。南北朝时期仍然常用。据笔者调查，北魏慧觉译《贤愚经》的“以”字式占处置式总数的85%，如“当以斯事语诸梵志”(《二梵志受斋品》)、“以多美果着金盘上”(《二梵志受斋品》)、“云何乃以油滓与之”(《降六师品》)、“以国让子”(《降六师品》)。这些例子中，心理义动词谓语句最多，其余是搬移义动词谓语句(“以我贿迁”)、传播义动词谓语句(“伯州犁以公卒告王”)、给予义动词谓语句(“天以越予吴”)。

(三)《全唐诗》“取”字式静态考察和溯源探流

在《全唐诗》中，“取”字处置式用例极少。除上文所举李商隐《隋宫》“欲取芜城作帝家”外，再如：

(1)如班姬取扇俦。(又如班姬把扇子当作伴侣。宋之问《望月有怀》)(2)聊取玉琴弹。(暂且把玉琴弹奏。常建《宿五度溪仙人得道处》)(3)更取金陵作小山。(更把金陵当作小山。李白《永王东巡歌》)

例中"俦、弹、作"分别是对待义、传播义和心理义动词。

"取"字式从两汉时期开始使用，用例不少。例如：《史记·越王勾践世家》"长男即自入室取金持去"，《史记·殷本纪》"多取野兽蜚鸟置其中"，东汉支娄迦谶译《道行般若经》卷三"便推着水中取财物置其中"，西晋竺法护译《正法华经》卷五"设取十方地举着于爪上"，东晋僧迦提婆译《增壹阿含经》卷三十一"诸人民取吾枉杀"，东晋僧迦提婆译《增壹阿含经》卷四十四"还取门闭"，东晋佛陀跋陀罗、法显译《摩诃僧祇律》卷二十四"取和上打三肋折"，姚秦竺佛念译《出曜经》卷一"宁取我杀"，姚秦竺佛念译《鼻奈耶》卷五"就位已取父王弑"(以上参看曹广顺、龙国富，2005)。这些例子中，谓语动词或表搬移义("持去、置、举着")，或表作用义("杀、闭、打、弑")。

二、"将"字式

(一)《全唐诗》"将"字式静态考察

据我们考察，《全唐诗》"将"字式约有120例(包括在跨行句中的用例)。虽然数量不多，但跟"以"字式、"把"字式等其他处置式类型相比，这个数量还是很可观的。

给予义动词做谓语的"将"字处置式最多(约有44个)。例如：

(1)预将书报家。(先将书信寄给家里。李白《长干行二首》)(2)还将金印授庐儿。(还将金印授家奴。韦应物《长安道》)(3)尽将田宅借邻伍。(全部将田宅借给邻居。张谓《代北州老翁答》)(4)却将公主嫁单于。(却将公主嫁给单于。戴叔伦《塞上曲二首》)(5)耻将名利托交亲。(羞将名利交托至亲。卢纶《无题》)(6)无事将心寄柳条。(无事就把心事寄托给那依依的柳条。李益《逢归信偶寄》)(7)先将新茧送县官。(先将新茧送给公家。王建《簇蚕辞》)(8)忽将薄命委锋镝。(忽然之间将薄命交给刀箭。刘商《胡笳十八拍》)(9)先将芍药献妆台。(先将她芍药花般的面孔献给梳妆台。李贺《许公子郑姬歌》)(10)欲将文服却还君。(要将华美的衣服退还君。元稹《酬乐天寄生衣》)(11)欲将文集与它谁。(要将文集交给谁。元稹《郡务稍简因得整比旧诗并连缀焚削》)(12)尽将徇禄给一家。(将所有俸禄供给全家。白居易《王夫子》)(13)独将遗恨付箜篌。(独将遗憾之情倾注于箜篌。陈标《公无渡河①》)

除了单音动词单用外，还有一些是单音动词连用。例如：

(14)劳将诗书投赠我。(劳驾您将诗书投赠给我。白居易《醉后狂言酬赠萧殷二协律》)(15)还将弄机女，远嫁织皮人。(又将织布女远嫁给编织兽毛的人。李峤《奉和送金城公主适西蕃应制》)(16)莫将山水弄，持与世人听。(莫将高妙曲弹给世人听。徐晶《蔡起居山亭》)(17)遥将一点泪，远寄如花人。(遥将一点相思泪寄给远方如花人。李白《寄远十一首》)(18)凭将杂拟三十首，寄与江南汤慧休。(请您把三十首杂拟诗交给江南的汤慧休②。刘禹锡《送僧仲剬东游兼寄呈灵澈上人》)(19)谁将许由事，万古留与君。(谁相隔万古将许由的事流传给您。鲍溶《经隐叟》)

---

① 《太平御览》三百九十六卷“人事部”云：“《公无渡河》朝鲜津卒霍里子高妻丽玉所作。子高晨起刺船，有一白首狂夫，被发提壶，乱流而渡。其妻呼而止之，乃遂溺死。于是援箜篌而歌曰：‘公无渡河’。”

② 这里的“汤慧休”代指灵澈上人(唐代名僧杨源澄)，汤慧休本是南北朝时期的一位诗人，原来姓杨。

例(15)到例(19)为跨行句，其余为单行句。

在近120例“将”字式中，心理义动词谓语句约有33例。其中“比”字动词有13例，如：

(20)愿将黄绶比青毡。(愿把黄绶官视同清贫寒士。卢纶《寄郑七纲》)(21)欲将毛遂比常伦。(要将毛遂视为庸人。高拯《及第后赠试官》)(22)人将琪树比甘棠。(人们把仙树视为甘棠。刘禹锡《答衢州徐使君》)(23)劳将白叟比黄公。(谢谢你将白叟比作黄公①。白居易《答崔十八》)(24)先将发比丝。(先将她的头发比作蚕丝。白居易《杨柳枝二十韵》)(25)共将心事比波澜。(都将心事比作起伏不定的波澜。张浑《七老会诗》)(26)那将逝者比流水。(怎么能将逝者比作流水。熊孺登《经古墓》)

动词“为”和“作”各有8例。例如：

(27)还将桂为楫。(又将桂树枝作为船桨。王昌龄《越女》)(28)犹将虎竹为身累。(还把虎竹符节视为身上累赘。韦应物《寻简寂观瀑布》)(29)莫将甲乙为前累。(别将甲乙等第作为前行累赘。杨巨源《送陈判官罢举赴江外》)(30)便将何满为曲名。[就将何满子作为曲名。元稹《何满子歌(张湖南座为唐有态作)》](31)静将鹤为伴。(寂寞时把鹤作为伴侣。白居易《和裴侍中南园静兴见示》)(32)海将盐作雪。(海把盐作为白雪。吕渭《状江南·仲冬》)(33)唯将酒作圣②。(只把酒作为圣人。权德舆《过隐者湖上所居》)(34)到舍将何作寒食。(到舍把什么作为寒食。白居易《送李校书趁寒食归义兴山

① 指商山四皓之一的夏黄公崔广。

② 《三国志·魏志·徐邈传》云：“时科禁酒，而邈私饮至于沉醉。校事赵达问以曹事，邈曰：‘中圣人’。达白之太祖，太祖甚怒。度辽将军鲜于辅进曰：‘平日醉客谓酒清者为圣人，浊者为贤人，邈性修慎，偶醉言耳。’竟坐得免刑。”典出于此。

居》)(35)只将云雾作罗衣。(只把云雾作为丝衣。符载《甘州歌》)(36)曾将心剑作矛戈。(曾把锐利的识想作为矛戈。章孝标《钱塘赠武翊黄》)

其他心理义动词例如:

(37)兄将富贵等浮云。(兄把富贵视同浮云。杜甫《狂歌行赠四兄》)(38)花开将尔当夫人。(等你花开后就把你当作夫人。白居易《戏题新栽蔷薇》)(39)时辈宁将白笔期。(岂止一般人士期待会见您这个白笔官。韩翃《寄雍丘窦明府》)

在近120例“将”字式中，搬移义动词句约有12例，动词多数为“洒”(7例)，如:

(40)独将边泪洒戎衣。(独自把戍边人的泪水流在戎衣上。武元衡《饯裴行军赴朝命》)(41)已将心事随身隐。(费冠卿已把心事随身隐藏。杨巨源《题五老峰下费君书院》)(42)如何将此千行泪，更洒湘江斑竹枝。(如何把这千行相思泪，也洒向湘江边上的斑竹枝。刘禹锡《泰娘歌》)(43)尽将老幼藏其间。(把老幼全部藏匿其间。张籍《董逃行》)(44)尽将千载宝，埋入五原蒿。(把吕衡州及其遗物一并埋入五原蓬蒿之下。元稹《哭吕衡州六首》)(45)空将数行泪，洒遍塔中尘。(徒然把数行怀念的泪水在塔中尘上洒遍。元稹《公安县远安寺水亭见展公题壁……》)(46)独将珠玉挂西台。(偏偏把珠玉挂在御史台。施肩吾《寄西台李侍御》)(47)忍将行雨换追风①。(竟能忍心把美女换成骏马。张祜《爱妾换马》)

① “行雨”喻指美女，李善《文选·高唐赋序》注云“朝云行雨，神女之美也”。“追风”代指名马，杨衒之《洛阳伽蓝记·法云寺》:“琛在秦州，多无政绩，遣使向西域求名马，远至波斯国，得千里马，号曰‘追风赤骥’。”

在近120例“将”字式中，传播义动词句约有12个，数量居于第三位。例如：

(48)云起将歌发。(云起时把歌唱。李世民《冬宵各为四韵》)(49)欲将此意与君论。(想把这个想法跟您表达。刘希夷《洛中晴月送殷四入关》)(50)谁将此义陈。(谁会把他的想法向上陈述。杜甫《寄李十二白二十韵》)(51)将诗莫浪传。(别把此诗广泛传播。杜甫《泛江送魏十八仓曹还京因寄岑中允》)(52)试将诗义授。(试着把诗义传授给他。韩愈《赠张籍》)(53)转将深意谕旁人。(转而把深意告诉别人。元稹《苦乐相倚曲》)(54)愿将日月相辉解。(愿把日月相照的道理向她解说。元稹《苦乐相倚曲》)

例中“歌、此意、此义、诗、诗义、深意、日月相辉”分别表示“发、论、陈、传、授、谕、解”传播的内容。其中也有几个跨行句，例如：

(55)莫将流水引，空向俗人弹。(别把流水引弹给俗人听。骆宾王《咏怀》)(56)空将未归意，说向欲行人。(徒然把未归乡的想法说给将要离开的人。周贺《长安送人》)

在近120例“将”字句中，促使和移动义动词谓语句约有5例。如：

(57)须将鸟兽驱。(还需要把鸟兽驱赶。元稹《酬乐天东南行诗一百韵》)(58)亦知无处将诗请。(已知无处把诗请。姚合《迎春》)(59)何必更将空色遣。(何必再把空色论言说。朱庆余《题开元寺》)(60)义将私爱隔。(大义把私爱隔开。张九龄《通化门外送别》)

例中“鸟兽、诗、空色”分别指称促使义动词“驱、请、遣”(遣用)的对象，“私爱”表示移动义动词“隔”(含“摆脱”义)的对象。

在近120例“将”字式中，作用、改变和探求义动词谓语句约有5

例。如：

(61)已将心变寒灰后。(已经把心变成寒灰之后。司空曙《酬张芬有赦后见赠》)(62)天将南北分寒燠。(上天把南北分出寒热。李绅《逾岭峤止荒陬抵高要》)(63)应将否泰理，一问鲁诸生。(应向鲁地诸生问一问否泰的道理。张继《送邹判官往陈留》)(64)多将野磕游。(多多地把野磕游赏。张籍《和韦开州盛山十二首·桃坞》)(65)时将白羽挥。(时时把军旗挥动。张巡《守睢阳作》)

例中“心、南北”分别指称改变义动词“变、分”的对象，“否泰理、野磕”分别指称探求义动词“问、游”的内容，“白羽”是作用义动词①“挥”的受事。

在120例“将”字式中，创建、索取义动词谓语句各有1例，共2例。即：

(66)誓将业田种。(誓把家田种。张谓《读后汉逸人传二首》)(67)愿将黄鹤翅，一借飞云空。(愿把黄鹤翅暂借一次飞到云空。孟郊《上包祭酒》)

例中“业田”表示创建义动词“种”的处所，“黄鹤翅”表示索取义动词“借”的受事。

《全唐诗》“将”字式在古体诗和近体诗中均有分布。以例(1)至例(10)为例，出自古体诗的有6例(“预将书报家”“还将金印授庐儿”“尽将田宅借邻伍”“先将新茧送县官”“忽将薄命委锋镝”“先将芍药献妆台”)，出自近体诗的有4例(“却将公主嫁单于”“耻将名利托交亲”“无事将心寄柳条”“欲将文服却还君”)，二者相差并不大。

---

① 这里所谓“作用”，是指“事件主体以‘力’的作用来改变客体之行动”。

(二)《全唐诗》"将"字式溯源探流

据周迟明(1964)、陈初生(1983)和曹广顺、龙国富(2005)，"将"字式早在先秦时期已经产生，此后不断发展，直到唐代成为主流类型。例如《战国策·秦策》"苏秦始将连横说秦惠王"，《汉书·赵广汉传》"悉将降人分配诸将"，《上山采蘼芜》"将缣来比素"，东晋佛陀跋陀罗、法显译《摩诃僧祇律》卷三"即将愚人付一大臣"，葛洪《神仙传》"可将金饼与之"，三国吴支谦译《佛说义足经》"将是梵志释逐出我国界去"，北魏慧觉译《贤愚经》"将此女人付憍昙弥"(《微妙比丘尼品》)，王德《春词》"爱将莺作友"，刘删《侯司空宅咏妓诗》"将人当桃李"。例中谓语，或是传播义动词("苏秦始将连横说秦惠王"①)，或是给予义动词("将降人分配诸将")，或是搬移义动词("将辅送狱")，或是心理义动词("将缣来比素")，或是促使义动词("将是梵志释逐出我国界去")。唐代之前的"将"字式已发展得相当完善，出现了各种次类。

三、"把"字式

(一)《全唐诗》"把"字式静态考察

据钱学烈(2007)，《全唐诗》中的处置式把字句有116句，表比较的把字句有14句。在该文举出的60个左右语例②中，作用义动词谓语句最多，约有16个，谓语多数是单音动词。例如：

(1)徒把凉泉掬。(只把凉泉掬。宋之问《温泉庄卧病寄杨七炯》)

(2)好把真经相对翻。(喜欢把真经与汉语对译。刘禹锡《送宗密上人

① 在"苏秦始将连横说秦惠王"中，"连横"是"说"的内容，与一般传播义动词处置式不同。

② 其中秦韬玉《贫女》"不把双眉斗画长"中"把"应理解为"拿"，白居易《病假中庞少君携鱼酒相过》"醉把花枝取次吟"意为"拿着花枝随意吟诗"，"把"也不表处置。

归南山草堂》)(3)先把黄金炼。(先把黄金冶炼。孟郊《求友》)(4)似把天河扑。(好像把天河倾倒。皮日休《吴中苦雨》)(5)犹得依时把磬敲。(还得按时把磬敲。杜荀鹤《赠元上人》)(6)犹把烧残朽铁磨。(犹把烧残的朽铁磨。司空图《狂题十八首》)(7)且把阴阳仔细烹。(且把天地万物仔细品味。吕岩《渔父词一十八首·延寿》)(8)把往日风流一笔钩。(把往日习俗一笔勾销。吕岩《沁园春》)(9)羞把同心捻弄。(羞涩地把同心结捻弄。李存勖《阳台梦》)(10)乱把白云揉碎。(胡乱把白云揉碎。李白《清平乐》)(11)谁把金丝裁剪却。(谁把金丝裁剪下。欧阳炯《春光好》)

心理义动词句约有10个，所用动词有“比、并、同、谕、作、知、系”等。例如：

(12)不把丹心比玄石。(不把赤诚丹心作为冷硬的玄石。骆宾王《代女道士王灵妃赠道士》)(13)若把君书比仲将。(如果把您的书法比作韦仲将的书法。顾况《萧郸草书歌》)(14)羞把腰身并柳枝。(羞把腰身比作柳枝。罗虬《比红儿诗》)(15)莫把瑶池并曲江。(别把瑶池与曲江相比并。徐夤《杏园》)(16)只把蛙声鼓吹同。(只把蛙声比作吹鼓音。吴融《阌乡寓居十首蛙声》)(17)若把重门谕玄寂。(若把塔院的重门比喻为守道无为①。方干《题澄圣塔院上方》)(18)且把风寒作闲事。(暂把风寒当作无关紧要的事。杜荀鹤《下第东归将及故园有作》)(19)好把寒更一一知。(可以把寒更一一熟知。黄滔《雁》)(20)不把人间事系心。(不把人间事系在心里。杜荀鹤《赠彭蠡钓者》)

① 其对句是“何妨善闭却无关”，意为“不妨如《老子》所说，没有门闩别人也打不开的门户就是最好的门户’”。

给予义动词句也有 10 个，所用动词有“寄、付、卖、遗、与、授”等。例如：

(21)只把空书寄故乡。(只把空洞的书信寄回故乡。王建《维扬冬末寄幕中二从事》)(22)莫把篇金便付人。(别把积蓄的金钱随便给人。元稹《酬乐天余思不尽加为六韵之作》)(23)爱山却把图书卖。(热爱山居又把图书卖。方干《山中》)(24)应把清风遗子孙。(应把清风送给子孙。方干《李侍御上虞别业》)(25)却把三公与贼臣。(却把三公送给贼臣①。罗隐《春日登上元石头故城》)(26)犹把蒙求授小儿。(仍把《蒙求》②传授给小儿。杜荀鹤《赠李镡》)

传播义和探求义动词谓语句合起来大约有 10 个，所用动词有“说、读、看”等。例如：

(27)更把愁心说向谁。(还把忧愁说给谁。杜荀鹤《辞杨侍郎》)(28)便把天机说与君。(便把天机说与你。吕岩《敲爻歌》)(29)把君诗卷灯前读。(在灯前把君诗卷拜读。白居易《舟中读元九诗》)(30)醉把茱萸仔细看。(醉眼朦胧地把茱萸仔细端详。杜甫《九日蓝田崔氏庄》)(31)应须把剑看。(应该把剑看一看。姚合《送杜观罢举东游》)(32)但愿春官把卷看。(但愿礼部能看看文卷。杜荀鹤《入关因别舍弟》)

搬移义、改变义、支配义、索取义动词谓语句合起来不到 10 例，所用动词有“插、倾、脱、颦、弃、改、提接、裁、占”等。例如：

① 其上句是“太平寺主惟轻薄”，意为“太平寺主确实很轻薄”，“太平寺主”指梁武帝萧衍。据历史记载，侯景在北朝时曾经向高欢进言说：“愿得兵三万，横行天下，要须济江缚取萧衍老公，以为太平寺主。”

② 《蒙求》是唐朝李翰编著的以介绍掌故和各科知识为主要内容的儿童识字课本。

(33)强把黄花插满头。(姑且把黄花插满头。殷尧藩《九日》)(34)莫把阿胶向此倾。(不要把澄清浊水的阿胶向此中倾倒。罗隐《黄河》)(35)若把白衣轻易脱。(若把俗家衣服轻易脱。杜荀鹤《恩门致书远及山居因献之》)(36)映花时把翠眉颦。(映花时把翠眉紧皱。和凝《杨柳枝》)(37)把家缘弃了。(把家产都抛弃掉。吕岩《沁园春》)(38)更把前题改数联。(更把前题的诗作修改数联。郑谷《中年》)(39)待把凡流尽提接①。(待到把世间凡人全部超度。吕岩《敲爻歌》)(40)休把苍生梦里裁。(不要在梦里把苍生命运裁断。李山甫《雨后过华岳庙》)(41)图把一春皆占断。(想把整个春天全部占有。秦韬玉《牡丹》)

对待义动词谓语句大约有3个，所用动词有“欺、辱、依赖”等。例如：

(42)莫把杭州刺史欺。(不要把杭州刺史欺负。白居易《戏醉客》)(43)似把白丁辱。(像把文盲辱。皮日休《吴中苦雨因书一百韵寄鲁望》)(44)莫把少年空倚赖。(别把少年时光徒然耗费。罗邺《秋夕寄友人》)

《全唐诗》“把”字式在古体诗、近体诗和歌词中均有分布，这里以例(1)至例(10)为例，古体诗3例(“徒把凉泉掬”“先把黄金炼”“似把天河扑”)，近体诗3例(“好把真经相对翻”“犹得依时把磬敲”“犹把烧残朽铁磨”)，歌词4例(“且把阴阳仔细烹”“把往日风流一笔钩”“羞把同心捻弄”“乱把白云揉碎”)。歌词具有很强的口语性。“徒把凉泉掬”是《全唐诗》中第一个“把”字式，出自宋之问之手，而宋之问的诗歌语言清新，被明代高棅《唐诗品汇·总叙》拿来与沈佺期诗歌一起称为“沈宋之新声”。由此可见，唐诗中“把”字式的较多使用是唐诗浓厚口语性的反映。

① 提接：超度。

(二)《全唐诗》"把"字式溯源探流

据潘允中(1982)、吉仕梅(1995)和曹广顺、龙国富(2005)等,"把"字式在唐代之前的文献中已多次现身。除了《睡虎地秦墓竹简》《论衡》《洛阳伽蓝记》等的用例外,还有隋代阇那崛多译《佛本行集经》卷十九"汝今把我心中所爱如意圣夫,将何处置",《大主等大集经菩萨念佛三昧》卷四"如人把草塞恒河"。不过数量有限,动词的语义类型也比较单一,限于"搬移"义。南宋时期,"把"字式才成为主要类型。"宋词 65 首"中的处置式只有"把"字句(例如"把光景抛掷""都把琴书污""把乾坤收入")①。

小　结

唐诗处置式的使用频率很低,《唐诗三百首》仅有 3 例,《全唐诗》中的用例也不多。这种情况应是汉语句法发展过程中的正常现象。汉语处置式是一种伴随着介词短语在主谓之间的大量使用而逐步形成发展起来的结构形式,而唐代,还处于介词短语从谓语后向谓语前转移调整的历史时期。

唐诗中的处置式包括"以"字式、"取"字式、"将"字式和"把"字式等,从使用频率上看,"将"字式最高,"把"字式次之,"以"字式又次之,"取"字式最少。不同的类型,在古体诗、近体诗和歌词中的分布也有一定差异,"将"字式分布比较平均,"以"字式则多用于古体诗,"把"字式多用于近体诗和歌词等具有浓厚口语性的诗作。

从谓语动词的语义类型看,唐诗"以"字式、"将"字式、"把"字式之间既有一定的区别,也有密切的联系。"以"字式谓语动词有心理、给予、搬移、传播等类型,"将"字式谓语动词有给予、心理、传播、搬移、促使、移动、类同、作用、改变、探求、创建、索取等类型,"把"字式谓语动词有作用、心理、给予、传播、搬移、探求、对待、改变、支配、索取等类型,"将"字式最多,"把"字式次之,"以"字式又次之。"以"字式心

① 在南宋张炎词集《山中白云》中,"把"字句有 24 例,"将"字句有 6 例。

理义动词谓语句占比最高(71%),“将”字式给予义动词谓语句占比最高(37%),“把”字式作用义动词谓语句占比最高(28%)。在“以”字式、“将”字式、“把”字式语例中，心理、给予、搬移、传播等类动词的使用频率都很高，说明“以”字式的使用为“将”字式和“把”字式的出现发挥了铺垫作用。“将”字式和“把”字式之间的重合度更高，除心理、给予、搬移、传播等类动词外，作用、改变、索取等类动词也见于这两种类型。

唐诗处置式类型基本来自唐代之前，在唐诗中使用最多的“将”字式，早在唐代之前就发展得相当完善，反映了唐诗语言与前代汉语之间的紧密关系。唐诗处置式也有不同于前代的地方，主要是“将”字式和“把”字式的大量使用，前者应该与汉代以后介宾状语的迅猛发展有关，后者则既是汉代以后介宾状语迅猛发展带动的结果又是唐诗浓厚口语性的反映。

第四章　多宾句和省略句

第一节　名词性宾语双宾句

对于汉语双宾语句的历史发展情况，学界已有较多的学术成果，如周迟明(1964)对“动词+间接宾语+直接宾语”“动词+直接宾语+于+间接宾语”“以+直接宾语+动词+间接宾语”“动词$_1$+动词$_2$+间接宾语+直接宾语”“动词$_1$+直接宾语+动词$_2$+间接宾语”等发展过程所作的系统梳理，再如贝罗贝(1986)对汉代以后汉语双宾句发展问题所作的探析，又如徐志林(2008)对上古到近代大量文献中“给予”和“取得”义动词双宾句使用情况的考察，以及运用认知语言学等理论对相关句法问题进行的阐释，又如张美兰(2014)对上古、中古、近代汉语双宾语动词和句式的类型及其用频所作的考察和定量分析，又如高媛媛(2003)利用刘坚、蒋绍愚等《近代汉语语法资料汇编》材料，对唐至明代汉语“给予、取得、称谓、处置、问讯、亏欠、委任、祈求、施加”等义动词双宾语句发展状况所作的研究。目前，尚未见到专门的唐诗双宾语句研究成果。

下面对于唐诗“名词性双宾语句”的考察，以《唐诗三百首》为主，兼及《全唐诗》。所谓“名词性双宾语句”，包括“‘取予’义动词双宾语句”和“使动词双宾语句”两大类。

一、“取予”义动词双宾语句

（一）“取予”义动词双宾语句静态考察

《唐诗三百首》有下列9例：

(1)天子非常赐颜色。(天子格外赏赐脸面。高适《燕歌行》)(2)赐名大国虢与秦。(将虢国和秦国夫人封号赐予她们。杜甫《丽人行》)(3)御厨络绎送八珍。(御厨络绎不绝送来海味山珍。杜甫《丽人行》)(4)昨夜上皇新授箓。(昨夜玄宗刚为杨玉环颁授符箓。张祜《集灵台》)(5)也曾因梦送钱财。(也曾因梦见你并为你送去钱财。元稹《遣悲怀》)(6)帘外春寒赐锦袍。(帘外春寒中赐予她一袭锦袍。王昌龄《春宫曲》)(7)东风不与周郎便。(假如东风不给周瑜火攻的便利条件。杜牧《赤壁》)(8)事姑贻我忧。(在侍奉婆婆方面留给了我一个担忧。韦应物《送杨氏女》)(9)嫁与弄潮儿。(嫁给能够按时回家的弄潮人。李益《江南曲》)

例(1)至例(4)出自七古，例(5)出自七律，例(6)例(7)出自七绝，例(8)出自五古，例(9)出自五绝。古体诗和近体诗基本持平。这些例子使用了“赐”(3次)、“送”(2次)、“与”(2次)、“授”(1次)、“贻”(1次)等5个给予义动词。这些动词在适用范围上有所不同：“与”字最广，“赐、送、授”等较窄。从句子结构看，这些例子涉及“动词+间接宾语+直接宾语”式、“动词+直接宾语”式和“动词$_1$+动词$_2$+间接宾语”式三种形式，其中“动词+直接宾语”式和“动词$_1$+动词$_2$+间接宾语”式属于省略形式。①

在《全唐诗》“取予”义动词双宾语句中，“与”字句数量最多，有80余

① “嫁与弄潮儿”是“嫁自己与弄潮儿”的省略。“与”是一个三价动词，作谓语时一般带三个论元：一个是主语，两个是宾语(直接宾语和间接宾语)，例如“我给他书”。“嫁”也是一个“给予”义动词，表示“转移”“移交”或“交给”义。“嫁”可以是父母嫁女儿，也可以是自己嫁自己，从李益《江南曲》全诗看，应该是自己嫁自己。一个由三口人或四口人组成的家庭，即使暂时有一人不在场，这个家庭也仍然是一个三口或四口之家。汉语的主语也常常省略，省略之后它们仍然是主谓句，而不是无主句。

例，涉及数种形式：a. “动词$_1$+与+间接宾语”式，有30余例。如“荐与分深人”（推荐给缘分深的人）、“寄与陇头人”（寄给在陇头的人）、“无端嫁与五陵少”（无奈嫁与五陵少爷）、“却将牵与趁朝人”（还是将它牵给上朝的人）、“不教分付与愁人”（不教交给忧愁的人）、“应是嫦娥掷与人”（应该是嫦娥撒给我们的）、“留与人间许侍中”（留给人间许侍中）、“借与张公三百年”（把南苑借给张公三百年）、“分与能书贝叶僧”（送给能写贝叶的僧人）。b. “动词$_1$+与+直接宾语”式，有20余例。如“秋山乞与诗”（秋天的山景给了诗篇）、“分与折腰菱”（给予折腰菱）、“无人送与纸钱来”（无人送给纸钱来）、“麻姑乞与女真衣”（麻姑仙女把女道的服装给予你）、“何人借与丹青笔”（何人借给绘画笔）、“岁阴分与五铢钱”（年底又送给我五铢钱）。c. “与+直接宾语”式，有10余例。如“天不与爵寿”（上天不给爵位和寿命）、“唯与好文词”（只给了他优美的文章和词藻）、“胜与万黄金”（胜过给与万两黄金）、“天公与贫病”（天公给予他贫困和疾病）、“何事无人与酒船”（为何没人给你酒）、“曾与右军鹅”（曾给右军鹅）。d. “与+间接宾语+直接宾语”式，只有数例。如“与之一杯酒”（给他一杯酒）、“与我两三枝”（把杨梅给我两三枝）、“天心不与金陵便”（上天不给东吴便利条件）、“无人与我长生术”（没有人给我长生法术）。e. “与+间接宾语”式，例极少。如“预与瘴中人”（提前送给处于瘴气中的人）。f. “动词$_1$+与+间接宾语+直接宾语”式，例极少。如“留与溪翁一钓舟”（将满钓舟的月光留给渔翁）。g. “动词$_1$+直接宾语+与+间接宾语”式，只有数例①。如“嫁女与征夫”（嫁女给远行的人）、“卖酒与渔家”（卖酒给渔家）、“分付新声与顺郎”（将优美的歌曲交给顺郎）。需要说明的是，“动词$_1$+与+间接宾

① 周迟明（1964）认为，“动词$_1$+直接宾语+与+间接宾语”式就是在“动词+直接宾语+于+间接宾语”式的基础上通过词汇替换而形成的。这里的“动词$_1$”是“取予”义动词，如果是其他意义的动词，那么这种“动词$_1$+直接宾语+与+间接宾语”格式就不是双宾句，而是处置式或紧缩复句，例如“将金与卜人”（曹邺《风人体》）、“更将浮蚁与刘郎”温庭筠《李羽处士寄新酝走笔戏酬》、“虚把罗襦与彦回”（孙元晏《宋黄罗襦》）等属于处置式，柳宗元《闻彻上人亡寄侍郎杨丈》“谁采金英与侍郎”、孟迟《兰昌宫》“阿娇解佩与何人”等属于紧缩复句。

语”式和“动词$_1$+与+直接宾语”式都是“动词$_1$+动词$_2$+间接宾语+直接宾语”式或“动词$_1$+直接宾语+动词$_2$+间接宾语”式的省略式，“动词+直接宾语”式是“动词+间接宾语+直接宾语”式或“动词+直接宾语+间接宾语”式的省略式，因此，以上例子所涉及的基本形式不过“动词+间接宾语+直接宾语”式、“动词+直接宾语+间接宾语”式、“动词$_1$+动词$_2$+间接宾语+直接宾语”式、“动词$_1$+直接宾语+动词$_2$+间接宾语”式四种而已。

（二）“取予”动词双宾句溯源探流

关于汉语“取予”双宾句谓语动词。从春秋战国到宋元时期，“与”字一直是汉语双宾语句的主要动词。在笔者所抽检的诗歌作品中，“取予”双宾句只有“九月授衣”“献豜于公”“锡尔介圭”（以上“《诗经》20首”），“将以遗所思”“遗我一书札”“遗我一端绮”（以上“《古诗十九首》”），“白云休赠，只赠梅花”（以上“宋词65首”），涉及的动词只有“遗、赠、授、献、锡（赐）”，没有“与”。据徐志林（2008），西周时期主要有“赐”（19）①、“降”（15）等，春秋战国时期主要有“与”（110）、“赐”（86）等，西汉时期主要有“赐”（119）、“与”（59）等，东汉时期主要有“赐”（30）、“与”（14）等，魏晋南北朝时期主要有“与”（128）、“赐”（78）等，隋唐五代时期主要有“赐”（48）、“与”（44）等，宋元时期主要有“还”（95）、“与”（76）等，“与”的用例很多。据张美兰（2014：247），《祖堂集》双宾句的核心动词主要有“与、还、赐”等，“与”字最多。据笔者了解，《儒林外史》双宾句的核心动词仍是以“与”为主（约40例），“给”（约30例）次之。②

关于“取予”义动词双宾语句的结构形式。在唐代之前，汉语中已有“动词+间接宾语+直接宾语”式、“动词+直接宾语+于+间接宾语”式、“以

① 括号里的数字表示出现次数，下同。

② 在《红楼梦》中才可以看到“与”字统治地位丧失。据刘钧杰（1986）统计，“给”跟“与”作为给予义动词的使用频率，在《红楼梦》前八十回中比率是1：1，但在后四十回中，“给”是“与”的7倍。

+直接宾语+动词+间接宾语”式、“动词$_1$+动词$_2$+间接宾语+直接宾语”式和“动词$_1$+直接宾语+动词$_2$+间接宾语”式等多种形式(参看周迟明，1964；贝罗贝，1986)。例如《诗经·嵩高》“锡尔介圭”、《古诗十九首》“遗我一书札”“遗我一端绮”都属于“动词+间接宾语+直接宾语”式，《诗经·豳风·七月》“献豜于公”属于“动词+直接宾语+于+间接宾语”式，《史记·刺客列传》“持衣与豫让”、干宝《搜神记》“持药与子文”属于“动词$_1$+直接宾语+动词$_2$+间接宾语”式，《史记·司马相如列传》“厚分与其女财”属于“动词$_1$+动词$_2$+间接宾语+直接宾语”式，《国语·越语》“纳之太宰嚭”属于“动词+直接宾语+间接宾语”式。《世说新语》有“动词+间接宾语+直接宾语”式(“淮与宣帝书”“王大将军与元皇表”)、“动词$_1$+直接宾语+动词$_2$+间接宾语”式(“作笺与殷”“送一车枝与和公”)等。唐代之后，“动词+间接宾语+直接宾语”式(如《祖堂集》“与惠能银一百两”)、“动词$_1$+动词$_2$+间接宾语+直接宾语”式(《敦煌变文集》“施与太子指环”)和“动词$_1$+直接宾语+动词$_2$+间接宾语”式(《祖堂集》“汝将多少钱与匠人”)、“动词+直接宾语(+于)+间接宾语”式(《祖堂集》“返礼汝”)等形式仍然被使用着(参看周迟明，1964；贝罗贝，1986；张美兰，2014)。

无论唐代之前还是唐代之后，双宾语句的省略形式都不乏其例。如《诗经·豳风·七月》“九月授衣”，张炎《寄李筠房》“只赠梅花”。《世说新语》是与唐诗时代相近的散文作品，其省略式约占双宾语句的35%，多数是“动词+直接宾语”式，个别是“动词+间接宾语”式和“动词$_1$+动词$_2$+间接宾语”式，例如“与热汤饼”“遂送乐器”“武帝唯赐已及陈骞”“掷与坐上诸客”。

二、使动词双宾语句

(一)“使动词+间接宾语+直接宾语”静态考察和溯源探流

柳士镇(1985)指出：“同古代汉语中某些动词可以带有双宾语一样，使动用法的动词有时也可以带有双宾语：一个直接宾语，一个间接宾语。

这样就构成了使动用法的双宾语结构。”使动词双宾语句有两种形式，其一是“使动词+间接宾语+直接宾语”，其二是“使动词+直接宾语+间接宾语”。“间接宾语”是表示动作对象(一般是表示人物的名词)的宾语，“直接宾语”一般表示动作的受事，也可以表示动作的处所、内容。

1.“使动词+间接宾语+直接宾语”式静态考察

《唐诗三百首》中只有2例完整形式(出自五古和五律)：

(1)下马饮君酒。(在您下马之后，我请您饮了酒。王维《送别》)
(2)东林怀我师。(东林让我怀念我的老师。孟浩然《秦中感秋寄远上人》)

例(1)“饮君酒”为“使动词+间接(对象)宾语+直接(事物)宾语”结构。用“句子成分分析法”分析为：

饮使动 君对象(间接)宾语 酒事物(直接)宾语

例(2)“东林怀我师”为“主语+使动词+间接(对象)宾语+直接(事物)宾语”结构。用“句子成分分析法”分析为：

东林主语 怀使动 我对象(间接)宾语 师事物(直接)宾语

下面的用例可视为其省略形式：

(3)十年征戍忆辽阳。(十年戍边未还，令人思念辽阳。沈佺期《独不见》)(4)白发悲花落。(白发让人为花落而悲伤。岑参《寄左省杜拾遗》)(5)青云羡鸟飞。(青云让人羡慕高鸟翱翔。岑参《寄左省杜拾遗》)(6)维扬忆旧游。(维扬让我回忆故交老友。孟浩然《宿桐庐江寄广陵旧游》)(7)一弦一柱思华年。(每根弦每根柱都让人思念年轻的

时代。李商隐《锦瑟》)

在使动词单宾语句中，使动词的宾语一般是表示当事的成分，也就是说，当这个使动词转换为一般用法的时候，它可以居于这个动词的前面，构成常规的主谓结构，例如“惊姜氏”，可转换为一般的“姜氏惊”。即：

惊姜氏→姜氏惊

而上述省略式却不能这样转换：

忆辽阳→＊辽阳忆；悲花落→＊花落悲；羡鸟飞→＊鸟飞羡；忆旧游→＊旧游忆；思华年→＊华年思

这里的“忆、悲、羡、思”，意为“使之忆、使之悲、使之羡、使之思”，这是省略使动词的对象宾语而造成的。这种用法与《荀子·天论》“强本而节用，则天不能贫。养备而动时，则天不能病。修道而不贰，则天不能祸”中“贫、病、祸”相同(意为“使之贫、使之病、使之祸”)。

2.“使动词+间接宾语+直接宾语”式溯源探流

此类使动词双宾句，历代可见，唐代以前相对多一些，例如：《诗经·斯干》“乃生男子，载寝之床，载衣之裳，载弄之璋”，《左传》中有“无生民心”(《隐公元年》)、“晋侯饮赵盾酒”(《宣公二年》)、“及食大夫鼋”(《宣公四年》)、“负之斧钺”(《昭公四年》)等，《孟子·滕文公上》“注之江”，《韩非子·十过》“吾欲辅重耳而入之晋”，《战国策·燕策二》“太后嫁女诸侯”，贾谊《论积贮疏》“归之农”，《史记》中有“坐之堂下”(《高祖本纪》)、“见之光”(《吴太伯世家》)、“负秦曲”(《廉颇蔺相如列传》)、“绝秦望”(《廉颇蔺相如列传》)、“天下负之不义之名”(《黥布列传》)、“遍见汤贵人”(《酷吏列传》)等，《汉书·霍光传》“归贺昌邑”，《三国志·吴志·鲁肃传》“甚失孤望”(参看柳士镇，1985，赵伯义，2001，曾媛、王靖宇，2006）。现代汉语如“急了我一身汗”“省了我两块钱”“憋了我一肚子气”（参看马庆株，2005：107-108）。

动词本身隐含“使之”的情况，在唐代之前的文献中也时有所见。例如上文所举《荀子·天论》篇。再如《论语·季氏》“远人不服而不能来也”，《孟子·万章上》“君不得而臣，父不得而子”，刘向《新序·节大》“天子不得而臣也，诸侯不得而友也”。在现代汉语中也能见到其遗迹，例如“难忘的假期”“愉快的中秋节”，意为“使人难忘的假期”“使人感到愉快的中秋节”。

（二）“使动词+直接宾语+间接宾语”式静态考察和溯源探流

1.“使动词+直接宾语+间接宾语”式静态考察

只有2例，出自五律：

云霞出海曙，梅柳渡江春。（云霞令曙光出海，梅柳令春天渡江。杜审言《和晋陵陆丞早春游望》）

关于这两句诗的句型，学者们意见不一。王力（1958：254）认为“春”字“用为形容词”，也就是说两个句子均属紧缩复句——“云霞出海，曙；梅柳渡江，春”。蔡义江（2001）则说：“杜审言诗：‘云霞出海曙，梅柳渡江春’……‘出’海的是‘云霞’呢，还是‘曙’色？可以都是。‘渡’江的是‘梅柳’呢，还是‘春’光？俞陛云《诗境浅说》云：‘春光自江南而北，用“渡”字尤精确。’仿佛‘渡’字只属‘春’；但仔细一想，游望所见之春光，不就是‘梅柳’吗？所以也是两可的。”

如果说把“云霞出海曙”理解为“云霞出海，曙”似乎能说通的话，那么把“梅柳渡江春”理解为“梅柳渡江，春”就不太符合情理了，因为“梅柳”是不可能“渡江”的。因此，我们认为以上两句应该看作“使动词双宾语句”，意思是“云霞使曙出海”“梅柳使春渡江”，其结构形式是“使动词+事物（直接）宾语+对象（间接）宾语”，用“句子成分分析法”分析如下：

云霞出$_{\text{使动}}$海$_{\text{事物(直接)宾语}}$曙$_{\text{对象(间接)宾语}}$，梅柳渡$_{\text{使动}}$江$_{\text{事物(直接)宾语}}$春$_{\text{对象(间接)宾语}}$

句中的“海”“江”虽然是表示处所的成分，但是分别跟“出”“渡”结合紧密，可视同直接宾语。刘禹锡《陋室铭》“苔痕上阶绿，草色入帘青”也属于此类，即：

苔痕上$_{\text{使动}}$阶$_{\text{事物(直接)宾语}}$绿$_{\text{对象(间接)宾语}}$，草色入$_{\text{使动}}$帘$_{\text{事物(直接)宾语}}$青$_{\text{对象(间接)宾语}}$

2.“使动词+直接宾语+间接宾语”式溯源探流

该类使动词双宾语句，齐世昌(1994)称之为“动宾之间的语义关系是使之(宾)被动的关系”的句子。例如《左传·宣公三年》“贡金九牧”，杜预注为“使九州之牧贡金”，意思就是“让九州的长官缴纳金属”，用成分分析法可分析为：

贡$_{\text{使动}}$金$_{\text{事物(直接)宾语}}$九牧$_{\text{对象(间接)宾语}}$

该式产生很早，上古和中古文献中都能见到，如：《左传·昭公二十一年》“恶诸晋”(意为“使叔孙被晋国所厌恶”)；《国语·鲁语上》“行诸国人”(韦昭注为“令国人取之”)；《战国策·齐策一》“留之楚”(意为“让楚留田忌”)；《史记·东越列传》“发兵郡国”“发兵会稽”(意为“使郡国发兵”“使会稽发兵”)；《史记·淮南衡山列传》“得之吕后”(意为“使吕后得之”)；《史记·汲郑列传》“任人宾客”(司马贞注为“令宾客任人”)；《史记·儒林列传》“行之一国”(意为“使一国行之”)；《史记·太史公自序》“能信意强秦”(意为“使强秦信其意”)；《史记·太史公自序》“复国陈”(意为“使陈君复国”)；《说苑·君道》“任之不肖”(意为“使不肖者任职”)；《南史·到洽传》“闻之湘东王”(意为“使湘东王闻之”)。有时，在“直接宾语”和

“间接宾语”之间夹有“于”字。例如《礼记·少仪》“闻名于将命者”(意为“使传达命令的人闻吾之名”);《战国策·秦策二》“重公于齐”(姚宏注“重，尊也。言将使齐尊重公”);《战国策·齐策一》“逐婴子于齐”(意为“使齐逐婴子”);《战国策·齐策二》“信仪于秦王”(姚宏注“使仪言信于秦王也”);《战国策·齐策六》“任之于王”(鲍彪注“使王任用之”);《战国策·楚策二》“逐张仪于魏”(意为“使魏国逐张仪”);《战国策·赵策二》“行天子之礼于邹鲁之臣”(意为“使邹鲁之臣行天子之礼”);《史记·周本纪》“疑周于秦”(张守节注“令秦疑周亲韩”)。唐代的“使动词+直接宾语+间接宾语”式只有一点不同于前代，即前代的“间接(对象)宾语”一般是人物或国家名词，唐诗“间接(对象)宾语”可以是无生物名词(如“曙、春、绿、青”)。“使动词+直接宾语+间接宾语”式在现代汉语普通话里早已成为“过去式”，仅仅留存在历史文献里。

小　　结

唐诗“取予”动词谓语双宾语句的使用频率较低。据管燮初(1994：439；442)，《左传》中的动词谓语句共有35086句，其中双宾语句546句，每100句中有1.6个双宾语句。其所谓双宾句还包括“言语”等意义动词充任谓语的类型，但主要是“取予”义动词双宾句。据欧阳戎元(2005：28；30)，《荀子》中的动词谓语句共有164句，其中“取予”义双宾语句3句(动词全部为“授”)，每100句中有1.8个双宾语句。《唐诗三百首》“取予”义动词双宾句只有9例，即每100个单行动词谓语句(1595个)中有0.6个，用频较低，究其原因，主要是它比较适合在长句中使用，而唐诗句子多数较短(9例中的7例出自七言，2例出自五言)。

唐诗“取予”动词双宾句的主要类型是“与”字句，符合汉语双宾句发展的一般情况。唐诗双宾句的结构形式有“动词+间接宾语+直接宾语”式、“动词$_1$+动词$_2$+间接宾语+直接宾语”式和“动词$_1$+直接宾语+动词$_2$+间接宾语”式等，它们都是唐代之前形成的传统形式。双宾句类型格局跟六朝文献反映出来的情况基本一致。在唐诗中，“动词$_1$+动词$_2$+间接宾语+直接宾语”式及其省略式的出现频率最高，也符合汉语双宾句发展的规律。

唐诗使动双宾语句的“使动词+直接宾语+间接宾语”式来自唐代之前，而唐代之后基本不用，反映了唐诗语言与前代汉语的紧密联系。

唐诗双宾语句的省略现象较为多见，出现频次多于完整式，反映了其浓厚的口语色彩。

第二节 含有动词性宾语的多宾句

在汉语中，动词性成分是可以充任宾语的，例如“我认为他能胜任这个工作”。“认为”是一个“感知动词”，与感知动词不同的是，“对待动词”“传播动词”“探求动词”等所带的宾语不只是动词性宾语，还有名词性宾语，即双宾语。如“感谢您帮助”“欢迎您来访”，“您”是名词性宾语，“帮助”和“来访”是动词性宾语。再如“他教小孩骑车”，“小孩”是名词性宾语，“骑车”是动词性宾语。过去所谓的“兼语句”（又称“递系式”）其实也是一种含有动词性宾语的双宾语句。相关研究，目前已有了一些。如王力（1989：289-294）对这种句型在上古、汉代以后和宋代以后发展情况的大致勾勒。再如杨伯峻、何乐士(2001：588-616）关于这种句型的“使令”“封职任免”“劝诫”“褒贬评论”“命名称谓”“有无”等的划分及考察。又如杜焕君（2003）的《战国策》兼语句研究，赵小东（2003）的《世说新语》兼语句研究，何亚南（2004）的《三国志》和裴注中兼语句研究，程亚恒（2006）的《左传》兼语句研究，杨高建(2010）的《三国志》兼语句研究，范玉（2011）的《韩非子》兼语句研究，等等。但是这些研究并未涉及唐诗。王力（1958：267）虽然提到“递系式乃是一种特殊的形式，大约在唐代方才普遍应用，而首先出现于诗句里”，但是该书所举的几个例子，却并非这里所要讨论的句型：“鹤巢〈松树〉〈遍〉，人访〈荜门〉〈稀〉”；“已应春〈得细〉，颇觉寄来迟”；“飘零为客久”，“［贫病］羡君还”；“蜀星［阴见］少，江雨［夜闻］多”。除了含动词性宾语的双宾句，唐诗中还有一种带目的性宾语的三宾语句。

根据句中谓语动词的语义类型，《唐诗三百首》含动词性宾语的双宾语句可分为“命令”类、“劝请”类、“任由”类、“陪伴”类、“促使”类、“导致”类等，其语义特征详见表 4.1：

表 4.1　含动性宾语的双宾句类型及其语义特征表①

双宾句类型	N_1	V_1	N_2	V_2
命令类	施事(+位高)	言语	对象(+位低)	内容
劝请类	施事(-位高)	言语	对象(-位低)	内容
任由类	施事	容许	对象	内容
陪伴类	施事	随同	对象	内容
促使类	施事/当事	推动	对象	结局
导致类	缘故	引发	对象	结局

一、命令类和劝请类双宾句

(一)“命令”类兼语句

1.“命令”类双宾句静态考察

此类双宾句，从语义关系上看，V_1 属于言语动词，且在句子中表示比较实在的言语意义，N_1 是 V_1 的施事，N_2 是 V_1 指向的对象，V_2 是 V_1 的内容②，N_1 的社会地位高于 N_2。例如“国王就叫人把这粒种子取来”，“叫”(V_1)表示“命令”，“国王”(N_1)是施事，“人”(N_2)是对象，“国王”(N_1)的社会地位比“人”(N_2)尊显，“把这粒种子取来”(V_2)是“叫”(V_1)的内容。共有 6 例(出自七古 2 例，七绝、五古、五律、五绝各 1 例)。例如：

① “N_2”指对象宾语，“V_2”指内容或结局宾语。

② 关于句子成分语义类型的划分，参看鲁川(2001：111)。

(1)遂教方士殷勤觅。(就叫方士去殷勤寻觅。白居易《长恨歌》)(2)转教小玉报双成。(转而托付侍女小玉通报给双成。白居易《长恨歌》)(3)玉人何处教吹箫。(您在何处教美人吹箫。杜牧《寄扬州韩绰判官》)(4)驱儿罗酒浆。(驱使儿子去置办酒浆。杜甫《赠卫八处士》)(5)教妾若为容。(叫我怎么梳妆打扮。杜荀鹤《春宫怨》)(6)先遣小姑尝。(先教小姑品尝。王建《新嫁娘》)

各例省略 N_1，"玉人何处教吹箫"还省略了 N_2。例子 V_1 是"教、遣、驱"。

2."命令"类双宾句溯源探流

该类双宾句出现很早，甲骨文中已有"呼、令、使"做谓语的句子。例如"帝令雨"(《甲骨文合集》5658)、"王呼射"(《甲骨文合集》28350)、"使人往于唐"(《甲骨文合集》5544)。两周时期，原有的谓语动词继续使用，新的谓语动词不断加入。"令"字句例如《周礼·冢宰》"令百官府各正其治""岁终，则令群吏致事"，《左传·成公二年》"无令舆师陷入君地"，《离骚》"吾令羲和弭节兮"，《世说新语·贤媛》"妇令婢视之"。"使"字句例如《小臣守簋铭》"王使小臣守使于夷"、《管子·中匡》"使鲍叔牙为宰"，《史记·项羽本纪》"怀王因使项羽为上将军"，《世说新语·识鉴》"使人读《汉书》"。"命"字句例如《殷簋》"命汝更乃祖考友司东鄙五邑"，《尚书·汤誓》"有夏多罪，天命殛之"，《左传·隐公元年》"大叔命西鄙、北鄙贰于己"，《史记·殷本纪》"成王命周公诛之"，《三国志·魏书·武帝纪第一》"命将征行"，《世说新语·汰侈》"乃命左右悉取珊瑚树"。战国时期以后，又出现了"遣"字、"教"字和"驱"字句。例如:《左传·成公二年》"王遣夏姬归"，《韩非子·存韩》"秦遂遣斯使韩也"，《三国志·魏书·武帝纪第一》"公遣曹洪击之"，《世说新语·贤媛》"景王遣钟会看之"；《左传·襄公二十六年》"通吴于晋，教吴叛楚"，《史记·淮阴侯列传》"若教淮阴侯反乎"，支娄迦谶译《道行般若经》"诸佛教我至昙无竭菩萨所"，《世说新语·捷悟》"公教人啖一口也"，《杨叛儿》"七宝珠络鼓，教郎拍复拍”；《世说新语》“亭吏驱公移牛屋下”“便驱其左右出门”。“宋词 65 首”有 1 例省略的“唤”字句(“唤取归来同住”，N_1 和 N_2 均被省略)。

(二)“劝请”类双宾句

1.“劝请”类双宾句静态考察

此类双宾句的语义关系跟“命令”类双宾句类似，其区别仅在于 N_1 和 N_2 的社会地位与“命令”类双宾句不同，即在“劝请”类双宾句中，施事 N_1 的社会地位不高于对象 N_2 的社会地位，例如“你请他们两位来证明一下”，“请”(V_1)表示比较实在的言语意义，“你”(N_1)的社会地位不比“他们两位”(N_2)的所指尊显，“来证明一下”(V_2)是“请”V_1 的内容。共有 12 例(七绝 4 例，七古 3 例，七律 1 例，五古 2 例，五律 2 例)：

(1)劝君更尽一杯酒。(劝您再干一杯酒。王维《渭城曲》)(2)劝君莫惜金缕衣。(劝君不要顾惜华贵的金缕衣。杜秋娘《金缕衣》)(3)劝君惜取少年时。(劝君珍惜青春少年时。杜秋娘《金缕衣》)(4)凭君传语报平安。(托付您传话报平安。岑参《逢入京使》)(5)请奏鸣琴广陵客。(敬请广陵琴师弹奏琴曲。李颀《琴歌》)(6)将进酒。(请饮酒。李白《将进酒》)(7)请君为我侧耳听。(请你们侧耳来仔细听。李白《将进酒》)(8)泥他沽酒拔金钗。(缠她拔下金钗来沽酒。元稹《遣悲怀》)(9)何求美人折。(怎么会祈求美人折取。张九龄《感遇》)(10)邀人傅脂粉。(请求别人涂脂粉。王维《西施咏》)(11)邀我至田家。(邀请我来到农家。孟浩然《过故人庄》)(12)邀入赤松家。(被邀请进了赤松子家。孟浩然《宴梅道士山房》)

各例省略 N_1，有的还同时省略 N_2。例中的 V_1 分别是“劝、邀、请、求、凭、将、泥”。

2.“劝请”类双宾句溯源探流

该类双宾句也产生较早，先后出现了多个次类。上古时期有“将”(义为“请”)字、“请”字、“劝”字句。例如:《诗经·氓》“将子无怒”;《左传·庄公九年》“请君讨之”,《世说新语·文学》“请潘岳为表”;《左传》“故劝之城其赐邑”“劝王取之”,《韩非子·外储说右上》“劝王置之”,《战国策·西周策》“劝王攻周”,《三国志·蜀书》“群下劝先主聘后”,《世说新语·假谲》“温公劝庾诣陶”。中古时期出现了“求”字、“邀”(要)字句。例如:《世说新语·方正》“于时谢尚书求其小女婚”,《三国志·吴书》“邀和过所居”,《世说新语·汰侈》“石崇每要客燕集”。“凭”字句不见于唐代之前,可能是唐代新生的类型。唐代的“凭”字可表“请求”“烦劳”,例如李商隐《寄酬韩冬郎》“为凭何逊休联句”。“《诗经》20首”有1例“将子无怒”(《诗经·氓》)。

二、任由类和陪伴类双宾句

(一)“任由”类双宾句

1.“任由”类双宾句静态考察

此类双宾句的 V_1 属于态度动词,N_1 是 V_1 的施事,N_2 是 V_1 的对象,N_1 和 N_2 也无社会地位的限制,V_2 是 V_1 的内容(也就是说 V_2 具有独立性,不是由 V_1 所引发)。例如“老婆不叫我看她手机”,“叫”(V_1)表示“允许”,“老婆”(N_1)是施事,“我”(N_2)是对象,“看她手机”(V_2)不是“叫”(V_1)所引发,不依赖 V_1“叫”而发生,是“叫”(V_1)的内容。共有6例(七古和七绝各有2例,五古和五绝各有1例):

(1)莫使金樽空对月。(不要让金杯徒然对着月。李白《将进酒》)(2)忍使骅骝气凋丧。(常使好马生气丧失。杜甫《丹青引赠曹霸将军》)(3)悔教夫婿觅封侯。(后悔让夫君去觅取封侯。王昌龄《闺怨》)(4)不教胡马渡阴山。(不允许胡马渡过阴山。王昌龄《出塞》)(5)无使蛟龙得。(不要让蛟龙得到你。杜甫《梦李白》)(6)莫教枝上啼。(不让它在枝上啼。金昌绪《春怨》)

各例都省略了 N_1，“莫教枝上啼”例还同时省略了 N_2。在这些例子 V_1 位置出现的动词有“使、教”。

2.“任由”类双宾句溯源探流

“任由”义“使”字句主要用于上古到中古。例如《左传·隐公元年》“无使滋蔓”(省略 N_1)，《韩非子·扬榷》“数披其木，无使木枝外拒”，《世说新语》“不可复使羌人东行”。“许”字句一直用到现代。例如《左传·僖公十年》“帝许我罚有罪矣”，《国语·晋语二》“君既许我杀太子而立奚齐矣”，吴士矩《饮后献时相》“不许冯公子细看”，《朝野佥载》“但不许令史之驴入台”(《太平广记》第二百五十八卷)，《庐山远公话》“今日何故不许秀禅师充为六代”，《入唐求法巡礼行记》“埋葬地下，不许人见”。“教”字句出现稍晚。例如《国语·鲁语上》“不教鱼长”。“任”字、“听”字、“纵(从)”字和“随”字句出现更晚。例如：《世说新语·豪爽》“诸婢妾数十人出路，任其所之”，《游仙窟》“腰支亦任回”，戴叔伦《精舍对雨》“卧向白云晴未尽，任他黄鸟醉芳春”，李益《写情》“从此无心爱良夜，任他明月下西楼”，薛能《野园》“插人头上任风吹”，《世说新语·贤媛》“不听我前”，《祖堂集》卷五“坐也听伊坐，卧也听伊卧”，《游仙窟》“手子纵君把”，《游仙窟》“今朝并复随他弄”。

(二)“陪伴”类双宾句

1.“陪伴”类双宾句静态考察

“陪伴类”双宾句的 V_1 都是表示随同的动词，N_1 是 V_1 的施事，N_2 是 V_1 的对象，N_1 和 N_2 可以表示人物，也可以表示其他事物，V_2 表示 V_1 的内容(V_2 的发生并不依赖 V_1)。例如“妈妈送孩子上学”，“送”(V_1)属于“陪伴”动词，N_1 是“送”的施事，N_2 是“送”的对象，“上学”(V_2)是“送”的内容。有 4 例，均由“送”充任 V_1(分别出自七绝、七古、五古和五律)：

(1)风送宫嫔笑语和。(风送宫嫔的笑语与笙歌相和。顾况《宫词》)(2)送我至剡溪。(送我到达剡溪。李白《梦游天姥吟留别》)(3)

暂伴月将影。（暂时伴随着月和影。李白《月下独酌》）（4）迢递送斜晖。（远远地送着落日余晖。李商隐《落花》）

此两例中的N_1（风、月）都是V_1的当事（无意志主体）。除了省略N_1之外，“暂伴月将影”和“迢递送斜晖”2例中还同时省略了V_2。在这些例子V_1位置出现的动词有“送”“伴”。

2.“陪伴”类双宾句溯源探流

该类双宾句同样是出现较早、不断丰富发展的一种双宾语句类型。唐代之前有“迎”字、“侍”字、“引”字和“送”字句。例如：《逸周书·尝麦解》“祝亚迎王降阶”；《左传·宣公二年》“臣侍君宴”，《韩非子·外储说左上》“夫少者侍长者饮”；《风俗通义》卷四“引延受赐”；《战国策·燕策三》“太子送之至门”，《史记·燕召公世家》“燕君送齐桓公出境”，《三国志·吴书》“遂自送妻子还洛”，《搜神后记》卷六“送府君还”。“伴”字、“陪”字句出现较晚，唐代之前的文献中尚未见到。《全唐诗》如“昨夜伴春回”（张九龄《立春日晨起对积雪》）、“春色伴人归”（刘希夷《入塞》）、“陪銮游禁苑”（武则天《从驾幸少林寺》）。“《诗经》20首”有1例（“送子涉淇”），“宋词65首”有2例（“才始送春归”“又送君归去”）。

三、促使类和导致类双宾句

（一）“促使”类双宾句

1.“促使”类双宾句静态考察

此类双宾句与“命令”类和“劝请”类双宾式相比有两点不同：一是V_1不表示实在的言语行为；二是N_1和N_2，在社会地位上并无什么限制。例如“李素忙把窗户打开，叫屋里空气流通流通”，“叫”（V_1）虽然也是言语动词，但是并无实在的言语意义，而是表示通过非言语手段来“促使”，“李素”（N_1）属于当事，“屋里空气”（N_2）属于对象，“流通流通”（V_2）是“叫”（V_1）的结局。共有6例（七古、七律和五律各2例）：

(1)曲罢常教善才服。(一曲弹罢常令高手钦佩。白居易《琵琶行》)(2)但教心似金钿坚。(只教感情坚如金钿。白居易《长恨歌》)(3)关城树色催寒近。(潼关的树色催促着寒冬逼近。李颀《送魏万之京》)(4)月露谁教桂叶香。(月露哪教桂叶香。李商隐《无题》)(5)白发催年老。(满头白发催促着身体变老。孟浩然《岁暮归南山》)(6)青阳逼岁除。(春天的气息逼迫着旧岁消除。孟浩然《岁暮归南山》)

在这些例子中 V_1 位置出现的动词有"教、催、逼"。

2. "促使"类双宾句溯源探流

该类双宾句同样是形成于上古时期又在后代不断丰富发展的双宾语句。"使"字句的发展最早，例如《左传·宣公二年》"令我使二国暴骨"，《韩非子·扬权》"使鸡司夜，令狸执鼠"，《搜神记》卷一"君能使人见鬼"，《世说新语》"使阡陌条畅""使三乘炳然"。"令"字句也始见于上古时期，例如《商君书·农战》"令民归心于农"("令"指采用根据民众农战功绩授予官爵的方法，来"促使"民众"归心于农")，《韩非子》"何以令之有妻""退则令善人有祸"，《五十二病方·朐癢》"穿其断，令其大圆寸"，《史记·孙子吴起列传》"吾能令君胜"，《搜神记》卷五"李君令我目愈"，《世说新语·汰侈》"士当令身名俱泰"，《百喻经》"当使汝得上妙衣服"，《朝野佥载》补辑"久服令人冷峭"。"教"字句在上古时已见使用，中古时期发展迅猛，民歌中多见，例如《左传·昭公十六年》"是教敝邑背盟誓也"，《韩非子·解老》"进则教良民为奸，退则令善人有祸"，《易林》卷二"教羊牧兔，使鱼相捕"，南朝民歌《那呵滩》"愿得篙橹折，交(教)郎到头还"，《读曲歌》"故交(教)白足露"，刘缓《秋夜》"徒教两行泪，俱浮妆上红"，庾信《弄琴》"若教新曲变，惟须促一弦"。"催"字句出现较为晚近，例如梁代何逊《苦热诗》"愿以三伏晨，催促九秋换"，"催促"是双音成分。"逼"字句未见于唐代之前，但在唐代之前，"逼"已引申出"逼使"义，这为促使类"逼"字句的出现创造了语义条件，例如鲍照《代蒿里行》"驰波催永夜，零露逼短晨"、《赠故人马子乔诗》"早寒逼晚岁"、《秋日示休上人》"霜露逼朝荣”等句中的“逼”字都有“促使”义。“宋词65首”有1例(“空教是处闻名”)。

(二)“导致”类双宾句

1.“导致”类双宾句静态考察

此类双宾句，与“命令”类、“劝请”类和“促使”类双宾句的不同之处有两点：一是N_1属于无意志主体，实际上是V_1的缘故；二是V_2不是V_1的目的，而是其引发的结局。例如“姚长庚的行事叫姚大婶不趁心”，“叫”(V_1)意为“导致”，“姚长庚的行事”(N_1)是无意志主体，是V_1的缘故，“姚大婶”(N_2)是V_1的对象，“不趁心”(V_2)是“叫”引发的结果。共有7例(4例出自七律，3例出自七古)：

(1)烟波江上使人愁。(烟波渺渺的江面让人发愁。崔颢《黄鹤楼》)(2)空令岁月易蹉跎。(徒然让时光轻易消磨。李颀《送魏万之京》)(3)长使英雄泪满襟。(常常使英雄们泪水满襟。杜甫《蜀相》)(4)徒令上将挥神笔。(徒然让诸葛上将挥洒神笔。李商隐《筹笔驿》)(5)使我三军泪如雨。(使我三军落泪如雨。李颀《古意》)(6)使我不得开心颜。(使我不能开心高兴。李白《梦游天姥吟留别》)(7)复令识者久叹嗟。(又令识马者久久感慨赞夸。杜甫《韦讽录事宅观曹将军画马图》)

在这些例子V_1位置上出现的动词有“使、令”。

2.“导致”类双宾句溯源探流

该类双宾句有“使”字、“令”字和“教”字句等，前二者出现较早。例如：《诗经·狡童》“维子之故，使我不能餐兮”，《左传·襄公四年》“朱儒朱儒，使我败于邾”，《韩非子·难三》“是使哀公有夫差、燕哙之患也”，《世说新语·德行》“人宁可使妇无裈邪”；《老子》十二章“五色令人目盲，五音令人耳聋，五味令人口爽，驰骋畋猎令人心发狂，难得之货令人行妨”，《韩非子·解老》“可欲之类，进则教良民为奸，退则令善人有祸”，《世说新语·俭啬》“慎不可令大郎知”，《魏书·武帝纪第一》“遂令上天震怒”；《华山畿》“腹中如汤灌，肝肠寸寸断，教侬底聊赖”。“《诗经》20首”有“老使我怨”“使我心痗”，《古诗十九首》有“思君令人老”，“六朝诗35首”有“悠悠使我哀”“地势使之然”，“宋词65首”有“空教是处闻名”“著人瘦”“暗教愁损兰成”。

总之，《唐诗三百首》中出现的双宾句类型，包括命令类、劝请类、任由类、陪伴类、促使类、导致类，均出自上古汉语，其次类也大多出自上古汉语，是唐代之前的传统类型。

四、唐代含动词性宾语双宾句主流类型的发展

杨伯峻、何乐士(2001：588)指出：“兼语式在古代汉语里是一种逐步发展的句式。”唐代含动词性宾语之双宾句的发展表现在：一是出现了一些新生的次类，如“劝请”类中的“凭”字句，“促使”类中的“逼”字句；二是完成了主流类型的历史转换。所谓主流类型，就是使用时间长、使用范围广、使用频率高的类型。汉语含动词性宾语双宾句经历了从以“使”字句为主到以“教”字句为主的发展过程。①

“使”字句是早在上古时期就发展起来的一种双宾句。从上古到唐代，先后出现了多种用法，可以表示“命令”，可以表示“促使”，可以表示“导致”，可以表示“任由”，等等。据程亚恒(2006：29)，《左传》中的“使”字式有1096例，占其兼语句总数1840例的60%。据范玉(2011：16)，《韩非子》中的“使”字句有280例，占其兼语句总数407例的69%。据杜焕君(2003：11)，《战国策》中的“使”字式有357例，占其兼语句总数790例的45%。据杨高建(2010：9，57)，《三国志》中的“使”字句有976例，占其兼语句总数4213例的23%。据赵小东(2003：32)，《世说新语》中的“使”

① “令”字句在少数文献中多于“使”字句。《朝野佥载》中的“令”字句约有61例，多于“使”字句(5例)。据赵小东(2003)，《近代汉语语法资料汇编(唐五代卷)》中的“令”字句为60例，也多于“使”字句(20例)。

字句有 71 例，占其兼语句总数 355 例的 20%。① 尽管《世说新语》中的“使”字句仍然是汉语中语例最多、使用频率最高的含动词性宾语双宾句类型，但是它的占比相对以前下降了很多。到了《朝野佥载》，“使”字句不仅远远少于老派的“令”字句、“遣”字句和“命”字句，而且少于新兴的“差”字句。“教”字本义是“传授、训练”（如《左传・襄公二十六年》“教之乘车、射御、驱侵”），引申为“指使、命令”后用于“命令”类双宾句，后又可以用于“劝请”“促使”“任由”类双宾句。尽管在汉代以前已经有多种用法，但是用例不多。南北朝时期，“教”字句主要在口语中或口语色彩浓厚的民歌中使用，《世说新语》中只有 1 例。汪维辉(2017：192-193)说：“在魏晋南北朝，除‘使、令’外，常用的一个口语词是‘教’。”南北朝之后，“教”字句才逐渐发展起来。据赵小东(2003：112)，在《近代汉语语法资料汇编(唐五代卷)》中，“教”字句为 24 例，也比“使”字句(20 例)为多。在“宋词 65 首”中，“教”字句有 2 例（即苏轼《河满子・湖州作》“空教是处闻名”，张炎《候蛩凄断》“暗教愁损兰成”），“著”字句 1 例（张耒《帘幕疏疏风透》“著人瘦”），“使”字句未见。

在《唐诗三百首》中，“使”字句共有 7 例，“教”字句共有 10 例，后者多于前者，成了主流双宾句的新科状元。这是汉语中含动词性宾语双宾句主流类型发展、变迁过程的真实反映，是汉语含动词性宾语双宾句发展规律作用的结果。

五、带目的性宾语的三宾语句

所谓三宾语句，就是在取予义双宾语句的基础上再添加一个动词性宾语的句子，动词性宾语表示谓语的目的。在“请君讨之”中，“讨之”既可视为“请”的目的，也可视为“请”的内容，因为“请”是言语动词，而在“取予”义三宾语句中，动词性宾语就只能是谓语的目的成分。“我送你一本书看看”和“你借我一本书看看”中的“看看”，都是含有“……看看”语义的目

① 以上的“兼语句”都包括带所谓“兼语”的“有无句”。

的宾语。①《唐诗三百首》只有1例，且是省略式：

天假神柄专其雄。(上天借给它神柄让它拥有雄壮身姿。韩愈《谒衡岳庙遂宿岳寺题门楼》)

此例谓语动词“假”具有“给予”义，句中省略了间接宾语。

在《全唐诗》中，带目的性宾语的三宾语句主要是“与”字三宾语句和“~与”三宾语句。“与”字三宾语句有20余个，这些例子往往会省略“直接宾语”，偶尔会省略“间接宾语”。例如“与君啖肥马”(给您喂肥马)、“暂与幽人折”(暂让幽人折)、“自与莺为地”(自然给黄莺作领地)、“休与杏藏娇”(不教杏藏娇)、“与郎着向营中集”(给郎穿着到军营集合)、“半与吾供酒肉钱”(一半给我用作酒肉钱)、“便与夫人作镜台”(便给夫人作镜台)、“到处人争与马骑”(到处人争给马骑)、“德音兼与后人传”(德音又给后人传)、“天与春风发好香”(天给春风让它生发好香)。需要指出的是，如果用其他动词将“直接宾语”提到“与”字前面，形成“动词$_1$+直接宾语+与+间接宾语+动词性宾语”或“直接宾语+动词$_1$+与+间接宾语+动词性宾语”格式(例如吴筠《胡无人行》“破胆与君尝”，白居易《别州民》“唯留一湖水，与汝救凶年”，张乔《送龙门令刘沧》“还将鲁儒政，又与晋人传”)，那么所在句子就不再属于双宾句，而是紧缩复句、处置句或话题句。

“~与”字三宾语句中的“~”同样是含有“取予”义或“留存”义的动词。完整的“~与”谓语三宾语句也不多见，一般会省略“直接宾语”，偶尔会省略“间接宾语”。例如“留与世人传”(留给世人传颂)、“递与今人传”(送给今人传播)、“可能分与外人传”(可能要交给外人流传)、“留与他人乐少年”(留给他人来快乐少年)、“送与谁人身上着”(送给哪个人往身上穿)、

① 殷焕先(1956)较早关注这种现象，但是他并不认为此类句子是多宾句。他说：“‘倒杯茶喝’这一类型复杂的谓语的构造，特色是连用的几个动词并不一定共戴一个主语，比如‘你倒杯茶喝，我也倒杯茶喝’‘你倒杯茶我喝，我也倒杯茶你喝’。”

“付与诗人一笑看”（送给诗人带着微笑看）、“不曾将与世人看”（不曾给世人看）、“寄与湘妃作翠钿”（寄给湘妃作翠钿）、“留与愁人一醉眠”（留着让忧愁人醉眠一次）、“抛与金钱唱好多”（抛给金钱唱好唱多）、“乞与书题作裹粮”（给予书信作干粮）。如果用动词将“直接宾语”前置于“~与”（例如崔珏《水晶枕》“裁诗乞与涤烦襟”），那么所在句子就不再属于多宾式，而是属于紧缩复句或话题句。

“与”字谓语三宾语句早在东晋和南朝时期的作品中已有不少。例如：“裲裆与郎着”（《上声歌》），“与郎作裤”“与郎拭尘”（《安东平》），“回身与郎抱”（《孟珠》），“芝草与汝食”（杨羲《右英吟》），“与郎资路用”（释宝月《估客乐》），“采合众药，与夫人服”（北魏慧觉译《贤愚经·降六师品》），等等。现代汉语中，该式的谓语动词有“给、送、租、拿”等，例如“他给我一件新大衣穿”“公司租给我一间单身公寓住”。

“~与”谓语三宾句出现较晚，但不会晚于唐代初年。在唐代初年的《唐律疏议》中，可以看到“当园主司，将瓜果之属给与人食者，加坐赃罪一等”和“给与将去者，准盗上加一等”这样的用例。这种结构能在唐代汉语中出现并不奇怪，唐代之前已经出现了双音结构“给与”，例如《三国志·魏志·钟会传》“时方给与姜维铠仗”，北魏慧觉译《贤愚经》“给与禽兽”“一切给与”等，同时也出现了双音结构谓语带目的宾语的用例，如“赐给棺敛”（《后汉书·伏湛传》）等。该式在唐代之后的很长时间内一直延续不绝，如南宋《错斩崔宁》“着将贼人家产一半没入官，一半给与王氏养赡终身”，元代话本《勘皮靴单证二郎神》“其银两、首饰给与老欧领回”，明代《封神演义》第十回“西岐之民，无妻者，给与金银而娶；贫而愆期未嫁者，给与金银而嫁”，清代《红楼梦》第八十三回“既给与薛蟠作妾”。清代以后，“~与”逐渐为“~给”所替代。以“送给”为例，《儒林外史》有“送给大老爹作个纪念”“先送给我逐一细看过”等，《红楼梦》有“将这粥送给凤哥儿吃去”“又拿了要送给他母亲瞧”等。

汉语中还有一种以“取得”义动词做谓语的“取予”义动词谓语三宾语句，也形成于唐代之前，例如《搜神记》第一卷“借府君前笔砚书符”

(“府君前”不是宾语，若为“府君”，词句就是三宾语句)，“借”跟“假”同义。

小　结

《唐诗三百首》含动词性宾语的双宾句有 41 例，就其在七言诗和五言诗中的分布来说，二者差别明显，出自七言诗较多(28 例)，出自五言诗较少(13)，说明诗句长短对其使用频率影响较大。在“《诗经》20 首”“《古诗十九首》”“六朝诗 35 首”“宋词 65 首”四种文献中，含动词性宾语的双宾句共有 13 例，使用频率比《唐诗三百首》低，究其原因，就是这些作品的诗句较短。从其在近体诗和古体诗中的分布来说，二者差别不大(23：18)。详见表 4. 2：

表 4. 2　《唐诗三百首》含动词性宾语双宾句语例分布表

双宾句类型	五言古体	七言古体	五言近体	七言近体	合计(行)
命令类	1	2	2	1	6
劝请类	2	3	2	5	12
任由类	1	2	1	2	6
陪伴类	1	1	1	1	4
促使类		2	2	2	6
导致类		3		4	7
合计(行)	5	13	8	15	41

上述含动词性宾语双宾句的六种类型，即命令类、劝请类、任由类、陪伴类、促使类、导致类，均出自上古汉语，是唐代之前的传统类型。它们下层的各种形式也大多出自上古。

在《唐诗三百首》41 例含动词性宾语的双宾句中，省略 N_2 或 V_2 的共有 8 例，占比为 20%。这也反映了唐诗浓厚的口语色彩。这样的省略用法在汉语中也是由来已久。

在《唐诗三百首》中，“教”字句共有 10 例，使用频率超过了“使”字句(共有 7 例)，开始成为新的主流双宾句类型，这是汉语含动词性宾语双宾句发展规律作用的结果。

唐诗中带目的宾语的三宾语句，其格式也形成于唐代之前。

第三节　省　略　句

唐诗中存在很多省略现象。王力(1958：257-266)把诗歌语言的省略归纳为“略姓名”“略‘于’字”“略‘则’字”“略‘而’字”“略‘是’字”“略‘有’字”“略普通动词”“省去‘能’字”“歇后”等。蒋绍愚(2008：150-152)指出，“省略是近体诗句法的一个重要特点。唐代的古体诗因受近体诗的影响，也常常有省略”，认为唐诗的省略大致有下面几类：(1)省略语气词。语气词在唐诗中(特别是近体诗中)一般是不用的(新产生的疑问语气词“无”除外)。(2)省略连词。唐诗中的连词一般也是不用的。(3)省略谓词，在句中只剩下名词或名词词组，这就是“名词语”。(4)省略介词，这就形成“关系语”。(5)一般的省略(包括平行语省略、呼应标题的省略和用典省略)。段曹林(2003)认为：“唐以前诗歌省略虽然用得已经不少，各种成分和方式的省略大体也都开始出现。但从省略特别是那些离散文较远的省略，在诗歌中出现的频率来看，则还是跟唐诗没法相提并论。近体诗的成熟和占据半壁江山，使得唐诗句法结构单就省略而言，诗化特征也较前突出了许多。以下几种大略都是唐诗新生的省略方式，不算太多，却很独特。省略判断词，如‘今日江南老，他时渭北童(当年是渭北之童，今日是江南之老)’(杜甫《社日》)；省略存现动词，如‘宿昔(有)青云志，蹉跎白发年’(张九龄《照镜见白发》)；利用问答结构省略问语或答语，如‘借问池台主，多居要路津’(刘禹锡)，明显略去了问语，‘问子能来宿’(杜甫)则略去了答语。这种省略显而易见是为了避免问语或答语的内容重复。”

以上论述无疑有助于我们对于唐诗省略现象的认识和重视。但是，究竟哪些是真正的省略，它们是不是从唐诗开始出现，这些问题需要予以弄清。下面拟从“省略谓语动词”和“省略其他成分”两个方面，对唐诗中的“省略”现象作些介绍。

一、谓语动词省略句

(一)谓语动词省略句静态考察

本书所谓的“谓语动词省略句”不包括以下几种句型：(1)省略“是”的名词谓语句或省略“有”的无主话旨话题句，如“今日江南老，他时渭北童”(当年是渭北之童，今日是江南之老)、“映阶碧草自春色，隔叶黄鹂空好音”(映阶碧草自有春色，隔叶黄鹂空有好音)等。(2)“A+C”或“唯 C”类无主句，如“山中一夜雨，树梢百重泉”(山中有一夜雨，树梢有百重泉)，“晴川历历汉阳树，芳草萋萋鹦鹉洲”(在晴日照耀下的长江北岸，有翠绿葱郁的汉阳树，江中有芳草萋萋的鹦鹉洲)①。(3)名词性成分做状语或补语的句子，如“春浪(里)棹声急，夕阳(下)花影残”“香雾(里)云鬟湿，清辉(中)玉臂寒”“泉声咽(于)危石，日色冷(于)青松”“烟霜凄(于)野日，秔稻熟(于)天风”。

总起来看，省略谓语的动词谓语句不多，《唐诗三百首》只有 20 余例。这些语例可分为三种情况：一是省略处所动词；二是省略比况动词；三是省略一般动词。下面分别介绍。

1. 省略处所动词的

有 9 例(其中五律 4 例，五绝 2 例，五古 2 例，七绝 1 例)：

(1)楚江微雨里。(我行在楚江微雨里。韦应物《赋得暮雨送李胄》)(2)建业暮钟时。(你站在建业暮钟时。韦应物《赋得暮雨送李胄》)(3)高风汉阳渡。(高风中驶向汉阳渡。温庭筠《送人东游》)(4)

① 《全唐诗》有 20 余例“晴川”，意义均是“晴日下的江河”，此处应无例外。

初日郢门山。(日出时到达郢门山。温庭筠《送人东游》)(5)故国三千里。(离故乡三千里。张祜《何满子》)(6)深宫二十年。(居深宫二十年。张祜《何满子》)(7)山林二十年。(在山林二十年。元结《贼退示官吏》)(8)苍茫云海间。(到苍茫云海中。李白《关山月》)(9)葡萄美酒夜光杯。(葡萄美酒在晶莹剔透的夜光杯里。王翰《凉州词》)

例中分别省略了"行""立""向"①"到""距""居""入"等动词。之所以将其称为"处所"动词，是因为它们都用在处所成分之前，多数跟处所介词"于"性质相近。② 汉魏六朝到唐代的汉语，有一个语言习惯，即处所介词"于"往往省略。在唐人看来，既然"于"字可以省略，那么跟"于"字性质相近的"在、向、到"也可以省略。

2. 省略比况动词的

所谓"比况动词"，是指"如、似"等表示事物之间相类似关系的动词。有10例(七古3例，七律1例，七绝1例，五古2例，五律3例)：

(1)古来万事东流水。(自古以来万事都如东流而去的水。李白《梦游天姥吟留别》)(2)嘶酸雏雁失群夜。(像在失群的夜里嘶叫的雏雁。李颀《听董大弹胡笳声兼寄语弄房给事》)(3)断绝胡儿恋母声。(像失去亲人的胡族婴儿寻母的哭声。李欣《听董大弹胡笳声兼寄语弄房给事》)(4)万古云霄一羽毛。(好像万古云霄中的一只雄凤。杜甫《咏怀古迹》)(5)茂陵秋雨病相如。(好像茂陵秋雨中卧病的司马相如。李商隐《寄令狐郎中》)(6)世事波上舟。(人情世事犹如波上的小

① "向"也可用作动词，例如"便下襄阳向洛阳"，现代汉语例如"我们的队伍向太阳"。

② 在上古汉语中，"于"可用作处所动词。例如《诗经·周南·桃夭》"之子于归，宜其室家"，毛亨注为"于，往也"。再如《诗经·豳风·七月》"昼尔于茅"，郑玄注为"女当昼日往取茅归"。又如《尚书·大诰》"予惟以尔庶邦于伐殷逋播臣"，孔安国注为"用汝众国往伐殷逋亡之臣"。又如《左传·文公十三年》"秦伯师于河西，魏人在东"。

船。韦应物《初发扬子寄元大校书》)(7)群彦今汪洋。(文人学士宛如大海汪洋。韦应物《郡斋雨中与诸文士燕集》)(8)天地一沙鸥。(就像天地间的一只孤零零的沙鸥。杜甫《旅夜书怀》)(9)浮云一别后。(在那次分别后，犹如浮云——没有着落。韦应物《淮上喜会梁川故人》)(10)流水十年间。(在这十年间，犹如流水——不断迁徙。韦应物《淮上喜会梁川故人》)

以上语例中，有的在省略比况动词的同时还省略了主语。

3. 省略一般动词的

只有5例(七律2例，七古、七绝和五绝各1例)：

(1)巫峡啼猿数行泪。(巫峡啼猿能催数行泪。高适《送李少府贬峡中王少府贬长沙》)(2)衡阳归雁几封书。(衡阳归雁能送几封信。高适《送李少府贬峡中王少府贬长沙》)(3)上穷碧落下黄泉。(向上找遍了碧空，向下找遍了黄泉。白居易《长恨歌》)(4)双鲤迢迢一纸书。(双鲤千里迢迢送来一封慰问信。李商隐《寄令狐郎中》)(5)一声何满子。(听一声何满子曲。张祜《何满子》)

例中分别省略谓语动词“催、捎、穷、送、听”。

从七言诗和五言诗的情况来看，二者在分布上差别不大：七言诗10例，五言诗14例。《唐诗三百首》七言诗总句数本来就比五言诗多，故可以说五言诗中省略动词的现象要多一些。从近体诗和古体诗的情况看，近体诗16例，古体诗8例。《唐诗三百首》近体诗总句数本来就比古体诗少，所以二者的差别还是比较明显的，但是数量有限，不影响大局。

(二)谓语动词省略句溯源探流

省略处所动词的句子在唐代前后的诗文中都可见到。例如：《诗经·卷阿》“有卷者阿，飘风自南”(省“来”)，《诗经·小雅·正月》“好言自口，莠言自口”（省“出”），《论语·宪问》“晨门曰：‘奚自？’子路曰：‘自孔氏。’”（省“来”），《左传·昭公五年》“葬鲜者自西门”（省“出”），《左传·僖公二十四年》“蒲城之役，君命一宿……”（省“至”）①，《列子·歧路亡羊》“杨子之邻人亡羊，既率其党，又请杨子之竖追之”（省“追”），方苞《左忠毅公逸事》“史朝夕（候）狱门外”（省“候”），现代汉语“一个天南，一个地北”“老大北京，老二上海”“兄妹颜值一个天上一个地下”（这几例省“在”），“（出租车乘客答话）火车站”（省“到”），“四个人一间房”（省“住”）。再如：“宋词65首”中的“七八个星（在）天外”“两三点雨（在）山前”“旧时茅店（在）社林边”（辛弃疾《夜行黄沙道中》）、“（在）玉枕纱厨”（李清照《薄雾浓云愁永昼》）、“轻衫短帽（在）垂杨里”（王安石《数家茅屋闲临水》）、“（在）柳陌”（周密《禁苑东风外》）、“（在）眉眼盈盈处”（王观《卜算子》）都省“在”。

省略比况动词的句子在唐代前后的文献中也是司空见惯。例如《左传·哀公八年》“夫鲁，齐晋之唇”，《战国策·秦策》“韩，天下之咽喉”，文天祥《过零丁洋》“山河破碎风飘絮，身世浮尘雨打萍”，岳飞《怒发冲冠》“三十功名尘与土”。这些句子比较特殊，既可以看作省略“为”“是”或“……者……也”等的“无标记的名词谓语句”，也可以看作省略比况动词的动词谓语句。

省略一般动词的句子在唐代前后的文献中也能见到。例如《诗经·七月》“宵尔索绹”（“索绹”前省略动词“为”），《论语·先进》“端章甫”（省“衣、冠”——“穿、戴”），《左传·闵公二年》“卫文公大布之衣，大帛之冠”（省“衣、冠”），《左传·庄公十年》“小大之狱，虽不能察，必以情”（省“断”），《左传·僖公四年》“君若以力……”（省“伐”），《孟子·万章上》“牛羊父母，仓廪父母，干戈朕，琴朕”（几句都省“归”），《淮南子·说林》“自藜藿”（省“治”），《史记·孙子吴起列传》“刑余之人不可”（句末省“将”——做将领）。“宋词65首”有“一曲新词酒一杯”（省“吟、喝”），

① 以上例子分别转引自杨伯峻、何乐士（2001：831-833）和陈元胜（2005）等。

现代汉语有“老大写诗，老二小说”（省“写”）、“你一言，我一语”①（省“说”）、“每户一匹马”（省“出”）、“一个人十元钱”（省“交”“付”“出”“罚”“拿”“得”“分”或“奖”等）、“一斤白菜多少钱”（省“卖”）。

二、其他省略句

“其他省略句”包括省略主语、连词、介词的句子，也包括省略姓名和歇后的句子。这里只谈省略姓名、歇后、省略主语的情况。

（一）唐诗其他省略句静态考察

1. 省略姓名

例如“鲁连功未报”“方朔金门召”等，但很少见，在《唐诗三百首》中未见。

2. 歇后

“歇后”又叫“藏尾、缩脚”。例如唐彦谦《长陵》“耳闻明主提三尺，眼见愚民盗一抔”，“三尺”省略“剑”，“一抔”省略“土”。《唐诗三百首》仅见1例，即：

> 赌胜马蹄下，由来轻七尺。（“七尺”指“七尺躯”。李颀《古意》）

3. 省略主语

这是唐诗中最普遍的省略，例如：“床前明月光，（我）疑是地上霜。

① “你一言，我一语”，也可以认为其中省略了“来”或其他动词。吕叔湘（1984：534）认为省略有两个条件：“第一，如果一句话离开上下文或者说话的环境意思就不清楚必须添补一定的词语意思才清楚；第二，经过添补的话是实际上可以有的，并且添补的词语只有一种可能。这样才能说是省略了这个词语。比如‘稿子写得不好就重写，一次不行写两次，两次不行写三次’，如果没有上下文，‘一次不行’的意思不清楚，抽象的‘一次’，不连上一定的动作，就说不上‘行’和‘不行’，而要添补就只能添补‘写’，不能添补别的……‘你一言，我一语，’可以在‘一言’和‘一语’前边添补‘说’或者‘来’，但不能限定是‘说’或‘来’，并且实际上都不这样说，我们就只能说这里隐含着一个‘说’或‘来’，不能说省略了一个‘说’或‘来’，至多只能说省略了一个动词。”

(我)举头望明月，(我)低头思故乡”；“日照香炉，(香炉)生紫烟，(我)遥看瀑布挂前川。飞流直下三千尺，(我)疑是银河落九天”：“(我)松下问童子，(童子)言师采药去，只在此山中，云深不知处”。

(二)唐诗其他省略句溯源探流

第一，关于省略姓名。这种省略在唐代及其以前的散文、骈文中都有使用。例如陆法言《切韵》序“怪马迁之言大”，《晋书·王浚传》“世祖旌贤，建葛亮之嗣”。

第二，关于歇后。这种省略在唐代之前的诗文中也早已存在，历代不绝。例如刘勰《文心雕龙·镕裁》“及云之论机，亟恨其多，而称清新相接，不以为病，盖崇友于耳”(《尚书·君陈》有“惟孝友于兄弟”)，丘迟《与陈伯之书》“主上屈法申恩，吞舟是漏”(贾谊《吊屈原赋》有“岂能容吞舟之鱼”)，《晋书·顾和传》“宁使网漏吞舟”(贾谊《吊屈原赋》有“岂能容吞舟之鱼”)。唐代之后的文献，例如冯梦龙《古今谭概》载有“君子之交淡如(水)”“醉翁之意不在(酒)”，无名氏《女真观》第三折有“月下老(人)”，西周生《醒世姻缘传》第二回有“一帖发丧药下去……不由的十生九(死)了”。现代汉语，例如南京话“富贵有(余)”“金桥算(命)”，武汉话“花言巧(雨)”“憨吃哈(睡)”，上海话“城隍老(爷)”“猪头三(牲)”，广东话“云吞(面)”(云吞面是著名小吃)“三军司(命)”，海宁话“八仙过(海)”“百里挑(一)”(圆)，德清话“航船埠(头)”“牛头马(面)”，常熟话“添油加(酱——蒋)”“七荤八(素——苏)”。

第三，关于省略主语。省略主语的现象，古今汉语俯拾即是。

另外，唐诗中也很少使用语气词，这个问题怎么看？在唐诗中，像“晚来天欲雪，能饮一杯无”(白居易《问刘十九》)、“江楚气雄哉”(孟浩然《与张折冲游耆阇寺》)、“光华扬盛矣，霄汉在兹乎”(高适《真定即事》)、“垂纶几年也”(王昌龄《题灞池》)、“齐州安在哉”(杜甫《送舍弟频》)这样带语气词的诗句极少。这种现象不是唐诗格律的要求所致，而是汉语语法发展过程造成的。在唐代，上古汉语语气词系统进入衰亡期，而新的语气词系统尚未完全形成。敦煌变文中有“也、矣、耳、焉、乎、也、者”等语气词(参看吴福祥，2004：134-136)，这很容易让人误认为在当时的口语中，它们还在常用。正如柳宗元《复杜温夫书》“但见生用助字，不当律令，唯以此奉答。所谓乎、欤、耶、哉、夫也者，疑辞也。矣、耳、焉也者，决辞也。今生则一之，宜考前闻人所使用，与吾言①类且异，精思之则益也”中所反映的那样，上古汉语那一套语气词，到了唐代已经成为脱离实际的东西。据李小军(2013：264-266)，语气词在史书的出现频率，“《史记·本纪》为8.35%，《后汉书·帝纪》为3.03%，同一时期的《宋书·本纪》为2.90%，而《旧唐书·本纪》只有1.80%”，“这折射出随着时间的推移，语气词的使用频率在逐渐降低”，而且其中使用的语气词主要还是“也”“矣”“焉”“哉”等上古汉语中的那些，后起的语气词只有表示疑问的“无”“不”、表示祈使的“好”等，而且用例很少。总之，唐诗极少使用语气词，并不能说明唐诗口语性不强，而是因为唐代正处于语气词青黄不接、比较贫乏的时期。顺便说一句，没有语气词的语言不能说就是不完整的语言，世界上没有语气词的语言并不少。

小　　结

唐诗中的省略现象可分为两类：一是谓语动词的省略；二是其他成分的省略。这些省略大多能在唐代前后的文献中见到。

唐诗中确实存在很多省略现象，但是并不奇怪，无论古代汉语还是现代汉语，省略主语、宾语甚至谓语等句子成分都很常见，口语中表现更甚。

---

① “吾言”意为“我们这个时代的言语”。

第五章　名词谓语句、形容词谓语句和数量词谓语句

第一节　名词谓语句

名词谓语句，又称“判断句”，谓语一般由名词性成分充任，主谓之间一般存在同一、隶属等语义关系。

汉语史领域的名词谓语句研究，最早主要是探讨系词(断词、判断词)的产生与发展问题，如王力《中国文法中的系词》、洪诚《论南北朝以前汉语中的系词》等。汪维辉(1998)、何亚南(1999)、冯胜利(2003)等的研究也属此类。近年来，出现了一些描写专书或断代判断句类型的论文，如严志君《〈荀子〉判断句句型研究》、董德志《〈世说新语〉中的判断句研究》、陈建裕《〈世说新语〉中的判断句》、钱宗武和刘彦杰《今文〈尚书〉判断句研究》、玄宗女贵莲《〈坛经〉判断句研究》、何亚南《〈三国志〉和裴注句法专题研究》、刘文霞《〈世说新语〉中的判断句研究》、朱力《〈太平经〉与东汉佛经判断句比较研究》、解植永《中古汉语判断句研究》、罗海来《〈国语〉中的判断句》、杜萍《〈贤愚经〉判断句研究》、王静《〈孟子〉判断句研究》等。以上研究针对的是散文类文献判断句。关于唐诗名词谓语句，王力(1958：266)指出：“‘书生邹鲁客，才子洛阳人’……散文里的判断句，多数用‘也’字煞尾，偶然用‘乃’，‘是’等字置于主语和判断语之间，至于不用‘也’字，而又不用‘乃’‘是’等字者，则颇为罕见；但是诗里的判断

句却以此为常见，这也是诗与散文相异之点。”

《唐诗三百首》名词谓语句有37例，其中“主语+名词性谓语”句9例，“主语+副词+名词性谓语”句10例，“主语+维+名词性谓语”句1例，“主语+为+名词性谓语”句1例，“主语+是+名词性谓语”句16例。

一、无标记名词谓语句

(一)无标记名词谓语句静态考察

无标记的名词谓语句即“主语+名词性谓语”句，就是只具备主语和谓语两个部分而不加任何表示判断语气词语的名词谓语句。《唐诗三百首》中有9个，占其名词谓语句总数(37例)的24%。其中6例出自七言诗(七律、七古和七绝各2例)，即：

(1)云雨荒台岂梦思。(他所谓的云雨楼台难道是梦中呓语。杜甫《咏怀古迹》)(2)从今四海为家日。(从此就是四海为家的日子。刘禹锡《西塞山怀古》)(3)夜半无人私语时。(夜半无人时就是二人私语时。白居易《长恨歌》)(4)将军魏武之子孙。(曹霸将军是魏武帝曹操的后代子孙。杜甫《丹青引赠曹霸将军》)(5)岁岁金河复玉关。(所在之处，年年都是金河和玉门关。柳中庸《征人怨》)(6)朝朝马策与刀环。(陪伴自己的，天天都是马鞭和刀环。柳中庸《征人怨》)

例中“魏武之子孙”“岁岁金河复玉关”“朝朝马策与刀环”省略主语，“夜半无人私语时”的主语表示“时间”。3例出自五古，即：

(1)知音世所稀。(知音在社会上寥寥无几。孟浩然《留别王维》)(2)夫婿轻薄儿。(丈夫是个感情不专一的轻薄子弟。杜甫《佳人》)(3)江南瘴疠地。(江南是疾疫流行的地方。杜甫《梦李白》)

(二)无标记名词谓语句溯源探流

无标记句是出现最早的一种类型。张玉金(2001：196)指出："甲骨文中已有判断句，形式即为'主语+谓语'。主语有时可省。"钱宗武和刘彦杰(1999)指出："古汉语判断句的基本形式是'主语+名词性谓语'。这种形式是西周金文和今文《尚书》判断句的主要形式，也是汉语判断句的最早形式。这种形式一直存在于文献语言中。"①例如：《甲骨文合集》14002"唯女"，《甲骨文合集》22301"亚宾其唯臣"，《甲骨文合集》13399"兹唯庚雨卜"，《不其簋铭》"女(汝)小子'"，《诗经·祈父》"予，王之爪牙"，《左传·哀公八年》"夫鲁，齐晋之唇"，《论衡·自然》"对案不食，至优之验也"，《世说新语》"萧中郎，孙丞公妇父""此老生之常谈""门中'活'，'阔'字"。据董德志(1994)，《世说新语》名词谓语句中有48例，占总数(272例)的17%。"《诗经》20首"有"此何人哉"，"《古诗十九首》"有"无乃杞梁妻"，"六朝诗35首"有"幽并游侠儿""江南佳丽地""金陵帝王州""所悲道里寒"，"宋词65首"有"燕子来时新社""梨花落后清明""满目淡烟衰草""三十功名尘与土""白发谁家翁媪""尽荠麦青青""随分家常饭""黄鹂一两声""明朝又寒食""秦关汴水经行地"。

二、带"副词"或"维""为"的名词谓语句

(一)带"副词"或"维""为"名词谓语句静态考察

1."主语+副词+名词性谓语"句

有10例，占总数(37例)的27%。五古3例，五律3例，七律2例，七绝和七古各1例。如：

---

① 不只是汉语，王力(1989：193)说："在印欧语正常的名句中，一般不用系词，古希腊语也不用系词。"

(1)今夕复何夕。(今晚是一个多么令人感到温暖的晚上。杜甫《赠卫八处士》)(2)胜因夙所宗。(行善施道素来是我做人信奉。岑参《与高适薛据登慈恩寺浮图》)(3)贫俭诚所尚。(安贫乐俭确实是我一贯的崇尚。韦应物《送杨氏女》)(4)地犹鄹氏邑。(诞生地还是叫鄹氏邑。李隆基《经邹鲁祭孔子而叹之》)(5)宅即鲁王宫。(所居处后来一度成为鲁王的宫府。李隆基《经邹鲁祭孔子而叹之》)(6)建德非吾土。(建德不是我的故土。孟浩然《宿桐庐江寄广陵旧游》)(7)舍南舍北皆春水。(草舍南北，所见都是春水。杜甫《客至》)(8)少小虽非投笔吏。(虽然年轻时不是班超那样投笔从戎的人。祖咏《望蓟门》)(9)景阳宫井又何人。(藏在景阳宫井里面的陈后主又是什么人。郑畋《马嵬坡》)(10)我本楚狂人。(我原来是楚国的一个狂人。李白《庐山谣寄卢侍御虚舟》)

2.“主语+唯+名词性谓语”句

“唯”有时写作“惟、维”。《唐诗三百首》仅有1例，出自五古，即：

运命唯所遇。(好坏的命运在于不同的遭遇。张九龄《感遇》)

3.“主语+为+名词性谓语”句

仅有1例，出自五古，即：

朝为越溪女。(早晨是一个越溪浣纱女。王维《西施咏》)

此例省略主语。

(二)带“副词”或“维”“为”名词谓语句溯源探流

“主语+副词+名词性谓语”句是上古和中古汉语判断句的常见类型。例如《左传·成公四年》“楚虽大，非吾族也”，《史记·项羽本纪》“梁父即楚将项燕”。据董德志(1994)，《世说新语》中有 49 例，占判断句总数(272 例)的 18%。“《古诗十九首》”有“人生非金石”，“六朝诗 35 首”有“由来非一朝”“明日非所求”。所用副词有“乃、即、亦、必、则、果、固、竟、殆、宁、真、实、诚、正、审、皆、俱、并、共、同、尽、才、毕、但、尚、悉、独、专、最、极、故、又、自、复、本、既、素”等(参看解植永，2007：41)。

“主语+维+名词性谓语”句产生很早，但两汉以后少用。例如《胡簋铭》“有，余隹小子”，《诗经·周颂·我将》“我将我享，维羊维牛”(孔颖达疏：“我所献荐者，维是肥羊，维是肥牛也”)。钱宗武、刘彦杰(1999)所说：“‘惟’用在判断句的主谓语之间，西周金文即已出现(金文作‘隹’)。今文《尚书》已较普遍……秦汉典籍诸如《诗经》《左传》《史记》等判断句的主语和名词性谓语间亦常见‘维’(即‘惟’)。两汉以降，‘惟’的用法迅速衰减，然语例亦不少见。诸如魏徵《谏太宗十思疏》‘怨不在大，可畏惟人’，柳宗元《卢符》‘兹惟卢符哉’。”“《诗经》20 首”有 2 例(“彼尔维何”“维常之华”)。

“主语+为+名词性谓语”句同样历史悠久，中古以后衰减。洪诚(2000：24)指出：“春秋以后在主语和表语之间用‘为’加强语气，春秋以前用‘惟’，这两个词有先后交替的关系。”例如《论语》“夫执舆者为谁”“孰为夫子”，《左传》“余为伯鯈”“谁为君夫人”“余为浑良夫”，《墨子》“予为句芒”“此为何若人”，《国语·晋语》“楚为荆蛮”，《孟子·公孙丑》“尔为尔，我为我”。“《古诗十九首》”有 2 例(“昔为倡家女”“今为荡子夫”)，“六朝诗 35 首”有 4 例(“昔为同池鱼”“今为商与参”“昔为万乘君”“今为丘中土”)。据董德志(1994)，《世说新语》有 15 例，占总数(272 例)的 6%。

三、“是”字名词谓语句

(一)“是”字名词谓语句静态考察

有 16 例，占其名词谓语句总数(37 例)的 43%。这些语例多数出自七言诗(七古4例，七律3例，七绝3例，五律3例，五古2例，五绝1例)：

(1)春来遍是桃花水。(春天来到，所见都是浮着桃花的春水。王维《桃源行》)(2)同是天涯沦落人。(我们同是身处天涯的落魄人。白居易《琵琶行》)(3)始是新承恩泽时。(当初正是刚刚承蒙皇恩润泽的时候。白居易《长恨歌》)(4)雪肤花貌参差是。(这个有如雪肌肤如花美貌的人，仿佛就是她。白居易《长恨歌》)(5)莫是长安行乐处。(不是长期安身行乐的地方。李颀《送魏万之京》)(6)日暮乡关何处是。(时至黄昏，何处是我家乡。崔颢《黄鹤楼》)(7)神女生涯原是梦。(巫山神女艳遇楚王原来是场梦幻。李商隐《无题》)(8)两三星火是瓜州。(几点星火闪烁之处就是瓜州。张祜《题金陵渡》)(9)百年多是几多时。(百年之多又是多少时间。元稹《遣悲怀》)(10)终是圣明天子事。(马嵬赐死虽非情愿终属圣明。郑畋《马嵬坡》)(11)同是宦游人。(你我同样是奔波仕途、远离家乡的人。王勃《送杜少府之任蜀州》)(12)况是蔡家亲。(何况两家是表亲。司空曙《喜见外弟卢纶见宿》)(13)所得是沾衣。(春尽花谢所得的是落泪沾衣的结果。李商隐《落花》)(14)是妾断肠时。(就是我思念断肠的时候。李白《春思》)(15)总是玉关情。(总是牵系玉关亲人的感情。李白《子夜秋歌》)(16)同是长干人。(你和我同是长干人。崔颢《长干曲》)

以上例子，大多省略主语(有13例)，1例省略谓语(“雪肤花貌参差是”)，1例将谓语置于句首(“日暮乡关何处是”，试比较张说《江中遇黄领子刘隆》“何处是乡关”)。这些例子多含修饰语“遍、同、始、参差、莫、原、终、总”。

(二)“是”字名词谓语句溯源探流

“是”字句是现代汉语最为常见的一种名词谓语句，上古晚期已有用例(参看洪诚，2000：24)。例如《韩非子》“此是何种也”，《穀梁传》“何以知其是陈君也”，《汉高祖手敕太子文》“吾以尔是元子”，《盐铁论》“何必是周公孔子”，《史记》“客人不知其是商君也”等。东汉以后，日渐成熟，出现了不带句末语气词“也”或带各种状语的语例(参看汪维辉，1998)。例如《论衡》“余是所嫁妇人之父也”“风伯雨师雷公是群神也”，班固《汉书》“丞知是何等儿也”，赵壹《刺世疾邪赋》“此是命也夫”，支娄迦谶译《道行般若经》“正是我所善师也”，贾逵《左氏传解诂》“羁是曹君，赤是我之外孙”，许慎《五经异义》“社是上公，非地祇，稷是田正”，《太平经》“人者，乃是天地之子”，安世高译《大安般守意经》“息亦是意”，支娄迦谶译《道行般若经》“泥洹河是限，非是诸法”，安世高译《禅行法想经》“……为奉佛教，不是愚痴食人施也”。魏晋以后发展迅速，很快成为主要类型，修饰语也更为丰富。例如王羲之《题卫夫人笔阵图后》“便不是书”，《世说新语》“此是庾冰之功”“我是李府君亲”。据何亚南(2004：65)，《三国志》中有79例，多于“为”字句的25例，《三国志》“注”中有120例，多于“为”字句的29例。据董德志(1994)，《世说新语》多达125例，占总数(272例)的46%。据向熹(2010：519)，“《百喻经》里，‘是’字句占全部判断句的90%以上”。“六朝诗35首”中出现1例(“惊时最是梅”)，在“宋词65首”中，该式是唯一的有标记名词谓语句(例如“是离愁”“又是去年病”“都是江南旧相识”“应是绿肥红瘦”“元是今朝斗草赢”)。柳士镇(2019：427)指出：“判断词‘是’字之前出现副词、形容词等修饰成分，汉代已有少数用例，此期则极为常见；此外还出现了助动词修饰判断词‘是’字的新兴语法现象。”据何亚南(2004：109-111)，《三国志》及其裴注“是”字句修饰语中有“必、皆、诚、即、宁、盖、正、自、本、犹、纯、竟、都、乃、又、俱、岂”等副词，“近、多”等形容词，“应、当”等助动词。

唐代之前已经有不少省略主语、谓语的用例和“是”字置于句尾的语例。据柳士镇(2019：422-426)，魏晋南北朝时的“是”字句，主语和谓语①均可以省略(如“闻卿有四友，何者是”“是我女袍”“遣视之，果是”)，主语可

① 该书称为“宾语”。

以由方位词组、动词或动词性词组或主谓词组充任(如"牛屋下是何物人""死是人之所同""我起此寺，是大功德")。

四、关于"主语+者+名词性谓语+也"句

《唐诗三百首》没有"主语+者+名词性谓语+也"句用例。"主语+者+名词性谓语+也"句不见于殷墟卜辞、西周金文等出土文献，《尚书》和《诗经》等传世文献中也很少使用。钱宗武、刘彦杰(1999)指出："到了秦汉时期，'也'字由煞句的需要而出现在名词性谓语后面，起到帮助判断的作用。'主语+名词性谓语十也'型判断句成为秦汉时期判断句的一种常式。同样，'者'字也是作为语气助词而在主语的后面，它起到标识判断句主语，提示停顿的作用，加强句子的语气。'主语+者+谓语'型判断句也是秦汉时判断句的一种常式。'者'、'也'两字的出现，使得'者'、'也'俱全的判断句型'主语+者+名词性谓语+也'成为古汉语判断句的典型形式①。"到汉代以后，随着先秦文言文的脱离实际和白话文的兴起，该式便逐渐退出历史舞台。胡适(2001：3)认为，在汉武帝时代，"不但小百姓看不懂那'文章尔雅'的诏书律令，就是那班小官也不懂得。这可见古文在那个时候已成了一种死文字了"。总之，"主语+者+名词性谓语+也"句可能来自春秋战国时期的某种方言，曾在书面语中风光一时，但并未在口语中真正扎下根来，汉代以后逐渐退出历史舞台。唐诗中极少使用"主语+者+名词性谓语+也"式，主要不是近体诗声律上的要求所致，而是汉语名词谓语句发展使然。

小　结

《唐诗三百首》名词谓语句包括"主语+名词性谓语"句、"主语+副词+名词性谓语"句、"主语+维+名词性谓语"句、"主语+为+名词性谓语"句、

① 也有一些典籍并未采用这种判断类型。另外，"……者……也"并非专为判断句而设，据张燕(1992)统计，《论语》中共有"……者……也"句式 24 句，其中判断句仅有 8 例。

“主语+是+名词性谓语”句。在五七言诗中的分布比较平均(七言诗总句数本来比五言诗多一些)，在古近体诗中的分布差别不大。详见表5.1：

表5.1 《唐诗三百首》各类名词谓语句例数统计表

名谓句类型	五言古体	五言近体	七言古体	七言近体	合计(个)
主+谓	3		2	4	9
主+副+谓	3	3	2	2	10
主+维+谓	1				1
主+为+谓	1				1
主+是+谓	2	4	4	6	16
合计(个)	10	7	8	12	37

《唐诗三百首》五种名词谓语句类型，在唐代之前甚至上古时期就已问世，是唐诗句型对前期句型的继承。

《唐诗三百首》名词谓语句中“是”字句用频最高，从历时角度来看，它高于“六朝诗35首”而低于“宋词65首”(详见表5.2)，反映了它在唐代的发展状况，符合汉语名词谓语句发展的历史趋势(在唐代《坛经》名词谓语句中，“是”字句的占比也是最高的)。

表5.2 唐代前后部分诗歌作品名词谓语句例数统计表

名谓句类型	诗经20首		古诗十九首		六朝诗35首		宋词65首	
	数量	占比	数量	占比	数量	占比	数量	占比
主+谓	1	33%	1	25%	4	36%	10	59%
主+副+谓			1	25%	2	18%		
主+维+谓	2	67%	2	50%				
主+为+谓					4	36%		
主+是+谓					1	9%	7	41%
合计(例)	3	100%	4	100%	11	100%	17	100%

唐诗“主语+名词性谓语”句用频较高以及不用“主语者+名词性谓语也”式，应该是判断句在唐代发展历史状况和唐诗浓厚口语性的反映。

第二节　形容词谓语句

汉语形容词一般分为性质形容词和状态形容词两个类型（参看朱德熙，1982：73；刘春霞，2009），形容词谓语句也相应地分为“性质形容词谓语句”“状态形容词谓语句”两类。形容词谓语句可以带“比较”、“状态”（包括“程度”）和“时空”等类型的附加成分。

关于形容词谓语句中的比较句，学界关注较多。如《马氏文通》对文言文“极比”“差比”“平比”等类型的介绍，太田辰夫（2003：166-168）对汉语差比句从上古“A+形容词+介词+B”式（季氏富于周公）到唐代“A+介词+B+形容词”式（季氏比周公富）变化情况的考察，贝罗贝（1989）所谓“X+比+Y+……”式到宋元时期成为差比句的主要格式，春秋到汉代的平比句采用“X+形容词+如/若/似+Y”式（君子之交淡如水），宋元时期开始采用“X+比较词+Y+……”式（脸如红杏鲜妍）等论述，魏培泉（2001）的在《世说新语》等南人文献中平比句已有“X+如+Y+A”形式（德如山高峻）的观点，张赪（2010）对唐代至清代汉语比较句发展状况的系统考察，以及对《全唐诗》《全宋词》等文献比较句的穷尽性统计。另外还有章传新（1991）、张全真（1999）关于《朱子语类》和《元曲选》比较句的研究等。对形容词谓语句和数量词谓语句整体发展状况进行讨论的，只有潘允中（1982）等少数学者。唐诗形容词谓语句和数量词谓语句，目前尚未见到有人研究。

据调查，《唐诗三百首》形容词谓语句有 129 个，在 3121 个诗句中的占比是 4.1%，可分为性质形容词谓语句（94 例）和状态形容词谓语句（35 例）两类。

一、性质形容词谓语句

(一)性质形容词谓语句静态考察

有94例。其中又可分为"单音性质形容词谓语句""双音性质形容词谓语句"两类。

1. 单音性质形容词谓语句

有89例(五古17例，五律26例，五绝8例，七古23例，七律8例，七绝7例)。这些例子中的形容词一般带附加成分，只有下列数例为光杆形容词：

(1)岂伊地气暖。(难道只是地气暖。张九龄《感遇》)(2)落叶秋风早。(凋落树叶的秋风来的时间很早。李白《长干行》)(3)道人庭宇静。(道人的禅院多么幽静。柳宗元《晨诣超师院读禅经》)(4)浮天沧海远。(漂浮着蓝天的沧海路途遥远。钱起《送僧归日本》)(5)去世法舟轻。(离开大陆的法舟轻盈快捷。钱起《送僧归日本》)(6)绕弦风雨哀。(绕着琴弦的风雨凄楚悲哀。韦庄《章台夜思》)(7)终南阴岭秀。(终南山的北岭格外秀美。祖咏《终南望余雪》)(8)北斗七星高。(北斗七星高挂空中。西鄙人《哥舒歌》)

2. 双音性质形容词谓语句

有5例(五古2例，七古2例，七律1例)。例如：

(1)桂华秋皎洁。(桂花在秋天里十分皎洁。张九龄《感遇》)(2)抚念益慈柔。(每当念此我就更加慈祥温柔。韦应物《送杨氏女》)(3)其余七匹亦殊绝。(其余七匹也极为奇绝。杜甫《韦讽录事宅观曹将军画马图》)(4)南极老人应寿昌。(这位南极老人应该长寿兴旺。杜甫《寄韩谏议》)(5)五更鼓角声悲壮。(五更战鼓号角声音悲壮。杜甫

《阁夜》）

（二）性质形容词谓语句溯源探流

甲骨文中只有单音性质形容词。例如《甲骨文合集》585“小臣嘉”，《甲骨文合集》22247“马不烈”（参看郭锡良，2005：195；张玉金，2001：7）。周代以后，出现了双音性质形容词。例如《小克鼎铭》“朕辟鲁休”，《周易·坤卦》“其血玄黄”，《左传·昭公二十年》“水懦弱”，《国语·楚语上》“且夫私欲弘侈，则德义鲜少”，《战国策·秦策一》“形容枯槁，面目黧黑”（参看郭锡良，2005：264-268；张玉金，2004：50-56，杨伯峻、何乐士，2001：727-745）。在整个上古时期，双音性质形容词句都不常见。据唐瑛（2003），《墨子》中双音形容词只有36个，其间的组合关系还“不很固定”。进入魏晋南北朝时期以后，双音性质形容词数量明显增多。“《诗经》20首”只有2个（“丧乱弘多”“我马玄黄”）。“六朝诗35首”有5个（“迁乔声迥出”“赴谷响幽深”“三五正纵横”“终岁常端正”“空水共澄鲜”）。“宋词65首”中出现了7例（“寒蝉凄切”“渐霜风凄紧”“关河冷落”“中庭月色正清明”“壮怀激烈”“茅檐低小”“同是飘零”）。

二、状态形容词谓语句

（一）状态形容词谓语句静态考察

有35例。据朱德熙（1982：73）和刘春霞（2009），状态形容词可分下面几类：第一，表程度语素+形容词式的，如“冰凉”“挺好”等。第二，重叠式的，如“高高（儿的）”“干干净净”“冰凉冰凉”等。第三，单音节形容词带双音节后缀式的，如“黑乎乎”“水汪汪”等。第四，单音节形容词带三音节后缀式的，如“灰不溜秋”“傻拉呱唧”等。第五，贬义双音节形容词部分重叠再加中缀式的，如“糊里糊涂”“傻里傻气”等。与现代汉语的状态形容词有所不同，古代汉语的状态形容词主要有重叠式（古代所谓“重言”）、连绵式和带缀式几种。《唐诗三百首》状态形容词谓语句也相应分为下面数类：

1. 重叠式状态形容词谓语句

有11例(七律4例，七古3例，五古3例，五律1例)，出现的形容词有10个。这些重叠式形容词都不单用，而有连带成分。例如：

(1)白云千载空悠悠。(千百年来，只有白云徒然悠闲自在。崔颢《黄鹤楼》)(2)锦官城外柏森森。(成都城外，大片的柏树茂密阴森。杜甫《蜀相》)(3)海天愁思正茫茫。(天涯海角的愁绪正茫茫一片，漫无边际。柳宗元《登柳州城楼寄漳汀封连四州刺史》)(4)春城紫禁晓阴阴。(春天的紫禁城在拂晓时分显得阴阴沉沉。钱起《赠阙下裴舍人》)(5)青泥何盘盘。(青泥岭多么曲折回环。李白《蜀道难》)(6)天阴雨湿声啾啾。(天阴雨湿的时候，声音啾啾咿咿。杜甫《兵车行》)(7)枫叶荻花秋瑟瑟。(枫叶和荻花在秋风中瑟瑟发声。白居易《琵琶行》)(8)世事两茫茫。(今后的情况又要变得难以预料。杜甫《赠卫八处士》)(9)永日方戚戚。(一整天都在戚戚惨惨。韦应物《送杨氏女》)(10)出行复悠悠。(出嫁到婆家，又要远隔千山万水。韦应物《送杨氏女》)(11)平海夕漫漫。(平静的江面在暮色中苍苍茫茫。孟浩然《早寒江上有怀》)

2. 连绵式状态形容词谓语句

有18例(七古9例，五古6例，七律2例，五律1例)，出现的形容词有15个。这些联绵词都不单用，而连带成分。例如：

(1)旌旗逶迤碣石间。(北方的海边旌旗蜿蜒不断。高适《燕歌行》)(2)山川萧条极边土。(辽阔的边境，山川荒凉萧条。高适《燕歌行》)(3)绛唇珠袖两寂寞。(鲜红的嘴唇绰约的舞姿全都逝去。杜甫《观公孙大娘弟子舞剑器行》)(4)瞿塘石城草萧瑟。(瞿塘峡白帝城一带，秋草萧瑟荒凉。杜甫《观公孙大娘弟子舞剑器行》）（5）兰叶春葳蕤。（兰草在春天里分外繁盛。张九龄《感遇》）（6）宫馆何玲珑。（宫阙楼台多么精巧玲珑。岑参《与高适薛据登慈恩寺浮图》）（7）秋水日潺湲。（秋天的流水每天都是那样淙淙舒缓。王维《辋川闲居赠裴秀才迪》）

3. 带缀式状态形容词谓语句

有6例（七律3例，五律2例，五古1例），出现的形容词有6个，所带词缀只有“然”。这些形容词也都不单用，全带附加成分。例如：

（1）楚客相思益渺然。（我这楚客对中丞的思念更加渺远。刘长卿《自夏口至鹦鹉洲夕望岳阳寄源中丞》）（2）只是当时已惘然。（只是当年却漫不经心，不知道珍惜。李商隐《锦瑟》）（3）古祠高树两茫然。（古庙与高树茫然相对，一无所知。温庭筠《苏武庙》）（4）天畔独潸然。（在天涯海角独自潸然落泪。刘长卿《新年作》）（5）凝情自悄然。（心情郁闷，独自忧伤。杜牧《旅宿》）（6）山夷又纷然。（山中夷贼又常来扰边。元结《贼退示官吏》）

（二）状态形容词谓语句溯源探流

重叠式状态形容词谓语句出现于西周以后，至今已有三千多年历史。例如《番生簋铭》“丕显皇祖考穆穆”，《尚书·洪范》“王道平平”。在“《诗经》20首”中，重叠式状态形容词有20余个（“采采、苍苍、迟迟、旦旦、霏霏、骙骙、离离、涟涟、烈烈、靡靡、萋萋、祁祁、岩岩、晏晏、摇摇、业业、依依、翼翼、藐藐、跻跻、濯濯、番番、啴啴”等）。这些形容词一般单独作谓语（例如“杨柳依依”“维石岩岩”“彼黍离离”“蒹葭苍苍”“春日迟迟”）。中古时期以后，语例锐减。《古诗十九首》尚有5个（“洛中何郁郁”“长路漫浩浩”“众星何历历”“白杨何萧萧”“明月何皎皎”），“六朝诗35首”和“宋词65首”各有1例（“北芒何垒垒”“太匆匆”）。连绵式状态形容词谓语句在甲骨文和金文中罕见，上古和中古的诗作中多用。例如“《诗经》20 首”的“一之日觱发”“二之日栗烈”，《古诗十九首》的“北风何惨栗”，“六朝诗 35 首”的“羊肠坂诘屈”“树木何萧瑟”“楛矢何参差”“小人自龌龊”“我心何怫郁”，“宋词 65 首”的“人寂寞”“正岑寂”。带缀式状态形容词谓语句在上古时期使用相当多，词缀有“若、如、尔、然”等。例如《论语》“子之燕居，申申如也，夭夭如也”“子路率尔而对”，《庄子》“昔者吾昭然，今日吾昧然”，《孟子》“天油然作云，沛然作雨，苗勃然兴矣”。魏晋南北朝以后出现了词缀统一化的趋势，词尾一般由“然”字充任。例如《世说新语》与“然”搭配的词根有“傲、勃、粲、怅、皓、欢、泓、皎、矫、慨、喟、朗、冷、凛、懔、茫、默、穆、凄、愀、确、潸、释、肃、恬、颓、萧、欣、忻、泫、怡、夷、翳、毅、仡、悠、幽、郁、湛”。“《诗经》20 首”有 1 例(“其叶沃若”)，其余几份文献样本中未见。

三、比较句

(一)比较句静态考察

有 12 例，大多采用“中补”的结构形式。“比较”可以分为三种类型，即平比、差比和极比，在《唐诗三百首》中都有用例。

1. 极比句

仅有 2 例(分别出自七律和五绝)，均采用“状中”形式，即：

(1)庾信平生最萧瑟。(庾信的一生最为寂寞可悲。杜甫《咏怀古迹》)(2)夕阳无限好。(傍晚的阳光无限美好。李商隐《登乐游原》)

“无限”在唐诗中可能是一个新生词语(除了这 1 例，《全唐诗》另有李商隐《为有》“为有云屏无限娇”①和陆龟蒙《早行》“纵使碧虚无限好”)。

① 此句中，“云屏无限娇”以从句的身份充任“有”的宾语。

2. 平比句

表示平比可以采用“状中”式，即“介宾成分+形容词”式，也可以采用“中补”式，即“形容词+介宾成分”式。《唐诗三百首》中主要是“中补”式，有7例，其中“如”字句有6例，多数出自古体诗(七古3例，七绝1例，五古2例)，即：

(1)如羿射九日落。(剑光璀璨夺目，有如后羿射落九日。杜甫《观公孙大娘弟子舞剑器行》)(2)矫如群帝骖龙翔。(舞姿矫健敏捷，恰似天神驾龙飞翔。杜甫《观公孙大娘弟子舞剑器行》)(3)一川碎石大如斗。(整个走马川的碎石像斗那样大。岑参《走马川行奉送封大夫出师西征》)(4)天阶夜色凉如水。(露天石阶上的夜色，有如井水般清凉。杜牧《秋夕》)(5)新人美如玉。(新人像玉那样洁净美丽。杜甫《佳人》)(6)峥嵘如鬼工。(峥嵘崔嵬简直胜过鬼斧神工。岑参《与高适薛据登慈恩寺浮图》)

“似”字句仅有1个，出自七律，即：

江流曲似九回肠。(柳江弯弯曲曲，像百结九转的愁肠。柳宗元《登柳州城楼寄漳汀封连四州刺史》)

采用“状中”式的平比句仅有1例(出自五律)，即：

春与清溪长。(春光宛若清清溪流源远流长。刘昚虚《阙题》)

3. 差比句

《唐诗三百首》仅有2例(出自七古)，采用的是“于”字“中补”式(其中有1例是不含介词“于”的省略式)。即：

(1)意气骄奢剧季伦。(骄奢豪气胜过六朝时期的石季伦。王维《洛阳女儿行》)(2)蜀道之难，难于上青天①。(攀登蜀道的艰难简直比攀登青天还难。李白《蜀道难》)

(二)比较句溯源探流

汉语表示极比，唐代之前已可采用两种形式：一是“状中”式，即“极点副词状语+形容词谓语”；二是“中补”式，即“形容词谓语+极点词语补语”。前者例如《楚辞·天问》“洪泉极深”，《史记·伍子胥列传》“秦女绝美”，《商君书·外内》“农之用力最苦”，《世说新语》“毛诗何句最佳”“若令月中无物，当极明邪”；后者例如《史记·淮南衡山列传》“尉佗知中国劳极”，《史记·楚世家》“可谓富贵极矣”②。直到现代，两种格式仍然都被使用着，如“最好”“好极了”“好得没法说了”。从表示极比的词语来看，唐代之前一般用“极、至、绝、最”等，现代汉语一般是“最、极、无限”。“《诗经》20首”和“宋词65首”各有1例(《崧高》“其风肆好”③，苏轼《湖州作寄益守冯当世》“东府三人最少”)，采用的都是“状中”式。

平比可采用“状中”(基准+结果)式和“中补”(结果+基准)式，“中补”(结果+基准)式出现较早，唐宋时期仍居于绝对主导地位。张赪(2010:56-57)指出：“上古汉语中平比只有一种语序类型——‘结果+基准’型，比较词为‘若、如’，均为‘像似’义动词。中古时期出现了‘基准+结果’型平比句，比较词仍是‘像似’义动词……从唐到宋有‘结果+基准’型‘如/若’字平比句减少、‘基准+结果’型‘如/若’字平比句迅速增加的变化，同时，宋代还出现了‘基准+结果’型‘与’字平比句。”“中补”式所用介词有“若、如、似、像”等(“像”字句在唐前少见，现代汉语常用，但是一般要在谓语与补语之间加一个结构助词“得”)。例如：《庄子·山木》“君子之交淡若

① “蜀道之难，难于上青天”在《蜀道难》出现3次，只计为1例。
② 在以上2例中，形容词谓语句是以从句身份充任句子的宾语。
③ 肆好：极好。

水，小人之交甘若醴”，《世说新语·文学》“潘文烂若披锦”“双眸闪闪若岩下电”；《史记》“猛如虎，很如羊，贪如狼”“大如覆杯”，《世说新语》“嶷如断山”“叔度汪汪如万顷之陂”；《百喻经》“如似八正道说法”，谢灵运《过始宁墅诗》“违志似如昨”，鲍照《怀远人》“恍惚似如神”，《庄子·大宗师》“凄然似秋，暖然似春”，张仲素《宫中乐》“纱窗薄似烟”。“宋词65首”有“如、似”句(共3例“自在飞花轻似梦”“无边丝雨细如愁”“别离滋味浓如酒”)，“六朝诗35首”有1例“像”字句(“地灵侔少室，涂艰象太行”)。“状中”式所用介词，较早有“若、如”。例如：《墨子·尚贤中》“圣人之德若天之高，若地之普”，《战国策·齐策一》“徐公不若君之美也”；《左传·襄公二十三年》“吾不如衰之文也”，《史记·魏其武安侯列传》“毋如窦婴贤”，张机《伤寒论》“如鸡子黄许大”。唐代可见“似”字，但用例少，《全唐诗》中仅有37例(如“雪似胡沙暗”“今年花似去年好”。参看张赪，2010：50)。唐代“与”字句也已出现，除了上举刘眘虚《阙题》例，还有李世民《经破薛举战地》“心随朗日高，志与秋霜洁”，韩愈《石鼎联句》“(侯喜)上比香炉尖，下与镜面平”，其他文献例如《朝野佥载》补辑中的“江东江西山中多有枫木人……夜雷雨即长与树齐”“尸与崖平”等。在现代汉语中，表示平比一般使用介词“跟、像”，例如“他跟你一样高”“他像你那样高”。

差比同样可采用“状中”(基准+结果)式和“中补”(结果+基准)式，“中补”式出现较早，唐宋时期仍占绝对多数(参看张赪，2010：82)。“中补”式比较词语早期有“于(乎)、过”，唐代出现“胜、较”等。例如：《尚书》“嘉绩多于先王”，《论语》“季氏富于周公”，《左传·僖十五》“师少于我”，《孟子·公孙丑上》“德之流行，速于置邮而传命”，《韩非子·解老》“祸莫大于不知足”(参看杨伯峻、何乐士，2001：727-749)，《世说新语》“谢公清于无奕，润于林道”“谈者以为此死，贤于让扬之荆”；《列子·汤问》“巧过其师”，《世说新语·规箴》“耿介过人”，杜甫《夔州歌》“夔州险过百牢关”，赵以夫《碾过长空绿》“清过千重夏木”；无名氏《与罗隐之联句》“香冷胜于冰”，杜甫《送路六侍御入朝》“不忿桃花红胜锦”，刘禹锡

《历阳书事七十韵》"湖鱼香胜肉"，白居易《忆江南》"日出江花红胜火"，姚合《寄李群玉》"石脂稀胜乳"；令狐楚《立秋日》"苦校去年时"，白居易《不准拟》"小校潘安白发生"，元稹《三兄以白角巾寄遗发不胜冠因有感叹》"银钉少校颔中银"，方干《送道人归旧岩》"前山低校无多地"。"状中"式所用介词主要是"比"，另外有"过、胜、较"等，都是唐代新生。例如：鲍溶《李夫人歌》"帝比初亡心更悲"，姚合《杭州观潮》"色比白云深"，杜牧《寄珉笛与宇文舍人》"物比柯亭韵校奇"，唐彦谦《寄怀》"肠比朱弦恐更危"，褚载《长城》"秦筑长城比铁牢"，徐夤《燕》"百禽灵性比他稀"；杜甫《北征》"破敌过箭疾"，罗维《水精环》"至洁过冰清"；贾岛《送人适越》"晴湖胜镜碧"，罗维《水精环》"无瑕胜玉美"，钱起《白石枕》"琢珉胜水碧"，司空图《新节》"青云未胜白头闲"，韦庄《庭前桃》"未胜庭前一树幽"；杜荀鹤《酬张员外见寄》"一枝何校一年迟"，司空图《岁尽二首》"犹校夕阳多"，陆龟蒙《王先辈草堂》"日校人间一倍长"，薛逢《醉春风》"今年又校三年老"。"宋词65首"差比句共有2例，全属"比"字句(李清照《醉花阴・薄雾浓云愁永昼》"人比黄花瘦"，周密《琼花》"比人间春别")。

四、状态短语

(一)"形容词+状态补语"和"状态状语+形容词"式静态考察

形容词要表示某种状态或程度，需要添加一定的成分。《唐诗三百首》形容词谓语句表示状态的格式有两种：一种是带状态补语，有7例；另一种是带状态状语，有9例。

1."形容词+状态补语"式

状态补语可以是动词性的，也可以是形容词性的。前者有6例(古体诗5例，近体诗1例)，即：

(1)路远不可测。(路途遥远不计其数。杜甫《梦李白》)(2)清川淡如此。(清澈河水如此使我忘忧。王维《青溪》)(3)清溪深不测。

(清溪的水深不可测。常建《宿王昌龄隐居》)(4)突兀压神州。(宏伟高耸力压神州大地。岑参《与高适薛据登慈恩寺浮图》)(5)海门深不见。(长江入海处茫茫一片，深邃邈远。韦应物《赋得暮雨送李胄》)(6)五更疏欲断。(五更以后声音稀少得几近断绝。李商隐《蝉》)

后者仅有1个，即：

枯桑老柏寒飕遛。(枯桑老柏在寒风中沙沙作响。李颀《听安万善吹觱篥歌》)

“飕遛”属于连绵形容词。① 重叠形容词状态补语不见于单行句(跨行句中有1例，岑参《与高适薛据登慈恩寺浮图》“五陵北原上，万古青濛濛”)②，带缀形容词方面的用例未见(《全唐诗》有少量用例，如李群玉《送郑京昭之云安》“岩嶂深苍然”)。

2.“状态状语+形容词”式

状态状语一般由副词、代词、形容词、动词等成分担任。有9个，其中7例出自七言诗(七古4例，七律2例，七绝1例)，2例出自五言诗(五古和五绝各1例)。即：

(1)长河浪头连天黑。(无边的黄河里巨浪滚滚一片黑暗。李颀《送陈章甫》)(2)上林繁花照眼新。(宛如宫苑繁花似锦令人耳目一新。李颀《听安万善吹觱篥歌》)(3)青泥何盘盘。(青泥岭多么曲折回

---

① 《全唐诗》另有“秋风冷萧瑟，芦荻花纷纷”“池鸟淡容与，桥柳高扶疏”“金谷园中黄袅娜，曲江亭畔碧婆娑”“连夜江云黄惨澹，平明山雪白模糊”“神仙高缥缈，环珮碎丁当”“两峰高崒屼，一水下淫渗”“竹窗深窈窕，苔洞绿龛弇”“花落风吹红的历，藤垂日晃绿蕤葳”“鹤飞高缥缈，莺语巧绵蛮”等。

② 《全唐诗》中，重叠形容词用作单行句补语的例子不少，如“汾云晴漠漠，朔吹冷飂飂”“华亭双鹤白矫矫，太湖四石青岑岑”“椒房深肃肃，兰路霭霏霏”“碛分黄渺渺，塞极黑漫漫”“月魄高卓卓，峡窟清沉沉”“烟外驿楼红隐隐，渚边云树暗苍苍”。

环。李白《蜀道难》)(4)后来鞍马何逡巡。(姗姗来迟的骑马人多么踌躇满志。杜甫《丽人行》)(5)人事音书漫寂寥。(时事人情书信消息全都让人寂寥郁闷。杜甫《阁夜》)(6)楚客相思益渺然。(我这楚客对中丞的思念更加渺然。刘长卿《自夏口至鹦鹉洲夕望岳阳寄源中丞》)(7)黄竹歌声动地哀。(黄竹歌的声音悲凉得惊天动地。李商隐《瑶池》)(8)宫馆何玲珑。(宫阙楼台多么精巧玲珑。岑参《与高适薛据登慈恩寺浮图》)(9)宫花寂寞红。(鲜红的宫花依然寂寞地行着。元稹《行宫》)

“漫、益”是副词,“何”是代词,“连天、照眼、动地”是动词短语,“寂寞”是形容词。唐诗中还有一种“状态状语+主语+形容词”形式,例如李世民《冬狩》“烈烈寒风起,惨惨飞云浮”,长孙无忌《灞桥待李将军》“飒飒风叶下”,李白《登瓦官阁》“漫漫雨花落,嘈嘈天乐鸣”,司空曙《远寺钟》“杳杳疏钟发”,刘驾《效古》“融融芳景和,杳杳春日斜”,但是《唐诗三百首》中未见。

(二)“形容词+状态补语”和“状态状语+形容词”式溯源探流

动词性状态补语先秦已有。例如《左传》“夫能夏则大,大之至也”(“之至”意为“到极点”),《列子·汤问》“汝心之固,固不可彻”。“《诗经》20首”、《古诗十九首》和“六朝诗35首”各有1例(分别是“嵩高维岳,竣极于天”“新声妙入神”“西京乱无象”)。

形容词状态补语有单音和双音之分,其语例都可在唐代之前的文献中找到。连绵双音形容词补语比较少见。例如枚乘《七发》“浩瀇漾兮”(“浩”意为“水大”,“瀇漾”意为“水势浩大而宽广无边”)。重叠双音形容词(ABB型形容词)始见于先秦,唐代以后明显增多。例如《尚书大传》所载舜《卿云歌》“卿云烂兮,糺缦缦兮”,《楚辞·九章》“穆眇眇之无垠兮,莽芒芒之无仪”“藐曼曼之不可量兮,缥绵绵之不可纡”,《淮南王歌》“一尺缯好童童,一升粟饱蓬蓬”。梁廷楠《曲话》所列元曲中的ABB型形容词大约有200种（参看太田辰夫，2003：158）。单音形容词只有“甚”，例如，《左传·昭公十八年》“戊寅，风甚，壬午，大甚”，《战国策·齐策》“窥镜而自视，又不如远甚”，《史记·魏其武安侯列传》“武安者，貌侵，生贵甚”，《世说新语·方正》“臣于刘河内不为戎首，亦已幸甚”。

“状态状语+形容词”式在唐代前后都比较常见。“《诗经》20首”有“其诗孔硕”，《古诗十九首》有“洛中何郁郁”“众星何历历”“白杨何萧萧”“北风何惨栗”“明月何皎皎”“音响一何悲”“音响一何悲”，“六朝诗35首”有“树木何萧瑟”“楛矢何参差”“北芒何垒垒”“风声一何盛”“松枝一何劲”），“宋词65首”有“正岑寂”“韶华正好”“中庭月色正清明”“太匆匆”“秋来书更疏”。这些例子的“状语”中有副词（“孔、正、太、更、真个”）或代词（“何、一何”）。“状态状语+主语+形容词”式也是历代可见。例如《诗经》“永言配命”（《大雅·文王》。毛亨释为“永，长。言，我也。我长配天命而行”），“静言思之”（《卫风·氓》。郑玄释为“静，安。我安思君子之遇已无终”），再如徐志摩《再别康桥》“轻轻的我走了”。“六朝诗35首”有“漫漫秋夜长”“烈烈北风凉”“遥遥征驾远”“杳杳白日晚”①，“宋词65首”有“真个别离难”“点点行行泪痕满”。

补语除表示比较和状态外，还可以表示处所（如“白骨乱蓬蒿”“大雪满弓刀”“日色冷青松”“山川萧条极边土”“黄昏胡骑尘满城”“东来橐驼满旧都”“旌旗逶迤碣石间”），甚至时间（“黄尘足今古”“只是近黄昏”）。状语除大量时间、处所名词或名词短语外，还有表示原因的名词（“名岂文章著”）、表示时间的介词短语（“露从今夜白”）、表示关联的介词短语（“渐与骨肉远”“转于僮仆亲”）、表示对象的介词短语（“细柳新蒲为谁绿”），这些补语类型也都能在唐代之前的文献中见到。

---

① 在“漫漫秋夜长”等句子中，双音形容词均做状语，表示某种状态或程度。这些词与单音性质形容词的不同之处是，它们既有性质义（“漫漫”表示“长”，“烈烈”就是“凛冽”，表示“凉”，“遥遥”表示“远”，“杳杳”表示“晚”），又有状态或程度义（“漫漫”具有“望不到尽头”义，“烈烈北风凉”具有“猛烈”和“呼啸”义，“杳杳”具有“昏暗”义，“遥遥”表示程度很大）。

第三节　数量词谓语句

数量词谓语句与形容词谓语句性质相近。在《马氏文通》中，形容词被称为“象静”，数词被称为“滋静”，二者都属于“静字”(是用来“肖事物之形”的词)。《唐诗三百首》中有7例(3例出自七古，3例出自五律，1例出自五古)，即：

(1)天台四万八千丈。(天台山高四万八千丈。李白《梦游天姥吟留别》)(2)腾骧磊落三万匹。(腾骧磊落之马三万匹。杜甫《韦讽录事宅观曹将军画马图》)(3)后宫佳丽三千人。(后宫妃嫔三千个。白居易《长恨歌》)(4)城阙夜千重。(夜里的城阙重重叠叠。戴叔伦《江乡故人偶集客舍》)(5)秋山又几重。(秋山又会有无数重。李益《喜见外弟又言别》)(6)寒云路几层。(寒云中的山路无数层。李商隐《北青萝》)(7)长风几万里。(风沙数万里。李白《关山月》)

该类句出现很早(甲骨文中的“名+数”式、“名+数+量”式，独立成句时就是数量词谓语句)，直到现在，还在一定场合使用。《古诗十九首》有1例(“双阙百余尺”)，“六朝诗35首”有3例(“一去三十年”“方宅十余亩”“草屋八九间”)，“宋词65首”有4例(“池上碧苔三四点”“玉鉴琼田三万顷”“一襟幽事”“星散白鸥三四点”)。

小　结

《唐诗三百首》形容词谓语句，在七言诗和五言诗的分布上差别不大，五言诗为67例，七言诗为62例，七言诗占比稍低。而在古体诗和近体诗分布上则极为平均：古体诗66例，近体诗63例。古体诗稍多，是因为《唐诗三百首》中的古体诗总句数比近体诗(1460例)多一些。

表 5.3　《唐诗三百首》各类形容词谓语句例数统计表

形容词类型		五言古体	五言近体	七言古体	七言近体	合计(例)
性质形容词	单音	17	34	23	15	89
	双音	2		2	1	5
状态形容词	重叠	3	1	3	4	11
	连绵	6	1	9	2	18
	带缀	1	2		3	6
合计(例)		29	38	37	25	129

形容词谓语句占比渐趋提高。张玉金(2001)指出："这种句子在甲骨文中不常见。"《古诗十九首》有 11 例，占诗句总数(254 句)的 4.3%，"六朝诗 35 首"有 28 例，占总数(526 句)的 5.3%，"宋词 65 首"有 50 例，占总数(810 句)的 6%。"《诗经》20 首"比较特殊，占诗句总数(540 句)的 9%，比宋词还高，其形容词多为叠音词联绵词，这些词音乐性强，跟日常口语有一定距离。《唐诗三百首》形容词谓语句占比稍低，为 4.1%。

在形容词谓语句内部，性质形容词的占比有逐渐提高的趋势，而状态形容词的占比有逐渐下降的趋势，《唐诗三百首》性质形容词和状态形容词的占比状况符合这种趋势(详见表 5.4)。

表 5.4　唐代前后几种诗歌文献形容词谓语句语例统计表

文献		性质形容词		状态形容词			合计(例)
		单音	双音	重叠	连绵	带缀	
诗经 20 首	数量	20	2	23	2	1	48
	占比	42%	4%	48%	4%	2%	100%
古诗十九首	数量	6		4	1		11
	占比	55%		36%	9%		100%
六朝诗 35 首	数量	16	6	1	5		28
	占比	57%	21%	4%	18%		100%

续表

文献		性质形容词		状态形容词			合计(例)
		单音	双音	重叠	连绵	带缀	
唐诗三百首	数量	89	5	11	18	6	129
	占比	69%	4%	9%	14%	5%	100%
宋词 65 首	数量	39	8	1	2		50
	占比	78%	16%	2%	4%		100%

在《唐诗三百首》的比较句中，极比采用“状中”式，平比和差比基本采用“中补”式，与六朝时期的情况相近，在差比方面与“宋词 65 首”区别明显，后者主要采用“状中”式“比”字句。比较句中所用的比较副词或介词大多见于前代，只有表示极比的“无限”和表示平比的“似、与”比较新鲜。

《唐诗三百首》形容词谓语句中带状态成分(补语或状语)的格式来自唐代之前，个别次类用法(如动词性成分充任状语的用法)新兴于唐。

从远古到现代，数量词谓语句的使用频率有逐渐降低的趋势，唐诗中的情况符合这种趋势。

第六章　无主句和紧缩复句

第一节　无　主　句

“无主句”即《马氏文通》所谓“无起词”句，一般表示存在，故又称“存在句”或“存现句”。“无主句”共有两类：一是动宾短语构成的，可写为“B+C”式，带处所状语时可写为“A+B+C”式；二是名词性成分构成的，可写为“C”式，带处所状语时可写为“A+C”式。

王建军(2003：2)说：“存在句的历时研究至今还是一片待开垦的处女地。”可见相关研究不多。储泽祥等(1997)把存在句分为四大类——“A+B+C”“B+C”“A+C”“C”，六小类——(a)“有”字句、(b)“是”字句、(c)“V着/了”句、(d)无前段“有”字句(有一种鸟)、(e)无中段句(桌上一本画册)、(f)唯后段句(鲜艳的红旗)，并对不同时代的部分文献进行调查统计后指出：“存在句的形成发展可以分成两个时期：宋以前为第一个时期，是(a)(b)(d)(e)(f)的形成发展时期；宋以后(包括宋)为第二个时期，是(c)的形成发展时期，其他五种存在句也在继续发展。”王建军(2003)以东汉《中本起经》等不同时代的文献为依据，考察、探讨“叙述型存在句”“描写型存在句”“判断型存在句”的历史发展过程。另外还有王丽玲(2007)的《金瓶梅》存在句研究，王军(2007)的《搜神记》“有”字句研究，邓瑗敏(2009)的《旧唐书》“有”字研究，李海娟(2009)和杜玉闪(2015)的《孟子》“有”字句研究。王力(1958：260)谈及唐诗“A+C”类无主句时指出：

"……略'有'字，例如：'故国风云气，高堂战伐尘'……虽然可认为省去'有'字，但这种句子却和描写句性质相近。"

《唐诗三百首》无主句有152例，其中"A+B+C"类68例、"B+C"类20例、"A+C"类39例、"唯C"类13例和特殊类12例。"特殊类"是指"A+B+C"类和"B+C"类中一般视为"兼语式"的句子。

一、"A+B+C"类无主句

(一)"A+B+C"类无主句静态考察

该类无主句又可细分为两种：一是"有""无"充任B段的"A+B+C"类无主句；二是其他动词充任B段的"A+B+C"类无主句。

1. "有""无"充任B段的"A+B+C"类无主句

a. "有"字充任B段的"A+B+C"类无主句。有19个(七古12例，七律5例，五古、五律各1例)：

(1)西当太白有鸟道。(西面对着太白山的地方有飞鸟能过的小道。李白《蜀道难》)(2)上有六龙回日之高标。(上面有挡住太阳神六龙车的山巅。李白《蜀道难》)(3)下有冲波逆折之回川。(下面有激浪排空纡回曲折的大川。李白《蜀道难》)(4)上有青冥之高天。(上面有湛蓝的天空。李白《长相思》)(5)下有渌水之波澜。(下面有浩浩汤汤的波澜。李白《长相思》)(6)孔明庙前有老柏。(孔明庙前有一株古老的柏树。杜甫《古柏行》)(7)今之新图有二马。(而今新画之中就有这两匹马。杜甫《韦讽录事宅观曹将军画马图》)(8)世上未有如公贫。(人世间还未有像你这般赤贫的人。杜甫《丹青引赠曹霸将军》)(9)头上何所有。(头上有什么装饰。杜甫《丽人行》)(10)身上无有完肌肤。(身上没有完好的肌肤。杜甫《哀王孙》)(11)淮西有贼五十载。(淮西蔡州五十多年来都有逆贼。李商隐《韩碑》)(12)汤盘孔鼎有述作。(当今的孔鼎汤盘也有了著述。李商隐《韩碑》)(13)生长明妃尚有村。

(生长明妃的地方仍有村庄。杜甫《咏怀古迹》)(14)人间亦自有丹丘。(人间也有神仙居住的地方，名曰丹丘。韩翃《同题仙游观》)(15)心有灵犀一点通。(心里有灵犀角内白纹那样的一条通道。李商隐《无题》)(16)终古垂杨有暮鸦。(古老垂柳树上栖息着暮鸦。李商隐《隋宫》)(17)芙蓉塘外有轻雷。(荷花塘外传来了轻轻雷声。李商隐《无题二首》)(18)江南有丹橘。(江南有丹橘树。张九龄《感遇》)(19)低空有断云。(低空浮着云片。杜甫《别房太尉墓》)

以上语例，A 段多数还是实体名词，而方位名词短语所占的比例较低，B 段除个别例子带有简单状语(如“亦自”“无”)外，绝大多数为光杆“有”字，C 段多数比较简单，少数比较复杂，带有较长的名词短语(如“灵犀一点通”)或谓词成分(如“代谢”“问”)。

b.“无”字充任 B 段的“A+B+C”类无主句。有 9 例(七律、五律、七古各有 3 例)：

(1)于今腐草无萤火。(如今腐草中没有萤火。李商隐《隋宫》)(2)身无彩凤双飞翼。(身上没有彩凤那样比翼齐飞的双翼。李商隐《无题》)(3)小姑居处本无郎。(小姑独居的青溪本就没有郎君。李商隐《无题二首》)(4)近泪无干土。(眼泪掉落处已经没有干燥的土。杜甫《别房太尉墓》)(5)古木无人径。(参天古木下面没有人行路径。王维《过香积寺》)(6)旅馆无良伴。(旅馆中没有好旅伴。杜牧《旅宿》)(7)野营万里无城郭。(野营万里内没有城郭。李颀《古从军行》)(8)戏罢曾无理曲时。(嬉戏之后没有温习曲子的时间。王维《洛阳女儿行》)(9)昔时飞箭无全目。(当年射出的箭下没有全目的鸟雀。王维《老将行》)

(二)其他动词充任 B 段的“A+B+C”类无主句

该类句数量比“有”字句和“无”字句的总和还多，有 40 例(五律 12 例，七律6例，七古8例，五古6例，五绝5例，七绝3例)：

(1)海上生明月。(海上升起了一轮皎洁的月亮。张九龄《望月怀远》)(2)海内存知己。(四海之内还存在着你这个知己。王勃《送杜少府之任蜀州》)(3)江山留胜迹。(江山保留着历代胜迹。孟浩然《与诸子登岘山》)(4)金灶初开火。(炼丹的金炉灶刚刚生起火。孟浩然《宴梅道士山房》)(5)渡头余落日。(渡口上还剩一轮将要落山的太阳。王维《辋川闲居赠裴秀才迪》)(6)墟里上孤烟。(村落里升起一缕炊烟。王维《辋川闲居赠裴秀才迪》)(7)千山响杜鹃。(群山回响着悲伤的杜鹃声。王维《送梓州李使君》)(8)蕃汉断消息。(蕃汉之间断绝了消息。张籍《没蕃故人》)(9)门系钓鱼船。(门前拴着钓鱼用的船只。杜牧《旅宿》)(10)心断新丰酒。(心里已经没有喝新丰酒的念头。李商隐《风雨》)(11)深竹暗浮烟。(深深竹林里暗暗地飘浮着轻烟。司空曙《云阳馆与韩绅宿别》)(12)荒戍落黄叶。(荒凉的古垒上落着枯黄的树叶。温庭筠《送人东游》)(13)洞门高阁霭余晖。(门庭楼阁沐浴着夕阳的余晖。王维《酬郭给事》)(14)漠漠水田飞白鹭。(广漠水田上飞着一只只白鹭。王维《积雨辋川庄作》)(15)阴阴夏木啭黄鹂。(枝叶茂密的大树上传出宛转的黄鹂声。王维《积雨辋川庄作》)(16)古庙杉松巢水鹤。(古庙的松杉树上巢居着水鹤。杜甫《咏怀古迹》)(17)霄汉常悬捧日心。(在霄汉上常常怀有程昱梦中捧日之心。钱起《赠阙下裴舍人》)(18)机中锦字论长恨。(织机中的织锦回文诉说着思念的绵长遗恨。皇甫冉《春思》)(19)岁夜高堂列明烛。(除夕之夜，高堂上排列着耀眼的蜡烛。李颀《听安万善吹觱篥歌》)(20)水晶之盘行素鳞。(水晶圆盘中盛着肥美的白鱼鲜。杜甫《丽人行》)(21)人间又见真乘黄。(人间又见古代真正神马"乘黄"。杜甫《韦讽录事宅观曹将军画马图》)(22)龙池十日飞霹雳。(池龙中十日回响着霹雳雷声。杜甫《韦讽录事宅观曹将军画马图》)(23)缟素漠漠开风沙。(白色的画绢上出现了奔马扬起的茫茫风沙。杜甫《韦讽录事宅观曹将军画马图》)(24)雪上空留马行处。(雪上只留下一串马蹄印迹。岑参《白雪歌送武判官归京》)(25)粉墙丹柱动光彩。(白墙红柱上闪耀着夺目光彩。韩愈《谒衡岳庙遂宿岳寺题门楼》)(26)鬼物图画填青红。(鬼怪图案里涂着或青或红的颜色。韩愈《谒衡岳庙遂宿岳寺题门楼》)(27)松际露微月。(松林中间透着淡淡的月光。常建《宿王昌龄隐居》)(28)茅亭宿花影。(茅亭地上投着花朵的影子。常建《宿王昌龄隐居》)(29)药院滋苔纹。(芍药园圃中滋生着绿色的苔纹。常建《宿王昌龄隐居》)(30)大江溯轻舟。(大江上面嫁女的船只逆流而上。韦应物《送杨氏女》)(31)兵卫森画戟。(兵卫所在处画戟森严。韦应物《郡斋雨中与诸文士燕集》)(32)燕寝凝清香。(休息室内凝聚着檀木的清香。韦应物《郡斋雨中与诸文士燕集》)(33)床前明月光。①(床前照射着月光。李白《夜思》)(34)玉阶生白露。(玉砌的台阶上滋生了白露。李白《玉阶怨》)(35)广泽生明月。(辽阔的湖面上升起了明月。马戴《楚江怀古》)(36)林表明霁色。(树梢上面映照着雨雪晴后的亮色。祖咏《终南望余雪》)(37)城中增暮寒。(城中加重了夜晚的寒冷。祖咏《终南望余雪》)(38)玉楼天半起笙歌。(玉楼里从半空中奏起了笙歌。顾况《宫词》)(39)日暮东风怨啼鸟。(傍晚东风中回荡着啼鸟的悲鸣。杜牧《金谷园》)(40)猩色屏风画折枝。(猩红色的屏风上描画着曲折的花枝。韩偓《已凉》)

(三)"A+B+C"类无主句溯源探流

"有"字句一直是该类无主句的主体。例如《甲骨文合集》5775"啬有鹿",《甲骨文合集》8492"危方其有祸",《甲骨文合集》7852"兹邑其有降祸"②,

① "明"有"映照"义。唐诗又如:杜甫《月》"四更山吐月,残夜水明楼",上官仪《咏雪应诏》"花明栖凤阁,珠散影娥池",李白《渌水曲》"渌水明秋月,南湖采白苹"。此句或作"床前看月光"。

② 这里的殷墟卜辞语例均转引自张玉金(2001)。

《诗经》"南山有桑""中田有庐",《论语》"井有仁焉""十室之邑必有忠信如丘者焉",《庄子·在宥》"下有桀跖,上有曾史",《孟子·滕文公下》"于此有人焉",《穀梁传·定公元年》"于利之中又有义焉",干宝《搜神记》"车上有壶、榼、青白琉璃五具"。"《诗经》20首"有"淇则有岸""隰则有泮""尔庭有县貆",《古诗十九首》有"西北有高楼""上有弦歌声""下有陈死人","六朝诗35首"有"路有饥妇人"(王粲《七哀诗》)、"下有交颈兽"(曹植《种葛篇》)、"仰有双栖禽"(曹植《种葛篇》)、"虚室有余闲"(陶渊明《归园田居》)、"此中有真意"(陶渊明《饮酒》),"宋词65首"有"西南自有长城"(苏轼《见说岷峨凄怆》)等。

"无"字句主要用于中古以前。王建军(2003:171-172)说:"'无'字存在句尽管也是汉语的一个基本句类,但其地位与作用均不可与'有'字句同日而语:一是历史跨度不长,大致通行于上古至中古时期,近代则从口语中退出,为'没(没有)'字句①所取代……二是使用频度不高,文献中分布的数量大不如'有'字句……"例如《甲骨文合集》7852"兹邑亡降祸",《甲骨文合集》28905"于榆亡灾",《庄子·天道》"边境无人焉",《孟子》"内无怨女,外无旷夫""天下无敌",《荀子·性恶》"仁之所在无贫穷,仁之所亡无富贵",《吕氏春秋》"国无尉""天下无粹白之狐",《韩非子·十过》"仓无积粟,府无储钱,库无甲兵,邑无守具",《史记·货值列传》"江淮以南无冻饿之人",《论衡》"屈原死时,楚国无霜""洛阳城中之道无水",《世说新语》"林无静树,川无停流""庾赤玉胸中无宿物"。"《诗经》20首""《古诗十九首》""六朝诗35首"等文献各有1例("体无咎言""所遇无故物""户庭无尘杂")。

由其他动词充任B段的"A+B+C"类无主句在殷商时期似已萌芽。殷墟卜辞中有"其自东来雨"(《甲骨文合集》12870)的例子,从《甲骨文合集》

① 太田辰夫(1987:278)认为,现在所见最早"没"字用例出自唐诗,例如"暗去也没雨,明来也没云""始知没道理""船头一去没回期""纵横逆顺没遮栏"。徐时仪(2003)根据《小尔雅·广诂》"勿、蔑、微、曼、末、没,无也"指出,"唐以前否定动词'没'已出现"。《唐诗三百首》中未见"无"写为"没"的用例。

24866“有来雨”看，这里的“来雨”未尝不可视为名词性偏正短语，但若从其带有“自东”成分这个用例看，它又像是一个动词性短语。这种“A+B+C”式无主句直到西周时期也不多见，春秋以后才有所改观，到近古时期超越“有/无”字句①。使用频率由低到高，动词类型由少到多，是汉语无主句发展的一个明显趋势。从句法构成看，早期“A+B+C”句的A段绝大多数是表处所的实体名词，B段多是光杆动词，C段多是单音名词，汉代以后，A段中方位名词短语的使用频率明显提升，B段较多带有状语成分，C段中出现了较多的短语。例如《敔簋》“长榜载首百”，《周易·系辞上》“河出图，洛出书”，《吕氏春秋·应同》“师之所处，必生棘楚”，《论语·子罕》“河不出图”，司马相如《子虚赋》“外发芙蓉菱花，内隐巨石白沙”，《史记·封禅书》“甘泉房中生芝九茎”，《风俗通义·怪神》“汝南汝阳彭氏墓路头立一石人”，《世说新语·言语》“斋前种一株松”。《古诗十九首》出现2例(“长衢罗夹巷”“绿叶发华滋”)，“六朝诗35首”有7例(“薄帷鉴明月”“蹊径登童竖”“弱湍弛文鲂，闲谷矫鸣鸥”“池塘生春草，园柳变鸣禽”“榆关断音信”)，“宋词65首”有4例(“古岸云沙遗恨”“新烟凝碧”“岸觜冲波”“疏篱尚存晋菊”)。

二、“B+C”类无主句

(一)“B+C”类无主句静态考察

B段可以由“有/无”充任，也可以由其他动词充任。

1.“有”“无”充任B段的“B+C”类无主句

a.“有”字充任B段的“B+C”类无主句。有7个。七言4例(七古、七律各1例，七绝2例)，五言3例(五律2例，五古1例)：

---

① 据王建军(2003：194)，《水浒传》中“有”“无”句共有802个，其他动词中介句多达1435句。

(1)昔有佳人公孙氏。(从前有个佳人公孙大娘。杜甫《观公孙大娘弟子舞剑器行》)(2)当仁自古有不让。(仁义当前，自古以来有不推诿的先例。李商隐《韩碑》)(3)独有凤凰池上客。(只有凤池中书舍人贾至。岑参《奉和中书舍人贾至早朝大明宫》)(4)为有云屏无限娇。(因为有云母屏风后无限娇媚的人儿。李商隐《为有》)(5)明朝有封事。(明晨还有重要的事情。杜甫《春宿左省》)(6)更有明朝恨。(又有明朝分别的遗憾。司空曙《云阳馆与韩绅宿别》)(7)绝代有佳人。(有一位冠绝当代的佳人①。杜甫《佳人》)

在这些例子中，B 段多数带时间名词或短语修饰成分，如"当仁""自古""昔""明朝""绝代"，少数带副词修饰成分，如"独""更"。C 段基本由短语构成，如"佳人公孙氏""凤凰池上客""封事""明朝恨""云屏无限娇""不让")。

b."无"字充任 B 段的"B+C"类无主句。与"有"字句数量相近，有 5 个，七律、七古、七绝各 1 例，五古 2 例：

(1)断无消息石榴红。(直到石榴花红时也无你的消息。李商隐《无题》)(2)岂无山歌与村笛。(难道就没有山歌和村笛吗？白居易《琵琶行》)(3)西出阳关无故人。(出了阳关后就再也没有老友人。王维《渭城曲》)(4)圣代无隐者。(政治清明时代没有隐居的人。王维《送綦毋潜落第还乡》)(5)虽无宾主意。(尽管没有宾主酬答之意。邱为《寻西山隐者不遇》)

在这些例子中，B 段"无"一般带修饰语，偶尔另带补语，如"石榴红"("石榴红时"的省略)。C 段多数由短语充当，如"山歌与村笛""隐者""宾主

① "绝代"就是"绝世"，语出汉代李延年"北方有佳人，绝世而独立"，在句中做"佳人"的前置修饰成分。这种错置现象在《唐诗三百首》中并不多见。

意”。

2. 其他动词充任B段的“B+C”类无主句

有8例。七言5例(七律2例，七古2例，七绝1例)，五言3例(五古2例，五律1例)：

(1)岁时伏腊走村翁。(每年伏腊祭日还有前往祭祀的村翁。杜甫《咏怀古迹》)(2)万古惟留楚客悲。(千秋万代只留有楚客们的伤悲。刘长卿《长沙过贾谊宅》)(3)深山窃听来妖精。(出现了从深山窃听而来的鬼神。① 李颀《听董大弹胡笳声兼寄语弄房给事》)(4)失向来之烟霞。(没有了方才的烟霞美景。李白《梦游天姥吟留别》)(5)寂寂花时闭院门。(百花盛开时寂寂地紧闭着宫院大门。朱庆余《宫中词》)(6)澄澄变今古。(澄澄清光变换着今古世事。王昌龄《同从弟南斋玩月忆山阴崔少府》)(7)漾漾泛菱荇。(溪中漂浮摇动着菱草和荇菜。王维《青溪》)(8)遥夜泛清瑟。(漫漫长夜中流动着琴瑟的清音。许浑《早秋》)

例中“岁时伏腊、万古、唯、深山窃听来、寂寂、花时、澄澄、漾漾、遥夜”均为修饰语。B段多带有时间名词或形容词状语，C段多为双音名词或简短的名词短语。

(二)“B+C”类无主句溯源探流

该类句应是在“唯C”式无主句的基础上形成的。“唯C”式无主句只能表示肯定的存在，要表示否定的存在就必须添加否定词，受此影响，表示肯定时也可以添加一个“有”字，这样，“B+C”无主句也就产生了。

“有”字B+C句历史很长。例如《甲骨文合集》28180“有雨”，《甲骨文合集》30552“有大雨”，《甲骨文合集》30050“自乙至丁有大雨”，《甲骨文

① “窃听”是“妖精”的前置定语。

合集》30453“有大雨”，《春秋》“秋，有蜮”（《庄公十八年》）、“秋，有蜚”（《庄公二十九年》）、“有星孛”（《哀公十四年》），《论语》“必有我师焉”（《述而》）、“有之”（《述而》）“有美玉于斯”（《子罕》）、“自古皆有死”（《颜渊》），干宝《搜神记》“汹汹有数千人声”“当自有取书者”。“《诗经》20 首”有 1 例（“有鸣仓庚”）。

“无（亡、微）”字 B+C 句也见于殷墟卜辞。例如《甲骨文合集》775“亡来风”，《甲骨文合集》6057“旬亡祸”，《甲骨文合集》13357“亡风”，《甲骨文合集》14207“亡其雨”，《甲骨文合集》29699“甲申亡大雨”，《甲骨文合集》22583“亡尤”，《甲骨文合集》30050“亡灾”，《甲骨文合集》30063“今兹亡大雨”，《甲骨文合集》31199“亡大雨”（以上各例“亡”通“无”），《春秋》“无冰”（《桓公十四年》）、“无麦、苗”（《庄公七年》）、“大无麦、禾”（《庄公二十八年》），《论语》“无益”“无贫”，《左传·昭公四年》“春无凄风，秋无苦雨”，《韩非子·奸劫弑臣》“古无虚谚”，《吕氏春秋》“昔太古尝无君矣”（《恃君》）、“明年无鱼”（《义赏》），《山海经·南山经》“无鸟兽，无水”，《论衡·须讼》“当今非无李斯之才也”。“《诗经》20 首”和《古诗十九首》各有 1 例（“蹙蹙靡所骋”“良无盘石固”），“六朝诗 35 首”有 3 例（“薄暮无宿栖”“出门无所见”“虽微九重秀”）。

其他动词 B+C 无主句也来自上古，历代可见。其 B 段常带时间修饰语，C 段在早期比较简单，汉代以后多数为双音名词或简短的名词短语。例如《诗经》“杲杲日出”，陶渊明《饮酒》“虽留身后名”，刘峻《赠内》“空余黼帐香”，徐德言《破镜》“空留明月辉”。“《诗经》20 首”有“七月流火”“四月秀葽”“五月鸣蜩”“十月陨萚”等（“七月流火”出现 3 次），“六朝诗 35 首”有 3 例（“逶迤带绿水”“迢递起朱楼”“苍茫余落晖”），“宋词 65 首”有 1 例（“正纷纷落叶”）。

三、“A+C”类无主句

（一）“A+C”类无主句静态考察

有 39 例。这些例子的 C 段均为短语，根据其修饰语类型的不同可以分为数类。

1. 名词性成分做“C段”修饰语

有14例。8例出自五言诗(五律6例，五古2例)：

(1)浮云游子意。(浮云里寄寓着游子心思。李白《送友人》)(2)落日故人情。(落日中寄寓着朋友感情。李白《送友人》)(3)秋边一雁声。(秋天的边境传来孤雁悲切的鸣声。杜甫《月夜忆舍弟》)(4)雨中黄叶树。(风雨中有一棵叶子黄枯的老树。司空曙《喜见外弟卢纶见宿》)(5)灯下白头人。(灯光下有一个头发花白的老人。司空曙《喜见外弟卢纶见宿》)(6)寒灯独夜人。(寒冷灯光下有一个孤独的守夜人。马戴《灞上秋居》)(7)处处黄芦草。(到处都有黄芦草。王昌龄《塞上曲》)(8)衣上灞陵雨。(衣服上沾满灞陵的春雨。韦应物《长安遇冯著》)

6例出自七言诗(七律3例，七古2例，七绝1例)：

(9)云里帝城双凤阙。(云里有帝城的凤阁凤楼。王维《奉和圣制从蓬莱向兴庆阁道中留春雨中……》)(10)雨中春树万人家。(雨中有春树映衬下的万人家。王维《奉和圣制从蓬莱向兴庆阁道中留春雨中……》)(11)江山故宅空文藻。(江山故宅仍保留着他的文采。杜甫《咏怀古迹》)(12)良相头上进贤冠。(良相头上有进贤冠。杜甫《丹青引赠曹霸将军》)(13)猛将腰间大羽箭。(猛将腰间有大羽箭。杜甫《丹青引赠曹霸将军》)(14)朱雀桥边野草花。(朱雀桥边长着一些野草野花。刘禹锡《乌衣巷》)

2. 形容词性成分做“C段”修饰语

有10例。6例出自五言诗(五古3例，五律3例)：

(1)隐处惟孤云。(隐居之处只有孤云。常建《宿王昌龄隐居》)(2)江湖多风波。(江湖上有无数险恶风波。杜甫《梦李白》)(3)吴中盛文史。(吴中有繁荣鼎盛的文化历史。韦应物《郡斋雨中与诸文士燕集》)(4)萋萋满别情。(萋萋芳草之中有满满的离情别绪。白居易《赋得古原草送别》)(5)沧江好烟月。(深绿的江面上有美丽的烟月景色。杜牧《旅宿》)(6)空城淡月华。(空虚城市里笼着淡淡月光。韩翃《酬程延秋夜即事见赠》)

4例出自七言诗(七古3例，七绝1例)：

(7)长安水边多丽人。(长安曲江河畔聚集许多美人。杜甫《丽人行》)(8)西宫南内多秋草。(兴庆宫和甘露殿里长着许多秋草。白居易《长恨歌》)(9)其中绰约多仙子①。(里面的美女中有许多道士。白居易《长恨歌》)(10)八尺龙须方锦褥。(八尺龙须草席上铺着方形锦缎被褥。韩翃《已凉》)

3. 数量词成分做"C段"修饰语

有10例(五律4例，五古3例，七律2例，七绝1例)：

(1)从今②又几年。(从今以后又有几年方能还乡。刘长卿《新年作》)(2)星河秋一雁。(秋夜星河上有一只鸿雁。韩翃《酬程延秋夜即事见赠》)(3)山中一夜雨。(山里下了一夜春雨。王维《送梓州李使君》)(4)树杪百重泉。(树梢上出现了百道清泉。王维《送梓州李使君》)(5)绝顶一茅茨。(西山顶上有一座小茅屋。邱为《寻西山隐者不遇》)(6)花间一壶酒。(花间摆着一壶美酒。李白《月下独酌》)(7)长

① "绰约"可理解为"美女"，也可理解为"仙子"的前置定语。

② 此例主语"从今"是表示时间的词语。

安一片月。(长安城上笼罩着一片皎洁的月光。李白《子夜秋歌》)(8)西山白雪三城戍。(西山终年积雪中有三城边防。杜甫《野望》)(9)南浦清江万里桥。(南郊锦江上有通往远方的桥梁。杜甫《野望》)(10)一片孤城万仞山。(一座孤城周围有万仞高山。王之涣《出塞》)

4. 动词或动词短语做"C 段"修饰语

有 4 例(五律 3 例，五古 1 例)：

(1)与君离别意①。(与你之间有着浓厚的依依惜别的感情。王勃《送杜少府之任蜀州》)(2)闲门向山路。(安静的荆门前面有面对山岭的道路。刘慎虚《阙题》)(3)深柳读书堂。(枝叶茂密的柳树下面有读书的斋堂。刘慎虚《阙题》)(4)万户捣衣声。(家家户户传出捣衣的声音。李白《子夜秋歌》)

5. 主谓短语做"C 段"修饰语

只有 1 例：

长安城头头白乌。(长安城头有一只白头乌鸦。杜甫《哀王孙》)

此例出自七古，"头白"为主谓短语。

(二)"A+C"类无主句溯源探流

最早见于春秋时期，使用频率逐渐提高。从 A、C 两段的构成上看，汉代以前多为名词，汉代以后多为短语。例如《春秋》"秋，宋大水"(《庄公十一年》)、"五月甲午，宋灾"(《襄公三十年》)，《淮南子 · 地形训》"天地之间，九州八柱"，司马相如《子虚赋》"左苍梧，右西极"。《古诗十

① A 段由介词短语"与君"构成。

九首》有3例(“兰泽多芳草”“燕赵多佳人”“白杨多悲风”)，“六朝诗35首”有5例(“溪谷少人民”“边城多警急”“高树多悲风”“胡笳落泪曲”“羌笛断肠歌”)，“宋词65首”有5例(“池上碧苔三四点”“半空残月”“阴阴夏木啭黄鹂”“八千里路云和月”“溪上青青草”)。

四、“唯C”类无主句

(一)“唯C”类无主句静态考察

仅有13例。其中五言6例(五绝4例，五律2例)，七言7例(七古4例，七律3例)：

(1)夜来风雨声。(夜里似乎有沙沙风雨声。孟浩然《春晓》)(2)绿蚁新醅酒。(有色绿香浓的新酿米酒。白居易《问刘十九》)(3)红泥小火炉。(有烧得殷红的小火炉。白居易《问刘十九》)(4)寥落古行宫。(有寂静荒废的古代行宫。元稹《行宫》)(5)溪花与禅意。(溪中有花影和禅意。刘长卿《寻南溪常山道人隐居》)(6)落叶他乡树。(有落叶纷纷的他乡树木。马戴《灞上秋居》)(7)多歧路。(眼前有很多岔路。李白《行路难》)(8)惟觉时之枕席。(只有睡醒时见到的枕席。李白《梦游天姥吟留别》)(9)胡琴琵琶与羌笛。(有胡琴、琵琶和羌笛。岑参《白雪歌送武判官归京》)(10)翠翘金雀玉搔头。(有翠翘、金雀和玉搔头。白居易《长恨歌》)(11)晴川历历汉阳树。(晴日下的长江北岸有历历在目的汉阳树。崔颢《黄鹤楼》)(12)芳草萋萋鹦鹉洲。(有芳草稠密的鹦鹉洲。崔颢《黄鹤楼》)(13)圣代即今多雨露。(如今朝廷有很多恩泽。高适《送李少府贬峡中王少府贬长沙》)

这些语例或为并列结构短语，或为名词性短语，其修饰语多为名词，其次是形容词、数词。

（二）"唯C"类无主句溯源探流

"唯C"类无主句在殷墟卜辞中有大量使用。其语法结构，汉代之前较为简单，汉代以后开始复杂化。例如"雨"(《甲骨文合集》14161)、"于翌日旦大雨"(《甲骨文合集》41308，"雨"带形容词修饰语"大"，其前面的"于翌日旦"等是状语)，《春秋》"螟"(《隐公五年》)、"秋，大水"(《桓公元年》)、"冬，多麋"(《庄公十七年》)、"夏，大旱"(《僖公二十一年》)，《史记·秦始皇本纪》"冬雷"，《论衡·是应》"五日一风，十日一雨"。据李鹏飞(2010)，在《诗经》中出现了不少以叠词性形容词为修饰语的句子(如"青青子衿，悠悠我心")，到南朝时又出现了大量以其他词语为修饰语的句子(如"清风动帘夜，孤月照窗时")。《古诗十九首》有8例("青青河畔草""郁郁园中柳""青青陵上柏""磊磊涧中石""今日良宴会""迢迢牵牛星""皎皎河汉女""文彩双鸳鸯")，"六朝诗35首"有6例("亭亭山上松""瑟瑟谷中风""郁郁涧底松""离离山上苗""暧暧远人村""依依墟里烟")，"宋词65首"有5例("一时多少豪杰""一阵黄昏雨""照野旌旗""朝天车马""更薄酒、三杯两盏")。

五、特殊类无主句

（一）特殊类无主句静态考察

这类无主句"特殊"之处，在于其C段中包含一个类似后置定语的成分，因为这个后置成分都是动词性的，所以往往被视为其前面名词性成分的谓语，这样，整个句子就成了所谓兼语句。杨伯峻、何乐士(2001：602)指出，"本类动$_2$所代表的动作或状态是兼语本身所有，没有受到动$_1$的影响；'有'前大都无主语而不是省略主语；本类句中的兼语多为表泛指的普通名词，只有少数为专名，而使令、劝谏、褒贬类的兼语大多为表人的专名"。《唐诗三百首》特殊类无主句有12例，又可分为以下三类。

1.“有”字特殊类无主句

有7例(七古4例，七绝1例，五律2例)：

(1)惟有幽人自来去。(只有我这个幽人在此独自来去。孟浩然《夜归鹿门山歌》)(2)中有一人字太真。(其中有个人芳名叫太真。白居易《长恨歌》)(3)惟有饮者留其名。(世上唯有酒徒美名永驻。李白《将进酒》)(4)纵有健妇把锄犁。(虽有健壮的妇女把握锄犁。杜甫《兵车行》)(5)上有黄鹂深树鸣。(涧上有黄鹂在深林中啼叫。韦应物《滁州西涧》)(6)时有落花至。(时常有落花随溪水漂流而至。刘慎虚《阙题》)(7)穷边有客游。(边陲有观景的游客。张乔《书边事》)

以上例子，无A段者6例，占多数。B段多半是光杆“有”字，少数带修饰成分或连接成分(“惟”“时”“纵”)。C段中心语基本是比较简单的名词或名词短语(“幽人”“一人”“饮者”“健妇”“黄鹂”“落花”“客”)，后置定语中有单音光杆动词(“至”“游”)、动宾短语(“把锄犁”“留其名”)、状中短语(“自来去”)、主谓短语(“字太真”)，类型比较丰富，但是结构不复杂。

2.“无”字特殊类无主句

有4例(七绝1例，五律3例)：

(1)金屋无人见泪痕。(锁闭华屋中没有看见我悲哀泪痕的人。刘方平《春怨》)(2)无人信高洁。(没有人知道我像秋蝉般清廉高洁。骆宾王《在狱咏蝉》)(3)无人收废帐。(没有去收拾遗弃营帐的人。张籍《没蕃故人》)(4)大漠无兵阻。(广袤荒漠没有阻挡游客的士兵。张乔《书边事》)

以上例子，A段结构比较简单(“金屋”“大漠”)，还有2例无A段。B段基本是光杆“无”字。C段中心语基本是单音节名词，后置定语中多是结构比较简单的短语(“见泪痕”“信高洁”“收废帐”)。

3. 其他存在动词特殊类无主句

仅有 1 例，出自七古：

峨嵋山下少人行。(峨眉山下很少有行人。白居易《长恨歌》)

(二)特殊类无主句溯源探流

殷墟卜辞中少见，此后陆续增多。例如《合集》11503“有新大星并火”，《左传》“鲁有先大夫曰臧文仲”(《襄公二十四年》)、“郑国将有诸侯之事”(《襄公三十一年》)、“有妇人遇之周郊”(《昭公二十九年》)、“有云如众赤鸟”(《哀公六年》)“无人不怀”(《僖公七年》)、“无国不记”(《僖公七年》)、“无日不数于六卿之门”(《文公十六年》)，《韩非子》“有玄云从西北方起”(《十过》)、“有鸟止南方之阜”(《喻老》)，《三国志》“其国后当有王者兴”(《魏书·文帝纪》)、“癸丑，有彗星见张宿”(《魏书·明帝纪》)、“终无一人逃亡”(《魏书·任苏杜郑仓传》)，《世说新语》“有人向张华说此事”(《德行》)、“有小沙弥在坐末”(《言语》)、“复有一婢来”(《文学》)。“《诗经》20 首”有 1 例(“我戍未定，靡使归聘”)，“六朝诗 35 首”有 1 例(“而无车马喧”)，“宋词 65 首”有 3 例(“若有人知春去处”“算没个人传与”“有暗香盈袖”)。

小　　结

《唐诗三百首》无主句覆盖了汉语“A+B+C”类无主句、“B+C”类无主句、“A+C”类无主句、“唯 C”类无主句和“特殊”类无主句等五种主要类型及其次类。

《唐诗三百首》无主句有 152 例，在五七言诗中分布平均，只在古近体诗分布方面稍有差别，古体诗较少，近体诗较多。近体诗 89 例中有 51 例来自五言诗，说明无主句总体上比较适合在五言诗中使用。单就“A+B+C”

类无主句来说，68 例中有 40 例来自七言诗(详见表 6.1)，则说明“A+B+C”式比较适合在七言诗中使用。

表 6.1 《唐诗三百首》各类无主句分布统计表

无主句类型	五言古体	五言近体	七言古体	七言近体	合计
“A+B+C”类	7	21	23	17	68
“B+C”类	5	3	4	8	20
“A+C”类	9	16	6	8	39
“唯 C”类		6	4	3	13
特殊类		5	5	2	12
合计	21	51	42	38	152

《唐诗三百首》无主句的各种类型都是在唐代以前形成的。带 A 段无主句(即“A+B+C”类、“A+C”类和特殊类中的一部分)的用频在历史上呈由低到高发展态势(详见表 6.2)，《唐诗三百首》带 A 段无主句占全部无主句的 70%，高于“六朝诗 35 首”(58%)，符合这种趋势。不含 B 段(即“A+C”类、“唯 C”类)的无主句占 34%，跟“六朝诗 35 首”(35%)相近，低于《古诗十九首》(61%)和“宋词 65 首”(52%)。不含 B 段的无主句在过去也被称为“名词语”，口语中常用。

表 6.2　唐代前后部分诗歌文献无主句语例分布统计表

文献	A+B+C	B+C	A+C	唯 C	特殊	合计
《诗经》20 首	6	9	0	0	1	16
《古诗十九首》	6	1	3	8	0	18
六朝诗 35 首	13	6	5	6	1	31
《唐诗三百首》	68	20	39	13	12	152
宋词 65 首	5	1	5	5	3	19

第二节　紧缩复句

根据黄伯荣、廖序东(2011：141)，紧缩复句由复句紧缩而成……它是分句间没有语音停顿的特殊复句……紧缩句可以成对使用或单用一个关联词语表示分句间的关系，也可以没有关联词语。

对于古代汉语的紧缩复句，目前只见少量的附带性研究。如：杨伯峻和何乐士(2001：921)对古汉语"并列"("币重而言甘")、"连贯"("师兴而雨")、"因果"("贰而执之")、"假设"("少则得，多则惑")等紧缩复句的简要介绍，张玉金(2004：370-373)对西周汉语"并列"("式歌且舞")、"顺承"("既备乃奏")、"递进"("旨且有")、"转折"("爰莫助之")、"条件"("祀兹酒"①)、"假设"("不醉无归")、"让步"("不显亦临")、"因果"("维忧用老")、"目的"("我徂维求定")等紧缩复句的介绍，杨合鸣(1993)对《诗经》并列("式歌且舞")、顺承("舍拔则获")、转折("醉而不出")、让步("之死矢靡它")、因果("维优用老")、假设("无父何怙，无母何恃")、递进("旨且有")、条件("颠倒思予")等紧缩复句的介绍，欧阳戎元(2005)对《荀子》假设、并列、顺承、转折、让步、条件等紧缩复句的统计(共 43 例，以有标记词的紧缩复句为主)，刘艳(2008)和闫晶淼(2008)对《颜氏家训》紧缩复句的统计。

唐诗紧缩复句，王力(1958：270-273)分为"本句按断"(途穷那免哭)、"本句申说"(堤湿冻初销)、"本句因果"(草枯鹰眼疾)、"本句条件"(安得心源处处安)和"本句容许"(云雨虽亡日月新)的划分(前 3 种相当于紧缩因果复句，后 2 种相当于紧缩假设复句和紧缩转折复句)，蒋绍愚(2008：143~145)分为"因果"(草枯鹰眼疾)、"目的"(不寝听金钥)、"让步"(翠柏苦犹食)、"假设"(遇酒多先醉)等。

《唐诗三百首》紧缩复句约有 750 例，其中紧缩叙述复句为 169 例，紧

① 祀兹酒：只有祭祀时才饮酒。

缩描写复句为276例，紧缩判断复句为305例。

一、紧缩叙述复句

（一）紧缩叙述复句静态考察

有169例（五古22例，五律22例，五绝8例，七古95例，七律14例，七绝8例），占紧缩复句总数（750例）的23%。

紧缩叙述复句大多是由两个分句紧缩而成，仅有白居易《琵琶行》“沉吟放拨插弦中”“整顿衣裳起敛容”和李商隐《韩碑》“入蔡缚贼献太庙”“公退斋戒坐小阁”数例包含三个动作行为。

分句主语一致的例子有91个（五古12例，五律10例，五绝5例，七古49例，七律11例，七绝4例），不一致的有78例（五古10例，五律12例，五绝3例，七古46例，七律3例，七绝4例）。例如：

（1）披衣觉露滋。（披衣出去，忽觉露珠侵人肌。张九龄《望月怀远》）（2）春眠不觉晓。（春天睡眠，不知不觉天亮了。孟浩然《春晓》）（3）挥手自兹去。（频频挥手，从此离去。李白《送友人》）（4）少小离家老大回。（少年时离乡，到老了才回家来。贺知章《回乡偶书》）（5）惊闻俗客争来集。（听说来了世人，大家都争先恐后来看。王维《桃源行》）（6）即从巴峡穿巫峡。（立即取道巴峡，穿越巫峡。杜甫《闻官军收河南河北》）（7）森然魄动下马拜。（严森险峻惊心动魄，我下马膜拜。韩愈《谒衡岳庙遂宿岳寺题门楼》）（8）满座重闻皆掩泣。（在座的人又一次聆听弹奏，都掩面哭泣不停。白居易《琵琶行》）（9）愈拜稽首蹈且舞。（韩愈拜谢叩头，高兴得手舞足蹈。李商隐《韩碑》）（10）我歌月徘徊。（我唱歌，月亮徘徊。李白《月下独酌》）（11）叩关无僮仆。（轻扣宅门竟无开门童仆。邱为《寻西山隐者不遇》）（12）读罢泪沾巾。（读罢碑文，泪水已沾湿了衣襟。孟浩然《与诸子登岘山》）（13）挥手泪沾巾。（我依然不停地挥手，泪水沾湿了手巾。刘长卿《饯别王十一南游》)(14)春风吹又生。(春风吹拂，野草又开始蓬勃生长。白居易《赋得古原草送别》)(15)称名忆旧容。(你说出了名字，我忆起了旧时面容。李益《喜见外弟又言别》)(16)风吹柳花满店香。(春风吹着柳花，店里美酒飘香。李白《金陵酒肆留别》)(17)迷花倚石忽已暝。(迷恋鲜花，靠靠石壁，不知不觉天色已晚。李白《梦游天姥吟留别》)(18)初闻涕泪满衣裳。(一听消息，涕泪沾满衣裳。杜甫《闻官军收河南河北》)(19)须臾静扫众峰出。(片刻云雾扫去，众山峰开始显露。韩愈《谒衡岳庙遂宿岳寺题门楼》)(20)剜苔剔藓露节角。(剜剔藓苔，露出文字棱角。韩愈《石鼓歌》)(21)天旋地转回龙驭。(天旋地转战乱平，君王起驾回京城。白居易《长恨歌》)(22)却坐促弦弦转急。(回身坐下再转紧琴弦，琴声变得急促起来。白居易《琵琶行》)(23)云开远见汉阳城。(云开雾散，可以望见远远的汉阳城。卢纶《晚次鄂州》)(24)君问归期未有期。(你问我回家的日子，我尚未确定。李商隐《夜雨寄北》)

分句之间基本采用“意合法”，只有下列数例采用“形合法”：

(1)黄鹤一去不复返。(黄鹤一离开就不再回来。崔颢《黄鹤楼》)(2)初弹渌水后楚妃。(先弹一曲渌水，然后再奏楚妃。李颀《琴歌》)(3)先拂商弦后角羽。(先弹商弦奏轻快曲，后弹角羽弦奏低沉调。李颀《听董大弹胡笳声兼寄语弄房给事》)(4)空山百鸟散还合。(宛如空山中百鸟散了，又集聚拢。李颀《听董大弹胡笳声兼寄语弄房给事》)(5)燕台一去客心惊。(一到燕台我就暗暗吃惊。祖咏《望蓟门》)(6)日色才临仙掌动。(晨曦一照，遮阳的障扇就开始移动。王维《和贾至舍人早朝大明宫之作》)(7)恍惊起而长嗟。(恍恍惚惚惊醒，不免惋惜长叹。李白《梦游天姥吟留别》)(8)缘涧还复去。(沿着涧流回来，后来又离开。韦应物《东郊》)(9)昨别今已春。(去年一别后，如今又到

春天。韦应物《长安遇冯著》）（10）经冬复立春。（经历一个寒冬，又到立春时候。李频《渡汉江》）

例子中使用的关联词语有“一”“而”“复”“还”“才”“初……后……”“先……后……”“昨……今……”等，种类多样，有的是新兴的，有的甚至沿用至今。

（二）紧缩叙述复句溯源探流

紧缩叙述复句可见于殷墟卜辞中，历代不乏。例如《甲骨文合集》5233“王涉归”，《甲骨文合集》6131“王往次于虎”，《诗经·有瞽》“既备乃奏”，《史记》“项庄拔剑起舞”“吾将入相”，《论衡》“还归州里”“往助之”，《世说新语》“登车揽辔”“宿醉扶起”。“《诗经》20 首”有 5 例，占总数（83 例）的 6%（例如“月出皎兮”“既成藐藐”）。《古诗十九首》有 10 例，占总数（30 例）的 33%（例如“采之欲遗谁”“攀条折其荣”“出户独彷徨”）。“六朝诗 35 首”多达 28 例，占总数（77 例）的 36%（例如“斧冰持作糜”“披衣起彷徨”“右发摧月支”“起坐弹鸣琴”“总辔登长路”“晨兴理荒秽”“怀新道转回”“将去复还诀”）。“宋词 65 首”有 24 例，占总数（67 例）的 36%（例如“云破月来花弄影”“行行又历孤村”“直饶寻得雁分付”“何处飞来白鹭、立移时”“更深人去寂静”“兴尽晚回舟”“催了开时催谢时”）。

唐代前后作品中的紧缩叙述复句基本上是由两个分句组成，复句内部各分句的主语基本一致，较少使用关联词语，所用关联词语有“而、以、遂、复、又、还、且”等，例如上文所举“将去复还诀”“行行又历孤村”“客思吟商还怯”“行行且止”等诗句。再如《善夫山鼎》“山拜稽首，受佩以出”，《周易·旅卦》“旅人先笑后号啕”，《论语·宪问》“乐然后笑”，《左传》“公入而赋”“庶其窃邑于邾以来”，《孟子·公孙丑下》“明日，出吊于东郭氏”，《墨子·公输》“行十日十夜而至于郢”，《世说新语》“还遂病”等。

二、紧缩描写复句

(一)紧缩并列复句静态考察和溯源探流

1. 紧缩并列复句静态考察

有242例(五古7例，五律15例，五绝2例，七古143例，七律47例，七绝28例)，占紧缩复句总数(750例)的32%，主要出自七言诗。

从谓语数量上看，一般是两项，但是超过两项的例子也有14个，均出自七言诗(七古10例，七律2例，七绝2例)。例如：

(1)虬须虎眉仍大颡。(有龙须有虎眉还有大脑门。李颀《古意》)(2)沙平水息声影绝。(沙岸平展，湖水宁静，声影都已消歇。韩愈《八月十五夜赠张功曹》)(3)雨淋日炙野火燎。(任凭长年雨打日晒野火焚烧。韩愈《石鼓歌》)(4)云鬓花颜金步摇。(有如云鬓发，有如花面容，戴着金步摇。白居易《长恨歌》)(5)态浓意远淑且真。(姿态凝重，神情高远，文静又自然。杜甫《丽人行》)(6)风急天高猿啸哀。(风急，天高，猿啼悲凉。杜甫《登高》)(7)月落乌啼霜满天。(明月西落，乌鸦啼鸣，秋霜满天。张继《枫桥夜泊》)(8)银烛秋光冷画屏。(白色烛光，秋天的日光，冷清的画屏。杜牧《秋夕》)

在由两个分句构成的紧缩并列复句(228例)中，其分句谓语的词性多数是相同的，少数是不同的。后者语例为87例，占38%，七言诗例如：

(1)青枫叶赤天雨霜。(青枫树叶已变红，秋霜已下降。杜甫《寄韩谏议》)(2)省中啼鸟吏人稀。(禁宫中只有啼鸟，官员稀少。王维《酬郭给事》)(3)水声激激风吹衣。(水声激切，山风掀起我的衣裳。韩愈《山石》)(4)后有韦讽前支遁。(后有韦讽前有支遁。杜甫《韦讽录事宅观曹将军画马图》)

前3例都是动词与形容词混搭使用，最后1例是动词短语与名词混搭使用（从句子类型上说，“后有韦讽”和“前支遁”都是无主句）。五言诗例如：

(1)蚕眠桑叶稀。（蚕儿成眠，桑叶已经薄稀。王维《渭川田家》）(2)水寒风似刀。（河水冰冷，北风凛冽刺骨。王昌龄《塞下曲》）(3)浦树远含滋。（江边树木显得辽阔邈远，饱含雨滴水汽。韦应物《赋得暮雨送李胄》）

这几例也都是动词与形容词混搭使用。词性相同的语例数量为141个，占62%。谓语中心语词性相同，整个谓语的结构可能相同也可能不同。谓语结构相同或相近的语例有80个（稍多于结构不同的），其中谓语多是动词或动词短语，例如：

(1)荷笠带斜阳。（背着斗笠，披着晚霞。刘长卿《送灵清澈》）(2)惯弹琵琶解歌舞。（善弹琵琶，精通歌舞。李颀《古意》）(3)栗深林兮惊层巅。（使森林战栗，使山峰惊颤。李白《梦游天姥吟留别》）(4)云想衣裳花想容。（云霞像她的衣裳，花朵像她的容颜。李白《清平调》）(5)新鬼烦冤旧鬼哭。（新鬼烦恼抱怨，旧鬼痛哭流涕。杜甫《兵车行》）(6)豺狼在邑龙在野。（豺狼在城称帝，龙种却流落荒野。杜甫《哀王孙》）(7)牧童敲火牛砺角。（牧童在鼓上敲火，牛用它磨角。韩愈《石鼓歌》）(8)晓汲清湘燃楚竹。（拂晓，汲起湘水，燃起楚竹。柳宗元《渔翁》）(9)烟笼寒水月笼沙。（烟雾弥漫秋水，月光笼罩白沙。杜牧《泊秦淮》）(10)不问苍生问鬼神。（他不垂询民生，却穷究鬼神。李商隐《贾生》）(11)霓为衣兮风为马。（云神以彩虹为衣，以风作马。李白《梦游天姥吟留别》）(12)柯如青铜根如石。（枝干色如青铜根固如磐石。杜甫《古柏行》）(13)芙蓉如面柳如眉。（芙蓉恰似她的面，柳叶好比她的眉。白居易《长恨歌》）(14)山为樽，水为沼。

（把山谷作酒杯，把湖水作酒池。元结《石鱼湖上醉歌》）

有的是形容词或形容词短语，例如：

（1）肌理细腻骨肉匀。（肌肤细腻，身材匀称。杜甫《丽人行》）（2）昔何勇锐今何愚。（往日多么勇猛，如今多么愚钝。杜甫《哀王孙》）（3）山石荦确行径微。（山石险峭，山路狭窄。韩愈《山石》）（4）蜀江水碧蜀山青。（蜀江碧绿，蜀山青翠。白居易《长恨歌》）（5）北斗阑干南斗斜。（北斗七星横卧，南斗六星倾斜。刘方平《月夜》）（6）青山隐隐水迢迢。（青山隐隐起伏，江流千里迢迢。杜牧《寄扬州韩绰判官》）（7）江雨霏霏江草齐。（江上春雨霏霏，岸边青草茂密。韦庄《金陵图》）

有的是名词或名词短语，例如：

（1）蹙金孔雀银麒麟。（有金丝绣的孔雀，有银丝刺的麒麟。杜甫《丽人行》）（2）太液芙蓉未央柳。（有太液池的芙蓉花，有未央宫的垂杨柳。白居易《长恨歌》）（3）秦时明月汉时关。（还是秦时的明月，还是汉时的边关。王昌龄《出塞》）（4）昨夜星辰昨夜风。（昨夜在星光下，昨夜在春风中。李商隐《无题》）（5）美酒一杯声一曲。（喝一杯美酒，听一曲筚篥歌。李颀《听安万善吹觱篥歌》）

在两个分句构成的紧缩并列复句中，绝大多数为等立复句，少量为对立复句，例如：

（1）世人解听不解赏。（世人只晓听声而不懂得欣赏。李颀《听安万善吹觱篥歌》）（2）迷花不事君。（迷恋花草，不事君王。李白《赠孟浩然》）（3）干惟画肉不画骨。（韩干只画外表而画不出内在精神。杜甫

《丹青引赠曹霸将军》）（4）人生由命非由他。（人生全由天命注定，不在于其他原因。韩愈《八月十五夜赠张功曹》）（5）莫辞更坐弹一曲。（不要离开，坐下来再弹一曲。白居易《琵琶行》）（6）商人重利轻别离。（商人重利，轻易别离。白居易《琵琶行》）

仅有一个主语的用例有 85 个，占 35%，具有两个主语或三个主语的用例有 157 个，占 65%。前者例如：

（1）势拔五岳掩赤城。（气势超过五岳，遮盖赤城。李白《梦游天姥吟留别》）（2）枯松倒挂倚绝壁。（枯松老枝倒挂倚贴在绝壁之间。李白《蜀道难》）（3）君歌声酸辞且苦。（你的歌声辛酸，歌辞也悲苦。韩愈《八月十五夜赠张功曹》）（4）二雅褊迫无委蛇。（大雅小雅内容狭窄，并不壮阔。韩愈《石鼓歌》）（5）不见长安见尘雾。（不见京都长安，而见尘雾。白居易《长恨歌》）

后者例如：

（1）木落雁南渡。（树叶凋落，鸿雁南飞。孟浩然《早寒江上有怀》）（2）车辚辚，马萧萧。（战车辚辚响，战马萧萧鸣。杜甫《兵车行》）（3）夏水欲满君山青。（夏天水涨满了，君山翠绿苍苍。元结《石鱼湖上醉歌》）（4）风物凄凄宿雨收。（风物凄凄，秋雨才休。韩翃《同题仙游观》）（5）流水无情草自春。（流水无情，野草独自回绿。杜牧《金谷园》）（6）碧天如水夜云轻。（长空澄碧如水，夜里云絮轻轻地飘荡。温庭筠《瑶瑟怨》）

在这些紧缩并列复句中，带有关联词的语例很少，除前面提到的之外，还有以下各例：

(1)我醉君复乐。(我醉了，您也高兴。李白《下终南山过斛斯山人宿置酒》)(2)弹琴复长啸。(间或弹弹琴，间或吹吹口哨。王维《竹里馆》)(3)汀洲无浪复无烟。(汀州上既无风浪也无烟雾。刘长卿《自夏口至鹦鹉洲夕望岳阳寄源中丞》)(4)与君营奠复营斋。(为你超度，为你供饭。元稹《遣悲怀》)(5)行军司马智且勇。(行军司马韩愈智勇双全。李商隐《韩碑》)(6)剑阁峥嵘而崔嵬。(剑阁艰险又巍峨。李白《蜀道难》)(7)忽魂悸以魄动。(忽然魂飞而魄散。李白《梦游天姥吟留别》)(8)闲坐悲君亦自悲。(闲坐时常常悲悼你，也常常自悲。元稹《遣悲怀》)

例中所用关联词语有“复、以、且、而、亦”等。

2. 紧缩并列复句溯源探流

紧缩并列复句在上古传世文献中已很常见。“《诗经》20 首”中有 69 例，占紧缩复句总数(83 例)的 83%，处于绝对优势的地位(例如“夙兴夜寐”“不日不月”“河水清且涟猗”“献羔祭韭”)。《古诗十九首》有 8 例，占总数的 27%(例如“道路阻且长”“南箕北有斗”“昼短苦夜长”)。“六朝诗 35 首”有 11 例，占总数的 14%(例如“水深桥梁绝”“草盛豆苗稀”“风幽谷自凉”“阵云平不动”)。“宋词 65 首”有 22 例，占总数的 33%(例如“羌管悠悠霜满地”“日长飞絮轻”“庭户无人秋月明”“云深无雁影”“短发萧骚襟袖冷”“鬼设神施”“吟诗度曲”“花空烟水流”“骏马名姬”)。

从包含的分句数量看，唐代前后诗歌文献中一般是两个，极少三个或三个以上，这可能跟其句子较短有关(七言诗句少)。关联词语方面，散文作品多用“而”(例如《左传》“币重而言甘”，《颜氏家训》“开辟已来不善人多而善人少”“可俭而不可吝已”“妇人之性率宠子婿而虐儿妇”等)，上古诗歌有“且、载、式、既、而”等，中古诗歌有“且”或“而”等，现代口语偶尔使用“又”或“既……又……”(如“她既懒又馋”)。

(二)紧缩解注复句静态考察和溯源探流

紧缩解注复句由解注复句紧缩而成。有 22 例(七古 18 例，七律 1 例，五古3例)：

(1)乌孙部落家乡远。(身处乌孙部落，距离故乡遥远。李颀《听董大弹胡笳声兼寄语弄房给事》)(2)绝域苍茫更何有。(疆域旷远迷茫，什么都没有。高适《燕歌行》)(3)停杯投箸不能食。(停下酒杯，放下筷子，吃不下去饭。李白《行路难》)(4)千岩万转路不定。(岩石林立中千回万转，道路不定。李白《梦游天姥吟留别》)(5)青冥浩荡不见底。(青暝一片浩浩荡荡，望不到边际。李白《梦游天姥吟留别》)(6)两处茫茫皆不见。(天茫茫地苍苍，都没找到。白居易《长恨歌》)(7)到此踌躇不能去。(到达马嵬徘徊流连，不忍离去。白居易《长恨歌》)(8)此恨绵绵无绝期。(这种遗恨绵绵延续，没有尽期。白居易《长恨歌》)(9)东船西舫悄无言。(东船西舫静悄悄，没有人说话。白居易《琵琶行》)(10)凄凄不似向前声。(凄凄切切，不再像刚才那种声音。白居易《琵琶行》)(11)毫发尽备无差讹。(丝毫都很完备，没有差错。韩愈《石鼓歌》)(12)二雅褊迫无委蛇。(大雅小雅内容狭隘，并不丰赡。韩愈《石鼓歌》)(13)方今太平日无事。(如今正是天下太平，国无乱事。韩愈《石鼓歌》)(14)山红涧碧纷烂漫。(山花鲜红涧水碧绿，五彩缤纷。韩愈《山石》)(15)阴气晦昧无清风。(阴暗的晦气笼罩，没有清风。韩愈《谒衡岳庙遂宿岳寺题门楼》)(16)彼何人哉轩与羲。(他是何等人呢？真可与黄帝伏羲媲美。李商隐《韩碑》)(17)帝得圣相相曰度。(唐宪宗有幸得到贤明的宰相，这位宰相名叫裴度。李商隐《韩碑》)(18)谗之天子言其私。(在皇上面前诋毁他，说他营私。李商隐《韩碑》)(19)漫卷诗书喜欲狂。(胡乱收卷诗书，高兴得快要发狂。杜甫《闻官军收河南河北》)(20)独酌无相亲。(我自斟自饮，身边没有一个亲友。李白《月下独酌》)(21)沿洄安得住。(要么顺流，要么洄旋，岂能由自己作主。韦应物《初发扬子寄元大校书》)(22)孝恭遵妇道。(要孝顺恭敬，遵守妇道。韦应物《送杨氏女》)

在“乌孙部落家乡远”中，“家乡远”是对“乌孙部落”的说明；在“千岩万转路不定”中，“路不定”是对“千岩万转”的说明；在“山红涧碧纷烂漫”中，“纷烂漫”是对“山红涧碧”的说明；在“两处茫茫皆不见”中，“皆不见”是对“两处茫茫”的说明；在“凄凄不似向前声”中，“不似向前声”是对“凄凄”的说明；在“彼何人哉轩与羲”中，“轩与羲”是对“彼何人”的说明；在“帝得圣相相曰度”中，“相曰度”是对“帝得圣相”的说明；在“谗之天子言其私”中，“言其私”是对“谗之天子”的说明。其余以此类推。《唐诗三百首》紧缩解注复句大多出自七言诗，每个复句均由两个分句构成，不带关联词语，除了最前面的 6 例外，其余各例的分句，在主语上具有一致性。

紧缩解注复句在唐代前后的几份诗歌文献中均有使用，只是用例不多。“六朝诗 35 首”有 5 例(“辗转不能寐”“野途旷无人”“守拙归园田”“秋蓬卷欲飞”“身死为国殇”)；“宋词 65 首”有 3 例(“竟无语凝噎”“寂寞无行路”“佳节又重阳”)。

(三)紧缩递进复句静态考察和溯源探流

紧缩递进复句由递进复句紧缩而成。有 9 例，大多出自七言诗(七古 3 例，七律 3 例，七绝 2 例，五绝 1 例)：

(1)于今为庶为清门。(而今沦为百姓，甚至成为寒门。杜甫《丹青引赠曹霸将军》)(2)亦能画马穷殊相。(也能画马，而且能够穷形尽象。杜甫《丹青引赠曹霸将军》)(3)羽人稀少不在旁。(羽衣仙人稀少，且不在近旁。杜甫《寄韩谏议》)(4)衣裳已施行看尽。(你生前穿的衣裳已经施舍，且眼看没有了。元稹《遣悲怀》)(5)弟兄羁旅各西东。(兄弟漂泊在外，各自西东。白居易《望月有感》)(6)罗衣欲换更添香。(罗衣要替换，还有添加一些香料。薛逢《宫词》)(7)夜泊秦淮近酒家。(小船夜泊秦淮，而且靠近岸边酒家。杜牧《泊秦淮》)(8)乘兴南游不戒严。(隋炀帝乘兴南游江，甚至不顾安全。李商隐《隋宫》)(9)深坐蹙蛾眉。(一直坐着，还紧紧锁闭双眉。李白《怨情》)

这些复句的分句之间全部采用“意合法”连接，没有关联词语，分句主语完全相同。

此类紧缩复句也出现很早，例如《诗经·鱼丽》“旨且有”（意为“酒不仅甘美，而且品质繁多”），但是用例少，在笔者所抽查的数种唐代前后诗歌文献中未见。

（四）紧缩选择复句静态考察和溯源探流

紧缩选择复句由选择复句紧缩而成。仅有1例，出自五绝，即：

王孙归不归。（游子啊！你能不能回归。王维《送别》）

该例由两个分句构成，分句主语一致，分句之间未用关联词语。

选择紧缩复句出现甚早，例如《甲骨文合集》33063“于己丑有来亡来”，《甲骨文合集》21268“用牛暨岁牛”，但是用例少。另外，笔者所抽查的唐代前后诗作中也未见。

（五）紧缩保留复句静态考察和溯源探流

紧缩保留复句由保留复句紧缩而成。仅有2例，出自五律和七绝，即：

（1）国破山河在。（国家设施已经破碎不堪，只有山河依旧。杜甫《春望》）（2）六朝如梦鸟空啼。（六朝往事渺如梦境，只有春鸟悲啼。韦庄《金陵图》）

此类紧缩复句用例少，笔者所抽查的数种唐代前后诗歌文献中未见。

三、紧缩判断复句

（一）紧缩因果复句静态考察和溯源探流

1. 紧缩因果复句静态考察

紧缩因果复句是由因果复句紧缩而成。如现代汉语“车坏来晚了”“有病请假了”“洗衣服洗累了”。有146例，占紧缩复句总数(750例)的19%，其中五言44例(五古19例，五律22例，五绝3例)，七言102例(七古63例，七律34例，七绝5例)。

分句主语不一致的用例较多，有86个(五古9例，五律15例，五绝2例，七古37例，七律20例，七绝3例)。例如：

(1)露重飞难进。(因为露水太重，欲飞不能。骆宾王《在狱咏蝉》)(2)水落鱼梁浅。(水位降低，鱼梁露出水面。孟浩然《与诸子登岘山》)(3)江清月近人。(江水清澈，水中月亮显得离人更近。孟浩然《宿建德江》)(4)苔深不能扫。(绿苔太深，不能扫除。李白《长干行》)(5)城小贼不屠。(因为城市太小，所以匪贼也不愿屠城。元结《贼退示官吏》)(6)未得报恩不能归。(尚未能够立功报答皇恩，不能回去。李颀《古意》)(7)北风卷地白草折。(北风席卷大地，白草被吹断。岑参《白雪歌送武判官归京》)(8)慎勿出口他人狙。(千万不要多言，因为别人正在窥伺你。杜甫《哀王孙》)(9)青春作伴好还乡。(明媚春光和我作伴，我好启程还乡。杜甫《闻官军收河南河北》)(10)养在深闺人未识。(一直养在深闺中，外人不得而知。白居易《长恨歌》)(11)关张无命欲何如。(关公张飞已死，他又怎能力挽狂澜。李商隐《筹笔驿》)

分句主语一致的用例较少，有60例(五古10例，五律7例，五绝1例，七古26例，七律14例，七绝2例)。例如：

(1)循环不可寻。(循环往复，不可追寻。张九龄《感遇》)(2)永怀愁不寐。(总是萦怀愁绪，不能入眠。孟浩然《岁暮归南山》)(3)三朝出入荣。(连续三朝任将相，荣光显耀。杜甫《奉济驿重送严公四韵》)(4)悟悦心自足。(悟出佛理，内心畅快满足。柳宗元《晨诣超师院读禅经》)(5)兴尽方下山。(兴致消失，便开始下山。邱为《寻西山隐者不遇》)(6)少孤为客早。(少年丧亲，过早地漂泊异土。卢伦《送李端》)(7)孤飞自可疑。(因为失群孤飞，所以自然心里疑虑重重。崔涂《孤雁》)(8)早服还丹无世情。(我早就服了还丹，对世俗毫无情念。李白《庐山谣寄卢侍御虚舟》)(9)尘心未尽思乡县。(因为尘心未尽，所以仍然思念旧的乡县。王维《桃源行》)(10)艰难苦恨繁霜鬓。(由于时世艰难，痛苦悲愤，所以已经鬓如霜白。杜甫《登高》)(11)贾谊上书忧汉室。(贾谊上书文帝，因为他忧心汉室。刘长卿《自夏口至鹦鹉洲夕望岳阳寄源中丞》)(12)三年谪宦此栖迟。(贾谊被贬长沙三年，在这里居留。刘长卿《长沙过贾谊宅》)(13)天路幽险难追攀。(进身朝廷之路幽暗艰险，难以攀登。韩愈《八月十五夜赠张功曹》)(14)汉皇重色思倾国。(唐明皇好色，日夜想找个绝代佳人。白居易《长恨歌》)(15)身多疾病思田里。(身体多病，越发思念乡田故里。韦应物《寄李儋元锡》)

分句之间的组合顺序有"因+果"和"果+因"两种，但"果+因"语例少，仅有20余例，除了前面提到的"慎勿出口他人狙""贾谊上书忧汉室"外，还有：

(1)江静潮初落。(江面静静地泛着涟漪，因为潮水退落了。宋之问《题大庾岭北驿》)(2)林昏瘴不开。(深山老林昏暗暗，因为瘴气浓重散不开。宋之问《题大庾岭北驿》)(3)但去莫复问。(你只管去吧，我不再问。王维《送别》)(4)竹喧归浣女。(竹林喧闹，因为有回家的浣女。王维《山居秋暝》)(5)莲动下渔舟。(莲叶摇动，因为有下水的渔舟。王维《山居秋暝》)(6)将军画善盖有神。(将军的画精美，大概因为画中有神韵。杜甫《丹青引赠曹霸将军》)(7)今我不乐思岳阳。(眼下我心情不佳，因为思念岳阳。杜甫《寄韩谏议》)(8)贼斫不死神扶持。(匪徒暗杀他没死，因为神明辅助。李商隐《韩碑》)(9)水泉冷涩弦凝绝。(好像水泉冷涩琵琶声开始凝结。白居易《琵琶行》)(10)

虏骑奔腾畏蒺藜。(虏骑互相践踏，因为害怕遇到蒺藜。王维《老将行》)(11)卫青不败由天幸。(卫青不败是由于天神辅助。王维《老将行》)(12)李广无功缘数奇。(李广无功是因为命运不济。王维《老将行》)(13)山口潜行始隈隩。(进入洞口暗中行进曲折难走。王维《桃源行》)(14)山开旷望旋平陆。(走出洞口豁然开朗眼前立即出现一片平整的旷野。王维《桃源行》)(15)扶持自是神明力。(它得到扶持，自然是神明伟力。杜甫《古柏行》)(16)正直原因造化功。(它正直伟岸，原来是造物主的功劳。杜甫《古柏行》)(17)天涯涕泪一身遥。(远离家乡，孤身一人常常泪水满面。杜甫《野望》)(18)万里悲秋常作客。(因长期漂泊在万里之外，遇到秋天就悲伤无比。杜甫《登高》)(19)贾氏窥帘韩掾少。(贾女窥帘，因为韩寿年轻貌美。李商隐《无题》)(20)宓妃留枕魏王才。(魏王梦见甄氏留枕，赋诗比作宓妃。李商隐《无题》)(21)猿鸟犹疑畏简书。(猿鸟犹疑，因为害怕丞相的严明军令。李商隐《筹笔驿》)(22)清时有味是无能。(太平时有闲情逸兴，是无能之人。杜牧《将赴吴兴登乐游原》)(23)吊影分为千里雁。(形影相吊，因为成为离群孤雁相隔千里。白居易《望月有感》①)(24)来是空言去绝踪。(你说来相会完全是空话，因为分别之后总是不见踪影。李商隐《无题》)

该类紧缩复句的两个分句之间多采用“意合法”，少数采用“形合法”。除了前面提到的“孤飞自可疑”“卫青不败由天幸”“李广无功缘数奇”“清时有味是无能”“扶持自是神明力”“正直原因造化功”外，“形合法”还有下列数例：

(1)神欢体自轻。(精神愉快身体自然轻松舒畅。韦应物《郡斋雨

① 原题为《自河南经乱，关内阻饥，兄弟离散，各在一处。因望月有感，聊书所怀，寄上浮梁大兄，於潜七兄，乌江十五兄，兼示符离及下邽弟妹》。

中与诸文士燕集》)(2)采山因买斧。(你说为开山辟地买斧。韦应物《长安遇冯著》)(3)悟悦心自足。(悟出佛理内心畅快满足。柳宗元《晨诣超师院读禅经》)(4)因风想玉珂。(晚风飒飒，想起上朝马铃的音波。杜甫《春宿左省》)

所用关联词语有“自、因、由、缘、是”。

2. 紧缩因果复句溯源探流

紧缩因果复句也是一种较为古老的紧缩复句。例如《诗经·小弁》“维忧用老”，《左传·僖公十五年》“贰而执之”。“《诗经》20首”未见。《古诗十九首》有3例(“路远莫致之”“愁多知夜长”“忧愁不能寐”)。“六朝诗35首”有11例(例如“心远地自偏”“林密户稍阴”“草滋阶欲暗”“屡战桥恒断”)。“宋词65首”有6例(例如“燕然未勒归无计”“春无踪迹谁知”“沉醉不知归路”“势成宁问强对”)。以上语例，分句之间主语大多不一致，全部为“因+果”语序，采用“意合法”，只有1例使用关联词语。

(二)紧缩转折复句静态考察和溯源探流

1. 紧缩转折复句静态考察

紧缩转折复句是由转折复句紧缩而成，例如现代汉语“想说又不敢说”“条件那么好也没干出什么名堂来”。有87例，占其紧缩复句总数(750例)的12%，其中五言19例(五古6例，五律12例，五绝1例)，七言68例(七古36例，七律17例，七绝15例)。

分句主语不一致的用例较多，大约有55个(五古3例，五律8例，五绝1例，七古23例，七律9例，七绝11例)。例如：

(1)乡音无改鬓毛衰。(口音没改变，双鬓已经斑白。贺知章《回乡偶书》)(2)抽刀断水水更流。(抽刀砍断江水，江水更猛奔流。李白《宣州谢朓楼饯别校书叔云》)(3)中庭月色好谁看。(中天月色虽好，但谁有心情赏看。杜甫《宿府》)(4)举酒欲饮无管弦。(举起酒杯要饮，却无助兴的音乐。白居易《琵琶行》)(5)州家申名使家抑。(刺史为我申报，观察使却予以扣压。韩愈《八月十五夜赠张功曹》)(6)今无其器存其辞。(现在虽然没有了鼎盘，但是还存在着铭文。李商隐《韩碑》)(7)天寒翠袖薄。(天气寒冷，但是翠袖单薄。杜甫《佳人》)(8)城春草木深。(城里虽然已到春天，但是草木遍地无人烟。杜甫《春望》)

其中“今无其器存其辞”中的两个分句均为无主句。主语一致的用例有32个(七古13例，七律8例，七绝4例，五古3例，五律4例)。出自七言诗者例如：

(1)行尽青溪不见人。(行至青溪尽头，却空空荡荡不见有人。王维《桃源行》)(2)寄身且喜沧洲近。(虽然寄身沧州，但是我仍然以距离海滨较近而高兴。刘长卿《江州重别薛六柳八二员外》)(3)献赋十年犹未遇。(我献赋皇上十多年，却未能受到赏识。钱起《赠阙下裴舍人》)(4)欲祭疑君在。(想祭奠，却又疑心你还活着。张籍《没蕃故人》)

《唐诗三百首》中的紧缩转折复句也多采用“意合法”。带有关联词语的仅有下列数例：

(1)虽有绝顶谁能穷。(虽然有横空极顶，但是谁能登上。韩愈《谒衡岳庙遂宿岳寺题门楼》)(2)无人收拾理则那。(无人收拾整理，但是又能如何呢。韩愈《石鼓歌》)(3)多情却似总无情。(心里充满感情，但是无法表达，好像无情。杜牧《赠别》)

出自五言诗者如：

(1)十觞亦不醉。(一连喝了十觞，也没有醉。杜甫《赠卫八处士》)(2)眼穿仍欲归。(望眼欲穿地盼来了春天，它却匆匆回归。李商隐《落花》)

所用关联词语有“虽”“却”“则”“亦”“仍”等，有的一直使用至今(如“却”“仍”等)。

2. 紧缩转折复句溯源探流

紧缩转折复句源远流长。例如《尚书·吕刑》“虽畏勿畏”，《诗经·烝民》“爱莫助之”，《诗经·宾之初筵》“醉而不出”，《论语·子路》“欲速则不达”。“《诗经》20 首”有 5 例(例如“求之不得”“慆慆不归”)，《古诗十九首》有 2 例(“同心而离居”“过时而不采”)，“六朝诗 35 首”有 10 例(例如“愿飞安得翼”“欲辨已忘言”“石浅水潺湲”“退耕力不任”“怀抱不相闻”)，“宋词 65 首”有 9 例(例如“泪眼问花花不语”“百啭无人能解”“桃源望断无寻处”“欲说还休”“燕辞归、客尚淹留”“望尽芦花无雁”)。以上语例，分句主语不一致者占比 61%，采用“形合法”的用例占有一定比重，所用关联词语，六朝之前主要是“而”，六朝以后有“尚、还、反”等。

(三)紧缩目的复句静态考察和溯源探流

1. 紧缩目的复句静态考察

紧缩目的复句是由目的复句紧缩而成，包含两个分句，两个分句的主语具有一致性。现代汉语如“上街买东西”“你倒水喝”“我们游泳去”。有 40 例(七古 19 例，七律 6 例，七绝 2 例，五古 6 例，五律 7 例)，占紧缩复句总数(750 例)的 5%。分句主语完全相同。

从分句顺序看，多数为“行为+目的”，有 30 例，其中七古 15 例，七律 3 例，七绝 1 例，五古 5 例，五律 6 例。例如：

(1)东门沽酒饮我曹。(到洛阳东门买酒，来宴饮我们。李颀《送陈章甫》)(2)白日登山望烽火。(白天登山，以观察报警的烽火。李颀

《古从军行》)(3)汉将辞家破残贼。(将领们辞家上前线，以扫平凶敌。高适《燕歌行》)(4)闲窥石镜清我心。(闲时窥看石镜峰，使自己心旷神怡。李白《庐山谣寄卢侍御虚舟》)(5)烹羊宰牛且为乐。(烹羊宰牛，用来饮酒取乐。李白《将进酒》)(6)径须沽取对君酌。(直接沽取醇酒，与你对饮。李白《将进酒》)(7)欲上青天揽明月。(想攀登九天，把明月摘揽在手。李白《宣州谢朓楼饯别校书叔云》)(8)直挂云帆济沧海。(高高挂起云帆，在沧海中勇往直前。李白《行路难》)(9)花门剺面请雪耻。(花门山前划破脸，请求上前线雪耻。杜甫《哀王孙》)(10)屋底达官走避胡。(吓得达官们为避胡人逃离了家。杜甫《哀王孙》)(11)青鸟飞去衔红巾。(传情青鸟飞翔而去送红帕。杜甫《丽人行》)(12)中军置酒饮归客。(主帅摆酒为归客饯行。岑参《白雪歌送武判官归京》)(13)大开明堂受朝贺。(大开朝堂接受朝贺。韩愈《石鼓歌》)(14)镌功勒成告万世。(把英雄功业镌刻到石上，以扬名万世。韩愈《石鼓歌》)(15)酌饮四座以散愁。(为四座斟酒，以消散愁肠。元结《石鱼湖上醉歌》)(16)蒸藜炊黍饷东菑。(烧好饭菜，送给村东耕耘的人。王维《积雨辋川庄作》)(17)强移栖息一枝安。(勉强栖息一枝，暂借幕府偷安。杜甫《宿府》)(18)隔离呼取尽余杯。(隔着篱笆唤来，喝尽杯中酒。杜甫《客至》)(19)剔开红焰救飞蛾。(挑开烛芯的红焰，以救出飞蛾。张祜《赠内人》)(20)英灵尽来归。(有才干的人全都来，为朝政服务。王维《送綦毋潜落第还乡》)(21)落帆逗淮镇。(卸掉船帆，在淮镇留宿。韦应物《夕次盱眙县》)(22)依丛适自憩。(靠着灌木丛，正好让自己休息一下。韦应物《东郊》)(23)步出东斋读。(信步走出东斋去朗读书籍。柳宗元《晨诣超师院读禅经》)(24)引竿自刺船。(拿起竹篙，自己撑船。元结《贼退示官吏》)(25)还寝梦佳期。(还家睡觉，在梦中相会佳期。张九龄《望月怀远》)(26)留醉与山翁。(我愿留在此地，与山翁一醉方休。王维《汉江临泛》)(27)来从楚国游。(来到楚国境内，作一次旅游。李白《渡荆门送别》)(28)投诗赠汨罗。(投下诗作，赠给汨罗江中的屈子。杜甫

《天末怀李白》)(29)列郡讴歌惜。(巴蜀各郡都在讴歌，为你的离任惋惜。杜甫《奉济驿重送严公四韵》)(30)驻马别孤坟。(歇脚阆州，来悼别你的孤坟。杜甫《别房太尉墓》)

采用“目的+行为”方式的用例只有10个(“七古”4例，“七律”3例，“七绝”“五古”“五律”各1例)：

(1)黄昏饮马傍交河。(黄昏时分，为了饮马他们又靠近了交河。李颀《古从军行》)(2)五岳寻仙不辞远。(为了到五岳寻仙，我不辞遥远。李白《庐山谣寄卢侍御虚舟》)(3)搜于岐阳骋雄骏。(宣王驰骋骏马，到岐阳田猎。韩愈《石鼓歌》)(4)前月浮梁买茶去。(上个月他到浮梁，去做茶叶生意。白居易《琵琶行》)(5)山中习静观朝槿。(为了修养宁静之性，深居山中，望着槿花的开落。王维《积雨辋川庄作》)(6)松下清斋折露葵。(在松树下面，折取经霜的葵菜来素食。王维《积雨辋川庄作》)(7)论功还欲请长缨。(为了论功行封，我想自愿请缨。祖咏《望蓟门》)(8)宣室求贤访逐臣。(汉文帝为求贤在宣室询问受贬谪的大臣。李商隐《贾生》)(9)相望始登高。(为了遥望您，我才登上高山。孟浩然《秋登兰山寄张五》)(10)销愁又几千。(为了消愁，又耗费了几千金钱。李商隐《风雨》)

在前举语例中，“来从楚国游”“英灵尽来归”“屋底达官走避胡”等几例是以移位动词谓语句作为行为分句的。

分句组合几乎全部采用“意合法”，仅有元结《石鱼湖上醉歌》“酌饮四座以散愁”用了“形合法”，关联词语为“以”。

2. 紧缩目的复句溯源探流

紧缩目的复句历史悠久，殷墟卜辞中已有不少，分句谓语多是移位动词。例如《甲骨文合集》6213“惠王往伐邛”，《甲骨文合集》20475“七月大方不其来围”，《诗经·赉》“我徂维求定”，《左传·僖公五年》“晋侯复假道于虞以伐虢”，《史记·项羽本纪》“沛公起如厕”。“《诗经》20首”有4例(例如“抱布贸丝”“涉渭为乱”)，《古诗十九首》有5例(例如“斗酒相娱乐”“极宴娱心意”“服食求神仙”)，“六朝诗35首”有6例(例如“投躯报明主”“援绳缚凉州”)，“宋词65首”未见。上面的语例均采用“行为+目的”语序和“意合法”构句。

(四)紧缩假设复句静态考察和溯源探流

1. 紧缩假设复句静态考察

紧缩假设复句是由假设复句紧缩而成。例如现代汉语“无风不起浪”“解铃还须系铃人”。有20例(七古12例，七律1例，七绝1例，五古2例，五律3例，五绝1例)。

分句主语相同者有9例(七古6例，五古1例，五律1例，五绝1例)。如：

(1)偶逢佳士亦写真。(偶逢真名士才肯为他动笔画像。杜甫《丹青引赠曹霸将军》)(2)有酒不饮奈明何。(有酒不饮，如何对得起这明月光景。韩愈《八月十五夜赠张功曹》)(3)使人听此凋朱颜。(假使人听到这些，一定会脸色突变。李白《蜀道难》)(4)须行即骑访名山。(要走随即骑去访问名川大山。李白《梦游天姥吟留别》)(5)虏骑闻之应胆慑。(匈奴骑兵个个闻风心惊胆战。岑参《走马川行奉送封大夫出师西征》)(6)人生如此自可乐。(人生在世能如此，也应自得其乐。韩愈《山石》)(7)行乐须及春。(要消遣娱乐，就要趁此美景良辰。李白《月下独酌》)(8)端居耻圣明。(圣明时代闲居委实羞愧难容。孟浩然《临洞庭上张丞相》)(9)归山深浅去。(你若要归山，无论深浅都要去看看。裴迪《送崔九》)

分句主语不相同者有11例(七古6例，七律1例，七绝1例，五律2例，五古1例)。如：

(1)人生得意须尽欢。(人生得意时，要尽情地寻欢作乐。李白《将进酒》)(2)天阴雨湿声啾啾。(倘若是阴天雨天，更是啾啾咿咿。杜甫《兵车行》)(3)岂非正直能感通。(难道不是岳神正直，能感应灵通。韩愈《谒衡岳庙遂宿岳寺题门楼》)(4)生女犹得嫁比邻。(生女孩，她可以嫁给隔壁邻居。杜甫《兵车行》)(5)生男埋没随百草。(生男孩，他只能牺牲战场而伴随百草。杜甫《兵车行》)(6)荐诸太庙比郜鼎。(进献太庙，它的价值堪比郜鼎。韩愈《石鼓歌》)(7)顾我无衣搜荩箧。(只要看到我身上无衣，你就要翻箱倒柜。元稹《遣悲怀》)(8)花开堪折直须折。(花开宜折，就要抓紧去折。杜秋娘《金缕衣》)(9)山月照弹琴。(山月高照，正好弄弦弹琴。王维《酬张少府》)(10)松风吹解带。(松风吹拂，正好解带乘凉。王维《酬张少府》)(11)采柏动盈掬。(如果采摘柏叶，那么就常常采满把。杜甫《佳人》)

分句之间多用“意合法”连接，带关联词语者仅有4例，均出自七言，即“使人听此凋朱颜”“须行即骑访名山”“生女犹得嫁比邻”“人生如此自可乐”，例中关联词语有“使、即、犹、自”等，上古时期罕见。

2. 紧缩假设复句溯源探流

紧缩假设复句历史不短。例如《逸周书·芮良夫》“德则民戴”，《诗经·湛露》“不醉无归”，《老子》二十二章“少则得，多则惑”，《荀子·劝学》“木受绳则直”。据闫晶淼(2008：80)，《颜氏家训》中有5例(“今北人痛则呼之”“今南人痛或呼之”“而江东士庶，痛则称祢”“学之所知，施无不达”“故道不同不相为谋也”)。《古诗十九首》仅有1例(“为乐当及时”)，“六朝诗35首”仅有4例(例如“薄霄愧云浮”“昔闻屡欢昔”)，“宋词65首”仅有1例(“客来便请”)。以上用例，分句之间主语一致者占绝对多数。少用“形合法”，关联词语有“则、而、便”(“便”出现在唐代以后)。

(五)紧缩条件复句静态考察和溯源探流

1. 紧缩条件复句静态考察

紧缩条件复句是由条件复句紧缩而成，可以细分为紧缩必要条件复句、紧缩充分条件复句、紧缩无条件复句。例如现代汉语“天黑了才能走”“她一说话就脸红”“干什么工作都要认真”。有8例，均出自七言诗，其中表示必要条件的用例有5个(七律3个，七古2个)：

(1)摇落深知宋玉悲。(风雨飘摇，才深知宋玉的悲伤。杜甫《咏怀古迹》)(2)春蚕到死丝方尽。(春蚕至死，才停止吐丝。李商隐《无题》)(3)蜡炬成灰泪始干。(红烛焚烧成灰，眼泪才干。李商隐《无题》)(4)千呼万唤始出来。(千呼万唤，她才羞答答地出来。白居易《琵琶行》)(5)春窗曙灭九微火。(直到春窗出现曙光，才熄灭九微灯火。王维《洛阳女儿行》)

表示充分条件的用例有3个(七古2个，七绝1个)：

(1)一舞剑器动四方。(只要她舞起剑来，就会轰动四方。杜甫《观公孙大娘弟子舞剑器行》)(2)毡包席裹可立致。(只要用毡席包裹，就能立即运到。韩愈《石鼓歌》)(3)每逢佳节倍思亲。(每逢佳节良辰，就越发思念眷亲。王维《九月九日忆山东兄弟》)

以上8例中，分句主语相同者有5例，带关联词语者5例(如“一、始、方、每”)，使用“形合法”者稍多。

2. 紧缩条件复句溯源探流

紧缩条件复句历史较久远但用例很少。例如《尚书·酒诰》“祀兹酒”(只有祭祀时才饮酒)，《论语·颜渊》“君子质而已矣”(“君子只要质朴就够了”)，《论语·泰伯》“死而后已”，《颜氏家训》“学之所知，施无不达”(学习的知识，无论放到哪里没有不通行的)、“唯当气绝便理之耳”(转引自刘艳，2008：60，闫晶淼，2008：80)。以上几例中出现的关联词语为“而、便”。笔者所抽查的数种唐代前后诗歌文献中未见此类紧缩复句。

(六)紧缩让步复句静态考察和溯源探流

1. 紧缩让步复句静态考察

紧缩让步复句是由让步复句紧缩而成。例如现代汉语“不回去也行”“雨不停也走”。有4例，均出自七言诗(七古3例，七绝1例)：

(1)千金散尽还复来。(即使千金耗尽，还会重新再来。李白《将进酒》)(2)神纵欲福难为功。(纵使神明要赐福于我，也难成功。韩愈《谒衡岳庙遂宿岳寺题门楼》)(3)经历久远期无佗①。(经历久远，也希望它不受意外损坏。韩愈《石鼓歌》)(4)醉卧沙场君莫笑。(即使醉倒沙场，诸君也不要见笑。王翰《凉州词》)

前2例分句主语相同，后2例分句主语不同。仅有1例带关联词语“纵”。

2. 紧缩让步复句溯源探流

紧缩让步复句上古已用但是例少。例如《诗经·思齐》“不显亦临”(在幽暗之处也如同有人临视)，《诗经·皇皇者华》“每怀靡及”(即使考虑还怕不周全)，《诗经·大雅·烝民》“维仲山甫，柔亦不茹，刚亦不吐”(即使软的也不吞，即使硬的也不吐)，《论语·子路》“虽令不从”，《礼记·中庸》“虽愚必明，虽柔必强”。《古诗十九首》有1例(“贤圣莫能度”)，“六朝诗35首”有2例(“一息不相知”“一见终无缘”)，“宋词65首”有2例(“梦魂纵有也成虚”“纵芭蕉、不雨也飕飕”)。以上语例有的带关联词语“虽”“亦”或“纵”。

小　结

《唐诗三百首》紧缩复句有750例，分为12种。列表6.3如下：

---

① 佗：同“他”，意外。

表 6.3　《唐诗三百首》各类紧缩复句用例数量统计表

紧缩复句类型	五言古体	五言近体	七言古体	七言近体	合计(个)
紧缩顺承复句	22	30	95	22	169
紧缩并列复句	7	17	143	75	242
紧缩解注复句	3	0	18	1	22
紧缩递进复句	0	1	3	5	9
紧缩选择复句	0	1	0	0	1
紧缩保留复句	0	1	0	1	2
紧缩因果复句	19	25	63	39	146
紧缩转折复句	6	13	36	32	87
紧缩目的复句	6	7	19	8	40
紧缩假设复句	2	4	12	2	20
紧缩条件复句	0	0	4	4	8
紧缩让步复句	0	0	3	1	4
合计(个)	65	99	396	190	750

唐代前后部分诗歌文献中的情况如表 6.4。

表 6.4　唐代前后部分诗歌文献各类紧缩复句用例数量统计表

紧缩复句类型	诗经 20 首		古诗十九首		六朝诗 35 首		宋词 65 首	
	数量	占比	数量	占比	数量	占比	数量	占比
紧缩顺承复句	5	6%	10	33%	28	36%	24	36%
紧缩并列复句	69	83%	8	27%	11	14.3%	22	33%
紧缩解注复句	0	0	0	0%	5	6.4%	3	4.3%
紧缩因果复句	0	0	3	10%	11	14%	6	9%
紧缩转折复句	5	6%	2	7%	10	13%	9	13%
紧缩目的复句	4	5%	5	17%	6	8%	0	0
紧缩假设复句	0	0	1	3%	4	5.2%	1	1.5%
紧缩让步复句	0	0	1	3%	2	3%	2	3%
合计(个)	83		30		77		67	

这些文献中的类型，不如《唐诗三百首》丰富："《诗经》20 首"83 例中只有并列(69)、顺承(5)、转折(5)、目的(4)四类；《古诗十九首》30 例中有并列(8 例)、顺承(10 例)、目的(5 例)、因果(3 例)、转折(2 例)、假设(1 例)、让步(1 例)七类；"六朝诗 35 首"77 例中有并列(11 例)、顺承(28 例)、因果(11 例)、转折(10 例)、目的(6 例)、让步(2 例)、解注(5 例)、假设(4 例)八类；"宋词 65 首"67 例中有顺承(24 例)、并列(22 例)、转折(9)、因果(6 例)、解注(3 例)、让步(2 例)、假设(1 例)七类(详见表 6.4)。究其原因，主要是其样本数量少于《唐诗三百首》。实际上，在唐代之前，几乎所有的紧缩复句类型都已经现身。

从《唐诗三百首》语例分布看，七言诗 586 例，五言诗 164 例，七言诗占优。在七言诗中，古体诗例多于近体诗例，而在五言诗中，古体诗例少于近体诗例。这说明，诗句长度与紧缩复句使用频率成正比关系。以四言为主的"《诗经》20 首"有 83 例，占句子总数(540 句)的 15.3%，这个比例要高于"《古诗十九首》"(12.2%)、"六朝诗 35 首"(14.8%)和《唐诗三百首》，这是因为《诗经》时代单音词占绝对优势，不能认为句子越短使用的紧缩复句就越多。

从分句之间的联系方式看，《唐诗三百首》紧缩复句大多数为"意合法"，较少为"形合法"。所用关联词语，大多来自前代，只有少数比较新颖，例如紧缩顺承复句的"一、还、才"，紧缩转折复句的"却、仍"，紧缩让步复句的"纵"等。

第七章　话　题　句

第一节　主谓话旨话题句

主谓话旨话题句就是由主谓句充任话旨的话题句。正如“白马非马”的道理一样，主谓话旨话题句不等于话题句，它只是话题句下面的一类。过去不少学者将这种句型跟名词谓语句、动词谓语句、形容词谓语句相并列，称之为“主谓谓语句”，这是把不同层次上的句型放在一个层次上了。

古代汉语主谓话旨话题句研究尚不多见。张赪(2010)“$名_{受}$(+$名_{施}$)+动”式历史发展过程研究中有对部分主谓话旨话题句的考察。袁健惠(2011)对《道行般若经》《新论》等东汉佛典和本土文献受事话题句的类型、分布及其句法特征进行了研究，认为佛典与本土文献在受事话题句基本类型方面基本一致，在构成上都有体词性成分和谓词性成分，谓语都可以是光杆词语或带前附或后附成分，两类文献的主语都是以简单形式为主。此外还有几篇相关的学位论文：苏延烨(2007)研究《左传》主谓谓语句，发现其大小主语中不仅有名词性成分而且有谓词性词语，小谓语中不仅有谓词性词语而且有体词性词语，大小主语之间有领属、施受、总分、复指等关系；彭吉军(2011)研究《论语》话题句的话题构成、话题性质、话题链、话题推进及话题化等问题；撒莎(2013)研究《史记》主题句。后两篇论文所谓“话题句”或“主题句”的范围较大，其中包括一些比较典型的单句或复句，例如“春服既成”“父母唯其疾之忧”“回也不愚”“政者正也”“若圣与仁，则吾岂敢”“人而无信不知其可也”“苏秦者，东周洛阳人也”“薄者见疑”“贵为天子，富有天下，而身为禽者，其救败非也”等。

从语义上看，主谓话旨话题句的话题，有的跟后面主谓短语中的主语有领属关系或施受关系，有的是后面主谓短语中动词的受事，有的跟后面的主谓短语中某一成分有复指关系(参看潘国良，1986)。这类话题句的话题都是来自主谓句，由主谓句中的某个成分转化而成：主语、主语的定语、宾语(整个宾语或宾语的一部分)。有鉴于此，笔者将主谓话旨话题句分为“主语话题+受事主语+谓语”句、“定语话题+主语+谓语(+宾语)”句和“宾语话题+施事主语+谓语”句三类，分别简称为主语话题句、定语话题句和宾语话题句。《唐诗三百首》主谓话旨话题句有79例，其中44例为宾语话题句，20例为定语话题句，15例为主语话题句。

一、宾语话题句

(一)宾语话题句静态考察

“宾语话题”来自常式句的宾语。“我做好饭了”是一个常式句，如果宾语“饭”变成话题，句子就变成“宾语话题+主语+谓语”话题句“饭，我做好了”。马戴《灞上秋居》“孤壁野僧邻”，王梵志诗“钱财他人用”即属此类。在《唐诗三百首》话题句中，此类用例最多。可分两类：一类是“完整宾语话题+主语+谓语”，其话题是由常式句中整个宾语转化而成；另一类是“不完整宾语话题+主语+谓语”，其话题是由常式句宾语中的一部分成分转化而成。

1.“完整宾语话题+主语+谓语”句

有27例。又有两种情况：一种是不省略“主语”部分，另一种是省略“主语”部分。前者有9例(七古5例，七律1例，五律1例，五古1例，五绝1例)：

(1)谢公行处苍苔没。(谢灵运当年走过的地方已被青苔覆盖。李白《庐山谣寄卢侍御虚舟》)(2)古来青史谁不见。(自古以来的青史英雄，谁人不见。岑参《轮台歌奉送封大夫出师西征》)(3)血色罗裙翻酒污。(红色罗裙，倾覆酒渍将其染污。白居易《琵琶行》)(4)金石刻画臣能为。(镌刻于金石的文章我可以做。李商隐《韩碑》)(5)国家成败吾岂敢。(国家事业成败，我难道敢坐视观望。杜甫《寄韩谏议》)(6)关门令尹谁能识。(当年函谷关的令尹，谁能认识。崔曙《九月登望仙台呈刘明府容》)(7)轻生一剑知。(舍生忘死，一把宝剑最知晓。刘长卿《送李中丞归汉阳别业》)(8)艳色天下重。(艳丽姿色，天下器重。王维《西施咏》)(9)古调虽自爱。(这首古曲，我个人十分喜欢。刘长卿《弹琴》)

话题结构多数为名词短语，也有其他短语(如“金石刻画”“国家成败”)。后者有18例，七言12例(七律6例，七古4例，七绝2例)：

(1)鸿雁不堪愁里听。(鸿雁鸣叫声，不堪在怀愁时听到。李颀《送魏万之京》)(2)云山况是客中过。(云山，况且又是在漂泊落寞时经过。李颀《送魏万之京》)(3)分明怨恨曲中论。(强烈的满腔悲愤，在曲中倾诉。杜甫《咏怀古迹》)(4)花径不曾缘客扫。(这花间小径，不曾为客人打扫。杜甫《客至》)(5)蓬门今始为君开。(这扇柴门，今天才为您打开。杜甫《客至》)(6)碧文圆顶夜深缝。(碧纹圆顶的罗帐，深夜赶缝。李商隐《无题》)(7)青山朝别暮还见。(故乡的青山，早晨分别晚上还会见到。李颀《送陈章甫》)(8)秋月春风等闲度。(秋去春来的美好时光，白白消磨。白居易《琵琶行》)(9)古来白骨无人收。(自古以来的成堆白骨，没人收拾。杜甫《兵车行》)(10)钿合金钗寄将去。(钿盒金钗，托你捎去。白居易《长恨歌》)(11)千里江陵一日还。(远在千里的江陵，一天时间就可到达。李白《早发白帝城》)(12)银筝夜久殷勤弄。(那架银筝，更深夜阑时还在殷勤拨弄。王维《秋夜曲》)

五言6例(五律4例，五古2例)：

(1)万事不关心。(所有事情，已经都不放在心上。王维《酬张少府》)(2)离杯惜共传。(这离别杯盏，我们珍惜相对频传。司空曙《云阳馆与韩绅宿别》)(3)帝乡明日到。(京城长安，明天就可到达。许浑《秋日赴阙题潼关驿楼》)(4)上国随缘住。(唐朝，您可以随时来住。钱起《送僧归日本》)(5)美酒聊共挥。(美酒，我们聊且挥杯共饮。李白《下终南山过斛斯山人宿置酒》)(6)缮性何由熟。(修养本性，我何以精熟。柳宗元《晨诣超师院读禅经》)

这种省略“主语”的形式不包括无标记被动式。无标记被动式是一种可以添加“被”的句子，而这里的话题句均不能添加“被”字。

2.“不完整宾语话题+主语+谓语+保留宾语”句

有17例。全部省略“主语”。13例出自五言诗(五律7例，五古5例，五绝1例)：

(1)白云回望合。(白云，回望中合成一片。王维《终南山》)(2)南山归敝庐。(南山，我将回归那里的破旧草庐。孟浩然《岁暮归南山》)(3)一丘常欲卧。(小丘，我常想去醉卧。孟浩然《秦中感秋寄远上人》)(4)三径苦无资。(关于经营家园，我正被无钱所苦。孟浩然《秦中感秋寄远上人》)(5)势分三足鼎。(在国际形势上，他分出三足鼎立。刘禹锡《蜀先主庙》)(6)业复五铢钱。(在继承祖业上，他恢复汉室，统一铸造五铢钱。刘禹锡《蜀先主庙》)(7)节候看应晚。(节候，看着应该是到了更深夜阑。韩翃《酬程延秋夜即事见赠》)(8)舟楫恐失坠。(船只，我担心会葬身江水。杜甫《梦李白》)(9)蔬果幸见尝。(蔬菜水果，请大家品尝。韦应物《郡斋雨中与诸文士燕集》)(10)遗言冀可冥。(佛儒精义，希望能够暗合。柳宗元《晨诣超师院读禅经》)(11)资从岂待周。(嫁妆，哪里能做到周全丰厚。韦应物《送杨氏女》)(12)波澜誓不起。(波澜，发誓不会在心中生起。孟郊《列女操》)(13)花落知多少。(飘落的花朵，知道有多少。孟浩然《春晓》)

其对应的常式句分别是："回望白云合""归南山敝庐""常欲卧一丘""苦无三径资""分三足鼎势""复五铢钱业""眼看节候应晚""恐舟楫失坠""幸(希望)见尝蔬果""冀可冥遗言(希望能够暗合佛儒精义)""岂待资从周(怎能指望嫁妆周全)""誓不起波澜""知花落多少"。4例出自七言诗(七律2例，七古2例)：

(1)此情可待成追忆。(这种珍贵的感情值得事后回忆。李商隐《锦瑟》)(2)阳春一曲和皆难。(他的一曲阳春白雪，想和都很难。岑参《奉和中书舍人贾至早朝大明宫》)(3)一曲红绡不知数。(一首曲子赚来的红绡，不知道数量多少。白居易《琵琶行》)(4)长风破浪会有时。(乘长风破万里浪，一定有这种时候。李白《行路难》)

其对应的常式句是"可待此情成追忆""和阳春一曲，皆难""不知一曲红绡数""会有长风破浪时"。

(二)宾语话题句溯源探流

"完整宾语话题+主语+谓语"话题句历代可见。例如《屯南》1088"新鬯王其公登"，《诗经·卷阿》"百神尔主矣"(主：主祭)，《论语·述而》"暴虎冯河，死而无悔者，吾不与也"①，《孟子》"君子之所为，众人固不识也"(《告子下》)、"非礼之礼，非义之义，大人弗为"(《离娄下》)，司马迁《报任安书》"拳拳之忠，终不能自列"，《史记》"臣所言，人臣不得知也"(《吴王濞列传》)、"先帝园陵寝庙，群臣莫习"(《刘敬叔孙通列传》)，

① 散文中的话题句，有些是长句，句内有停顿，书面上需加逗号，跟唐诗的单行句有所不同，类似于其跨行句，但在整体结构类型上没有不同。

《世说新语·轻诋》"三祖寿乐器，虺瓦吊孙家儿打折"（祖传三代的古董乐器，当成瓦吊一样，被孙家小子打断了）。很多情况下，宾语移到句首成为话题以后，原来位置上会出现一个代词，这个代词可以视为话题的复指成分。例如《诗经》"济济辟王，左右趣之"（《棫朴》）、"肃肃王命，仲山甫将之"（《烝民》）、"赫赫宗周，褒姒灭之"（《正月》），《论语》"圣人，吾不得而见之矣"（《述而》）、"夏礼，吾能言之"（《八佾》），《左传》"五侯九伯，汝实征之"（《僖公四年》）、"其所善者，吾则行之"（《襄公三十一年》）。"《诗经》20 首"中未见，"六朝诗 35 首"有 5 例（"表灵物莫赏""蕴真谁为传""清谈莫共理""高唱子自轻""继音予可惮"），"宋词 65 首"有 3 例（"疏雨池塘见""微风襟袖知""幽恨两人知"）。

"完整宾语话题+谓语"话题句历史悠久。例如《论语·乡党》"沽酒市脯，不食"，《孟子·公孙丑上》"诐辞知其所蔽，淫辞知其所陷，邪辞知其所离，遁辞知其所穷"（"诐辞"指不全面的言辞），《世说新语·德行》"席不暇暖"，《祖堂集》"诸恶莫作"（卷三）、"草鞋钱教阿谁还"（卷十六）。这种省略式同样会在话题原来的位置出现一个复指代词。例如《论语》"道之不行，已知之矣"（《为政》）、"军旅之事，未之学也"（《卫灵公》）。《古诗十九首》有 1 例（"含意俱未申"），"六朝诗 35 首"有 1 例（"父母且不顾"），"宋词 65 首"有 2 例（"水调歌头持酒听""往事后期空记省"）。

"不完整宾语话题+主语+谓语"话题句同样具有悠久的历史。例如《毛公鼎》"丕显文武，皇天引厌①厥德"（此句对应的常式句是"皇天引厌丕显文武之德"，"丕显文武"只是原宾语的一部分），《诗经·皇矣》"维此王季，帝度其心"（此句对应的常式句是"帝度此王季之心"，"维此王季"只是原宾语的一部分），《论语·季氏》"夫颛臾，昔者先王以为东蒙主"。

"不完整宾语话题+谓语"话题句历史同样绵长。例如《甲骨文合集》17171"惠邑並令葬我于止阜"（意为"命令邑並这个人把我葬到止阜"），《论语·乡党》"食不厌精，脍不厌细"，《论语·泰伯》"民可使由之"，《庄

① 引厌：长久享用。

子·逍遥游》"鲲之大，不知其几千里也"，司马迁《报任安书》"才怀随和"（拥有随侯珠、和氏璧那样的才能），《世说新语·德行》"车不停轨""鸾不辍轭"。《古诗十九首》有2例（"愁思当告谁""荣名以为宝"），"宋词65首"有8例（"往事知多少""寸肠凭谁表""人情恨不如""妙处难与君说""修竹栽教满""风月任招呼""花无人戴""酒无人劝"）。以上语例中话题部分的语法构成多数比较简单。

总之，从唐代前后文献的情况看，"宾语话题+主语+谓语"话题句数量最多，其中省略"主语"的用例占据多数。据张赪（2010：219-220；274），在先秦汉语里，PV句占绝对优势，汉魏以后各期不同文献的情况不尽相同，但总体态势是下降的，清代PV句和PAV句之比有所降低，但PV句仍比PAV句多，直到现代，PAV句数量始超PV句，并占绝对优势。所谓PAV句和PV句，大致相当于这里所说的不省略主语和省略主语的话题句。另据张赪（2010：259），先秦的宾语话题句往往带有复指代词，此后这种现象逐渐减少，唐宋时期已经十分少见（《祖堂集》4例，《五灯会元》3例，《朱子语类》31例）。

二、定语话题句

（一）定语话题句静态考察

"定语话题"来自常式句主语中的定语。这类话题句的"话题"与"主语"之间存在"领有者"与"隶属者"的语义关系。如现代汉语"他眼睛大"，"他"与"眼睛"之间就存在"领有者"与"隶属者"的关系。此类话题句也可分为两类：一是"完整定语性话题+主语+谓语（+宾语）"；二是"不完整定语性话题+主语+谓语（+宾语）"。

1. "完整定语话题+主语+谓语（+宾语）"句

有18例。出自七古者多达12个：

（1）胡儿眼泪双双落。（胡人士兵泪流滂沱。李颀《古从军行》）

(2)陈侯立身何坦荡。(陈章甫胸怀多么荡然。李颀《送陈章甫》)(3)辽东小妇年十五。(辽东少妇妙龄十五。李颀《古意》)(4)褒公鄂公毛发动。(褒公鄂公毛发似乎在抖动。杜甫《丹青引赠曹霸将军》)(5)先帝天马玉花骢。(开元时先帝的天马名叫玉花骢。杜甫《丹青引赠曹霸将军》)(6)先帝侍女八千人。(当年玄宗皇上的侍女，约有八千人。杜甫《观公孙大娘弟子舞剑器行》)(7)公孙剑器初第一。(公孙大娘，当年剑器舞姿排第一。杜甫《观公孙大娘弟子舞剑器行》)(8)梨园弟子白发新。(当年梨园的弟子，白发又增多了。白居易《长恨歌》)(9)椒房阿监青娥老。(后妃宫中的女官，红颜退尽人衰老。白居易《长恨歌》)(10)蓬莱宫中日月长。(蓬莱宫中，仙境幽幽万古长。白居易《长恨歌》)(11)金绳铁索锁钮壮。(金绳铁索上锁钮巨大，字形苍劲钩连。韩愈《石鼓歌》)(12)从臣才艺咸第一。(随从之臣才艺都是世上第一。韩愈《石鼓歌》)

出自其他类型者有6个(七律1个，七绝2个，五律3个)：

(13)凤尾香罗薄几重。(织着凤尾纹的绫罗，厚度只有几重。李商隐《无题二首》)(14)乌衣巷口夕阳斜。(乌衣巷口，夕阳西斜。刘禹锡《乌衣巷》)(15)贾生才调更无伦。(贾谊，才华和格调更是无可比伦。李商隐《贾生》)(16)故关衰草遍。(故关所在，枯草遍地。卢伦《送李端》)(17)南冠客思深。(我这囚徒，愁绪很深。骆宾王《在狱咏蝉》)(18)万壑树参天。(千山万壑，大树参天。王维《送梓州李使君》)

例(13)"薄几重"意为"厚度只有几重"。司马相如《子虚赋》"(欃檀木兰，豫章女贞)……长千仞，大连抱"，《世说新语·轻诋》"(大牛)重千斤"，《世说新语·汰侈》"(珊瑚树)高二尺许"，这几例中的"长""大""重""高"用法与此同。

2.“不完整定语话题+主语+谓语(+宾语)”句

此类话题句十分少见，仅有2例(出自五律)，即：

(1)野寺来人少。(荒山野寺，来此旅游的人太少了。刘长卿《秋日登吴公台上寺远眺》)(2)云峰隔水深。(山太高水太深，隔断了路程。刘长卿《秋日登吴公台上寺远眺》)

“野寺来人少”对应“来野寺(之)人少”，“云峰隔水深”对应“隔云峰(之)水深”。“野寺”“云峰”都是原定语的一部分。

(二)定语话题句溯源探流

“定语话题+主语+谓语”话题句也拥有很长的历史。孙锡信(1997：134)说：“早在春秋战国时期，这种句式已见运用……汉魏以后，此类主谓谓语句日见增多。”例如《诗经·节南山》“节彼南山，维石岩岩”，《论语·公冶长》“回也，其心三月不违仁”，《孟子·滕文公上》“夫滕，壤地偏小”，《庄子·秋水》“东海之鳖，左足未入，而右膝已絷矣”，《史记·齐悼惠王世家》“皇帝春秋富”，《汉书·货殖传》“船长千丈”①，《世说新语》“李元礼风格秀整”“太尉神姿高彻”，萧悫《临高台》“崇台高百尺”。《古诗十九首》有1例(“美者颜如玉”)，“六朝诗35首”有2例(“北风声正悲”“行子心肠断”)，“宋词65首”有3例(“塞下秋来风景异”“正老松枯柏情如织”“九街泥重”)。

三、主语话题句

(一)主语话题句静态考察

“主语话题”来自常式句中的整个主语或主语的中心语。这种话题句又

① “船长千丈”，“船”做话题，“长”(长度)做主语。

可以分为两类。

1. “完整主语话题+受事主语+谓语”句

有8例(七古5例，七律、七绝和五律各有3例)：

(1)行人弓箭各在腰。(远征的壮丁，个个把弓箭背在腰。杜甫《兵车行》)(2)将军金甲夜不脱。(将军，金属铠甲夜里也不脱。岑参《走马川行奉送封大夫出师西征》)(3)将军角弓不得控。(将军，角弓也拉不开。岑参《白雪歌送武判官归京》)(4)都护铁衣冷难着。(都护，铁甲冰冷无法穿着。岑参《白雪歌送武判官归京》)(5)长戈利矛日可麾。(长戈利矛，可以把太阳指。李商隐《韩碑》)(6)望帝春心托杜鹃。(望帝把春心寄托给杜鹃。李商隐《锦瑟》)(7)瑶池阿母绮窗开。(瑶池西王母，把绮窗打开。李商隐《瑶池》)(8)几时杯重把①。(何时我们把杯盏再次拿起。杜甫《奉济驿重送严公四韵》)

2. “不完整主语话题+主语+谓语”句

这类话题句又可细分为“部分主语话题+限制性主语+谓语”“部分主语话题+指代性主语+谓语”两种。

a. “不完整主语话题+指代性主语+谓语”句

这种话题句“主语”都是代词。仅有1例，出自五律：

当路谁相假。(当权者们，谁肯提携我辈。孟浩然《留别王维》)

b. “不完整主语话题+限制性主语+谓语”句

这种话题句是由于基本句中的主语中心语被移到句首做话题和主语的定语仍在主语位置而形成。有6例(五律2例，七古2例，七律1例，七绝

① “几时杯重把”，话题省略。

1例)：

(1)月傍九霄多。(月光，靠近天庭的地方最多。杜甫《春宿左省》)(2)阴晴众壑殊。(阴晴，众多山谷迥异。王维《终南山》)(3)金樽清酒斗十千。(金杯里的名酒，每斗要值十千钱。李白《行路难》)(4)座中泣下谁最多。(在座中流的眼泪，谁的最多。白居易《琵琶行》)(5)一夜乡心五处同。(今夜思乡的心情，五地人相同。白居易《望月有感》)(6)无情最是台城柳①。(说到无情的，第一就是台城外的垂柳。韦庄《台城》)

以上各例对应的常式句是“傍九霄(之)月多”“众壑(之)阴晴殊”“(一)斗金樽清酒十千(钱)”“座中，谁泣下最多”“(这)一夜，五处(之)乡心同”“最(第一)无情的是台城柳”。

(二)主语话题句溯源探流

“主语话题+主语+谓语”话题句的起源不晚于汉代。孙锡信(1997：138)说，“大约起于汉代，六朝时也有所运用，但为例甚少，在长时期中处于萌芽状态……唐宋以后，此类句式逐渐增加，为了强调句中的受事，往往在受事词前加‘连’、‘和’，后边用‘也’等呼应，也可不加‘连’，直接在动词前加‘也’”。例如《史记·樊郦滕灌列传》“臣死且不辞”，《世说新语·德行》“晋简文为抚军时，所坐床上，尘不听拂”。

以代词“或”“莫”或“者”字结构等作“主语”的话题句，出现的时间还要早些。“或”“莫”例如《左传·襄公十五年》“宋人或得玉”，《墨子·公输》“宋莫能守”，《报任安书》“交游莫救”。“者”字结构例如《左传·庄公二十四年》“男贽，大者玉帛，小者禽鸟”，《世说新语·言语》“时融儿大

① 此句的“最”属于名词，义为“首位”。

者九岁，小者八岁”。《古诗十九首》只有1例(“贤圣莫能度”)，“《诗经》20首”“六朝诗35首”“宋词65首”未见。

小　结

《唐诗三百首》主谓话旨话题句有79例。在古近体中的分布没有明显差别(38：41)，在五七言中的分布差别比较明显(31：48)，这说明句子长短与主谓话旨话题句的使用频率存在正比关系(详见表7.1)。

表7.1　《唐诗三百首》各类主谓话旨话题句例数统计表

话题句类型	五言古体	五言近体	七言古体	七言近体	合计(个)
宾语话题句	8	14	11	11	44
定语话题句		5	12	3	20
主语话题句		4	7	4	15
合计(个)	8	23	30	18	79

《唐诗三百首》主谓话旨话题句包括“宾语话题+施事主语+谓语”句、“定语话题+施事或当事主语+谓语”句和“主语话题+受事主语+谓语”句三种，覆盖了此前汉语话题句的所有主要类型，各类用频也与前后相邻时代接近(详见表7.2)。

表7.2　几种诗歌文献各类主谓话旨话题句例数统计表

文献		宾语话题		定语话题	主语话题	合计(个)
		有主语	无主语			
诗经20首	数量	0	0	0	0	0
	占比	0	0	0	0	0
古诗十九首	数量	0	3	1	1	5
	占比	0	60%	20%	20%	100%

续表

文献		宾语话题		定语话题	主语话题	合计(个)
		有主语	无主语			
六朝诗35首	数量	5	1	2	0	8
	占比	62%	13%	25%	0	100%
唐诗三百首	数量	9	35	20	15	79
	占比	12%	44%	26%	18%	100%
宋词65首	数量	3	10	3	0	16
	占比	19%	62%	19%	0	100%

《唐诗三百首》宾语话题句中，有主语类(完整式)少于无主语类(非完整式)，与前后时代文献中的总体情况基本一致。

《唐诗三百首》宾语话题句都不含复指话题的成分，反映了汉语带复指成分的话题句逐渐减少以至于消亡的历史趋势。

第二节　无主话旨话题句

无主话旨话题句就是由无主句充任话旨的话题句，一般是表示领有意义的，过去又称“领有句”。关于古代汉语的无主话旨话题句，目前并无相关的专门性研究，仅储泽祥(1997)、邓瑗敏(2009)、李海娟(2009)和杜玉闪(2015)中有少量涉及，且并未将其看作话题句。

下面根据无主句的分类方法，将《唐诗三百首》无主话旨话题句分为“A+B+C”类(20例)、“B+C”类(10例)、“A+C”类(14例)、“唯C”类(4例)和特殊类(8例)五种主要类型。请注意，跟“无主句”中的“A”不同，这里的“A”是指“话题”，不是指“状语”。在上面几种类型中，“B+C”类和“唯C”类是“A+B+C”类和“A+C”类的变体，其字面无话题不等于没有话题，而是承前省了(如刘长卿《送李中丞归汉阳别业》“罢官无旧业”话题承前“流落征南将”而省)，或承题省了(如张籍《没蕃故人》“城下没全师”话题承题“没蕃故人”而省)，或隐含了(如(杜甫《登岳阳楼》“老病有孤舟”)。“特殊类”

与“A+B+C”类和“B+C”类的相同之处是具备“B”段，其不同之处是“C”段带有动词性后置定语（如“杨家有女初长成”，“女”后带“初长成”）。

一、“A+B+C”类无主话旨话题句

（一）“A+B+C”类无主话旨话题句静态考察

有20例，用频不高，A、B或C三段的语法结构多数比较简单。又可细分为三类：

a.“A+有+C”类无主话旨话题句。此类仅有6例（五古2例，五律、七古、七律和七绝各1例）：

（1）草木有本心。（草木有自己的本性。张九龄《感遇》）（2）女子今有行。（女儿今天有出嫁事。韦应物《送杨氏女》）（3）人事有代谢。（人间世事有交替变换。孟浩然《与诸子登岘山》）（4）长者虽有问。（虽然老人家有问询。杜甫《兵车行》）（5）汉文皇帝有高台。（汉文帝在西山有个望仙台。崔曙《九月登望仙台呈刘明府容》）（6）多情只有春庭月。（说到多情的，只有庭前的明月。张泌《寄人》）

例中B段较为简单，个别带状语（“今”），C段也不复杂。

b.“A+无+C”类无主话旨话题句①。有9例（五古3例，七律2例，五律2例，七古2例）：

（1）白云无尽时。（白云没有穷尽的时候。王维《送别》）（2）趣途无百里。（前往的路途没有百里距离。王维《青溪》）（3）两小无嫌猜。（咱俩小时没有猜疑之心。李白《长干行》）（4）盘飧市远无兼味。（因离市太远盘中肴菜没有两样。杜甫《客至》）（5）蓬莱此去无多路。（蓬莱仙境从这里过去没有多少路程。李商隐《无题》）（6）亲朋无一字。

① 《全唐诗》已有“A+没+C”式用例，如“陈阁才人没旧容”（徐夤《苔》）、“社公今日没心情”（李涛《春社从李昉乞酒》）。

（亲朋故旧没有一字信息。杜甫《登岳阳楼》）（7）圣朝无阙事。（圣明的朝廷上没有什么疏漏事件。岑参《寄左省杜拾遗》）（8）六宫粉黛无颜色。（六宫妃嫔失去了往日的光彩。白居易《长恨歌》）（9）去住彼此无消息。①（生和死，彼此都没有对方的消息。杜甫《哀江头》）

例中A段多数比较简单，个别稍显复杂（如“趣途、六宫粉黛”），B段简单，只有2例带状语（“市远、此去”），C段都是短语（如“尽时、百里、嫌猜、兼味、多路、一字、阙事、颜色”）。

c.“A+其他动词+C”类无主话旨话题句。有5例（七古2例，五律1例，七律1例，五古1例）：

（1）凌烟功臣少颜色。（凌烟阁的功臣画像褪了颜色。杜甫《丹青引赠曹霸将军》）（2）炙手可热势绝伦。（炙手可热的势力冠绝一时。杜甫《丽人行》）（3）仙桃正发花。（仙桃正开着花朵。孟浩然《宴梅道士山房》）（4）犹是孤帆一日程。（我还有需要这艘孤舟行驶一天的路程。卢纶《晚次鄂州》）（5）鬓丝生几缕。（鬓丝已经生出几缕。韦应物《长安遇冯著》）

例中A段分别是“凌烟功臣、炙手可热势、仙桃”以及省略的“我”，B段动词为“少、绝、发、是、生”。

（二）“A+B+C”类无主话旨话题句溯源探流

“A+有+C”类无主话旨话题句在殷墟卜辞中已有用例，历代不乏。唐代之前的一些语例在语法结构上已经开始复杂化：B段往往带有状语，有的还带有补语，C段中也可以是短语。例如《甲骨文合集》5631“旨其有祸”，《甲骨文合集》17195“王其有灾”，《甲骨文合集》22098“汝有疾”，《殷墟书契前编》5.44.2“子鱼其有疒”，《论语》“曾子有疾”（《泰伯》）、

① 这里把“彼此”看作状语。也可看作话题，那么句中就有“去住”“彼此”两个话题，句子属于“话题句充任话旨的话题句”（“A1+A2+B+C”）。

“予有乱臣十人”(《泰伯》),《孟子·梁惠王上》“民有饥色”,《报任安书》“人固有一死”“仆之先人非有剖符丹书之功”。“《诗经》20首”有“戎有良翰”(军队有优秀的辅佐。《崧高》),《古诗十九首》有“兔丝生有时”“夫妇会有宜”“盛衰各有时”,“六朝诗35首”有“松柏有本性”“丹桂有藂香”“马有风尘气”(庾信《拟咏怀》),“宋词65首”有“人有悲欢离合”“月有阴晴圆缺”。

“A+无+C”类无主话旨话题句在殷墟卜辞中也有用例,历代不乏。从A、B、C三段语法结构看,汉代以前一般较为简单,汉代以后往往较为复杂。例如《甲骨文合集》5631“旨亡祸”(亡:无),《论语》“大车无輗,小车无軏”(《为政》)、“君子无所争”(《八佾》),《庄子·盗跖》“子孙无置锥之地”,《战国策·齐策六》“士卒无生之气”,《世说新语》“刘了无停意”(《任诞》)、“谢曾无惧色”(《言语》)。“《诗经》20首”有“子无良媒”“王事靡盬”,《古诗十九首》有“游子寒无衣”(《凛凛岁云暮》),“六朝诗35首”有“周墉无遗堵”。

“A+其他动词+C”类无主话旨话题句也具有悠久历史,但是用例不多。例如《尚书·五子之歌》“太康失邦”,《尚书·归禾》“唐叔得禾”,《周易·渐卦》“妇孕不育,失其道也”,《左传》“季孙失色”(《襄公二年》)、“晋君将失政矣”(《襄公三十一年》),《国语·周语下》“民失其资”“上得民心”,《风俗通义》卷九“妇女婢使悉亡其镜”,陶潜《赠羊长史》“贤圣留余迹”,现代汉语“这件衣服褪色了”“我今天长见识了”等。在笔者所抽查的唐代前后部分诗歌文献中未见。

二、“B+C”类无主话旨话题句

(一)“B+C”类无主话旨话题句静态考察

有10例。可细分为三类:

1.“有+C”类无主话旨话题句。有5例(五律3例,五古2例):

(1)老病有孤舟。(年老体弱时只有一叶孤舟。杜甫《登岳阳楼》)(2)徒有羡鱼情。(徒然有羡慕别人得鱼的心情。孟浩然《临洞庭上张丞相》)(3)平生自有分。(平生本来就有缘分。司空曙《喜见外弟卢纶见宿》)(4)自有岁寒心。(本身就具有耐寒性。张九龄《感遇》)(5)何以有羽翼。(如何拥有羽翼。杜甫《梦李白》)

这些例子中的句首部分，有的表示时间，有的表示语气，有的表示方式，均是状语。C段基本为短语，有的较为复杂(如"羡鱼情""岁寒心")。

2."无+C"类无主话旨话题句。有4个(五律3个，五古1个)：

(1)罢官无旧业。(罢官返乡后没有任何产业。刘长卿《送李中丞归汉阳别业》)(2)静夜四无邻。(宁静的夜晚四周没有近邻。司空曙《喜见外弟卢纶见宿》)(3)旅馆无良伴。(旅馆中并无好的旅伴。杜牧《旅宿》)(4)君怜无是非。(君王宠爱时她一切都对。王维《西施咏》)

这些例子句首部分全部是状语，其中"罢官""静夜""君怜"(君怜时)均表时间，"四"(四周)、"旅馆"均表处所。C段语法结构比较简单(其中"是非"为偏义复合词)。

3."其他动词+C"类无主话旨话题句。仅有1例，出自五律：

城下没全师。(在城下丧失了整个部队。张籍《没蕃故人》)

"城下"是表示处所的状语，B段"没"意为"陷没"或"损失"，C段"全师"为短语。《全唐诗》另有罗虬《比红儿诗》"都缘没个红儿貌"等，但是很少见。

(二)"B+C"类无主话旨话题句溯源探流

"B+C"类无主话旨话题句同样是源远流长的一种话题句，现代汉语中比较常见，唐代之前的文献中也有一定数量的用例。例如：《甲骨文合集》5631“其有祸”，《甲骨文合集》21045“有其疾”，《春秋·昭公二十三年》“有疾”，《左传·僖公二十八年》“亡大旆之左旃”，《报任安书》“有斩将搴旗之功”“未有路”，干宝《搜神记》“颇有失常”“少有神通”。“《诗经》20首”有2例(“靡有朝矣”“亦各有行”)，“宋词65首”有1例(“一春犹有数行书”)。

三、“A+C”类无主话旨话题句

(一)“A+C”类无主话旨话题句静态考察

《唐诗三百首》有14例。B段位置上有时会出现状语。其C段的构成形式有“名词”“名词+名词”“代词+名词”“形容词+名词”“数量词+名词”“动词/动词短语+名词”“是”字结构等数种。

1. 以“名词性成分”为话旨的。仅见2例，出自七古和七律：

(1)近时郭家狮子花。(近代郭子仪有“狮子花”马。杜甫《韦讽录事宅观曹将军画马图》)(2)映阶碧草自春色。(台阶碧草自然呈现着春色。杜甫《蜀相》)

前例C段“狮子花”是“马”的名字。杜甫《题新津北桥楼得郊字》“白花帘外朵，青柳槛前梢”也属此类，前句C段为“朵”，后句C段为“梢”(两句中“帘外、槛前”做状语)。后例中C段“春色”可看做名词性短语，其定语“春”是名词。杜甫《更题》“群公苍玉珮”“天子翠云裘”(“苍玉珮”是苍玉做成的珮饰，“翠云裘”是指翠云那样的皮毛衣服)也属此类。

2. 以“形容词+名词”为话旨的

有6例(七古3例，七律2例，五律1例)：

(1)朔方健儿好身手。(北方军人有交战的好身手。杜甫《哀王孙》)(2)高帝子孙尽隆准。(高帝子孙全都长着高鼻。杜甫《哀王孙》)(3)元和天子神武姿。(元和天子唐宪宗有神圣英武的资质。李商隐《韩碑》)(4)隔叶黄鹂空好音。(隔着树叶的黄鹂空有婉转鸣声。杜甫《蜀相》)(5)樽酒家贫只旧醅。(因家贫,樽里,酒只有粗劣的。杜甫《客至》)(6)襄阳好风日。(襄阳拥有美好的风景。王维《汉江临泛》)

3. 以"数量词+名词"为话旨的

"数量词"有时只是数词。3例(七律1例,七古1例,五古1例):

(1)锦瑟无端五十弦。(锦瑟为何有五十条弦。李商隐《锦瑟》)(2)一弹一十有八拍。(一首曲子拥有十八节。李颀《听董大弹胡笳声兼寄语弄房给事》)(3)少壮能几时。(少壮能拥有多少时间。杜甫《赠卫八处士》)

例中"五十、一纸、几"都是C段定语("无端、迢迢、能"做状语)。

4. 以"动词/动词短语+名词"为话旨的

仅有2例,出自七古:

(1)昔日太宗拳毛骝。(当年唐太宗有拳毛骝宝马。杜甫《韦讽录事宅观曹将军画马图》)(2)江水江花岂终极。(江水江花难道有终境。杜甫《哀江头》)

例中"拳毛"(卷曲毛发)、"终"(终结)都是C段的定语。杜甫《西山》"辩士安边策,元戎决胜威"和《秋兴》"香稻啄余鹦鹉粒,碧梧栖老凤凰枝"也属此类。例中"啄余鹦鹉"(被鹦鹉啄剩)、"栖老凤凰"(让凤凰栖息到老)、"安边"(安定边疆)、"决胜"(决定胜利)都是C段的定语。

5. 以“是字结构+名词”作话旨的

仅有1例(出自五律)：

月是故乡明。(还是故乡的月儿更明。杜甫《月夜忆舍弟》)

(二)“A+C”类无主话旨话题句溯源探流

“A+C”类无主话旨话题句始见于上古时期，历代可见。“(名词)名词”话旨在古代往往用于对举结构中，例如《尚书·顾命》“王麻冕黼裳”，《周易·鼎卦》“鼎黄耳金铉”，《左传·宣公四年》“是子也，熊虎之状，而豺狼之声”，现代汉语中可见不少单用的语例，如“这双鞋塑料底儿”“他这个人猪脑子”。“(形容词)名词”话旨例如《诗经·苕之华》“牂羊坟首”(母羊大头)，《尚书·汤誓》“有夏多罪”，《朝野佥载》“周甘子布博学”。“(数量词)名词”话旨例如《蔡篡》“蔡其万年眉寿”，《荀子·劝学》“梧鼠五技”，《吕氏春秋·明理》“雄鸡五足”。“(代词)名词”话旨例如《左传·庄公八年》“齐师何罪”，《吕氏春秋·贵直》“葆申何罪”。“(动词)名词”话旨例如《论衡》卷十六“虞舜重瞳，王莽亦重瞳”，孙奕《履斋示儿编·事同》“晋文骈胁，张仪亦骈胁”。这种话题句在《古诗十九首》有3例(“王侯多第宅”“阿阁三重阶”“虚名复何益”)，“六朝诗35首”有2例(“白云多异影”“人多关塞衣”)，“宋词65首”有2例(“杜郎俊赏”“花是去年红”)。

四、“唯C”类无主话旨话题句

(一)“唯C”类无主话旨话题句静态考察

此类无主话旨话题句只具备C段，是“A+C”类无主话旨话题句的省略式，仅4例(五古2例，五绝2例)：

(1)欣欣此生意。(有这样欣欣向荣的生机。张九龄《感遇》)(2)君宠益娇态。(君王宠幸时更有娇态。王维《西施咏》)(3)鹫翎金仆姑。(拥有大鹰翎毛装饰的金仆姑好箭。卢纶《和张仆射塞下曲》)(4)燕尾绣蝥弧。(拥有装饰燕尾飘带的锦绣蝥弧旗。卢纶《和张仆射塞下曲》)

“欣欣此生意”承前“兰叶春葳蕤，桂华秋皎洁”省略A段。“君宠益娇态”承题《西施咏》省略A段。“鹫翎金仆姑”和“燕尾绣蝥弧”承题省略A段。

(二)唯“C”类无主话旨话题句溯源探流

这类无主话旨话题句也始见于上古时期，历代可见，但也往往用于对举结构中(故也可归入紧缩复句话旨话题句)。例如《周易·上经》“何咎”，《论语》“(孔子)疾”(《乡党》)、“一箪食，一瓢饮”(《雍也》)，《左传·哀公二年》“何罪”，《国语·晋语一》“少族而多敌”，《水经注·温水》“(东向殿)飞檐鸱尾”。《古诗十九首》有1例(“今日良宴会”)，“六朝诗35首”有2例(“郁郁多悲思”“平生燕颔相”)。

五、特殊类无主话旨话题句

(一)特殊类无主话旨话题句静态考察

该类话题句的特殊之处在于，“有”或“无”的宾语都带有一个动词性的后置定语。据其后置定语语义指向的不同情况又可细分为两类：一是定语语义指向宾语的特殊类无主话旨话题句，例如在“他有老师教”中，后置定语“教”在语义上指向宾语“老师”，即是由“老师”做出的行为。二是定语语义指向话题的特殊类无主话旨话题句，例如在“他有饭吃”中，后置定语“吃”在语义上指向话题“他”。过去，前者被称为“兼语句”，后者被称为“连动句”或带“形容补语”的句子。太田辰夫(2003：49)指出：“‘有人来’‘没有人来’这样的句子是兼语句。”朱德熙(1982：168)认为“有事情做”“没有话说”等属于连动式。太田辰夫(2003：49)将“有饭吃”中的“吃”，“没有钱买书”中的“买书”视为“形容补语”。

《唐诗三百首》有8例(有4例省略或隐含话题)。宾语语义指向中心语的特殊类无主话旨话题句有6例，其中4例的B段为"有"字(七古3例，七绝1例)：

(1)杨家有女初长成。(杨家有个刚刚发育成熟的女儿。白居易《长恨歌》)(2)别有幽愁暗恨生。(另有一种暗暗滋生的忧愁遗恨。白居易《琵琶行》)(3)晚有弟子传芬芳。(晚年有把艺术继承发扬的弟子。杜甫《观公孙大娘弟子舞剑器行》)(4)蜡烛有心还惜别。(蜡烛有颗依依惜别的心。杜牧《赠别》)

其余2例的B段为其他动词(七古1例，七律1例)：

(1)胡人落泪沾边草。(胡人落下了能把边地野草沾湿的泪水。李颀《听董大弹胡笳声兼寄语弄房给事》)(2)独留青冢向黄昏。(只留下一座对着黄昏的青冢。杜甫《咏怀古迹》)

以上话题句中的"蜡烛""杨家""胡人"为A段(话题)，有的句子省略或隐含了A段(话题)。B段或带修饰成分或带连接成分("别""晚""今""独")，C段中心语比较简单("女""心""泪""弟子""青冢""其器""幽愁暗恨")，C段后置定语，有单音光杆动词("生")，动宾短语("传芬芳""还惜别""存其辞""沾边草""向黄昏")，状动补短语("初长成")，类型多样，但结构不复杂。宾语语义指向话题的特殊类无主话旨话题句有2例(出自"七律""七绝")：

(1)未有涓埃答圣朝。(没有一点报答贤明圣皇的功德。杜甫《野望》)(2)春城无处不飞花。(春天的长安城没有不飘飞落花的地方。韩翃《寒食》)

前例不带A段，后例A段为“春城”，与C段中心语“处”之间含有领属关系。

(二)特殊类无主话旨话题句溯源探流

宾语语义指向中心语的特殊类无主话旨话题句在上古时期已有使用，中古时期增多。例如《左传》“(老夫)无能为也”(《隐公四年》)、“昔金天氏有裔子曰昧”(《昭公元年》)，《韩非子·爱臣》“(千乘之君)必有百乘之臣在其侧”，《三国志·魏书·三少帝纪》“夫人有子不孝”，《世说新语》“允有客至”(《伤逝》)、“桓公有主簿善别酒”(《术解》)、“(诸孙)有儿如此”(《排调》)。在所抽唐代前后部分诗歌文献中仅“宋词65首”中有1例(李煜《无言独上西楼》“别是一番滋味在心头”)。

宾语语义指向话题的特殊类无主话旨话题句出现较晚。该类话题句可能来自“有/无+‘所’字结构”。在“有/无+‘所’字结构”中，“所”字有时既可理解为“有/无”的宾语，又可理解为“所”后动词成分的中心语(例如《左传·襄公二年》“亡臣犹有所逃”，《国语·越语》“民无所移”)。典型用例在上古已现，中古更多。例如“尔有母遗”(《左传·隐公元年》)，“王其无方收也”(《国语·吴语》)，“人主无法术以御其臣”(《韩非子·奸劫杀臣》)，《三国志》“无面目以见先帝”(《魏书三少帝纪》)、“今臣无德可述，无功可纪”(《魏书任城陈萧王传》)，《世说新语》“无迹可间”(《雅量》)、“刘尹无日不往”(《崇礼》)。在所抽唐代前后部分诗歌文献样本中仅“宋词65首”有1例(欧阳修《庭院深深深几许》“无计留春住”)。

小 结

《唐诗三百首》无主话旨话题句有56例。在不同体裁作品中分布比较均衡：七言诗29例，五言诗27例；古体诗28例，近体诗28例。

《唐诗三百首》无主话旨话题句可分为“A+B+C”类(20例)、“A+C”类(14例)、“B+C”类(10例)、唯“C”类(4例)和特殊类(8例)，其中“B+C”类和唯“C”类是“A+B+C”类(20例)和“A+C”类(14例)的省略式。这些类型覆盖了汉语无主话旨话题句的所有主要类型，其主要类型都形成于唐代之前，它的次类也多来自唐代之前。从唐代前后部分诗歌文献来看，有“A+B+C”和“B+C”式使用频率逐渐降低而“A+C”式和“特殊”式使用频率逐渐提高的趋势，《唐诗三百首》与这种趋势完全相符。详见表 7.3：

表 7.3　部分唐代前后诗歌文献无主话旨话题句用例统计表

文献	无主话旨话题句类型										合计（例）
	A+B+C		B+C		A+C		唯 C		特殊		
	数量	占比	数量	占比	数量	占比	数量	占比	数量	占比	
诗经 20 首	3	60%	2	40%	0	0	0	0	0	0	5
古诗十九首	4	50%	0	0	3	37%	1	13%	0	0	8
六朝诗 35 首	4	50%	0	0	2	25%	2	25%	0	0	8
唐诗三百首	20	36%	10	18%	14	25%	4	7%	8	14%	56
宋词 65 首	2	22%	1	11%	2	22%	2	22%	2	22%	9

在各类无主话旨话题句中，省略或隐含话题语例的占比在 30% 以上（包括“B+C”类、唯“C”类和部分“特殊”类），略高于“六朝诗 35 首”（25%），低于“宋词 65 首”（超过 55%）。在汉语中，省略或隐含话题的情况是普遍存在的，口语中尤为多见。

第八章　跨行句和常规复句

第一节　跨　行　句

“跨行句”与“单行句”相对，是由两个或两个以上诗句构成的句子。诗歌中的跨行句类似于散文中内部含有停顿的长句。跨行句又称为“连贯句”。蒋绍愚(2008：146)指出：“紧缩句是一句诗中包含着两个意义上的句子，在唐诗中还存一种相反的情形：意义上的一个句子由两句或几句诗来表述。这种句子，在古代的诗话中称为‘十字句’(两个五言句等于一个意义上的句子)、‘十四字句’(两个七言句等于一个意义上的句子)，我们则把它们统称为‘连贯句’。”因为“连贯句”有时也会被用来指称顺承复句，所以本书称之为“跨行句”。

关于唐诗跨行句，王力(1958：281~284)分为十三类，蒋绍愚(2008：146~150)整合为七类。高友工、梅祖麟(1989：101；108~109)将其划入“兼语句”，并指出，“‘请看石上藤萝月/已映洲前芦荻花’……这种兼语结构和前面已讨论的兼语结构相比，有两点重要的不同：第一，整个句子分散在两个连续的诗句中；第二，‘看’仅仅强调其后的所接对象，并不是它的原因，而在前面的例子①中，动词$_1$(‘钩’)是动词$_2$(‘破’)的原因。所以，前面那个兼语式表现了动作的瞬时性特征，这不仅是因为整个因果运

① 指“石角钩衣破”之类的句子。

动是在五个音节内完成的，而由于动词$_1$是动词$_2$的直接原因；而我们将要讨论的第二种兼语式的作用则主要是连接和持续”，“‘自古存老马/不必取长途’是一个流水对，也是一种特殊的兼语结构，其中第一句包含了第二句的主语。下面两个例子同样表现了主语、谓语分在两句的情况：‘凄凉蜀故妓/来舞魏宫前’，‘野鸭无意绪/鸣噪自纷纷’……这些兼语句或流水对都是统一性句法的范例，通过内在的冲力和动势，它们把别的句式所缺乏的连续意义带入诗中”。

《唐诗三百首》跨行句有154例，其中动词谓语句102例，形容词谓语句6例，数量词谓语句1例，名词谓语句4例，无主句6例，无主话旨话题句2例，主谓话旨话题句14例，紧缩复句19例。

《唐诗三百首》跨行句一般由两个诗句构成。由三句或四句构成的跨行句只有8例，均出自七古。① 在涉及人物言语问答或思维活动的场合，有时一个句子会跨越四句以上，笔者只将其最前面的一联——前两句看作一个跨行句，其后的句子看成复句或其他跨行句。例如杜甫《佳人》“自云良家女，零落依草木……但见新人笑，那闻旧人哭”，共有七联，笔者只将第一联“自云良家女，零落依草木”视为跨行句，其他各联都作为复句看待。再如元结《贼退示官吏》“思欲委符节，引竿自刺船。将家就鱼麦，归老江湖边”，只将第一联“思欲委符节，引竿自刺船”视为跨行句。又如韩愈《石鼓歌》“濯冠沐浴告祭酒，如此至宝存岂多……大厦深檐与覆盖，经历久远期无陀”共有七个诗联，白居易《长恨歌》“含情凝睇谢君王，一别音容两渺茫……但教心似金钿坚，天上人间会相见”共有六个诗联，李商隐《韩碑》“愈拜稽首蹈且舞，金石刻画臣能为……当仁自古有不让，言讫屡

① 这8例是：岑参《走马川行奉送封大夫出师西征》“君不见，走马川行雪海边，平沙莽莽黄入天”，李白《将进酒》“君不见，黄河之水天上来，奔流到海不复回”“君不见，高堂明镜悲白发，朝如青丝暮成雪”“岑夫子，丹丘生，将进酒，杯莫停”“五花马，千金裘，呼儿将出换美酒”，杜甫《兵车行》“君不闻，汉家山东二百州，千村万落生荆杞”“君不见，青海头，古来白骨无人收”，白居易《长恨歌》“七月七日长生殿，夜半无人私语时，在天愿作比翼鸟，在地愿为连理枝”。最后一例，“在天”之前省略“誓曰”。省略言语动词的现象在古代散文中也是存在的。

颔天子颐"共有三个诗联，均只将其第一联视为跨行句。

一、跨行动词谓语句

(一)跨行动词谓语句静态考察

此类句子有102例，比重最大(66%)。只有1例被动式，出自七古：

> 就中云幕椒房亲，赐名大国虢与秦。(其中有云幕椒房的后妃至亲，被皇上赏赐国名虢和秦。杜甫《丽人行》)

其余均为主动句，其中又可分为无宾语句、单宾语句和双宾语句三类。单宾语句可以带名词性宾语，也可以带动词性宾语(此种句子又称"包孕句")。动词性单宾语句(包孕句)有49例，其谓语一般由感知动词("见、值、听、闻、知、解、堪、闻道")、心态动词("欲、惭、怜、恨、记、忆、嗟、堪、惆怅")或言语动词("云、言、谈、语、誓、曰、报道")充当。例如：

> (1)但见悲鸟号古木，雄飞雌从绕林间。(只见那悲鸟在古树上哀鸣啼叫，雄雌相随飞翔在原始森林之间。李白《蜀道难》)(2)又闻子规啼夜月，愁空山。(月夜听到的是杜鹃悲惨的啼声，这荒荡的空山令人愁思绵绵。李白《蜀道难》)(3)七月七日长生殿，夜半无人私语时。在天愿作比翼鸟，在地愿为连理枝。(在当年七月七日夜的长生殿，夜半无人，我俩私语时，对天立誓：在天上愿作比翼齐飞鹣鹣鸟；在地上甘为永不分离连理枝。白居易《长恨歌》)(4)遥知兄弟登高处，遍插茱萸少一人。(遥想今日重阳，兄弟又在登高，他们佩戴茱萸，发觉少我一人。王维《九月九日忆山东兄弟》)(5)复值接舆醉，狂歌五柳前。(又碰到你这个接舆醉酒，在我面前狂歌。王维《辋川闲居赠裴秀才迪》)(6)谁解乘舟寻范蠡，五湖烟水独忘机。(谁理解我驾舟寻范蠡

的意义，漂泊五湖独自忘掉世俗心机。温庭筠《利州南渡》)(7)欲持一瓢酒，远慰风雨夕。(我本想捧持一瓢醇香的美酒，在这风凉雨冷的秋夜去拜访。韦应物《寄全椒山中道士》)(8)苦恨年年压金线，为他人作嫁衣裳。(最恨每年穿针引线做刺绣，专为他人赶制陪嫁衣裳。秦韬玉《贫女》)(9)不堪玄鬓影，来对白头吟。(无法忍受盛年好时光，独自吟诵白头吟这么哀怨的诗行。骆宾王《在狱咏蝉》)(10)自云良家女，零落依草木。(她自己说："我是良家的女子，零落漂泊才隐居这里与草木为伍"。杜甫《佳人》)(11)谁言寸草心，报得三春晖。(谁能说像小草的那点孝心，可报答春晖般的慈母恩情。孟郊《游子吟》)(12)报道山中去，归来每日斜。(邻人报说他到山里去了，回来时总要太阳西斜。僧皎然《寻陆鸿渐不遇》)

名词性单宾语句有31例，有时其主语和谓语被分列在上下两句，例如：

(1)流落征南将，曾驱十万师。(你这位落魄的征南将军，当年曾经带领过十万雄师。刘长卿《送李中丞归汉阳别业》)(2)旧时王谢堂前燕，飞入寻常百姓家。(晋代王导谢安两家的堂前紫燕，而今却在寻常老百姓家里筑巢。刘禹锡《乌衣巷》)

有时充任主语的名词性短语被分列在两句，例如：

(1)姑苏城外寒山寺，夜半钟声到客船。(苏州城外寒山寺夜半的清幽钟声，忽然传到我这个烦忧难眠的难民船上。张继《枫桥夜泊》)(2)来日绮窗前，寒梅著花未。(来时我家绮窗前的那一株腊梅，开花了没有。王维《杂诗》)

有时主语省略，例如：

(1)正是江南好风景，落花时节又逢君。(正是在这江南好风景的落花时节又见到了您。杜甫《江南逢李龟年》)(2)江村独归处，寂寞养残生。(在江边那个我独处的地方，孤寂地过着剩下的日子。杜甫《奉济驿重送严公四韵》)(3)茫茫江汉上，日暮欲何之。(在这渺渺无边的汉水边，垂暮之年的你将要去何处。刘长卿《送李中丞归汉阳别业》)

在31个带名词性单宾语的用例中，有5例省略谓语动词(这种句子在过去通常被看作两个“名词语”)：

(1)慈母手中线，游子身上衣。(慈祥母亲手里的针线牵连着远游孩子身上的衣服。孟郊《游子吟》)(2)迢递三巴路，羁危万里身。(遥远的三巴道路，阻隔着我这个久居他乡、处境危险、离家万里的人。崔涂《除夜有怀》)(3)归棹洛阳人，残钟广陵树。(摇桨回乡的洛阳人，遥对着残钟萦绕的广陵树。韦应物《初发扬子寄元大校书》)(4)春风桃李花开日，秋雨梧桐叶落时。(从春风中桃李鲜花盛开的日子，到秋雨中梧桐树叶飘落的时候。白居易《长恨歌》)(5)迟迟钟鼓初长夜，耿耿星河欲曙天。(从迟迟钟鼓声渐觉漫长的深夜，到星光灿烂、东方要出现曙光的早晨。白居易《长恨歌》)

例中分别省略“连、阻、对、到”。无宾语句有8例，全带状语或补语：

(1)从来幽并客，皆向沙场老。(自古以来河北、山西和陕西北部一带的豪杰，都与尘土黄沙伴随到老。王昌龄《塞上曲》)(2)当时浣纱伴，莫得同车归。(昔日一起在越溪浣纱的女伴，再不能与她同车而归。王维《西施咏》)(3)洞天石扉，訇然中开。(神仙石府的石门，在隆隆声中打开。李白《梦游天姥吟留别》)(4)离离原上草，一岁一枯荣。(古原上的野草，每年春天茂盛秋天枯黄。白居易《赋得古原草送别》)(5)孤舟蓑笠翁，独钓寒江雪。(江上孤舟中披蓑戴笠的渔翁，独自在寒冷的江雪中垂钓。柳宗元《江雪》)(6)北山白云里，隐者自怡悦。(在北山峻岭的白云之中，我这隐者独自把欢欣品味。孟浩然《秋登兰山寄张五》)(7)金陵津渡小山楼，一宿行人自可愁。(在镇江附近金陵渡口的小山楼里，我这个漂泊的行人心中自有忧愁。张祜《题金陵渡》)(8)昔日戏言身后事，今朝都到眼前来。(当年咱俩开玩笑讲的身后事，今日都纷纷来到眼前。元稹《遣悲怀》)

双宾句谓语是由传播、探求或使令义动词构成(无取予义动词)。传播、探求义动词有8例，双宾语的语义构成是"对象宾语+内容宾语"：

(1)借问路旁名利客，何如此处学长生。(敢问路旁追名逐利的过客们，怎么比得上在此学道求长生。崔颢《行经华阴》)(2)为问元戎窦车骑，何时返旆勒燕然。(请问你主帅车骑将军窦宪，何时班师回朝刻石燕然山。皇甫冉《春思》)(3)妆罢低声问夫婿，画眉深浅入时无。(打扮好了轻轻问郎君一声：我的眉画得浓淡可否符合时兴。朱庆余《近试上张水部》)(4)莫学游侠儿，矜夸紫骝好。(莫学那自恃勇武游侠儿，自命不凡地把骏马夸耀。王昌龄《塞上曲》)(5)莫学武陵人，暂游桃源里。(不要学那个武陵人，只是在桃花源短暂地游了几天。裴迪《送崔九》)(6)濯冠沐浴告祭酒，如此至宝存岂多。(我刷帽沐浴禀告国子监祭酒说："如此宝贵的文物世上能有多少。"韩愈《石鼓歌》)(7)二十四桥明月夜，玉人何处教吹箫。(扬州二十四桥明月笼罩的夜晚，老友你在何处教美人吹箫。杜牧《寄扬州韩绰判官》)(8)持谢①邻家子，效颦安可希。(奉劝那盲目效颦的邻人东施，不要希望能够通过效法皱眉而取宠。王维《西施咏》)

例(7)对象宾语"玉人"前置。使令动词有5例，其中"令"字句有3例(2例

① 持谢：奉劝。

五古，1例七古）：

（1）遂令东山客，不得顾采薇。（于是让你这个像谢安的山林隐者，也不再效法伯夷叔齐去采薇。王维《送綦毋潜落第还乡》）（2）令彼征敛者，迫之如火煎。（让那横征暴敛的官吏，催赋逼税恰如火烧火煎。元结《贼退示官吏》）（3）遂令天下父母心，不重生男重生女。（于是使得天下父母，不想生儿而想生女。白居易《长恨歌》）

“请”字句2例，分别出自七古和五古：

（1）请君试问东流水，别意与之谁短长。（敬请诸位朋友问问东流水，它与离情别绪相比，到底谁短谁长。李白《金陵酒肆留别》）（2）请留盘石上，垂钓将已矣。（让我留在这磐石上，终日垂钓一直终老到头。王维《青溪》）

最后1例省略对象宾语“我”。

从102例跨行动词谓语句的分布看，五七言相当（五言诗50例，七言诗52例），古体稍多于近体（56：46例），总体比较均衡（详见表8.1）。

表8.1　《唐诗三百首》动词谓语跨行句例数统计表

类型	五言古体	五言近体	七言古体	七言近体	合计（例）
无宾句	3	2	1	2	8
名词单宾句	3	15	8	5	31
动词单宾句	10	10	22	7	49
双宾句	5	2	3	3	13
被动式			1		1
合计（例）	21	29	35	17	102

（二）跨行动词谓语句溯源探流

“《诗经》20首”有51例，占其跨行句总数（82例）的62%，其中27例带名词性单宾语（如“关关雎鸠，在河之洲”“大夫君子，无我有尤”），11例为无宾语句（如“于嗟女兮，无与士耽”“总角之宴，言笑晏晏”），3例带动词性单宾语（如“逝将去女，适彼乐土”），10例带双宾语（如“王命召伯，彻申伯土疆”“王遣申伯，路车乘马”）。《古诗十九首》有5例，占总数（13个）的38%，其中3例带动词性单宾语（如“愿为双鸿鹄，奋翅起高飞”“思为双飞燕，衔泥巢君屋”），2例带名词性单宾语（如“冉冉孤生竹，结根泰山阿”）。“六朝诗35首”有6例，占总数（11例）的55%，其中4例带动词性单宾语（如“不见篱间雀，见鹞自投罗”“未知从今去，当复如此不”“复值怀春鸟，枝间弄好音”“闻道楼船战，今年不解围”），1例带名词性单宾语（“以彼径寸茎，荫此百尺条”），1例为无宾语句（“前访昌海驿，杂种寇轮台”。“前访昌海驿”为状语，“轮台”为补语）。“宋词65首”有39例，占总数（56例）的70%，其中9例带名词性单宾语（如“玉勒雕鞍游冶处，楼高不见章台路”“浪淘尽，千古风流人物”“映帘底宫眉，堤上游勒”等），7例为无宾语句（如“一枕清宵好梦，可惜被、邻鸡唤觉”“空城晓角，吹入垂杨陌”“昨夜冷中庭，月下相认”），其余均带动词性宾语（如“见钓舟初出、芙蓉渡头，鸳鸯滩侧”“不知天上宫阙，今夕是何年”“可堪孤馆闭春寒，杜鹃声里斜阳暮”“最喜小儿亡赖，溪头卧剥莲蓬”“因笑王谢诸人，登高怀远，也学英雄涕”“念桥边红药，年年知为谁生”“望涓涓一水隐芙蓉，几被暮云遮”）。“宋词65首”动词谓语跨行句中被动式、处置式所占比例较高（如“一枕清宵好梦，可惜被、邻鸡唤觉”“念岁岁间阻，迢迢紫陌”“翻被梨花冷看，人生苦恋天涯”“几被暮云遮”“把乾坤收入，逢窗深里”）。跨行句相当于散文中的长句，司马迁《报任安书》长句中，动词谓语句也是最多，例如“以为仆沮贰师，而为李陵游说”“乃欲昂首信眉，论列是非”“若望仆不相师，而用流俗人之言”“恨私心有所不尽，鄙陋没世，而文采不表于后也”“仆赖先人绪业，得待罪辇毂下，二十余年矣”“且夫臧获婢妾，犹能引决”“乃如左丘无目，孙子断足”“主上幸以先人之故，使得奉薄伎，出入周卫之中”(最后1例省略对象宾语)。

二、跨行形谓、数谓、名谓句和无主句

(一)跨行形谓句、数谓句、名谓句和无主句静态考察

1. 跨行形容词谓语句静态考察

共有6例，其中5例为单音性质形容词谓语句(五律3例，五绝1例，五古1例)：

(1)此道昔归顺，西郊胡正繁。(当年由金光门这条路去投奔凤翔，长安西郊到处是安史叛军正作乱。杜甫《有悲往事》①)(2)空山新雨后，天气晚来秋。(一场新雨过后，青山特别清朗，秋天的傍晚，天气格外的凉爽。王维《山居秋暝》)(3)曲径通幽处，禅房花木深。(曲折山道通向幽静处所，禅房深藏之处花卉缤纷。常建《破山寺后禅院》)(4)苍苍竹林寺，杳杳钟声晚。(在苍翠的竹林寺院中，远远传来深沉的晚钟。刘长卿《送灵澈》)(5)五陵北原上，万古青蒙蒙。(再看看长安城北汉代的五陵，历经万古千秋依然青青。岑参《与高适薛据登慈恩寺浮图》)

1例为状态形容词谓语句，出自五律：

天地英雄气，千秋尚凛然。(刘备的英雄气概真可谓顶天立地，经历千秋万代至今依然威风凛凛。刘禹锡《蜀先主庙》)

---

① 原题为《至德二载，甫自京金光门出，间道归凤翔，乾元初从左拾遗移华州掾，与亲故别，因出此门，有悲往事》。

2. 跨行数量词谓语句静态考察

只有1例(出自五律)：

明日巴陵道，秋山又几重。(明日你行走的巴陵古道上，秋山又会有无数重。李益《喜见外弟又言别》)

3. 跨行名词谓语句静态考察

只有4例，其中“主语+名词性谓语”式和“主语+是+名词性谓语”式各有2例。前者分别出自五古和五律：

(1)千秋万岁名，寂寞身后事。(千秋万代有声名，那是你寂寞身亡后的事情。杜甫《梦李白》)(2)少妇今春意，良人昨夜情。(少妇今春思夫的心意，也是情郎昨夜思妇的感情。沈佺期《杂诗》)

后者分别出自五古和七律：

(1)当君怀归日，是妾断肠时。(您心生归家念头的时候也正是妾对您思念断肠的时候。李白《春思》)(2)最是楚宫俱泯灭，舟人指点到今疑。(最可感慨的是楚宫早已湮灭，虽然船夫予以指点但是至今仍然怀疑。杜甫《咏怀古迹》)

4. 跨行无主句静态考察

此类句子有6例(5例出自五律，1例出自五古)：

(1)独有宦游人，偏惊物候新。(只有远离故里外出做官之人，特别敏感自然物候转化更新。杜审言《和晋陵陆丞相早春游望》)(2)牛渚西江夜，青天无片云。(西江牛渚山的秋夜里，湛蓝的天空中没有一丝游云。李白《夜泊牛渚怀古》)(3)细草微风岸，危樯独夜舟。(在长满细草和微风吹拂的江岸江边，有一只立着桅杆的守夜孤舟。杜甫《旅夜书怀》）（4）一路经行处，莓苔见屐痕。（一路经过的地方，苔痕上印着足迹。刘长卿《寻南溪常山道人隐居》）（5）乱山残雪夜，孤烛异乡人。（在群山的雪夜里，有一个孤独的外地人。崔涂《除夜有怀》）（6）门前迟行迹，一一生绿苔。（门前那些你缓步离去的足印，一个个都长满青苔。李白《长干行》）

这些无主句，有的带A段（状语，如“牛渚西江夜青天/无/片云”），有的带A、C段（“细草微风岸/危樯独夜舟”），有的带B、C段（独有/宦游人偏惊物候新），有的只有C段（“乱山残雪夜孤烛异乡人”）。其格局跟单行句相近。

从分布看，跨行形谓句、数谓句、名谓句和无主句多数来自五言诗（16例）和近体诗（13例），它显示由于汉语句子表达变得更加严密，附加成分增加，五言句已经容不下一个完整的句子了（近体诗中五言诗较多，古体诗中七言诗较多）。

（二）跨行形谓句、数谓句、名谓句和无主句溯源探流

这些跨行句在唐代前后的文献中大多有所使用。跨行形容词谓语句：“《诗经》20首”有5例（“昔我往矣，杨柳依依”“今我来思，雨雪霏霏”“节彼南山，维石岩岩”“赫赫师尹，不平谓何”“申伯之德，柔惠且直”）；《古诗十九首》有2例（“人生天地间，忽如远行客”“人生寄一世，奄忽若飙尘”）；“六朝诗35首”有1例（“与君初婚时，结发恩义深”）；“宋词65首”未见。散文作品《报任安书》有1例（“夫人臣出万死不顾一生之计，赴公家之难，斯已奇矣”）。

跨行数量词谓语句：“《诗经》20首”有1例（自我不见，于今三年）。

跨行名词谓语句：“《诗经》20首”有6例，其中3例属于“主语+谓语”句（“窈窕淑女，君子好逑”“靡家靡室，猃狁之故”“不遑启居，猃狁之故”），2例属于“主语+维+谓语”句（“尹氏大师，维周之氐”“维申及甫，

维周之翰”)，1例属于“主语+谓+谓语”句(“赫赫师尹，不平谓何”)；“六朝诗35首”有1例(“远与君别者，乃至雁门关”——与君远别的原因，是君要前往雁门关)；“宋词65首”3见(“最关情、折尽梅花，难寄相思”“淡泊秋光，恰似此日游情”“待去也，最愁人、犹恋故人”)。散文作品《报任安书》有1例(“《诗》三百篇，大抵圣贤发愤之所为作也”)。

跨行无主句：《古诗十九首》有1例(“下有陈死人，杳杳即长暮”)；“六朝诗35首”2见(“路有饥妇人，抱子弃草间”“日晚荒城上，苍茫余落晖”)；“宋词65首”4见(“唯有长江水，无语东流”“洞庭青草，近中秋、更无一点风色”“郁孤台下清江水，中间多少行人泪”“只有一枝梧叶，不知多少秋声”)。

三、跨行话题句

(一)跨行话题句静态考察

1. 跨行无主话旨话题句静态考察

有2例(出自五律和七古)：

(1)至今残破胆，应有未招魂。(曾经吓破的胆，至今还有未招回的魂魄。杜甫《有悲往事》)(2)乱我心者，今日之日多烦忧。(在搅乱我心绪的今天，我有许多郁闷忧愁。李白《宣州谢朓楼饯别校书叔云》)

前例属于“A+B+C”句(“残破胆”属于A段)，后例属于“唯C”句(“多烦忧”为C段)。

2. 跨行主谓话旨话题句静态考察

有14例。其中11例为“宾语性话题+施事主语+谓语”句(七古4例，五古3例，五律4例)：

(1)岑夫子，丹丘生，将进酒，杯莫停。(岑夫子丹丘生，请你们进酒，酒杯不要停。李白《将进酒》)(2)五花马，千金裘，呼儿将出换美酒。(名贵的五花马，价值千金的皮裘，叫孩儿们把它们拿去换美酒吧。李白《将进酒》)(3)内府殷红玛瑙盘，婕好传诏才人索。(内府的殷红玛瑙盘，婕妤传诏给妃嫔，令其寻找。杜甫《韦讽录事宅观曹将军画马图》)(4)缓歌慢舞凝丝竹，尽日君王看不足。(轻歌曼舞配着优美丝竹声，君主一天到晚看不够。白居易《长恨歌》)(5)昔日长城战，咸言意气高。(昔日那场在长城的战斗，都说士气很高。王昌龄《塞下曲》)(6)由来征战地，不见有人还。(自古以来的征战地，不见谁能从那里返回。李白《关山月》)(7)江南瘴疠地，逐客无消息。(江南瘴疠地，没有被贬人士的消息。杜甫《梦李白》)(8)阳月南飞雁，传闻至此回。(阴历十月南飞的大雁，据说飞到大庾岭就全部折回。宋之问《题大庾岭北驿》)(9)今夜鄜州月，闺中只独看。(鄜州今晚圆圆的秋月，你只能在闺中一人独看。杜甫《月夜》)(10)别来沧海事，语罢暮天钟。(别后经历的多少沧海桑田，一直长谈到暮钟时分。李益《喜见外弟又言别》)(11)年年越溪女，相忆采芙蓉。(年年回忆越溪女采芙蓉的情景。杜荀鹤《春宫怨》)

各例对应的常式句分别是“将岑夫子丹丘生进酒，杯莫停”“呼儿将出五花马千金裘换美酒”“婕好传诏才人索内府殷红玛瑙盘”“尽日君王看不足缓歌慢舞凝丝竹”“咸言昔日长城战意气高”“不见有人从由来征战地还”“江南瘴疠地无逐客消息”“传闻阳月南飞雁至此回”“闺中只独看今夜鄜州月”“语罢别来沧海事直到暮天钟响”和“年年忆越溪女采芙蓉”。

3例为“定语性话题+施事或当事主语+谓语(+宾语)”句(七古2例，七律1例)：

(1)蚕丛及鱼凫，开国何茫然。(蚕丛和鱼凫，建立蜀国的事情年代实在久远。李白《蜀道难》)(2)先帝天马玉花骢，画工如山貌不同。①(开元时先帝的宝马玉花骢，多少画家画出的都与原貌不同。杜甫《丹青引赠曹霸将军》)(3)谢公最小偏怜女，自嫁黔娄百事乖。(妻子你就像谢安最宠的侄女，自从嫁了穷困的我就百事不顺。元稹《遣悲怀》)

其对应的常式句分别是“蚕丛及鱼凫的开国之事何茫然”“先帝天马玉花骢被画出的面貌跟原来不同”和“谢公的最小偏怜女百事乖”。

主谓话旨话题句在跨行句中的占比跟在单行句中的情况相近，“宾语性话题+施事主语+谓语”句最多，“定语性话题+施事或当事主语+谓语(+宾语)”句次之。在不同诗体中的分布差别不大：五言诗 8 例，七言诗 8 例；近体诗 6 例，古体诗 10 例(古体诗用例稍多，因为古体诗的总字数比近体诗多)。

(二)跨行话题句溯源探流

跨行话题句也是来自上古，在唐代前后的文献中都有使用，尽管语例数量较少。

跨行无主话旨话题句：“《诗经》20 首”有 2 例(“君子于役，苟无饥渴”②“节彼南山，有实其猗”③)；“宋词 65 首”有 1 例(“从别后经今，花开柳拆伤魂魄”)。散文作品《报任安书》有 1 例(“刑余之人，无所比数”)。

跨行主谓话旨话题句：“《诗经》20 首”有 8 例，多为“宾语性话题(+主语)+谓语”句(例如“参差荇菜，左右流之”“窈窕淑女，寤寐求之”“赫赫师尹，民具尔瞻”)，1 例为“定语性话题+主语+谓语”句(“尔卜尔筮，体无咎言”)；《古诗十九首》有 1 例“宾语性话题(+主语)+谓语”句(“仙人王子

① 此句也可理解为以紧缩转折复句为话旨的话题句“先帝天马玉花骢，虽然画工如山，但是其所画出的样子跟原貌不同”。

② 君子于役，苟无饥渴：君子服役时不要有饥渴。

③ 节彼南山，有实其猗：高耸的南山，拥有广大的山陵。“猗”同“阿”。

乔，难可与等期”）；“六朝诗 35 首”有 1 例“定语性话题（+主语）+谓语”句（“菟丝及水萍，所寄终不移”）；“宋词 65 首”有 5 例，均为“宾语性话题（+主语）+谓语”句（“故垒西边，人道是，三国周郎赤壁”“靖康耻，犹未雪”“臣子恨，何时灭”“巧笑东邻女伴，采桑径里逢迎”“旧隐新招，知住第几层云”）。

四、跨行紧缩复句

（一）跨行紧缩复句静态考察

共有 19 例。紧缩叙述（顺承）复句最多（共有 10 例：五古 4 例，五律 4 例，七古 2 例）：

（1）高卧南斋时，开帷月初吐。（我和从弟在南斋高卧时，掀开窗帘观赏那初升的玉兔明月。王昌龄《同从弟南斋玩月忆山阴崔少府》）（2）何日平胡虏，良人罢远征。（什么时候把胡虏平定，那时丈夫就可以不再当兵远征。李白《子夜秋歌》）（3）闲持贝叶书，步出东斋读。（悠闲地捧起佛门贝叶经，信步走出东斋吟咏朗读。柳宗元《晨诣超师院读禅经》）（4）妾发初覆额，折花门前剧。（在刘海刚刚覆盖前额时，我常常折来花枝，在门前嬉戏。李白《长干行》）（5）何时倚虚幌，双照泪痕干。（何时依偎共赏轻纱般的月华，那时让月华照干我俩满是泪痕的脸。杜甫《月夜》）（6）迢递嵩高下，归来且闭关。（远远地来到嵩山下，归隐深山，关上房门谢绝来客。王维《归嵩山作》）（7）谁能将旗鼓，一为取龙城。（谁能够带领一支大部队，为我们攻取龙城结束战争。沈佺期《杂诗》）（8）凄凉蜀故妓，来舞魏宫前。（蜀汉宫廷可悲的歌妓们，如今却在魏王殿前欢歌曼舞。刘禹锡《蜀先主庙》）（9）春江花朝秋月夜，往往取酒还独倾。（在春江花朝秋江月夜那样好光景，无可奈何常常取酒独酌独饮。白居易《琵琶行》）（10）少年十五二十时，步行夺得胡马骑。（当年十五二十岁青春之时，徒步行走，夺来胡人

战马骑。王维《老将行》)

除了第1、2两例，其余各例分句主语具有一致性。这些句子基本采用“意合法”，个别句子带关联词语“且”。紧缩目的复句有3例(五古2例，五律1例)：

(1)何当载酒来，共醉重阳节。(什么时候你能载酒到这里来，在重阳佳节共同开怀畅饮。孟浩然《秋登兰山寄张五》)(2)谁能绝人命，以作时世贤。(谁愿意断绝人民的生路，去做时世所称赞的忠贤。元结《贼退示官吏》)(3)薄暮空潭曲，安禅制毒龙。(日已将暮，我伫立在空寂的清潭边，安然禅定，消除邪念。王维《过香积寺》)

3例均为“行为+目的”式。多采用“意合法”，只有1例带关联词语“以”。紧缩并列复句有2例(出自五律和七古)：

(1)几时杯重把，昨夜月同行。(我们何时才能重新把盏长谈，像昨夜那样子月下同行互倾衷肠。杜甫《奉济驿重送严公四韵》)(2)马嵬坡下泥土中，不见玉颜空死处。(萋萋马嵬山坡下的荒凉黄土中，再不见美人颜容，只有她死去的地方。白居易《长恨歌》)

此外，紧缩因果、条件、选择和递进复句各有1例：

(1)只应守寂寞，还掩故园扉。(今生今世只应该空守寂寞，所以还是回家关闭我的故园门扉。孟浩然《留别王维》)(2)十年离乱后，长大一相逢。(经过了十年的乱离之后，年龄已大，忽然在异地相逢。李益《喜见外弟又言别》)(3)世界微尘里，吾宁爱与憎。(在世界万物的微尘之中，我是爱还是憎。李商隐《北青萝》)(4)呜呼圣王及圣相，相与烜赫流淳熙。(哎呀！宪宗与裴度他们这对圣皇和圣相，相互显

耀地流传着显赫声威。李商隐《韩碑》)

前3例出自五律，后1例出自七古。

从跨行紧缩复句的分布看，古体诗10例，近体诗9例，十分平均，而五言诗(15例)明显多于七言诗(4例)。

(二)跨行紧缩复句溯源探流

出现时间较早，一直使用。《诗经》20首”有5例，3例为紧缩并列复句(“笃公刘，既溥既长”“笃公刘，匪居匪康”“申伯之德，柔惠且直”)，2例为紧缩叙述复句(如“日之夕矣，羊牛下来”)。《古诗十九首》有4例，2例为紧缩叙述复句(“何不策高足，先据要路津”“昔我同门友，高举振六翮”)，1例为紧缩并列复句(“不如饮美酒，被服纨与素”)，1例为紧缩因果复句各1例(“无为守贫贱，坎轲长苦辛”)。“宋词65首”有4例，2例为紧缩解注复句(“江南江北，曾未见、漫拟梨云梅雪”“壶山居士，未老心先懒”)，1例为紧缩叙述复句(“燕帘莺户，云窗雾阁，酒醒啼鸦”)，1例为紧缩转折复句(“驿外断桥边，寂寞开无主”)。“六朝诗35首”未见。《报任安书》有6例，多是紧缩并列复句(“不以此时引维纲，尽思虑”“不亦轻朝廷，羞当世之士邪”“夫人情莫不贪生恶死，念父母，顾妻子”，紧缩目的复句“曩者辱赐书，教以慎于接物，推贤进士为务”，紧缩递进复句“然后可以托于世，列于君子之林矣”，紧缩假设复句“夫中材之人，事关于宦竖，莫不伤气”)。

《唐诗三百首》跨行句有154例，318句①，约占诗句总数(3121句)的10%。在古近两体中分布比较均衡，在五七言诗中分布有所不同，五言较多(88例，176句)，七言较少(66例，142句)，可见其较适用于短句。《诗经》和“宋词65首”跨行句的占比都很高，其共同点是短句多。“六朝诗35首”跨行句占比之所以最低，除了句子较长的原因外，还有跨行句类型

① 其中有8例含三个或四个诗句(共26行，均出自七古)。

比较单一，跨行话题句和跨行紧缩复句等用例极少(详见表 8.2)等原因，另外与紧缩顺承复句占比高可能也有关系。

表 8.2　唐代前后部分诗歌文献跨行句所占诗句统计表

文献	诗句总数	跨行句例数	跨行句覆盖诗句数	跨行句占比
诗经 20 首	690	78	156	23%
古诗十九首	254	13	26	10%
六朝诗 35 首	538	11	22	4%
唐诗三百首	3121	154	318	10%
宋词 65 首	789	56	119	15%

《唐诗三百首》跨行句中有动词谓语句、形容词谓语句、数量词谓语句、名词谓语句、无主句、无主话旨话题句、主谓话旨话题句和紧缩复句等，类型丰富，跟“《诗经》20 首”“《古诗十九首》”“六朝诗 35 首”和“宋词 65 首”整体格局基本一致，跟唐诗单行句中的情况也基本一致，只是由于句子较长，紧缩复句的占比不如句幅较短的单行句那样高(详见表 8.3)。

表 8.3　部分文献各类跨行句覆盖的句子数量统计表

跨行句类型	文献					
	诗经 20 首	报任安书	古诗 19 首	六朝诗 35 首	宋词 65 首	唐诗三百首
动谓句	102	45	8	12	79	211
形谓、数谓句	12	3	4	2	0	14
名谓句	12	2	0	2	8	8
无主句	0	0	2	4	9	12
无主话旨话题句	4	2	0	0	2	4

续表

跨行句类型	文献					
	诗经 20首	报任 安书	古诗 19首	六朝诗 35首	宋词 65首	唐诗 三百首
主谓话旨话题句	16	0	2	2	11	31
紧缩复句	10	15	10	0	10	38
合计(例)	156	67	26	22	119	318

第二节　常规复句

常规复句是与紧缩复句相对而言的，它是由单句组合而成的。目前的汉语常规复句研究侧重于现代汉语。在上古汉语常规复句研究方面，主要有申小龙(1988)对《左传》广义因果关系句、广义转折关系句、广义并列关系句的定量研究("关系句"相当于笔者所说的常规复句)，白兆麟(2003)对《盐铁论》复句类型及其表现形式的研究，赖江(2005)对《晏子春秋》复句类型及其表现形式的研究，蔡英杰(2006)对《孙子兵法》复句类型、结构层次、语义关系、连接手段的研究，欧阳戎元(2005)对《荀子》复句类型及其表现形式的研究，陈顺成(2007)对《孟子》复句类型及其表现形式的研究，杨合鸣(1993)对《诗经》复句类型的介绍，姚守亮(2015)对宋玉辞赋复句的介绍。在中古和近古汉语常规复句研究方面，有丁俊苗(2003)对《醒世姻缘传》复句类型及其表现形式的研究，刘艳(2008)对《颜氏家训》复句类型及其表现形式的研究，闫晶淼(2008)对《颜氏家训》复句类型的研究，祝敏彻(1991)对《朱子语类》复句类型和表现形式的介绍。在唐诗常规复句研究方面，只有王力(1958：270-273)所作的"按断式""申说式""原因式""条件式""容许式""时间修饰"等的分类。按照本书的句型体系，其"按断式"分属"因果复句"和"解注复句"，"申说式"和"原因式"属"因果复句"，"条件式"属"假设复句"，"容许式"属"转折复句"，"时间修饰"

大致可归入“单句”。

唐诗常规复句一般由两个单行句构成，三个单行句构成的很少①，四个单行句构成的复句更少(李白《行路难》“行路难，行路难，多歧路，今安在”)。由三句或四句构成的复句其实是多重复句。对于这些多重复句，笔者只根据其最上层的类型将其作为一个复句统计。有的复句由单行句和跨行句共同构成，例如李白《蜀道难》“其险也若此，嗟尔远道之人，胡为呼来哉”，李白《长相思》“忆君迢迢隔青天，昔日横波目，今作流泪泉”。在《唐诗三百首》3121 个诗句中，常规复句有 1383 个②，涵盖并列、解注、递进、限定、选择、顺承、因果、转折、假设、让步、目的等复句类型。下面将其分为“叙述复句”(527 例)、“描写复句”(538 例)和“判断复句”(318 例)三部分加以介绍。

一、叙述复句

(一)叙述复句静态考察

叙述复句就是过去所说的顺承复句，它是表示事物时间先后关系的复

① 《唐诗三百首》由三个单行句构成的复句有：李白《庐山谣寄卢侍御虚舟》“庐山秀出南斗傍，屏风九叠云锦张，影落明湖青黛光”，李白《梦游天姥吟留别》“别君去兮何时还？且放白鹿青崖间，须行即骑访名山”，李白《长相思》“美人如花隔云端，上有青冥之高天，下有渌水之波澜”，李颀《听安万善吹觱篥歌》“南山截竹为觱篥，此乐本自龟兹出，流传汉地曲转奇。凉州胡人为我吹，傍邻闻者多叹息，远客思乡皆泪垂”，岑参《走马川行奉送封大夫出师西征》“轮台九月风夜吼，一川碎石大如斗，随风满地石乱走。匈奴草黄马正肥，金山西见烟尘飞，汉家大将西出师。将军金甲夜不脱，半夜军行戈相拨，风头如刀面如割。马毛带雪汗气蒸，五花连钱旋作冰，幕中草檄砚水凝。虏骑闻之应胆慑，料知短兵不敢接，车师西门伫献捷”，韩愈《八月十五夜赠张功曹》“一年明月今宵多，人生由命非由他，有酒不饮奈明何”。

② 其中包括截取自跨行句内部的常规复句。例如白居易《长恨歌》“含情凝睇谢君王，一别音容两渺茫……天上人间会相见”，这个长跨行句本来有 14 个诗句，但笔者只将最前面的 2 句作为一个跨行句，其余 12 句作为 6 个复句看待。又如白居易《琵琶行》“自言本是京城女，家在虾蟆陵下住……梦啼妆泪红阑干”，共有 22 句，除了前 2 句之外，其余均作为复句处理。

句。《唐诗三百首》有527例（七古202例，五古93例，五律90例，七律61例，五绝28例，七绝53例）。七言诗（316例）多于五言诗（211例）。古体诗（295例）多于近体诗（232例）。例如：

(1)念天地之悠悠，独怆然而泪下。（想到宇宙无限邈远，我凄恻悲愁涕泪纵横。陈子昂《登幽州台歌》）(2)岁夜高堂列明烛，美酒一杯声一曲。（除夕之夜的高堂上摆着排排明烛，喝一杯美酒听一首歌曲。李颀《听安万善吹觱篥歌》）(3)别君去兮何时还？且放白鹿青崖间，须行即骑访名山。（我与诸君作别，不知何时回还？暂且放养白鹿在那青崖之间，要走随即骑去访问名川大山。李白《梦游天姥吟留别》）(4)忽如一夜春风来，千树万树梨花开。（好像忽然间一夜春风吹来，千树万树上梨花盛开。岑参《白雪歌送武判官归京》）(5)今朝郡斋冷，忽念山中客。（今天在官邸斋舍中觉得冷清，忽然想起隐居全椒山的友人。韦应物《寄全椒山中道士》）(6)灭烛怜光满，披衣觉露滋。（灭掉蜡烛，欣赏月亮的圆满，披上衣服，感觉露水沾身。张九龄《望月怀远》）(7)羊公碑尚在，读罢泪沾巾。（羊祜碑依然矗立，读罢碑文泪水已经沾湿毛巾。孟浩然《与诸子登岘山》）(8)乍见翻疑梦，相悲各问年。（忽然相逢却疑心是在梦中，相怜别后生活互问了庚年。司空曙《云阳馆与韩绅宿别》）(9)剑外忽传收蓟北，初闻涕泪满衣裳。（忽然传来收复蓟北的消息，刚一听到就悲喜交集，涕泪沾满了衣裳。杜甫《闻官军收河南河北》）(10)荷笠带斜阳，青山独归远。（他身背斗笠披着晚霞，在青山之中独自返回那遥远的地方。刘长卿《送灵澈》）(11)平明寻白羽，没在石棱中。（天明寻找白羽装饰的箭杆，发现整个箭头深深嵌入大石中。卢纶《塞下曲》）(12)儿童相见不相识，笑问客从何处来。（儿童看见却并不认识我，他们笑问：这客人是从哪里来？贺知章《回乡偶书》）(13)月落乌啼霜满天，江枫渔火对愁眠。（明月西落，乌鸦啼叫，秋霜满天，对着江枫和渔火，我难以入眠。张继《枫桥夜泊》）

大多采用“意合法”，少数例子带“还、又、已、便、即、复、及、然后”等，有的一直用到现在。例如：

(1)待到重阳日，还来就菊花。(等到九月重阳节的那一天，还会来观赏菊花。孟浩然《过故人庄》)(2)野火烧不尽，春风吹又生。(野火焚烧不尽，春风一吹又蓬勃生长。白居易《赋得古原草送别》)(3)将军得名三十载，人间又见真乘黄。(曹将军画马出名已有三十载，人间又见到古代真正的神马“乘黄”。杜甫《韦讽录事宅观曹将军画马图》)(4)我闻琵琶已叹息，又闻此语重唧唧。(我听了琵琶曲早已摇头叹息，又听到她这番诉说更是悲凄不已。白居易《琵琶行》)(5)又向人家啄大屋，屋底达官走避胡。(这怪物又向大官邸宅啄个不停，屋里达官仓皇逃窜以躲避胡人。杜甫《哀王孙》)(6)去年花里逢君别，今日花开又一年。(去年花开时节与君分别，今日春花又开，不知不觉又过一年。韦应物《寄李儋元锡》)(7)正是江南好风景，落花时节又逢君。(现在正是江南好风景的落花时节，又遇到了你这位老相熟。杜甫《江南逢李龟年》)(8)两岸猿声啼不住，轻舟已过万重山。(两岸猿声还在耳边不停地啼叫，轻舟已穿过万重青山。李白《早发白帝城》)(9)或从十五北防河，便至四十西营田。(有的人十五岁被征去北方驻守黄河，到了四十岁还要被调到西部去屯田。杜甫《兵车行》)(10)即从巴峡穿巫峡，便下襄阳向洛阳。(我立即取道巴峡穿过巫峡，很快来到襄阳，再直奔洛阳。杜甫《闻官军收河南河北》)(11)闲来垂钓坐溪上，忽复乘舟梦日边。(悠闲地坐在溪边垂钓，忽然又乘船从太阳旁边经过。李白《行路难》)(12)今之新图有二马，复令识者久叹嗟。(而今新画之中就有这两匹马，又让识马人久久感慨赞夸。杜甫《韦讽录事宅观曹将军画马图》)(13)初因避地去人间，及至成仙遂不还。(当初先人为了避乱离开人群，等到在这里成仙就不想回还。王维《桃源行》)(14)地崩山摧壮士死，然后天梯石栈相钩连。(山崩地裂蜀国五壮士被压死了，此后才有天梯栈道将两地连通。李白《蜀道难》)

（二）叙述复句溯源探流

叙述复句可谓历史悠久、长盛不衰。“《诗经》20首”有102个，占其复句总数(241个)的42%(例如“求之不得，寤寐思服”“送子涉淇，至于顿丘”“七月流火，九月授衣”“我瞻四方，蹙蹙靡所骋”“既景乃冈，涉渭为乱，取厉取锻，止基乃理”)。“《古诗十九首》”有48例，占其复句总数(114个)的42%(例如“驱车策驽马，游戏宛与洛”“明月皎夜光，促织鸣东壁”“服食求神仙，多为药所误”“置书怀袖中，三岁字不灭”)。“六朝诗35首”有80例，占其复句总数(258个)的31%(例如“出门无所见，白骨蔽平原”“借问谁家子，幽并游侠儿”“夜中不能寐，起坐弹鸣琴”“借问谁家坟，皆云汉世主”“采菊东篱下，悠然见南山”“方调琴上曲，变作胡笳声”“介马渡龙堆，途萦马屡回”)。“宋词65首”有114例，占其复句总数(260个)的44%(例如“无可奈何花落去，似曾相识燕归来，小园香径独徘徊”“今宵酒醒何处？杨柳岸、晓风残月”“泪眼问花花不语，乱红飞过秋千去”“才始送春归，又送君归去”“我欲乘风归去，又恐琼楼玉宇，高处不胜寒”“过春风十里，尽荠麦青青”)。在以上语例中，分句之间的组合方式基本是“意合法”，偶尔使用关联词语，“宋词65首”中的“才始”“又”“旋”“还又”等较为新鲜。据刘艳(2008：16-21)，《颜氏家训》顺承复句多达数百例，“分句间多不使用关联词语，由各分句语义的先后承接来组成”，所用关联词语有“乃、则、而、便、于是、然后”等，例如“行有余力，则可习之”(《文章》)，“有子基、谌，皆已成立，而再娶王氏”(《后娶》)。

二、描写复句

（一）并列复句静态考察和溯源探流

1. 并列复句静态考察

并列复句是表示客观对象之间并列关系的复句。分句之间多不用关联词语。有468例(七古147例，五古72例，五律123例，七律94例，五绝

10例，七绝22例）。从分布看，七言诗（263例）稍多于五言诗（205例），近体诗（249例）稍多于古体诗（219例）。例如：

（1）马毛带雪汗气蒸，五花连钱旋作冰，幕中草檄砚水凝。（马背上雪花被汗气熏化蒸发，五花马的斑纹旋即就结成冰，军帐中起草檄文时砚水也被冻凝。岑参《走马川行奉送封大夫出师西征》）（2）似闻昨者赤松子，恐是汉代韩张良。（仿佛听说他是昔日的赤松子，恐怕是汉初韩国的张良。杜甫《寄韩谏议》）（3）辞严义密读难晓，字体不类隶与蝌。（言辞严谨内容深奥难于理解，字体不像隶书和蝌文而自成一格。韩愈《石鼓歌》）（4）大弦嘈嘈如急雨，小弦切切如私语。（大弦嘈嘈如暴风骤雨，小弦切切如人私下细语。白居易《琵琶行》）（5）边风飘飘那可度，绝域苍茫更何有。（边疆朔风凛冽如何可以飞渡回乡，疆域尽头旷远迷茫又有什么？高适《燕歌行》）（6）岂伊地气暖，自有岁寒心。（难道是地气温暖，本身有常年寒冷的特性。张九龄《感遇》）（7）城小贼不屠，人贫伤可怜。（县城太小夷贼不再屠掠，人民贫穷，他们也觉伤心可怜。元结《贼退示官吏》）（8）梧桐相待老，鸳鸯会双死。（雄梧雌桐枝叶覆盖相守终老，鸳鸯水鸟成双成对至死相随。孟郊《列女操》）（9）潮平两岸阔，风正一帆悬。（春潮涨满两岸，江面更宽阔，顺风行舟一张，船帆高悬桅杆。王湾《次北固山下》）（10）露从今夜白，月是故乡明。（露从今日开始变成白霜，月儿还是故乡的更圆更明。杜甫《月夜忆舍弟》）（11）野寺来人少，云峰隔水深。（来这座野寺的游人太少，隔断云峰山的江水太深。刘长卿《秋日登吴公台上寺远眺》）（12）闲鹭栖常早，秋花落更迟。（悠闲的白鹭常常早早回巢栖宿，秋天的菊花凋落得更迟。钱起《谷口书斋寄杨补阙》）（13）无人收废帐，归马识残旗。（无人去收拾遗弃的营帐，只有归马认得残破战旗。张籍《没蕃故人》）（14）晴川历历汉阳树，芳草萋萋鹦鹉洲。（这里可见晴日江边那历历在目的汉阳碧树，这里可见芳草茂密的鹦鹉洲。崔颢《黄鹤楼》）（15）春蚕到死丝方尽，蜡炬成灰泪始干。（春蚕至死才停止吐丝儿，红烛焚烧殆尽泪水方才干涸。李商隐《无题》）（16）白日依山尽，黄河入海流。（太阳依傍着西山慢慢地沉没，黄河朝着东海汹涌奔流。王之涣《登鹳雀楼》）（17）故国三千里，深宫二十年。（远隔故乡三千里，幽闭深宫二十年。张祜《何满子》）（18）青山隐隐水迢迢，秋尽江南草未凋。（青山隐隐起伏，江流千里迢迢；深秋已过，江南草木仍未凋谢。杜牧《寄扬州韩绰判官》）

大多采用“意合法”，少数例子带“又/亦/也/更/为……不是”等，例如：

（1）蓬莱文章建安骨，中间小谢又清发。（你有蓬莱山宝藏那样的文采和建安诗作的风骨，我好比介于其间的谢朓，诗歌也清发隽秀。李白《宣州谢朓楼饯别校书叔云》）（2）终是圣明天子事，景阳宫井又何人。（马嵬赐死终属圣明之举，景阳宫井中的陈后主又是什么人？郑畋《马嵬坡》）（3）人随沙路向江村，余亦乘舟归鹿门。（人们沿着沙岸走向江村，我也乘着小船回到鹿门。孟浩然《夜归鹿门山歌》）（4）将军画善盖有神，偶逢佳士亦写真。（将军画作的精美是因为画中有神韵，偶逢真名士也肯为他动笔画像。杜甫《丹青引赠曹霸将军》）（5）尚想旧情怜婢仆，也曾因梦送钱财。（我仍念旧情，更加怜爱你的奴婢，也曾因梦见你而为你送去纸钱。元稹《遣悲怀》）（6）同穴窅冥何所望，他生缘会更难期。①（死后合葬地府冥冥有何指望，来世再结良缘更是虚妄难期。元稹《遣悲怀》）（7）敢将十指夸针巧，不把双眉斗画长。（敢拿我这十指在人前夸针线，不拿双眉来较量化妆本事。秦韬玉《贫女》）（8）为乘阳气行时令，不是宸游玩物华。②（是趁着春光出巡民忧，不是玩赏春光驾车逛游。王维《春望之作应制》）

---

① 窅（yǎo）冥：幽暗貌。

② 宸游：帝王的巡游。

2. 并列复句溯源探流

并列复句也是根深叶茂的复句类型。“《诗经》20首”有41个，占复句总数(241个)的17%(例如“知我者谓我心忧，不知我者谓我何求”“不可畏也，伊可怀也”“于时处处，于时庐旅，于时言言，于时语语”“四国于蕃，四方于宣”)。“《古诗十九首》”有26个，占其复句总数(114个)的23%(例如“胡马依北风，越鸟巢南枝”“青青河畔草，郁郁园中柳”“迢迢牵牛星，皎皎河汉女”“白杨何萧萧，松柏夹广路”)。“六朝诗35首”有135个，占其复句总数(258个)的52%(例如：“风声一何盛，松枝一何劲”“孤鸿号外野，翔鸟鸣北林”“世胄蹑高位，英俊沉下僚”“虎啸深谷底，鸡鸣高树巅”“江南佳丽地，金陵帝王州”“迁乔声迴出，赴谷响幽深”)。“宋词65首”有62个，占其复句总数(260个)的24%(例如“月上柳梢头，人约黄昏后”“水是眼波横，山是眉峰聚”“转朱阁，低绮户，照无眠”“纤云弄巧，飞星传恨，银汉迢迢暗度”“大儿锄豆溪东，中儿正织鸡笼”“烟水阔，高林弄残照，晚蜩凄切”)。以上语例基本采用“意合法”，偶尔使用“既、又、也、不、匪”等，有的关联词语比较新鲜，在现代汉语中仍然活跃，如“也、又”。据刘艳(2008：6-16)，《颜氏家训》并列复句有139例，“分句大多数结构相同，句式整齐划一，或者分句之间有词语衔接、照应，使用的关联词较少”，“使用的关联词主要有‘既……，又……’‘又’‘亦’‘及’‘而’‘但’等。共12例”。

(二)解注复句静态考察和溯源探流

1. 解注复句静态考察

解注复句是表示分句之间概括与具体、总说与分说、事物与说明、本体与喻体之间关系的复句。有40例(七古24例，五古4例，七律5例，五律4例，七绝2例，五绝1例)，古体诗远多于近体诗。例如：

(1)南山截竹为觱篥，此乐本自龟兹出，流传汉地曲转奇。(南山截来的竹子做成了觱篥，这种乐器本来出自西域龟兹，它传入中原后曲调更为新奇。李颀《听安万善吹觱篥歌》)(2)青泥何盘盘，百步九折萦岩峦。(青泥岭多么曲折盘旋，百步九转萦绕在峰峦之间。李白《蜀道难》)(3)腾骧磊落三万匹，皆与此图筋骨同。(腾飞好马器宇轩昂三万匹，均与画中马匹体态相同。杜甫《韦讽录事宅观曹将军画马图》)(4)玉京群帝集北斗，或骑麒麟翳凤凰。(玉京山的众仙们齐集北斗，有的骑着麒麟，有的驾着凤凰。杜甫《寄韩谏议》)(5)归来池苑皆依旧，太液芙蓉未央柳。(回到长安放眼看，荷池花苑都依旧：还是原来太液池上的芙蓉花，还是未央宫中的垂杨柳。白居易《长恨歌》)(6)玉容寂寞泪阑干，梨花一枝春带雨。(玉容憔悴泪水纵横流，活像一枝梨花带着春雨。白居易《长恨歌》)(7)公从何处得纸本，毫发尽备无差讹。(您从哪里得到的这拓本的底稿，丝毫都很完备一点也无差错。韩愈《石鼓歌》)(8)人生不相见，动如参与商。(世间难得相见，常常好比此起彼落的参星与商星。杜甫《赠卫八处士》)(9)千载琵琶作胡语，分明怨恨曲中论。(千载流传她作的胡音琵琶曲，强烈的悲愤在曲中倾诉。杜甫《咏怀古迹》)(10)闲坐悲君亦自悲，百年多是几多时。(闲坐时我常常悲悼你，也常常自我悲伤：纵使人生能活百年又有多少时间。元稹《遣悲怀》)(11)世事波上舟，沿洄安得住。(人情世事犹如波上的小船，或顺流或回旋怎么能停滞不前。韦应物《初发扬子寄元大校书》)(12)夫子何为者，栖栖一代中。(孔老夫子是做什么的？到处奔忙过一生。李隆基《经邹鲁祭孔子而叹之》)(13)白头搔更短，浑欲不胜簪。(白发越搔越短，简直不能插簪。杜甫《春望》)(14)清时有味是无能，闲爱孤云静爱僧。(太平时有闲情逸兴的人是无能的人，喜欢孤云的悠闲，也喜欢和尚的清静。杜牧《将赴吴兴登乐游原》)(15)终南阴岭秀，积雪浮云端。(终南山的北面多么秀美，峰顶上的积雪似乎浮在云端。祖咏《终南望余雪》)

例(1)由三句组成，属于多重复句，第一句跟后两句之间的关系是解注关系(后两句之间属于顺承关系)，“此乐本自龟兹出，流传汉地曲转奇”是对前句中“羃篥”的补充说明。例(2)中，“百步九折萦岩峦”是对“何盘盘”的具体说明。例(3)中，“皆与此图筋骨同”是对“腾骧磊落三万匹”的概括说明。例(5)中，“太液芙蓉未央柳”是对“归来池苑皆依旧”的具体说明。例(6)中，“梨花一枝春带雨”是“玉容寂寞泪阑干”的比喻。其余以此类推。唐诗解注复句一般不用关联词语。

2. 解注复句溯源探流

解注复句历史悠久，用例不少。“《诗经》20首”有27例(如“士也罔极，二三其德”“坎坎伐檀兮，置之河之干兮，河水清且涟猗”“之子于归，皇驳其马”)。“《古诗十九首》”有10例(如“上有弦歌声，音响一何悲”“庭中有奇树，绿叶发华滋”“燕赵多佳人，美者颜如玉”)。“六朝诗35首”有5例(如“西京乱无象，豺虎方遘患”“地势使之然，由来非一朝”“开荒南野际，守拙归园田”)。“宋词65首”有7例(如“林花谢了春红，太匆匆”“又溯远，趁回潮拍岸，断浦扬艳”)。据刘艳(2008：21-40)，在《颜氏家训》中，此类复句有200余例(包括“承接复句”和“总分复句”的全部，以及“按断复句”中的一部分)，如“夫九州之人，言语不同，生民已来，固常然矣”(《音辞》)，“汉、魏以来，谓为甲夜、乙夜、丙夜、丁夜、戊夜，又云鼓，一鼓、二鼓、三鼓、四鼓、五鼓，亦云一更、二更、三更、四更、五更，皆以五为节”(《书证》)，“自见之谓明，此诚难也”(《文章》)，形式上基本不用关联词语。

(三)递进复句静态考察和溯源探流

1. 递进复句静态考察

表示客观对象之间共存但有范围或程度等方面差异的复句。有17例，其中七古7例，五古3例，七律5例，五律2例。例如：

(1)男儿本自重横行，天子非常赐颜色。(好男儿本来看重驰骋沙场为国戍边，汉家天子又格外看重这种精神。高适《燕歌行》)(2)黄鹤之飞尚不得，猿猱欲度愁攀缘。(善于高飞的黄鹤尚且无法飞过，何况猢狲，它要想翻过更是难攀援。李白《蜀道难》）（3）观者如山色沮丧，天地为之久低昂。（观众多如山脸变色，天地也被她的舞姿感染，起伏震荡。杜甫《观公孙大娘弟子舞剑器行》）（4）长绳百尺拽碑倒，粗砂大石相磨治。（百尺长绳将石碑拽倒在地，又用粗沙大石磨掉了碑文的字迹。李商隐《韩碑》）（5）死别已吞声，生别常恻恻。（死别已使人泣不成声，生离常令人更加伤悲。杜甫《梦李白》）（6）连山若波涛，奔凑如朝东。（山连着山好比波涛汹涌起伏，奔走如百川归海来朝见帝京。岑参《与高适薛据登慈恩寺浮图》）（7）谁为含愁独不见，更教明月照流黄。（为何我独自怀思却偏偏见不到他，而且还被明月透过纱窗照着黄色帷帐。沈佺期《独不见》）（8）鸿雁不堪愁里听，云山况是客中过。（最怕在怀愁之时听到鸿雁鸣叫，更不堪漂泊之中在云山独行。李颀《送魏万之京》）（9）刘郎已恨蓬山远，更隔蓬山一万重。（当年刘郎怨恨蓬山路遥远，你去的地方还要隔着蓬山万重岭。李商隐《无题》）（10）寄书长不达，况乃未休兵。（平时寄去的书信常常无法到达，更何况烽火连天，战乱未平。杜甫《月夜忆舍弟》）（11）平生自有分，况是蔡家亲。（平生情谊自有缘分，更何况本身又是姑表亲门。司空曙《喜见外弟卢纶见宿》）

大多采用意合法，少数例子使用“况”“尚”“更”等关联词语。

2. 递进复句溯源探流

递进复句也是一种传统类型，用例较少。“六朝诗35首”有5例（“未知生死处，何能两相完”“父母且不顾，何言子与妻”“岂伊白璧赐，将起黄金台”“日中安能止，钟鸣犹未归”“一息不相知，何况异乡别”）。“宋词65首”有6例（“一春犹有数行书，秋来书更疏”“梦魂纵有也成虚，那堪和梦无”“多情自古伤离别，更那堪，冷落清秋节”“已是黄昏独自愁，更着风和雨”“爱上层楼，为赋新词强说愁”）。据刘艳（2008：57，58），《颜氏家训》递进复句有“一手之中，向背如此，况异代各人乎”（《勉学》）、“才华不为妻子所容，何况行路”（《文章》）等，所用关联词语较多，有“况、何况、且、亦、犹、尚、况于、而又、非徒、非唯、非直、不独”等，“‘况’及‘何况’使用频率最高，可单用，也可与其他关联词配合使用。双音关联词‘非直’与‘非唯’义同，现代汉语中已不再使用”。

(四)保留复句静态考察和溯源探流

1. 保留复句静态考察

保留复句是与递进复句相对应的一种复句。有12例，其中七古5例，五律2例，七律2例，七绝1例，五绝2例。例如：

(1)学书初学卫夫人，但恨无过王右军。(当年为学书法你先拜师卫夫人，只恨没有超过王羲之右将军。杜甫《丹青引赠曹霸将军》)(2)东船西舫悄无言，唯见江心秋月白。(东船西舫人们都静悄悄，只见江心之中一轮秋月格外皎洁。白居易《琵琶行》)(3)岩扉松径长寂寥，惟有幽人自来去。(岩门松径永寂寥，只有我这个幽人独自来往。孟浩然《夜归鹿门山歌》)(4)惟觉时之枕席，失向来之烟霞。(只有醒来时看见的枕席，没有了方才梦中美丽的烟霞。李白《梦游天姥吟留别》)(5)古来圣贤皆寂寞，惟有饮者留其名。(古来圣贤都寂寞孤独，唯有酒徒芳名永驻。李白《将进酒》)

其余例如：

(6)万籁此俱寂，惟闻钟磬音。(自然界的声音此时全部消失，只能听到院里的钟磬声音。常建《破山寺后禅院》)(7)晚年惟好静，万事不关心。(晚年只喜欢安静，所有世事都不牵挂。王维《酬张少府》)(8)惟将迟暮供多病，未有涓埃答圣朝。(只把迟暮的年光交与多病的身躯，没有点滴功德报答贤明的圣皇。杜甫《野望》)(9)此情可待成追忆，只是当时已惘然。(这种珍贵的感情值得成为美好的回忆，只是当年已经深陷迷惘之中而不能自拔。李商隐《锦瑟》)(10)孤帆远影碧空尽，惟见长江天际流。（一叶孤舟的遥远背影已经在碧空尽头消失，只能见到浩浩荡荡的长江向天际流去。李白《送孟浩然之广陵》）（11）空山不见人，但闻人语响。（山中空空荡荡不见人影，只听得喧哗的人语声响。王维《鹿柴》）（12）夕阳无限好，只是近黄昏。（夕阳无限美好，只是接近黄昏而已。李商隐《登乐游原》）

以上语例多使用关联词语"唯、惟、但、只是"。

2. 保留复句溯源探流

保留复句很有历史，但在文献中用频不高。散文例如《左传》"郑人皆喜，唯子产不顺"（《襄公八年》）、"国人皆喜，唯子良忧曰……"（《宣公九年》），《国语·晋语九》"雀入于海为蛤，雉入于淮为蜃，鼋鼍鱼鳖，莫不能化，唯人不能"，《史记》"诸客稍稍自引而怠傲，唯灌将军独不失故"（《魏其武安侯列传》）、"主父方贵幸时，宾客以千数，及其族死，无一人收者，唯独洨孔车收葬之"（《平津侯主父列传》），《战国策》"燕攻齐，取七十余城，唯莒、即墨不下"（《齐策六》）、"知氏尽灭，唯辅氏存焉"（《赵策一》），《三国志·魏书·方技传》"靡所不能，惟歌舞非所长"，《搜神后记》"明日往视，山中无燃火处，惟见髑髅百头布散在山中"（卷八）、"家有少妇，无子，惟与一奴守舍，妇遂与奴私通"（卷九）、"狗得食不啖，惟注睛舐唇视奴"（卷九），《世说新语·德行》"不觉有余事，惟忆与郗家离婚"，《木兰辞》"不闻机杼声，惟闻女叹息"，庾信《和张侍中述怀诗》"唯有丘明耻，无复荣期乐"。"《古诗十九首》"有1例（"不惜歌者苦，但伤知音稀"）；"宋词65首"有3例（"春无踪迹谁知？除非问取黄鹂""零落成泥碾作尘，只有香如故""欲说还休，却道天凉好个秋"）。

（五）选择复句静态考察和溯源探流

1. 选择复句静态考察

选择复句是表示客观对象之间排斥和不确定选择关系的复句。只有1

例，出自五律，即：

行到水穷处，坐看云起时。(间或走到水的尽头去寻求源流，间或坐看上升的云雾千变万化。王维《终南别业》)

例中没用关联词语。

2. 选择复句溯源探流

选择复句历史悠久，但在一般文献中用频不高。例如《甲骨文合集》20411“方其围今二月抑，不执?”(“……抑……执”表示疑问语气，相当于“……呢……呢”)，《甲骨文合集》800“其来抑，不其来执?”刘艳(2008：56)写到：“古代汉语中选择复句多数以疑问句的形式出现，从两个或几个分句所叙述的情况中，选择一个，常用的关联词有‘抑’、‘或’等。《颜氏家训》中选择复句较少，只有2例，都有形式标志。”在“《诗经》20首”等笔者所检唐代前后几种诗歌文献中未见。

三、判断复句

(一)因果复句静态考察和溯源探流

1. 因果复句静态考察

因果复句是一种表示“现实原因+肯定、现实结果”语义的复句。有183例，其中七古65例，五古31例，五律31例，七律21例，七绝22例，五绝13例，古体诗和近体诗相近。例如：

(1)腹中贮书一万卷，不肯低头在草莽。(胸怀万卷书，满腹经纶有才干，这等人才，怎能低头埋没草莽。李颀《送陈章甫》)(2)人生在世不称意，明朝散发弄扁舟。(人生在世不能活得称心如意，明天披头散发驾舟江湖漂流。李白《宣州谢朓楼饯别校书叔云》)(3)莫嫌旧日云中守，犹堪一战取功勋。(莫嫌当年云中太守又复职，还能够战一次为国建立功勋。王维《老将行》)(4)志士幽人莫怨嗟，古来材大难为用。(天下志士幽人请你不要怨叹，自古以来大材一贯难得重用。杜甫《古柏行》)(5)我来正逢秋雨节，阴气晦昧无清风。(我来这里朝拜，正逢上秋雨季节，阴暗的晦气笼罩，没有半点清风。韩愈《谒衡岳庙遂宿岳寺题门楼》)(6)古者世称大手笔，此事不系于职司。(自古把撰拟国家大事称为大手笔，此事重大不能交给一般职司草拟。李商隐《韩碑》)(7)草木有本心，何求美人折？(草木都有自己的生长规律，哪里会希望别人攀折。张九龄《感遇》)(8)吾爱孟夫子，风流天下闻。(我敬重孟浩然的庄重潇洒，他为人高尚风流倜傥闻名天下。李白《赠孟浩然》)(9)家僮扫萝径，昨与故人期。(家仆正辛勤地把萝径打扫干净，我昨天与老朋友预约会面日期。钱起《谷口书斋寄杨补阙》)(10)中岁颇好道，晚家南山陲。(中年以后存有较浓的好道之心，直到晚年才安家于终南山边陲。王维《终南别业》)(11)承恩不在貌，教妾若为容。(蒙恩受幸不在于俏丽的颜面，教我为谁梳妆打扮。杜荀鹤《春宫怨》)(12)醉卧沙场君莫笑，古来征战几人回。(即使醉倒沙场，请诸君不要见笑；自古男儿出征，有几人活着返回。王翰《凉州词》)(13)马上相逢无纸笔，凭君传语报平安。(途中与君邂逅，修书却无纸笔；唯有托你捎个口信，回家报个平安。岑参《逢入京使》)(14)商女不知亡国恨，隔江犹唱后庭花。(歌女为人作乐，那知亡国之恨？她们在岸那边，还唱着后庭花。杜牧《泊秦淮》)(15)君自故乡来，应知故乡事。(您是刚从我们家乡出来，一定了解家乡的人情世态。王维《杂诗》)(16)未谙姑食性，先遣小姑尝。(不知婆婆啥口味，先叫小姑尝一尝。王建《新嫁娘》)

绝大多数采用“意合法”，偶尔使用“为”“以”或“遂”等关联词语。例如：

(1)为感君王辗转思，遂教方士殷勤觅。(辗转相思好伤神，叫人对王表同情；就叫方士去努力，专意殷勤去找寻。白居易《长恨歌》)

(2)以我独沉久，愧君相见频。(因为我长期以来孤寂沉沦，所以很愧疚你频频来探望我。司空曙《喜见外弟卢纶见宿》)(3)为有云屏无限娇，凤城寒尽怕春宵。(云母屏风后，锁着无限娇媚的人儿；京城寒冬已尽，我还害怕春宵难熬。李商隐《为有》)

2. 因果复句溯源探流

因果复句历代常见。"《诗经》20首"有44例(如"不稼不穑，胡取禾三百廛兮""女心伤悲，殆及公子同归""弗躬弗亲，庶民弗信""既不我嘉，不能旋反")。"《古诗十九首》"有15例(如"道路阻且长，会面安可知""荡子行不归，空床难独守""盛衰各有时，立身苦不早""人生非金石，岂能长寿考""一心抱区区，惧君不识察")。"六朝诗35首"有20例(如"水深桥梁绝，中路正徘徊""名编壮士籍，不得中顾私""佳人不在兹，取此欲谁与""应知早飘落，故逐上春来""平生燕颔相，会自得封侯")。"宋词65首"有33例(如"不忍登高临远，望故乡渺邈，归思难收""不见去年人，泪满春衫袖""但觉秋来归梦好，西南自有长城""江水西头隔烟树，望不见、江东路""柔情似水，佳期如梦，忍顾鹊桥归路""梧桐真不甘衰谢，数叶迎风尚有声""身外事，不关心，自有天公管""正满湖碎月摇花，怎生去得""莫向长亭折柳，正纷纷落叶，同是飘零")。绝大多数采用"意合法"。据刘艳(2008：40-45)，《颜氏家训》中有80余例，"由于要突出前后分句间的逻辑关系，所以多使用关联词连接。使用频率最高的是'故'。双音关联词主要有'所以'、'是以'、'至于'。在《颜氏家训》中'所以'已经演化为双音词，作为连词，连接因果复句。'至于'与'至'、'致'同，单双音节并存，反映了词汇演化中的复音化现象"。

(二)转折复句静态考察和溯源探流

1. 转折复句静态考察

转折复句是一种表示"现实原因+否定结果"语义的复句。有99例(七古 40 例，五古 13 例，五律 18 例，七律 14 例，五绝 8 例，七绝 6 例)。例如：

(1)年年战骨埋荒外，空见蒲萄入汉家。(年年征战不知多少尸骨埋于荒野，徒然见到的是西域葡萄移植汉家。李颀《古从军行》)(2)长风连日作大浪，不能废人运酒舫。(管他连日狂风大作，掀起大浪，也阻遏不了我们运酒的小舫。元结《石鱼湖上醉歌》)(3)后宫佳丽三千人，三千宠爱在一身。(后宫美人三千个，皇上只宠她一人。白居易《长恨歌》)(4)上穷碧落下黄泉，两处茫茫皆不见。(找遍了整个碧空和黄泉，天地茫茫都不见。白居易《长恨歌》)(5)欲取鸣琴弹，恨无知音赏。(心想取来鸣琴轻弹一曲，只恨眼前没有知音欣赏。孟浩然《夏日南亭怀辛大》)(6)遗言冀可冥，缮性何由熟。(佛儒精义原也可望暗合，但修养本性我何以精熟。柳宗元《晨诣超师院读禅经》)(7)欢笑情如旧，萧疏鬓已斑。(今日相逢友情依旧，欢笑依然，只是头发稀疏，双鬓也已斑斑。韦应物《淮上喜会梁川故人》)(8)世乱同南去，时清独北还。(安史作乱你我一同流落江南，时局安定之后你却独自北返。司空曙《贼平后送人北归》)(9)得相能开国，生儿不象贤。(得到贤明丞相孔明开国有人辅佐，生了个儿子阿斗却不是一个圣贤。刘禹锡《蜀先主庙》)(10)管乐有才原不忝，关张无命欲何如。(孔明真不愧有管仲和乐毅的才干，关公张飞已死，他又怎能力挽狂澜？李商隐《筹笔驿》)(11)含情欲说宫中事，鹦鹉前头不敢言。(满怀幽情想谈谈宫中忧愁的事，但是在鹦鹉面前谁也不敢吐露苦闷。朱庆余《宫中词》)

虽以意合法为主，但关联词语的用频比其他复句高，有“虽、犹、尚、犹是、犹自”等，例如：

(1)英雄割据虽已矣，文彩风流今尚存。(英雄割据的时代一去不复返了，曹家文采却在你身上留存。杜甫《丹青引赠曹霸将军》)(2)落落盘踞虽得地，冥冥孤高多烈风。(古柏独立高耸虽然盘踞得地，但是位高孤傲必定多招烈风。杜甫《古柏行》)(3)锦城虽云乐，不如早还家。(锦官城虽然说是个快乐的所在，但是如此险恶还不如早早地把家还。李白《蜀道难》)(4)长者虽有问，役夫敢申恨?(要不是你这个老人家来问究竟，我怎么敢把心中怨恨向你提起。杜甫《兵车行》)(5)少小虽非投笔吏，论功还欲请长缨。(少年时虽不像班超投笔从戎；论功名我想学终军，自愿请缨。祖咏《望蓟门》)(6)虽无宾主意，颇得清净理。(尽管没有宾主酬答之意，却能把清静的道理领悟。邱为《寻西山隐者不遇》)(7)古调虽自爱，今人多不弹。(我就爱这令人神往的古曲，只可惜如今世上不太流行。刘长卿《弹琴》)(8)君臣已与时际会，树木犹为人爱惜。(刘备孔明君臣遇合与时既往，至今树木犹在仍被人们爱惜。杜甫《古柏行》)(9)战士军前半死生，美人帐下犹歌舞。(战士在前线厮杀一半死来一半生，美人仍在营帐中唱歌跳舞。高适《燕歌行》)(10)云开远见汉阳城，犹是孤帆一日程。(云开雾散，可以望见远远的汉阳城；估计起来，这孤舟还需一日的路程。卢纶《晚次鄂州》)(11)远路应悲春晼晚，残宵犹得梦依稀。(你在远路，到春晚应更悲凄伤感；只有残宵能梦中聚首，依稀空泛。李商隐《春雨》)(12)帝乡明日到，犹自梦渔樵。(明天就可到达繁华京城长安，我仍自在逍遥做着渔樵梦想。许浑《秋日赴阙题潼关驿楼》)

“虽然”在现代汉语中最为常用，唐诗中已开其端，例如“虽然不应对，却是得便宜”(寒山诗)，“虽然不如延年妹，亦是当时绝世人”(李白《中山孺子妾歌》)，“明主虽然弃，丹心亦未休”(岑参《题虢州西楼》)，“买来高石虽然贵，入得朱门未免贫”(王建《题元郎中新宅》)，“虽然在城市，还得似樵渔”(于鹄《题邻居》)，“虽然水是无情物，也到宫前咽不流”(孙叔向

《题昭应温泉》)。但《唐诗三百首》中未见该词。

2. 转折复句溯源探流

转折复句也可谓长盛不衰。“《诗经》20 首”有 9 例(如“三岁贯女，莫我肯顾”“国既卒斩，何用不监”“女子善怀，亦各有行”)。“《古诗十九首》”有 11 例(如“此物何足贵，但感别经时”“盈盈一水间，脉脉不得语”“凉风率已厉，游子寒无衣”“相去万余里，故人心尚尔”“客行虽云乐，不如早旋归”)。“六朝诗 35 首”有 9 例(如“冰霜正惨凄，终岁常端正”“丝竹徒满坐，忧人不解颜”“冯公岂不伟，白首不见招”“结庐在人境，而无车马喧”)。“宋词 65 首”有 25 例(如“灯前写了书无数，算没个、人传与”“今年燕子来，谁听呢喃语”“二十四桥仍在，波心荡冷月无声”“都道晚凉天气好，有明月、怕登楼”)。在这些转折复句语例中，用于分句之间的关联词语极少，有“虽、则、而、但、直饶、又还是”等。据刘艳(2008：52-55)，《颜氏家训》有 93 例，“有标志句与无标志句数量相当”，标志词有“然、而、犹、又、但、然而”等。

(三)假设复句静态考察和溯源探流

1. 假设复句静态考察

假设复句是一种表示“虚拟原因+肯定结果”语义的复句。有 18 例(七古 6 例，五古 1 例，七律 2 例，五律 2 例，七绝 5 例，五绝 2 例)。例如：

(1)不信妾断肠，归来看取明镜前。(您若不信贱妾怀思肝肠欲断，请归来看看明镜前我的容颜。李白《长相思》)(2)圣恩若许留太学，诸生讲解得切磋。(皇恩浩荡如果准许留在太学，诸生就能钻研解说一起切磋。韩愈《石鼓歌》)(3)公之斯文不示后，曷与三五相攀追。(韩公的这篇文章如果不传示后代，宪宗的事业怎能与三皇五帝媲美。李商隐《韩碑》)(4)早晚下三巴，预将书报家。(你何时离开三巴，事先给家里报个信。李白《长干行》）(5)地下若逢陈后主，岂宜重问后庭花。（黄泉若遇陈后主，岂敢把亡国名曲后庭花重新提起。李商隐《隋宫》）(6)童颜若可驻，何惜醉流霞。（如果仙人真可以保住童颜，何惜醉饮返老还童的流霞。孟浩然《宴梅道士山房》）(7)洛阳亲友如相问，一片冰心在玉壶。（洛阳亲友若是问起我来，就说我如玉壶冰心坚守信念。王昌龄《芙蓉楼送辛渐》）(8)但使龙城飞将在，不教胡马渡阴山。（倘若龙城的飞将李广而今健在，绝不许匈奴南下牧马度过阴山。王昌龄《出塞》）(9)若非群玉山头见，会向瑶台月下逢。（如此天姿国色若不见于群玉山头，那一定只有在瑶台月下才能相逢。李白《清平调》）(10)东风不与周郎便，铜雀春深锁二乔。（假使当年东风不给周瑜的火攻计方便，大乔小乔就要被曹操锁闭在铜雀台中。杜牧《赤壁》）(11)欲穷千里目，更上一层楼。（若想把千里的风光景物看够，那就要登上更高的一层城楼。王之涣《登鹳雀楼》）(12)早知潮有信，嫁与弄潮儿。（早知潮水的涨落这么守信，还不如嫁给一个弄潮的丈夫。李益《江南曲》）

带关联词语的例子也不少，所用词语有“若、如、但使、若非”等。《全唐诗》还用到了“假如”：“假如云雨来，只是池中物”“假如君爱杀，留着莫移将”“假如不在陈力列，立言垂范亦足恃”。

2. 假设复句溯源探流

假设复句也是历代可见的复句类型。“《诗经》20 首”有 3 例（如“士之耽兮，犹可说也”）。“《古诗十九首》”有 2 例（如“过时而不采，将随秋草萎”）。“六朝诗 35 首”有 4 例（如“不曾远别离，安知慕俦侣”“君去欲何之，参差间原陆”）。“宋词 65 首”有 4 例（如“两情若是久长时，又岂在朝朝暮暮”“若有人知春去处，唤取归来同住”）。这些语例基本不用关联词语。据刘艳（2008：47-51），《颜氏家训》有 51 例，多数带关联词语，如“若”“使”“则”“一”“假使”“向使”“若……，则……”“如……，则……”

"如……，又……""如……，便……""若……，亦……"等。

(四)目的复句静态考察和溯源探流

1. 目的复句静态考察

目的复句是一种表示"现实原因+肯定、虚拟结果"语义的复句。有11例(七古8例，七律、七绝和五绝各1例)。主要用于七言诗和古体诗。例如：

(1)男儿事长征，少小幽燕客。(好男儿远去从军戍边，他们从小就游历幽燕。李颀《古意》)(2)五花马，千金裘，呼儿将出换美酒，与尔同销万古愁。(名贵的五花马，价值千金的皮裘，都叫孩儿们拿去换美酒吧，我与你喝个大醉，同消万古长愁。李白《将进酒》)(3)升阶伛偻荐脯酒，欲以菲薄明其衷。(登阶躬背上堂，奉献肉干和酒食，想借这菲薄祭品，表示我的虔衷。韩愈《谒衡岳庙遂宿岳寺题门楼》)(4)传之七十有二代，以为封禅玉检明堂基。(将此篇碑文传到七十有二代，作为封禅玉检明堂基石千秋显耀。李商隐《韩碑》)(5)惟将终夜常开眼，报答平生未展眉。(我只有终夜睁着双眼，长远怀念你，以报答你终身清苦，从未喜笑开眉。元稹《遣悲怀》)(6)春风举国裁宫锦，半作障泥半作帆。(春游中全国裁制的绫罗锦缎，一半作御马障泥一半作船帆。李商隐《隋宫》)(7)打起黄莺儿，莫教枝上啼。(快赶走树上的黄莺，别让它在枝头长啼。金昌绪《春怨》)

多数采用意合法，个别例子使用关联词语"以"。

2. 目的复句溯源探流

目的复句同样历史绵长。"《诗经》20首"有15例(如"乘彼垝垣，以望复关""言旋言归，复我邦族""载驰载驱，归唁卫侯""锡尔介圭，以作尔宝")。"《古诗十九首》"有1例(如"攀条折其荣，将以遗所思")；"宋词

65首”有2例(如“燎沉香，消溽暑”“不须反顾，寻取中流誓”)。据刘艳(2008：59)，《颜氏家训》有7例，“均有关联词连接，使用的关联词有‘以’、‘所以……，……’和‘所以……者，以……’。使用‘以’的最多，5例，其余各为1例”。

(五)让步复句静态考察和溯源探流

1. 让步复句静态考察

让步复句是一种表示“部分、虚拟原因+否定结果”语义的复句。有7例，其中七古4例，五古、七律、五律各1例。例如：

(1)天台四万八千丈，对此欲倒东南倾。(传说高达四万八千丈的天台山，对着天姥山，好像要向东西倾斜拜倒一样。李白《梦游天姥吟留别》)(2)天长地久有时尽，此恨绵绵无绝期。(即使是天长地久，总会有终了之时；唯有这生死遗恨，却永远没有尽期。白居易《长恨歌》)(3)愿书万本颂万过，口角流沫右手胝。(我愿把它抄写一万本诵读一万遍，即使口角吐沫右手生茧也无所谓。李商隐《韩碑》)(4)纵有健妇把锄犁，禾生陇亩无东西。(虽有健壮的妇女把握锄犁种地，但是庄稼杂芜，阡陌也难辨东西。杜甫《兵车行》)(5)相迎不道远，直至长风沙。(为了迎接你我不说路途遥远，哪怕赶到长风沙要走七百里。李白《长干行》)(6)直道相思了无益，未妨惆怅是清狂。(虽然深知沉溺相思无益健康，我却痴情到底，落个终身清狂。李商隐《无题》)(7)随意春芳歇，王孙自可留。(任凭春天的芳菲随时令消逝吧，游子在秋色中，自可流连徜徉。王维《山居秋暝》)

一般采用意合法，个别例子带关联词语“纵”。

2. 让步复句溯源探流

让步复句在散文中使用较多，一般带关联词语“虽……”，诗作中不多见。“《诗经》20 首”“《古诗十九首》”“六朝诗 35 首”中未见。“宋词 65 首”有 5 例(如“便纵有千种风情，更与何人说”“直饶寻得雁分付，又还是、秋将暮”“纵豆蔻词工，青楼梦好，难赋深情”“纵使如今犹有晋，无复清游如此”)。这些语例用关联词语“纵、纵使、直饶”等。据刘艳(2008：55-56)，《颜氏家训》有 19 例，“多使用标记词，其中‘虽’的使用频率最高，且大多数出现在所述是事实的偏句中。‘纵使’与‘纵’义同”(刘艳所列让步复句语例，少数可归入本书的转折复句，如《文章》“此虽悉古事，不可用也”)。

小　　结

《唐诗三百首》常规复句有 1383 例，11 种，可以大致划分为叙述类复句、描写类复句和判断类复句三大类(详见表 8.4)。从类型数量上看是丰富、完备的。分布上，七言诗(826 例)比五言诗(557 例)多一些，原因是五言诗句子较短，跨行句占比较高，古近两体比较平衡(古体诗 726 例，近体诗 657 例)。

表 8.4　《唐诗三百首》复句各种类型例数统计表

<table>
<tr><th colspan="2" rowspan="2">复句类型</th><th colspan="6">诗　体</th><th colspan="2" rowspan="2">合计</th></tr>
<tr><th>五古</th><th>七古</th><th>五律</th><th>七律</th><th>五绝</th><th>七绝</th></tr>
<tr><td>叙述复句</td><td>顺承复句</td><td>93</td><td>202</td><td>90</td><td>61</td><td>28</td><td>53</td><td colspan="2">527</td></tr>
<tr><td rowspan="5">描写复句</td><td>并列复句</td><td>72</td><td>147</td><td>123</td><td>94</td><td>10</td><td>22</td><td>468</td><td rowspan="5">538</td></tr>
<tr><td>递进复句</td><td>3</td><td>7</td><td>2</td><td>5</td><td></td><td></td><td>17</td></tr>
<tr><td>解注复句</td><td>4</td><td>24</td><td>4</td><td>5</td><td>1</td><td>2</td><td>40</td></tr>
<tr><td>保留复句</td><td></td><td>5</td><td>2</td><td>2</td><td>2</td><td>1</td><td>12</td></tr>
<tr><td>选择复句</td><td></td><td></td><td>1</td><td></td><td></td><td></td><td>1</td></tr>
</table>

续表

复句类型		诗体						合计	
		五古	七古	五律	七律	五绝	七绝		
判断复句	因果复句	31	65	31	21	13	22	183	318
	目的复句		8		1	1	1	11	
	转折复句	13	40	18	14	8	6	99	
	假设复句	1	6	2	2	2	5	18	
	让步复句	1	4	1	1			7	
合计		218	508	274	206	65	112	1383	

整体格局跟前后不同时代的诗作基本一致，主要类型都是顺承、并列、因果、转折、解注复句，仅在个别类型的使用频率方面有一定差异，如并列复句的使用比“六朝诗 35 首”低而比其他文献高，顺承复句的使用比“六朝诗 35 首”高而比其他文献低。详见表 8.5：

表 8.5 唐代前后部分诗歌文献复句用例统计表

复句类型		文献							
		诗经 20 首		古诗十九首		六朝诗 35 首		宋词 65 首	
叙述复句	顺承复句	102		48		80		114	
描写复句	并列复句	41	68	26	37	135	145	62	77
	解注复句	27		10		5		7	
	递进复句	0		0		5		6	
	保留复句	0		1		0		2	
	选择复句	0		0		0			

续表

<table>
<tr><th colspan="2" rowspan="2">复句类型</th><th colspan="8">文　献</th></tr>
<tr><th colspan="2">诗经 20 首</th><th colspan="2">古诗十九首</th><th colspan="2">六朝诗 35 首</th><th colspan="2">宋词 65 首</th></tr>
<tr><td rowspan="5">判断复句</td><td>因果复句</td><td>44</td><td rowspan="5">71</td><td>15</td><td rowspan="5">29</td><td>20</td><td rowspan="5">33</td><td>33</td><td rowspan="5">69</td></tr>
<tr><td>目的复句</td><td>15</td><td>1</td><td>0</td><td>2</td></tr>
<tr><td>转折复句</td><td>9</td><td>11</td><td>9</td><td>25</td></tr>
<tr><td>假设复句</td><td>3</td><td>2</td><td>4</td><td>4</td></tr>
<tr><td>让步复句</td><td>0</td><td>0</td><td>0</td><td>5</td></tr>
<tr><td colspan="2">合计(例)</td><td colspan="2">241</td><td colspan="2">114</td><td colspan="2">258</td><td colspan="2">260</td></tr>
</table>

跟《颜氏家训》相比，主要类型的占比很接近，关联词语用频较低，但比较新鲜，有的在现代汉语中仍然活跃(如“也、还、又、然后、不是、虽然、假如”等)。

第九章 结　　语

第一节　唐诗句型具备汉语一般语体句型的基本框架

一、唐诗句型体系具备汉语一般语体句型体系的基本框架

唐诗语篇的基本单位是诗句(诗歌自然句)，由诗句构成诗联，由诗联构成诗篇。一个诗联一般由两个诗句构成，少数是由三个或四个诗句构成(仅古体诗有此现象)。从句型看，唐诗句子有单句、紧缩复句和常规复句之分。从单句和紧缩复句在诗句中的分布情况看，有“单行句”和“跨行句”两种。“单行句”由一个诗句构成，“跨行句”由两个或两个以上的诗句构成(例如“谁言寸草心，报得三春晖”“五花马，千金裘，呼儿将出换美酒”)。《唐诗三百首》有3121个诗句①，其中单行句有2803个，跨行句有154例(涵盖318个诗句)，详见表9.1：

表9.1　《唐诗三百首》单行句和跨行句所含诗句数量统计总表

句子类型	五言古体	五言近体	七言古体	七言近体	合计(行)
单行句	435	677	1056	635	2803
跨行句	68	110	102	38	318
合计(行)	503	787	1158	673	3121

① 不包括1例独词句(李白《蜀道难》“噫吁嚱”)。

表 9.2 是《唐诗三百首》各类单行句的分布情况：

表 9.2　《唐诗三百首》单行句各类句型及其频数统计表

句子类型	五言古体	五言近体	七言古体	七言近体	合计(行)
动谓句	289	441	525	338	1593
形谓句	29	38	37	25	129
数谓句	1	3	3		7
名谓句	10	7	8	12	37
无主句	21	51	42	38	152
主谓话旨话题句	8	23	30	18	79
无主话旨话题句	12	15	15	14	56
紧缩复句	65	99	396	190	750
合计(行)	435	677	1056	635	2803

在《唐诗三百首》154 例(318 行)跨行句中，动词谓语句 102 例(其中 96 例为 2 句例，6 例为 3 句例和 4 句例，总计 211 行)，形容词谓语句 6 例(12 行)，数量词谓语句 1 例(2 行)，名词谓语句 4 例(8 行)，无主句 6 例(12 行)，主谓话旨话题句 14 例(其中 12 例为 2 句例，2 例为 3 句例和 4 句例，总计 31 行)，无主话旨话题句 2 例(4 行)，紧缩复句 19 例(38 行)，列表 9.3 如下：

表 9.3　《唐诗三百首》跨行句各类句型及其频数统计表

句子类型	五言古体	五言近体	七言古体	七言近体	合计(行)
动谓句	42	58	77	34	211
形谓句	2	10			12
数谓句		2			2
名谓句	4	2		2	8
无主句	2	10			12

续表

句子类型	五言古体	五言近体	七言古体	七言近体	合计(行)
主谓话旨话题句	6	8	15	2	31
无主话旨话题句		2	2		4
紧缩复句	12	18	8		38
合计(行)	68	110	102	38	318

跨行句涉及的句子类型跟单行句完全相同。在紧缩复句、动谓句和话题句语例的占比方面，跨行句跟单行句有些不同：单行句由于字数少、长度短，紧缩复句的占比相对较大，动谓句和话题句的占比相对较小，而跨行句由于字数较多、句子较长，紧缩复句的占比相对较小，动谓句和话题句的占比相对较大。

唐诗的常规复句一般由两个单行句构成(例如“国破山河在，城春草木深”)，有时由多个单行句构成(例如“轮台九月风夜吼，一川碎石大如斗，随风满地石乱走”)，或者由单行句和跨行句共同组成(例如“岑夫子，丹丘生，将进酒，杯莫停”“忆君迢迢隔青天，昔日横波目，今作流泪泉”)。唐诗中的常规复句包括各种类型，详见表 9.4：

表 9.4 《唐诗三百首》复句各种类型例数统计表

<table>
<tr><th colspan="2">复句类型</th><th>五古</th><th>七古</th><th>五律</th><th>七律</th><th>五绝</th><th>七绝</th><th colspan="2">合计</th></tr>
<tr><td>叙述复句</td><td>顺承(连贯)复句</td><td>93</td><td>202</td><td>90</td><td>61</td><td>28</td><td>53</td><td colspan="2">527</td></tr>
<tr><td rowspan="5">描写复句</td><td>并列复句</td><td>72</td><td>147</td><td>123</td><td>94</td><td>10</td><td>22</td><td>468</td><td rowspan="5">538</td></tr>
<tr><td>递进复句</td><td>3</td><td>7</td><td>2</td><td>5</td><td></td><td></td><td>17</td></tr>
<tr><td>解注复句</td><td>4</td><td>24</td><td>4</td><td>5</td><td>1</td><td>2</td><td>40</td></tr>
<tr><td>保留复句</td><td></td><td>5</td><td>2</td><td>2</td><td>2</td><td>1</td><td>12</td></tr>
<tr><td>选择复句</td><td></td><td></td><td>1</td><td></td><td></td><td></td><td>1</td></tr>
</table>

续表

复句类型		五古	七古	五律	七律	五绝	七绝	合计	
判断复句	因果复句	31	65	31	21	13	22	183	318
	目的复句		8		1	1	1	11	
	转折复句	13	40	18	14	8	6	99	
	假设复句	1	6	2	2	2	5	18	
	让步复句	1	4	1	1			7	
合 计		218	508	274	206	65	112	1383	

下面就是唐诗句型体系基本框架示意图，见图9.1：

- 常式句
  - 单句
    - 无主句
    - 主谓句
      - 名谓句
      - 形谓句
      - 动谓句
        - 主动句①
          - 无宾句
          - 单宾句
          - 多宾句
            - 名性宾语双宾句
            - 含动性宾语多宾句
        - 被动句
  - 复句(常规复句)
    - 叙述性常规复句
    - 描写性常规复句
    - 判断性常规复句
- 变式句
  - 紧缩复句
    - 叙述性紧缩复句
    - 描写性紧缩复句
    - 判断性紧缩复句
  - 省略句
  - 错位句
    - 话题句
      - 主谓句充任话旨的话题句
      - 无主句充任话旨的话题句
      - 复句充任话旨的话题句②
    - 其他

图9.1 《唐诗三百首》句型体系示意图

① 唐诗主动式部分未按无宾句、单宾句和多宾句顺序进行全面描写，只是着重介绍其使动式、意动式、比拟式、多宾句和省略句处所式、动补式、处置式等几种重要句型或结构形式。

② 分句主语一致的复句，如果省略后面分句的主语，只保留第一个分句的主语，那么，这个主语就具有“话题”的性质，所在句子就是复句充任话旨的话题句。但是本书仍沿用过去做法将其看作紧缩复句或常规复句。还有“盘飧市远无兼味”(因为市远，盘飧无兼味)、“樽酒家贫只旧醅”(因为家贫，樽酒只旧醅)，本是复句充任话旨的话题句(话旨“市远，无兼味”“家贫，只旧醅”均属因果复句)，但是本书仍将其视为无主话旨话题句(“盘飧无兼味”“樽酒只旧醅”)。

唐诗的句型是丰富而完备的。唐代近体诗与古体诗所涉及的句型成员没有明显差别，仅在某种句型的用频方面有所不同，详见表9.5：

表9.5　《唐诗三百首》各类单行句语例在古近两体诗中的数量及其占比统计表

句子类型	古体诗		近体诗	
	数量	比例	数量	比例
动谓句	814	54.6%	779	59.4%
形谓句	66	4.4%	63	4.8%
数谓句	4	0.3%	3	0.2%
名谓句	18	1.2%	19	1.4%
无主句	63	4.2%	89	6.8%
主谓话旨话题句	38	2.5%	41	3.1%
无主话旨话题句	27	1.8%	29	2.2%
紧缩复句	461	30.9%	289	22.0%
合计(行)	1491		1312	

在紧缩复句的占比方面，古体诗和近体诗有一定差别，这个差别与诗句的长短有关。在古体诗(1491句)中七言诗占1056句，在近体诗(1312句)中七言诗只有635句，紧缩复句的字数相对较多，更适合在长句中使用。

在“动谓句”(1593句)方面，古体诗(814句)和近体诗(779句)总体差别不大，只是被动式使用方面，古体诗34例，近体诗21例，前者稍多。

二、看似怪异的句子多数可以纳入一定的句型之中

美国学者苏珊·朗格在《艺术问题》中说，唐诗语言“常常突破概念指向和语法逻辑，被奇特地组合着，被奇崛地创造着，被奇异地改变着”(转

引自韩晓光，2000）。美国意象派代表人物庞德①竟然把李白《古风》中的“惊沙乱海日”与“荒城空大漠”分别翻译为：

惊沙乱海日——惊奇。沙漠的混乱。大海的太阳。

荒城空大漠——荒凉的城堡。天空。广袤的沙漠。（参看李元洛，1985）

与散文句型相比，唐诗确有一些不同之处，比如省略较多，部分句型用频有些差异，但是在体系上没有根本不同。唐诗中看似结构怪异的句子，从汉语句型多样性、汉语一般具有的“简洁”特点和汉语句型发展的不同阶段的角度看大多是正常的。例如：

丛菊［两］开他日泪，孤舟［一］系故园心（丛菊两次开启思念往日的泪泉，孤舟一直牵系眷恋故园的痴心）

绿垂〈风折笋〉，红绽〈雨肥梅〉（绿叶垂于风折之竹笋，红花绽于雨肥之寒梅）

以上是动词谓语句。再如：

---

① 埃兹拉·庞德（Ezra Pound，1885—1972）是美国著名诗人，意象派运动主要发起人，曾经翻译、学习过唐诗。朱徽（2004）说：“二十世纪头三十年间，在美国掀起了翻译学习中国古诗的第一次高潮。……另一些人试图在欧美传统文化之外（如悠久神秘的东方文化）去寻求新的思想和道德观念。在这样的历史背景下，一批学者诗人翻译出版了多种以唐代诗歌为主的中国古典诗歌。其中具有代表性的有庞德（Ezra Pound）译《神州集》……”庞德有一首名诗《在地铁车站》（*In a Station of the Metro*）：The apparition of these faces in the crowd；Petals on a wet，black bough. 据说它的汉译已经多达20种，这些翻译有个共同之处就是将全诗看成两个独立的句子。从内容上讲，全诗两个诗句，看成一个跨行句（意为“人群中这些面孔的幻影，宛如湿黑枝条上的花瓣”）更符合作品内容中所写的场景和作者的意图，这种写法实际上类似于“今日江南老，他时渭北童”等唐诗句子。

织女机丝虚〈夜月〉(织女机丝在夜月下若有若无)①

以上是形容词谓语句。又如：

[枫林]社日鼓，[茅屋]午时鸡(枫林中响起社日鼓声，茅屋旁传来午时鸡鸣)

[白帝城高]急暮砧(白帝城上空回荡着急促的黄昏捣衣声)

以上是无主句。又如：

细草微风岸，危樯独夜舟(在细草微风岸边，有一只桅杆高耸孤零零笼罩在夜幕中的小船)

以上是跨行无主句。又如：

香稻/(啄余鹦鹉)粒，碧梧/(栖老凤凰)枝(香稻，有被鹦鹉啄剩的颗粒；碧梧，有让凤凰栖息到老的枝杈)②

以上是无主话旨话题句。又如：

---

① “虚夜月”与“聪明一世，糊涂一时”结构相同，“夜月”做补语，但不是时间补语，而是处所补语。

② “啄余鹦鹉粒”是“啄余于鹦鹉之粒”的省略，属于定中型被动式，其形式跟杜甫《移居公安敬赠卫大郎》“伤弓鸟雀饥”中的“伤弓鸟雀”(伤于弓之鸟雀)和白居易《风雨中寻李十一》“来访阻风人”中的“阻风人”(“阻于风之人”)相同。此类用法在唐代之前的文献里也可见到，例如北魏慧觉所译《贤愚经》卷二“其中恒有辟支佛、声闻外道神仙”(《微妙比丘尼品》)，“声闻外道神仙”就是“声闻于外道之神仙”，也就是“名声被外道人所闻的神仙”。“栖老凤凰枝”是“栖老凤凰之枝”的省略，是带有使动结构的名词性偏正短语，其形式跟杜甫《西山三首》“辩士安边策”相同。

红入桃花嫩，青归柳叶新(粉红渗进，桃花娇嫩；青翠回归，柳叶清新)

以上是紧缩复句。

至于庞德提到的“惊沙乱海日”和“荒城空大漠”，意思分别是“战马飞奔，扬起的沙尘遮蔽了早晨初升的太阳”(使动式，“乱”是使动词，意为“使……昏暗”)和“荒凉古城周围只有空空荡荡的无边沙漠”(无主句，与李白“楚王台榭空山丘”“浮云空古城”“瑶草空高堂”“梁苑空锦衾”等结构相同)。

蒋绍愚(2008：174-175)谈及“通常所说的倒置”其实“并不是倒置”时指出：“我们为什么要花费这么多的笔墨来论证它们不是‘倒置’呢？这是为了说明，即使在唐诗中，诗人也是不能随心所欲地把句子成分倒置的。比如，‘熏琴调大舜’‘香传小树花’这样的句子，如果不加任何说明，就认为它们是‘大舜调熏琴’‘小树花传香’的倒置，那就会给人一种错觉，认为唐人在写诗的时候，主语、述语、宾语的位置是可以随便摆的……”

唐人有“为人性僻耽佳句，语不惊人死不休”和“吟安一个字，捻断数茎须”的说法，反映诗歌创作尤其是近体诗的创作并非易事，但是其难处并不在于制造奇特、诡异的结构和句型。前一联出自杜甫《江上值水如海势聊短述》：

为人性僻耽佳句，语不惊人死不休。老去诗篇浑漫与，春来花鸟莫深愁。新添水槛供垂钓，故着浮槎替入舟。焉得思如陶谢手，令渠述作与同游。

诗意是说，平生特别喜欢创作佳句，如果语言不能达到让人惊叹的程度就誓不罢休，只是年纪大了写诗就如大江涨潮一样随意而至，诗篇涌现，春天鸟语花开时常常也会随之感到喜悦，原因就是，随着理想的破灭，心态上反而变得旷达、放松，喜欢“垂钓”“着浮槎”，像陶渊明和谢灵运那样寄情山水。

所谓“佳句”，不应理解为结构奇特、怪异的句子，而应理解为最能表现思想感情而又合乎句法和韵律的句子。后一联出自唐五代卢延让《苦吟》：

> 莫话诗中事，诗中难更无。吟安一个字，捻断数茎须。险觅天应闷，狂搜海亦枯。不同文赋易，为著者之乎。

诗意是说，作诗并不容易，为了写好一个字，有时会冥思苦想捻断数根胡须，有时需要在有限的韵字中艰难取舍，仿佛连天气都为之变得沉闷，有时需要在大量的文献中广泛搜索，仿佛大海也变得枯竭无物了，不像写文写赋那样，只是添加一些“者”“之”“乎”就行了。所谓“安”显然是指贴切、自然。① 语言只有达到贴切、自然才具有很强的表现力，而要达到贴切、自然就要求诗人去“觅”“搜”那些既合乎格律又合乎当时语言习惯的句型、结构和词语，而不是闭门造车地制造让人不解的言语。黑格尔(1981：67-68)指出：“诗的用语不应独立，变成诗的唯一的重要因素。一般说来，用心雕琢的作品不应丧失自然流露的面貌，应该给人以它仿佛是从主题内核中自己生长出来的印象。”

唐诗中“鸡声茅店月，人迹板桥霜”(《唐诗三百首》未收)②之类真正特殊的句子也有，但其占比极低，而且其结构也有一定理据，如“鸡声茅店月”“人迹板桥霜”就都属于“存在物+处所”结构(有鸡声于茅店月下，有人迹于板桥霜上)，这种结构是由上古汉语“无主句”的“有+存在物+于+处所”格式省略而来，而省略“于”或“有”的现象在诗文中屡见不鲜。竺家宁(2003)说：“有人强调‘诗的语言’具有截然独立的体系，是诗人心灵的创造物。事实上，即使是变形度最大的诗的语言，仍然从属于自然语言，受自然语言规律的支配，更不用说其他形式的文学语言了。文学家造语言，

① 五代何光远《鉴诫录》说：“卢侍郎吟诗多著寻常容易言语，时辈称之为高格。”(鲍廷博辑：《知不足斋丛书》第二十二集)。所谓“寻常容易言语”，就是指日常生活中使用的浅显易懂的言语。

② 在《唐诗三百首》里，蒋绍愚先生(2008：176)所说的“真正的倒置”极为少见。

只不过放宽了某些自然语言的规律，并不曾否定那套规律，因此，使得文学语言有新颖感、有创造性，但不至于无法意会。我们还能捕捉‘诗的意象’，表示赖以传达的语言，在作者与读者间仍有共通性，这个共通性就是大家共守的语言规范。余光中在《逍遥游》这本散文集的‘后记’中指出：‘我尝试把中国的文字压缩、捶扁、拉长、磨利，把它拆开又并拢、折来又叠去，为了试验它的速度、密度和弹性。’这里充分说明了文学语言往往是经过作者的刻意经营，经过扭曲、变形，但是其程度不是无限的，语言的基本规律必然会保存下来。”

第二节　唐诗句型带有较浓的口语色彩

一、唐诗句型具有口语句型的属性

蒋绍愚(2008：135)指出：“……这些因素必然影响到近体诗的句法，使它和散文的句法距离加大，产生了不同于散文的特点。同时，唐代的古体诗(特别是入律的古风)也深受近体诗的影响，在句法方面也产生了不同于散文的特点。这些特点总起来说，一是省略，二是错位。”“省略”“错位”的确可视为唐诗不同于散文的特点。① 此外“短句多”也是其特点之一，韩愈《师说》共有50余句，低于5字者只有9个，而唐诗句子一般不少于5字。但是跟口语相比，唐诗的这些特点就完全没有了。

“口语”一词较早见于唐代刘知幾《史通·言语》：“夫《三传》之说，既不习于《尚书》；两汉之词，又多违于《战策》。足以验氓俗之递改，知岁时之不同。而后来作者，通无远识，记其当世口语，罕能从实而书②；方复追效昔人，示其稽古……”这里的“口语”就是指“活语言”，跟现在的意义

---

① 有些散文的错位句并不少，如韩愈《师说》全文句子只有50余个，话题句多达12个。

② 记其当世口语，罕能从实而书：在需要记录其所在时代的口语时，很少能够根据实际情况书写。

差不多。

与典型的书面语相比，口语有明显的特点，主要表现在句法上。陈建民(1984)在“汉语口语里的句法特征”一章中认为，“口语句子比较短小”(定语短而少；零句多)，“口语句子比较简略”(连词常不露面；介词常不露面；动词“是”“有”常常不露面；隐含表示时间、处所等词语；“的”字短语替代整个名词组合；黏着成分的脱落；说半截子话)，“口语里有重复啰嗦现象”(思维出现障碍时的填空；想跟不上说而引起的反复；加强语气的重复和发语辞；有信息根据的重复)，“口语句子在结构上比较松散”。胡裕树(1981：23)也指出：“由于口语和书面语运用的场合不同、条件不同，因此在表达形式上也不能完全一样。口语的对象很确定，而且就在跟前；有特定的语言环境；有语调、手势和面部表情等辅助手段；同时，说话往往缺少从容推敲的功夫。这些因素形成了口语的一些特点：短句多，省略句多，句子结构比较松散，在一些缺乏严格训练的人的口中，免不了还有若干冗赘拖沓的地方，甚至还有不合规范的成分。书面语的使用情况不同，没有口语那种语言环境和辅助手段，然而却有仔细琢磨的功夫；所以书面语的特点是：完整句多，长句多，关联词语多，句子结构精炼严密，层次条理清楚，富于逻辑性。”岂止是口语？李元洛(1985)说：“中国汉语语法的独特性之一就在于它是一种富于弹性的语法。中国的语法不是交代性的，不是分析解说性的，与语法谨严强调细分说明的英语语法不同。在中国汉语语法中，主语、代名词、关系词和连接词的有无，可以有很大的伸缩余地，这是语法关系十分明确的印欧语系语言所无法做到的。在印欧语系中，有关系词的地方绝不能省略，否则就影响语意的清晰表达。”可见，汉语的特点就是省略现象十分普遍，其口语中的情况尤为典型。这些句法属性，唐诗也是具备的。唐诗复句关联词语的使用频率较低，一般连词的使用也不多。唐诗中表示处所的“ØL”式占90%，比“PL”式高出很多。唐诗“于”字被动式只有省略式。唐诗中有大量省略主语的现象和一些省略谓词的语例。唐诗双宾语句中省略“间接宾语”或“直接宾语”的情况非常普遍，省略式用例的占比要远远高于散文作品。唐诗形容词谓语句中单音性质形容词的占比有所提高，这也是唐诗浓厚口语色彩的体现(汉魏六朝文献中的大量双音词汇，都是在短时间内涌现出来的，这些双音词汇大多不是出自当时的口语，而是出自文人作品，是当时形式主义文风影响的结果)。在《唐诗三百首》中，无主话旨话题句和主谓话旨话题句共有130余例，这个数字并不小。① 跟常式句相比，话题句的结构无疑是较为松散的。《唐诗三百首》中还有数量众多的紧缩复句和跨行句，紧缩复句在句子成分之间的关系上比单句松散，跨行句内部有较长的停顿，比单行句显得松散。

除了句法上的简洁和结构松散外，口语中还有更多新生语言成分，能够及时反映语言的变化，这个属性在唐诗中也有体现。唐诗“教”字使令句和被动式就是两种新颖句式。根据汪维辉(2017：192-193)，“教”(交)是魏晋南北朝时期表示“使令”义的一个口语词，早期主要在口语中或口语色彩浓厚的民歌中使用。《世说新语》的“使”字句和“教”字句之比为71∶1，在《唐诗三百首》中二者不相上下。“教”字被动式是在“教”字使役句(含动词性宾语的双宾语句)的基础上形成的，在南北朝时期还只是处于萌芽阶段，徐摛有“恒教罗袖拂”句，他“属文好为新变，不拘旧体”(《梁书·徐摛传》)。跟前代文献相比，唐诗“教”字被动式拥有较多更为典型的用例。唐代较早使用“教”字句的诗人是沈佺期，也是一位勇于创新的诗人，其作品被明代高棅《唐诗品汇·总叙》称为“沈宋之新声”(“宋”指宋之问，现存唐诗中最早的“把”字处置式即出其手)，沈佺期的创新既在形式和构思方面，也在语言方面。白居易是唐代使用“教”字句较多的诗人。据《墨客挥犀》记载，“白乐天每作一诗，令一老妪解之，问曰：‘解否?’曰：‘解’，则录之。不解，则又复易之”②，从其所在的诗歌作品看，也确实具有通俗

① 彭吉军(2011：231)说：“《论语》中话题的使用频率高于主语，几乎是其两倍；只使用话题的情况也远远高于只使用主语的情况，前者几乎是后者的五倍。”这说明《论语》的口语性也是很强的。

② 国外也有这样的诗人，如英国诗人华兹华斯，“每做诗都念给一个老妪听，她若不懂，他便重行修改”(参看胡适，2001：326)。

易懂、雅俗共赏的特点。“把”字处置式的较多使用也是唐诗较强口语性的反映。从早期“把”字式所在的文献看，它们都具有较强的口语性，如《睡虎地秦墓竹简》《论衡》《佛本行集经》以及宋之问等诗人的作品。唐诗中表示结果可能的补语和带“得”的情态补语也未见于唐代之前的文献。魏晋南北朝以后，汉语口语的连词系统就发生了明显变化，出现了“与、共、将、和、便、即”等不少新成员，唐诗也有反映。① 在关联词语使用方面，唐诗也散发出了新鲜气息，有的还活跃在现代汉语舞台，如“也、还、又、然后、不是、虽然、假如”等。

接近口语，使用口语，可以说是中外所有优秀诗作的共同属性。明代胡应麟《诗薮·古体中》说：“古诗自质，然甚文；自直，然甚厚。‘上山采蘼芜’‘四坐且莫喧’‘翩翩堂前燕’‘洛阳城东路’‘长安有狭邪’等，皆闾巷口语，而用意之妙，绝出千古。建安如应璩《三叟》②，殊愧雅驯；阮瑀《孤儿》③，毕露筋骨。汉魏不同乃尔。”(参看胡应麟，1958：24)。根据胡适(2001)，中国的白话文学主体就是诗歌文学：上古时期如《诗经》里的民歌；汉代如刘邦《大风歌》，李延年《北方有佳人》，以及《江南可采莲》《战城南》《十五从军征》《有所思》《艳歌行》《陌上桑》《陇西行》《东门行》《孤儿行》《上山采蘼芜》等乐府民歌；汉末魏晋时期如“三曹”“七子”作品，一些

① 例如《文心雕龙·征圣》“体要与微辞谐通，正言共精义并用”，《百喻经·五人买婢共使作喻》“我共前人，同买于汝，云何独尔”，《颜氏家训·序致》“每常心共口敌，性与情竞”，庾信《华林园马射赋》“落花与芝盖同飞，杨柳共春旗一色”，徐陵《山斋》“云霞一已绝，宁辨汉将秦”，张正见《置酒高殿上》“歌喧桃与梨，琴挑凤将雏”，李颀《临别送张諲入蜀》“经山复历水，百恨将千虑”，卢照邻《春时慨然思江湖》“倘遇鸾将鹤，谁论貂与蝉”，李白《月下独酌》“暂伴月将影，行乐须及春”，白居易《山中问月》“千岩将万壑，无处不相随”，卢纶《早春归盩厔旧居》“引水忽惊冰满涧，向田空见石和云”，韩偓《幽独》“烟和魂共远，春与人同老”，苏拯《凡草诫》“野草凡不凡，亦应生和出”，杜甫《闻官军收河南河北》“即从巴峡穿巫峡，便下襄阳向洛阳”。

② 应璩《三叟》云：“古有行道人，陌上见三叟，年各百余岁，相与锄禾莠。住车问三叟：何以得此寿？上叟前致辞：室内妪貌丑。中叟前致辞：量腹节所受。下叟前致辞：夜卧不覆首。要哉三叟言，所以能长久。”

③ 此指阮瑀《驾出北郭门行》，该诗风格与汉乐府民歌《孤儿行》接近。

故事诗(蔡琰《悲愤诗》、左延年《秦女休行》和《孔雀东南飞》)；南北朝时期，南方有《子夜歌》，《华山畿》数十首，《懊侬歌》数十首，《读曲歌》近百首民歌，以及陶潜、鲍照、萧衍、萧纲、陈叔宝等人的诗歌，北方有《敕勒歌》《企喻歌》《琅琊王》《折杨柳枝歌》《陇上歌》《木兰辞》《杨白花》等民歌；“唐朝的白话文学完全在诗歌方面”①；“宋诗的特别性质全在它的白话化”，“做诗如说话”，至于长短句的词，“更近于说话的自然”(诗词之外只有少量的白话语录，宋代之后才有大量白话小说、剧本出现)。张中行(1988：177)有相近的看法，认为唐宋以来的白话作品，除了出于伎艺人的变文、话本之外，民歌之类也不少，如流行于唐朝的曲子词和流行于明清的各种俗曲。

“半亩方塘一鉴开，天光云影共徘徊。问渠那得清如许？为有源头活水来”。包括唐诗在内的历代诗歌语言之所以显得活泼灵动、富有表现力，受到人民群众的热爱，就是因为它来自当时人民大众的日常生活，而不是诗人闭门造车的产物。

二、唐诗与口语的差别主要表现在文学性词汇的运用方面

任何事物都有自己的特点。包括唐诗在内的诗歌语言固然整体上具有浓厚的口语色彩，但它毕竟是书面语，具有不同于口语的一面。与口语相比，唐诗语言最为突出的特点是往往使用一些具有联想意义的词语，因此显得较为含蓄、雅致(王梵志和寒山等人的白话诗除外)。

英国学者利奇(1987)将语言的意义分为理性意义、内涵意义、社会意义、情感意义、反射意义、搭配意义、主题意义七种，除了前后两种意义，中间五种意义称为“联想意义”，其中“内涵意义”“社会意义”或“反射意义”最值得注意，因为与在口语中的使用相比，它们在诗歌中更为多见。

① 胡适认为不是所有唐诗都具有口语性。

“内涵意义”就是表现客观对象本身非本质属性的意义，如英语的“woman”(女人)就有“双足、有子宫、爱聚群、有母性本能、善于辞令、善于烹调、穿裙子、脆弱、易流眼泪、懦怯、好动感情、缺乏理性、反复无常、文雅、富有同情心、敏感、勤勉”等意义。唐诗例如：李白《静夜思》“霜”具有“寒冷”的内涵意义，“明月”具有“团圆、团聚”的内涵意义；杜甫《绝句》“青天”具有“天气晴朗”的内涵意义，“千秋雪”具有“白雪皑皑、静谧神秘”的内涵意义，“万里船”具有“水路畅达、商贸兴旺”的内涵意义；白居易《赋得古原草送别》“古道、荒城”具有“偏远”的内涵意义。

“社会意义”就是“语体意义”。王力(1964：1432-1433)说：“多用口语词汇却是汉魏六朝诗的特点……就是当时文人的作品也是比较接近口语的……诗歌口语化，这是优良的传统。唐诗宋词都是循着这条道路发展的。至于元曲，那就更加口语化了。”孟昭连(2012)也有相关研究。大量使用口语词，这是唐诗与口语的相同之处。但是，唐诗与口语也有不同之处，那就是部分律诗受中古时期骈体文讲究辞藻的影响，在描写颜色、金玉、山水、风月、灵禽、香花、异草等对象时会使用一些富有文学色彩的词语，使诗歌带有“雅致”的社会意义，给诗作增加浓郁的“诗味”。例如李白《静夜思》“明月”和“故乡”，杜甫《绝句》“翠柳、青天、西岭、千秋雪、万里船”，白居易《赋得古原草送别》“离离、枯荣、野火、春风、远芳、古道、晴翠、荒城、王孙、萋萋”等。

“反射意义”是通过引起对另一意义的联想来传递的意义，如“小姐”会让人联想到“性工作者”，“算账”会让人联想到“吃亏或失败后再次和人争执较量”。这种情况在唐诗中也不乏其例。如贺知章《咏柳》“碧玉妆成一树高，万条垂下绿丝绦”中的“碧玉”是个多义词，有“碧绿的玉、春天透着鲜嫩绿色的柳树、美人”等义项，诗中虽然是用来描写柳树的，但是也可以使人联想到美人。谐声双关也有同样效果，如刘禹锡“道是无晴却有晴”和李商隐“春蚕到死丝方尽”中的“晴、丝”，可以使人联想到“情、思”。

此外，唐诗语言比较讲究整齐美和音乐美，除了句子整齐和句中音节数量有一定要求外，受中古时期盛行的骈体文的影响，唐代律诗往往使用对仗，音步和平仄相配。唐诗没有口语中常见的冗赘拖沓现象。张桃州(2005)说："口语无论语汇还是句式，都毕竟具有许多'反诗性'因素，比如它的啰嗦、驳杂和粗鄙化倾向等。"

第三节　唐代句型具有较强的历史性

从古到今，汉语句型体系框架总体上是比较稳定的，但是其中许多句型在使用频率或构成等方面也多多少少发生了变化，这种变化既反映在一些散文性作品中，也反映在诗歌作品中(参看表 9.6～表 9.9。表格里列举的是主干句型的统计数据，至于其下层句型或结构形式的统计数据则分别见于上文相关各章)。

表 9.6　唐代前后部分诗歌文献单行句和跨行句所涵盖的诗句数量统计表

句子类型	诗经 20 首	古诗十九首	六朝诗 35 首	宋词 65 首
单行句	524	228	538	670
跨行句	166	26	22	119
合计(行)	690	254	560	789

表 9.7　唐代前后部分诗歌文献单行句语法类型及其句数统计表

句子类型	诗经 20 首	古诗十九首	六朝诗 35 首	宋词 65 首
动谓句	362	151	372	492
形谓句	48	11	28	50
数谓句	0	1	3	0
名谓句	3	4	11	17

续表

句子类型	诗经 20 首	古诗十九首	六朝诗 35 首	宋词 65 首
无主句	16	18	31	19
主谓话旨话题句	7	5	8	16
无主话旨话题句	5	8	8	9
紧缩复句	83	30	77	67
合计(行)	524	228	538	670

表 9.8　唐代前后部分诗歌文献跨行句的语法类型及其句数统计表

句子类型	诗经 20 首	古诗十九首	六朝诗 35 首	宋词 65 首
动谓句	102	8	12	79
形谓、数谓句	12	4	2	
名谓句	12	0	2	8
无主句	0	2	4	9
主谓话旨话题句	26	2	2	11
无主话旨话题句	4	0	0	2
紧缩复句	10	10	0	10
合计(句)	166	26	22	119

表 9.9　唐代前后部分诗歌文献复句用例统计表

<table>
<tr><td colspan="2">复句类型</td><td colspan="2">诗经 20 首</td><td colspan="2">古诗十九首</td><td colspan="2">六朝诗 35 首</td><td colspan="2">宋词 65 首</td></tr>
<tr><td>叙述复句</td><td>顺承(连贯)复句</td><td colspan="2">102</td><td colspan="2">48</td><td colspan="2">80</td><td colspan="2">114</td></tr>
<tr><td rowspan="5">描写复句</td><td>并列复句</td><td>41</td><td rowspan="5">68</td><td>26</td><td rowspan="5">37</td><td>135</td><td rowspan="5">145</td><td>62</td><td rowspan="5">77</td></tr>
<tr><td>解注复句</td><td>27</td><td>10</td><td>5</td><td>7</td></tr>
<tr><td>递进复句</td><td>0</td><td>0</td><td>5</td><td>6</td></tr>
<tr><td>保留复句</td><td>0</td><td>1</td><td>0</td><td>2</td></tr>
<tr><td>选择复句</td><td>0</td><td>0</td><td>0</td><td></td></tr>
</table>

续表

复句类型		诗经 20 首		古诗十九首		六朝诗 35 首		宋词 65 首	
判断复句	因果复句	44	71	15	29	20	33	33	69
	目的复句	15		1		0		2	
	转折复句	9		11		9		25	
	假设复句	3		2		4		4	
	让步复句	0		0		0		5	
合计(例)		241		114		258		260	

通过唐诗句型跟唐代前后文献句型的比较以及学术界的相关研究可以看出，唐诗句型是能够反映汉语句型历史发展状况的。下面试从三个方面加以说明：

一、唐诗句型体系继承了前代汉语的句型体系

唐诗句型体系有对前期句型体系的继承。唐诗句型体系中的各种主要句子类型都是形成于前代，而且其下层句型或结构形式也大多来自前代，其各种句型或结构形式在使用频率上也往往跟时间相距不远的前代文献较为接近。唐诗意动式在使用频率上就跟《世说新语》十分相近。唐诗被动式在类型上跟汉魏六朝文献中的情况相近(使用无标记被动式、“于”字句的省略式、“为”字式、“所”字式、“被”字式、“遭”字式、“得”字式和“见”字式等)，主要类型的用频也相接近(无标记被动式最多①，其次是“为”字式，再次是“被”字式)。唐诗处置式中的“以”字式和“将”字式等类型与魏晋南北朝时期文献中的情况接近。唐诗动谓句中的处所结构形式有“PL”和

① 这是就总体情况而言的(如无标记被动句和有标记被动句之比，在《世说新语》中是 130：73，在《水经注》中是 250：96)，只有个别文献有所不同(如《百喻经》中二者之比为 20：58)。

“ØL”两类，前者多半居于VP(谓语)之前，后者多半居于VP(谓语)之后，这种分布状况与《世说新语》等文献相近。唐诗动谓句中的情态补语、结果补语、趋向补语、时态补语、动量补语和时段补语等主要的补语类型都是来自唐代之前，“得”字结果补语、“动词+宾语+结果补语”式以及趋向补语带宾语等次类也多在唐代之前已有使用，每种主要类型的占比也与此前情况相近。唐诗中“与”字双宾句及其省略式在唐代之前已有大量使用，“取予”义动词充任“V_1”的“V_1+直接宾语+与+间接宾语”格式也已在南北朝时期出现。“~与”谓语双宾句，即“V_1+V_2+间接宾语+直接宾语”句在南北朝时期已经普遍使用。“与”字谓语三宾语句早在六朝时期的作品中已有不少。唐代之前两种使动双宾语句“使动词+间接宾语+直接宾语”式(“饮君酒”)和“使动词+直接宾语+间接宾语”式(“梅柳渡江春”)在唐诗中也有使用。唐诗中含动词性宾语的双宾语句均形成于唐代之前，其整体格局跟魏晋南北朝时期文献中的情况接近。唐诗形谓句中表示极比时采用“状中”式，差比采用“中补”式，平比基本采用“中补”式，这些是对前代用法的继承，其中所用的比较副词或介词也大多跟前代相同。唐诗名谓句的各种类型在唐代之前甚至上古时期就已问世，其用频与魏晋南北朝时期文献基本一致。唐诗无主句覆盖了汉语无主句的各种主要类型及其下层类型，它们都是在唐代之前形成的，每种主要类型的占比也与此前情况相近。唐诗主谓话旨话题句覆盖了此前汉语主谓话旨话题句的所有主要类型。唐诗无主话旨话题句的主要类型都来自前代，其下层类型也与汉魏六朝文献中的情况相近。唐诗紧缩复句的各种类型在唐代之前均有用例，其用频也与六朝文献相近。唐诗跨行句中的一般动谓句、含动词性宾语的双宾句、形谓句、数谓句、名谓句、无主句、主谓话旨话题句、无主话旨话题句和紧缩复句等类型，与前代诗歌作品并无明显不同。唐诗各种常规复句也都是唐代之前诗文中常见的类型。

二、唐诗句型跟前代汉语句型的不同之处大多是历史造成的

唐诗句型体系中也有一些不同于前代文献的地方，这些差异基本上是

由汉语句法本身的历史发展规律造成的。唐诗使动式的使用频率明显比汉魏六朝文献低，这是汉语句法发展内在规律作用的结果。使动式的大量使用是上古汉语的语法特点之一，东汉以后随着汉语词汇的不断丰富和句子结构的复杂化，使动式用频明显降低。唐诗被动式方面，“被AV”式的使用频率高于“被V”式，反映了“被AV”式的趋于成熟。唐诗否定性结果补语是唐代汉语中的一种新兴形式，否定类结果补语的产生机制跟肯定类结果补语一致，都是由包含“行为+结果”语义关系的动词结构凝结而成，它的出现符合历史发展规律。唐诗“～与”谓语三宾句的出现同样顺理成章，唐代之前已有双音结构“给与”，也出现了双音结构谓语带目的宾语的用例。唐诗中“教”字句的数量已赶上“使”字句，反映了汉语中含动词性宾语双宾语句主流类型新老交替的变化过程。唐诗中带附加成分的形谓句占比高于前代，反映汉语形谓句结构的复杂化，符合汉语句子结构扩充化和表达严密化的发展趋势。唐诗无主句中带A段(句首方所成分)格式的比重大于前代，A段中方位名词短语的比重有所提高，由非“有/无”动词充任B段的语例多于“有/无”B段的语例，这些是汉语无主句自身发展规律作用的结果。唐诗主谓话旨话题句中“宾语话题句”均不含复指话题的成分，这反映先秦到宋代汉语带复指成分的话题句占比逐渐降低的历史趋势。

三、唐诗句型整体上比较接近六朝汉语

在汉语史分期问题上学界存在着不同看法(参看向熹，2010：40-44)，唐代汉语的归属问题是一个主要分歧点。过去判断唐诗句法的时代归属往往依据个别句型或结构形式。现在因为对唐诗句型进行了比较全面的考察，所以可以尝试采用统计法，从总体上观察唐诗句型或其结构形式与前后时代的联系与区别(详见表9.10)。表9.10中的“0、1、2、3”分别表示“没有差别、差别很小、差别较大、差别很大”，所谓“六朝文献”和“宋代文献”主要指“六朝诗35首”和“宋词65首”，但是并不仅限于此，也包含《世说新语》《水经注》《祖堂集》《朱子语类》等相关材料。

表 9.10 《唐诗三百首》与六朝文献和宋代文献句法区分度调查表

项目	六朝文献(使用概况及其与唐诗的区分度)		《唐诗三百首》使用概况	宋代文献(使用概况及其与唐诗的区分度)	
使动式	较少	0	较少	很少	2
意动式	很少	0	很少	无	1
被动式	无标式多;“于”字省略式较多;“见”字式较多;“为”字式与“被”字式接近。	1	无标式多;“于”字省略式较多;“见”字式少;“为”字式和“被”字式平均;“教”字式少。	无标式少;“于”字省略式很多;“被”字式多;“见”字式、“为”字式。	2
处置式	“以”字式最多,“将”“取”字式次之。	3	“将”字式最多,“把”字式次之。	只有“把”字式。	3
处所式	ØL 占 94%, PL 占 6%;居后 ØL 占 80%,居前 ØL 占 20%;居后 PL 占 77%,居前 PL 占 23%。	2	ØL 占 90%,PL 占 10%;居后 ØL 占 55%,居前 ØL 占 45%;居后 PL 占 42%,居前 PL 占 58%。	ØL 占 94%, PL 占 6%;居后 ØL 占 34%,居前 ØL 占 66%;居后 PL 占 50%,居前 PL 占 50%。	2
动补式	平均每首 0.06 例;“动+结”式总数占比为 0;“动+宾+结”式占比为 0;“动+趋”式占比为 0;“动+状态”式占 100%;“动+时态”式占比为 0;“带‘得’”式占比为 0。	3	平均每首 0.1 例;其中“动+结”式占总数 14%;“动+宾+结”式占 11%;“动+趋”式占 14%;“动+状态”式占 22%;“动+时态”式占 3%;“带‘得’”式占 14%;“动+动量”式 8%;“动+时段”式 15%。	平均每首 0.71 例;“动+结”式占总数 17%;“动+宾+结”式占 6%;“动+趋”式占 36%;“动+状态”式占 6%;“动+时态”式占 25%;“带‘得’”式占 11%。	2

续表

项目	六朝文献（使用概况及其与唐诗的区分度）		《唐诗三百首》使用概况	宋代文献（使用概况及其与唐诗的区分度）	
名词性宾语双宾句	“与”“赐”句多；有“动+间+直”式、“动$_1$+动$_2$+间+直”式、“动$_1$+直+动$_2$+间”式、“动+直+间”式；使动双宾语句很少。	0	“与”“赐”句多；有“动+间+直”式、“动$_1$+动$_2$+间+直”式、“动$_1$+直+动$_2$+间”式、“动+直+间”式；使动双宾语句很少。	“与”“还”句多；有“动+间+直”式、“动$_1$+动$_2$+间+直”式、“动$_1$+直+动$_2$+间”式、“动+直+间”式；使动双宾语句极少。	1
含动词性宾语双宾句	多种类型构成，“使”字句较多；“教”字句较少。	2	多种类型构成，“教”字句较多；“使”字句较少。	多种类型构成，“教”字句多；“使”字句无。	2
形容词谓语句	性质形谓句77%；状态形谓句19%；差比句以“于”字中补式为主；有“形+状态补语”式。	1	性质形谓句73%；状态形谓句14%；差比句以“于”字中补式为主；有“形+状态补语”式。	性质形谓句94%；状态形谓句4%；差比句以“比”字状中式为主；无“形+状态补语”式。	3
名词谓语句	由无标记句、副词标记句、“唯”字句、“为”字句、“是”字句构成；有标句以“为”字句为主。	2	由无标记句、副词标记句、“唯”字句、“为”字句、“是”字句构成；有标句以“是”字句为主。	由无标记句、“是”字句构成；有标句只有“是”字句。	2
无主句	每首用0.89例；有“A+B+C”“A+C”“B+C”“唯C”“特殊类”；含A段句占58%；“有”“无”类B段占65%。	2	每首用0.49例；有“A+B+C”“A+C”“B+C”“唯C”“特殊类”；含A段句占73%；“有”“无”类B段占34%。	每首用0.28例；有“A+B+C”“A+C”“B+C”“唯C”“特殊类”；含A段句占56%；“有”“无”类B段占50%。	2

续表

项目	六朝文献(使用概况及其与唐诗的区分度)		《唐诗三百首》使用概况	宋代文献(使用概况及其与唐诗的区分度)	
主谓话旨话题句	平均每首诗 0.23 例;“宾语话题句”占 75%,“定语话题句”占 25%。	2	平均每首诗 0.26 例;“宾语话题句”占 56%,“定语话题句”占 26%,“主语话题句”占 18%。	平均每首诗 0.25 例;“宾语话题句”占 81%,“定语话题句”占 19%。	2
无主话旨话题句	平均每首诗 0.23 例;有“A+B+C”“A+C”“B+C”“唯 C”类;含 A 段句占 75%;含 B 段句占 50%。	1	有“A+B+C”“A+C”“B+C”“唯 C”“特殊类”;含 A 段句占 67%;含 B 段句占 67%。	平均每首诗 0.14 例;有“A+B+C”“A+C”“B+C”“唯 C”特殊类;含 A 段句占 44%;含 B 段句占 56%。	1

表 9.10 显示:唐诗句型与六朝文献句型之间的区分度积分是(0×3)+(1×3)+(2×5)+(3×2)= 19 分;唐诗句型与宋代文献句型之间的区分度积分是(1×3)+(2×8)+(3×2)= 25 分。得分低说明关系更为接近,其间变化较小,得分高说明其间变化较大。当然,这个研究还是比较粗疏的,只能反映大致的情况。

历史运动不是恒速的,语言也不例外。罗伯特·迪克森(2010:7)说“一种语言演变的速度不是恒定不变的”。纵观汉语史,它的确就像一条蜿蜒曲折的大江,有时是峡高流急,一泻千里,有时是潮平岸阔,从容舒缓,时快时慢,险平交错,渐变与骤变结合地向前发展。从唐至宋这个阶段,汉语的变化是较为明显的①,词汇系统固不必说,就是语音也发生了显著的变化,如轻唇音位和腭化音位的出现等。唐代与前后时代诗歌语言

① 诗体的变化也比较明显,如出现了许多曲子词,句子长短不齐,有异域色彩浓厚的词牌。

句型体系之间所存在的关系松紧度的差异，正是汉语发展速度不均衡规律的反映。正如韦勒克、沃伦《文学理论》第十四章引贝特森的话所说："我的论点是，一首诗的时代特征不应当去诗人那儿寻找，而应去诗的语言中寻找。我相信，真正的诗歌史是语言的变化史，诗歌正是从这种不断变化的语言中产生的。"

附　录

一、浅释几个含有“谁为”的唐诗难句

（一）谁为尘识昏

“谁为尘识昏”出自皎然《禅思》，意为“哪能（怎么能）被尘垢见识所蒙蔽”。此处的“谁”既不表示人，也不表示物，而是表示“不可能”，意为“哪能（怎么能）”。从句法功能上看它是做状语。张相《诗词曲语辞汇释》（上册）有所提及：

> “谁”犹“何”也；“哪”也；“甚”也。与指人者异义。岑参《献封大夫破播仙凯歌》：“汉将承恩西破戎，捷书先奏未央宫。天子预开麟阁待，只今谁数贰师功。”“谁数”，犹云“哪数”也，言汉将之功劳哪足数也。……

不过，这类用例在古今汉语中十分罕见。

这种用法大概是由表示“不可能”的“谁为”经过结构裂变（重新分析）和语义偏移形成的。唐诗中的“谁为”有时可以表示“不可能”，意为“谁能、何能、哪能”，例如“无言谁为传”（刘长卿《晚桃》）、“越衾谁为熟”（李贺《七月一日晓入太行山》）。唐诗中的“为”也可以用作形式动词（类似于现代汉语中的“加以、进行”）置于谓语动词之前，例如“谁为觅湘娥”（梁锽

《观王美人海图障子》)、“郁结谁为开”(韦应物《冬夜》)，或者作为衬字置于形容词之前，例如“造物谁为工”(柳宗元《巽公院五咏芙蓉亭》)、“境趣谁为幽”(李翱《戏赠诗》)。如果表示不可能的“谁为”发生结构裂变，即“为”被看作形式动词或衬字，而原来由“谁为”表示的意义全部落到“谁”的身上，那么“谁”的意义就变为“哪能(怎么能)”。

“为尘识昏”是一个被动式，“为”是被动标记。“尘识”是一个名词性的偏正短语，意为“尘垢之见识”。佛教称“色、声、香、味、触、法”为“六尘”，认为“尘”是不净和能污浊人们真性的事物，但“尘识”这样的短语却不多见。此处的“昏”活用为及物动词，意为“蒙蔽”。“昏”的这种用法也可在皎然的其他诗歌作品中找到，例如《酬乌程杨明府华将赴渭北对月见怀》“边尘昏玉帐”和《酬薛员外谊苦热行见寄》“毒雾昏性情”。总起来看，“昏”本为形容词，活用为及物动词的情况比较少。

(二)朱紫谁为号

“朱紫谁为号”出自庞蕴《呈石头和尚偈》，意为“大夫和诸侯，什么都是虚名”。“朱绂”是系印的朱色丝绳，“紫绶”是系印的紫色丝绳，均是高官用物(白居易《轻肥》云“朱绂皆大夫，紫绶悉将军”)。“号”字义为“名称、标帜”。此句难点不在“朱绂、紫绶、号”几词的意义，而在“谁”的用法——任指。任指是对任何人或任何事物的指称，表示在所指范围内没有例外。如“他什么都不怕，就只怕人说他不够朋友”。“谁”的这种用法在古代非常罕见。吕叔湘先生(1982：182)指出：

> “谁”“什么”“怎么”“哪儿”等词平常称为“疑问指称词”，因为他们的主要用途是询问人、物、情状等疑点。可是这些词也可以不作疑问用：“谁”可以代表不知或不论是谁的一个人，“什么”可以代表不知或不论是什么的一件东西。这样用法的时候，可以称之为“无定指称词”。无定指称词用途有二：表不论的可称为任指，表不知的可称为虚指。文言的疑问指称词里只有“何”字有非疑问的用法，而在通用的

文言里也不常见。

可见，表示任指的“谁”在唐诗中的用法还是非常新鲜的。

(三)谁为晚达心

“谁为晚达心”出自张乔《送许棠及第归宣州》，是“难为晚达心”之误。

从句子意义说，“谁为晚达心”令人费解，而“难为晚达心”则明白易懂——意为“难禁晚年显达的激动心情”。从行文看也十分通顺，既上承“雅调一生吟”(高雅的韵调一直吟诵)，构成并列复句，又引出“傍人贺及第，独自却沾襟”(别人在为他庆祝及第，但他自己却独自流泪)。从近体诗格律要求来看，此句平仄属于“平平仄仄平”，第一字必须为“平”(平声)，否则就是犯孤平。从字形看，“谁、难”的繁体写法是“難、誰”，二者十分接近，在字迹模糊的情况之下容易造成误读误抄。从句法搭配看，“难为”与“心、情、思”相组合的用例并不少，如唐代以前的“羁客难为心”(陈琳《游览诗》)、“恋本难为思”(阎赞《在怀县作》)，唐代的“难为江上心”(刘长卿《逢郴州使因寄郑协律》)、“此时此夜难为情”(李白《三五七言》)。

除了“谁为晚达心”，文字有误的还有孟浩然《赋得盈盈楼上女》“谁为报金徽”——“金徽”应为“金微”。“金微”是金微山，即今阿尔泰山，是汉朝征战匈奴的重要战场之一。范晔《后汉书·孝和孝殇帝纪》：“二月，大将军窦宪遣左校尉耿夔出居延塞，围北单于于金微山，大破之，获其母阏氏。”“金微”在古诗中不乏其例，如“束舌下金微”(沈炯《赋得边马有归心》)、“形影向金微”(卢照邻《王昭君》)、“烽火映金微”(崔泰之《奉和圣制送张尚书巡边》)、“旌节下金微”(崔湜《早春边城怀归》)、“汉兵出顿金微”(张说《破阵乐词》)、“当遂勒金徽”(徐九皋《战城南》)、“征客戍金微”(徐彦伯《闺怨》)、“逐虏金微山”(李白《从军行》)、“马首向金微”(沈佺期《送卢管记仙客北伐》)、“烽火发金微”(虞世南《从军行》)。“谁为报金微”意为“谁替我报知远在金微山的心上人”。

二、谈"言入黄花川"之"言"是"常"字之误

王维《青溪》是《唐诗三百首》中的一首五言古风，首句"言入黄花川"中的"言"，一般解释为"发语词，无义"。其实这个"言"字应是"常"的误写。从本联"言入黄花川，每逐青溪水"的对仗来看，"入"对"逐"，"黄花川"对"青溪水"，都是非常工稳的，第一字也应该如此，是一个副词。从《全唐诗》的作品看，"每"字也往往与"常"字等同义词相对为用：胡皓《同蔡孚起居咏鹦鹉》"常寻金殿里，每话玉阶前"，王昌龄《独游》"林卧情每闲，独游景常晏"，李白《宫中行乐词》"每出深宫里，常随步辇归"，高适《钜鹿赠李少府》"骏马常借人，黄金每留客"，戎昱《逢陇西故人忆关中舍弟》"每念支离苦，常嗟骨肉分"，卢纶《酬赵少尹戏示诸侄元阳等因以见赠》"归时每爱怀朱橘，戏处常闻佩紫囊"，卢纶《酬崔侍御早秋卧病书情见寄时君亦抱疾在假中》"荒园每觉虫鸣早，华馆常闻客散迟"，李端《赠赵神童》"每见先鸣早，常惊后进多"。有时"每"与"恒"("常"的近义词)相对，如无名氏《中宗祀昊天乐章·太和》"恒思解网，每轸泣辜"。有时"每"与"长"("常"的近义词)相对，如李峤《置酒坐飞阁》"每接高阳宴，长陪河朔游"。"言"与"常"字形相近，"常"字在笔画缺省的情况下容易跟"言"字混淆。

三、几首现代新诗句型简析

(一) 徐志摩《再别康桥》句型简析

《再别康桥》共有30个自然句，其中单行句(由一个自然句构成的句子)占14个诗句，跨行句(由两个或多个自然句构成的句子)占16个诗句，跨行句比例稍高。单行句中有11个动词谓语句和3个名词谓语句，跨行句中有6个动词谓语句和2个名词谓语句，动词谓语句占比高。句子结构比较规范，错位句只有"轻轻的我走了"(状语提到主语之前)，省略句只有"沉默是今晚的康桥"("沉默"是"沉默者"的省略)。句型标注如下：

轻轻的我走了，
正如我轻轻的来；【跨行动词谓语句】
我轻轻地招手，【动词谓语句】
作别西天的云彩。【动词谓语句】
那河畔的金柳，
是夕阳中的新娘；【跨行名词谓语句】
波光里的艳影，
在我的心头荡漾。【跨行动词谓语句】
软泥上的青荇，
油油的在水底招摇；【跨行动词谓语句】
在康河的柔波里，
我甘心做一条水草！【跨行动词谓语句】
那榆荫下的一潭，
不是清泉，【跨行名词谓语句】
是天上虹；【名词谓语句】
揉碎在浮藻间，
沉淀着彩虹似的梦。【跨行动词谓语句】
寻梦？【动词谓语句】
撑一支长篙，【动词谓语句】
向青草更青处漫溯；【动词谓语句】
满载一船星辉，【动词谓语句】
在星辉斑斓里放歌。【动词谓语句】
但我不能放歌，【动词谓语句】
悄悄是别离的笙箫；【名词谓语句】
夏虫也为我沉默，【动词谓语句】
沉默是今晚的康桥！【名词谓语句】
悄悄的我走了，
正如我悄悄的来；【跨行动词谓语句】

我挥一挥衣袖，【动词谓语句】
不带走一片云彩。【动词谓语句】

（二）臧克家《有的人——纪念鲁迅有感》句型简析

《有的人——纪念鲁迅有感》共有30个自然句，单行句占6个诗句，跨行句占24个诗句，跨行句占比很高。单行句中有4个动词谓语句，1个名词谓语句，1个无主句。跨行句中有4个动词谓语句，5个主谓话旨话题句，2个紧缩复句。句子类型比较丰富，其中动词谓语句和话题句占比高。句子规范，没有错位句，省略句只有"到处是青青的野草"（"到处"是"到处所见"的省略）。句型标注如下：

有的人活着，【动词谓语句】
他已经死了；【动词谓语句】
有的人死了，【动词谓语句】
他还活着。【动词谓语句】
有的人，
骑在人民头上：
"呵，我多伟大！"【跨行动词谓语句】
有的人，
俯下身子给人民当牛马。【跨行动词谓语句】
有的人，
把名字刻入石头想不朽；【跨行动词谓语句】
有的人，
情愿作野草，
等着地下的火烧。【跨行动词谓语句】
有的人，
他活着别人就不能活；【跨行紧缩假设复句】

有的人，
他活着为了多数人更好地活。【跨行紧缩目的复句】
骑在人民头上的，
人民把他摔垮；【跨行主谓话旨话题句】
给人民作牛马的，
人民永远记住他！【跨行主谓话旨话题句】
把名字刻入石头的，
名字比尸首烂得更早；【跨行主谓话旨话题句】
只要春风吹到的地方，【无主句】
到处是青青的野草。【名词谓语句】
他活着别人就不能活的人，
他的下场可以看到；【跨行主谓话旨话题句】
他活着为了多数人更好地活着的人，
群众把他抬举得很高，很高。【跨行主谓话旨话题句】

(三)余光中《乡愁》句型简析

《乡愁》共有16个自然句，单行句占8个诗句，跨行句占8个诗句，二者占比相同。单行句全部为动词谓语句(8个)，跨行句全部为名词谓语句(4个)。句子结构较为规范，没有错位句，只有几处省略(在“乡愁是一枚小小的邮票”“乡愁是一张窄窄的船票”“乡愁是一方矮矮的坟墓”和“乡愁是一湾浅浅的海峡”中，“乡愁”是“乡愁见证者”的省略)。句型标注如下：

小时候，
乡愁是一枚小小的邮票，【跨行名词谓语句】
我在这头，【动词谓语句】
母亲在那头。【动词谓语句】

长大后，
乡愁是一张窄窄的船票，【跨行名词谓语句】
我在这头，【动词谓语句】
新娘在那头。【动词谓语句】
后来啊，
乡愁是一方矮矮的坟墓，【跨行名词谓语句】
我在外头，【动词谓语句】
母亲在里头。【动词谓语句】
而现在，
乡愁是一湾浅浅的海峡，【跨行名词谓语句】
我在这头，【动词谓语句】
大陆在那头。【动词谓语句】

（四）舒兰《乡色酒》句型简析

《乡色酒》共有10个自然句，单行句占6个诗句，跨行句占4个诗句，跨行句比例稍低。单行句中有5个形容词谓语句和1个名词谓语句，跨行句全部为动词谓语句(2个)，形容词谓语句较多。句子结构极为规范，没有错位和省略现象。句型标注如下：

三十年前，
你从柳树梢头望我【跨行动词谓语句】
我正年少【形容词谓语句】
你圆【形容词谓语句】
人也圆【形容词谓语句】
三十年后，
我从椰树梢头望你【跨行动词谓语句】
你是一杯乡色酒【名词谓语句】

你满【形容词谓语句】
乡愁也满【形容词谓语句】

(五)张永枚《西沙之战》"序诗"句型简析

《西沙之战》"序诗"共有15个自然句，单行句占7个诗句，跨行句占8个诗句，跨行句比例稍高。单行句中有6个动词谓语句和1个形容词谓语句，跨行句全部为动词谓语句。动词谓语句占比高。结构比较规范，错位句只有"飞翔吧，海燕"、"歌唱吧，海燕"。句型标注如下：

炮声隆，【形容词谓语句】
战云飞，【动词谓语句】
南海在咆哮。【动词谓语句】
全世界，
齐注目，
英雄的西沙群岛。【跨行动词谓语句】
涌浪里，
风云中，
海燕排空上九霄。【跨行动词谓语句】
壮志鼓双翅，【动词谓语句】
豪情振羽毛。【动词谓语句】
飞翔吧，海燕！【倒装动词谓语句】
歌唱吧，海燕！【倒装动词谓语句】
快告诉我们，
西沙军民是怎样把入侵者横扫……【跨行动词谓语句】

【结语】

这几首现代诗，从句子覆盖范围看，跨行句所占比重较高(覆盖101

个自然句中的60个自然句)，远超唐诗。这说明现代汉语的表达趋于精密化，句子长度增加。诗中有44个动词谓语句，11个名词谓语句，6个形容词谓语句，5个主谓话旨话题句，1个无主句，2个紧缩复句，句型格局跟一般语体基本一致。错位句只有“轻轻的我走了”和“飞翔吧，海燕”，类似现象常见于口语。成分省略者只有“沉默”(来自“沉默者”)、“到处”(来自“到处所见”)和“乡愁”(来自“乡愁见证者”)，均出现在名词谓语句的主语中，类似省略现象历代可见(例如《左传·庄公十年》“夫战，勇气也”的主语部分省略“所依”，《战国策·齐策四》“百乘，显使也”主语部分省略“携……之使者”，白居易《轻肥》“朱绂皆大夫，紫绶悉将军”两句主语部分均省略“身系……者”，“老赵是‘宝马’，老钱是‘大众’”两句主语部分均省略“车”)，句法结构总体比较规整。

主要参考文献

著作

白兆麟.《盐铁论》句法研究[M]. 商务印书馆，2003.

蔡英杰.《孙子兵法》语法研究[M]. 商务印书馆，2006.

曹逢甫. 主题在汉语中的功能研究——迈向语段分析的第一步[M]. 谢天蔚译. 语文出版社，1995.

陈保亚. 20世纪中国语言学方法论(1898—1998)[M]. 山东教育出版社，1999.

陈建民. 说和写[M]. 广东人民出版社，1979.

陈建民. 汉语口语[M]. 北京出版社，1984.

陈建民. 现代汉语句型论[M]. 语文出版社，1986.

陈忠. 认知语言学研究[M]. 山东教育出版社，2006.

程梦星. 重订李义山诗集笺注(卷上)[M]. 清代刻本，1746.

程亚恒.《魏书》语法研究[M]. 语文出版社，2012.

邓文彬. 中国语言学史[M]. 北京交通大学出版社，2006.

丁福保. 清诗话[M]. 上海古籍出版社，1978.

丁声树等. 现代汉语语法讲话[M]. 商务印书馆，2002.

董杰锋. 汉语语法学史概要[M]. 辽宁大学出版社，1988.

段曹林. 唐诗句法修辞研究[M]. 海风出版社，2005.

范晓. 三个平面的语法观[M]. 语言学院出版社，1996.

范晓. 汉语的句子类型[M]. 书海出版社，1998.
冯春田. 近代汉语语法研究[M]. 山东教育出版社，2000.
冯胜利. 汉语韵律句法学[M]. 上海教育出版社，2000.
高华年. 广州方言研究[M]. 香港“商务印书馆”，1980.
高小方、蒋来娣. 汉语史语料学[M]. 高等教育出版社，2005.
葛兆光. 汉字的魔方——中国古典诗歌语言学札记[M]. 辽宁教育出版社，1999.
管燮初. 左传句法研究[M]. 安徽教育出版社，1994.
郭绍虞. 清诗话续编[M]. 上海古籍出版社，1983.
郭锡良. 古代汉语[M]. 商务印书馆，1999.
何乐士. 史记语法特点研究[M]. 商务印书馆，2005.
何亮. 中古汉语时点时段表达研究[M]. 巴蜀书社，2007.
何文焕. 历代诗话[M]. 中华书局，1981.
何亚南.《三国志》和裴注句法专题研究[M]. 南京师范大学出版社，2004.
胡适. 白话文学史[M]. 百花文艺出版社，2001.
胡应麟. 诗薮[M]. 中华书局，1958.
胡附、文炼. 现代汉语语法探索[M]. 新知识出版社，1956.
胡裕树. 现代汉语(重订本)[M]. 上海教育出版社，1981.
黄伯荣、廖序东. 现代汉语(增订五版)[M]. 高等教育出版社，2011.
蒋冀骋、吴福祥. 近代汉语纲要[M]. 湖南教育出版社，1997.
蒋绍愚. 近代汉语研究概况[M]. 北京大学出版社，1994.
蒋绍愚. 唐诗语言研究[M]. 语文出版社，2008.
蒋绍愚、曹广顺. 近代汉语语法史研究综述[M]. 商务印书馆，2005.
金立鑫. 语法的多视角研究[M]. 上海外语教育出版社，2000.
黎锦熙. 新著国语文法[M]. 商务印书馆，1992.
李峻峰. 句型学习[M]. 江苏人民出版社，1957.
李开. 汉语语言研究史[M]. 江苏教育出版社，1993.

李临定. 现代汉语句型[M]. 商务印书馆, 1986.

李荣. 语文论衡[M]. 商务印书馆, 1985.

李小军. 先秦至唐五代语气词的衍生与演变[M]. 北京师范大学出版社, 2013.

李佐丰. 古代汉语语法学[M]. 商务印书馆, 2004.

梁银峰. 汉语动补结构的产生与演变[M]. 学林出版社, 2006.

刘丹青. 语序类型学与介词理论[M]. 商务印书馆, 2003.

刘复. 中国文法通论[M]. 时代文艺出版社, 2009.

刘坚. 近代汉语读本[M]. 上海教育出版社, 1985.

刘坚、江蓝生等. 近代汉语虚词研究[M]. 语文出版社, 1992.

刘利、庞月光. 语法应用通则[M]. 春风文艺出版社, 1999.

刘世儒. 现代汉语语法讲义[M]. 商务印书馆, 1963.

刘月华等. 实用现代汉语语法(增订本)[M]. 商务印书馆, 2001.

柳士镇. 魏晋南北朝历史语法(修订本)[M]. 商务印书馆, 2019.

鲁川. 汉语语法的意合网络[M]. 商务印书馆, 2001.

陆俭明. 八十年代中国语法研究[M]. 商务印书馆, 2004.

吕叔湘. 文言虚字[M]. 上海教育出版社, 1959.

吕叔湘. 中国文法要略[M]. 商务印书馆, 1982.

吕叔湘. 近代汉语指代词[M]. 学林出版社, 1985.

马海英. 陈代诗歌研究[M]. 学林出版社, 2004.

马建忠. 马氏文通[M]. 商务印书馆, 1983.

马庆株等. 语法研究入门[M]. 商务印书馆, 1999.

马庆株. 汉语动词和动词性结构[M]. 北京大学出版社, 2005.

马松亭. 汉语语法学史[M]. 安徽教育出版社, 1986.

潘允中. 汉语语法史概要[M]. 中州书画社, 1982.

濮之珍. 中国语言学史[M]. 上海古籍出版社, 2002.

钱乃荣. 上海语言发展史[M]. 上海人民出版社, 2003.

钱锺书. 宋诗选注[M]. 人民文学出版社, 2005.

邵敬敏．现代汉语通论[M]．上海教育出版社，2001.
申小龙．中国句型文化[M]．东北师范大学出版社，1988.
申小龙．汉语句型研究[M]．海南人民出版社，1989.
宋亚云．汉语作格动词的历史演变研究[M]．北京大学出版社，2014.
孙力平．中国古典诗歌句法流变史略[M]．浙江大学出版社，2012.
孙良明．中国古代语法学探究[M]．商务印书馆，2002.
汪维辉．东汉—隋常用词演变研究(修订本)[M]．商务印书馆，2017.
王建军．汉语存在句的历时研究[M]．天津古籍出版社，2003.
王建军、汤洪丽．汉语句类史概要[M]．南京大学出版社，2017.
王力．古代汉语[M]．中华书局，1964.
王力．汉语诗律学[M]．上海教育出版社，1958.
王力．汉语语法史[M]．商务印书馆，1989.
王力．中国现代语法[M]．商务印书馆，2011.
王引之．经传释词[M]．岳麓书社，1984.
王锳．古典诗词特殊句法举隅[M]．新华出版社，1999.
王云路、方一新．中古汉语语词例释[M]．吉林教育出版社，1992.
魏兆惠．上古汉语连动式研究[M]．上海三联书店，2008.
吴福祥．敦煌变文语法研究[M]．岳麓书社，1996.
吴福祥．敦煌变文 12 种语法研究[M]．河南大学出版社，2004.
吴福祥．境外汉语历史语法研究文选[M]．上海教育出版社，2013.
吴为善．汉语韵律句法探索[M]．学林出版社，2006.
吴文治．宋诗话全编[M]．江苏古籍出版社，1998.
吴文治．明诗话全编[M]．江苏古籍出版社，1998.
吴小平．中古五言诗研究[M]．江苏古籍出版社，1998.
向熹．简明汉语史(修订本)[M]．商务印书馆，2010.
项楚．王梵志诗校注[M]．上海古籍出版社，2010.
项梦冰．连城客家话语法研究[M]．语文出版社，1997.
萧红．《洛阳伽蓝记》句法研究[M]．中国社会科学出版社，2008.

邢福义. 语法问题发掘集[M]. 湖北教育出版社，1992.

邢福义. 汉语复句研究[M]. 商务印书馆，2001.

邢福义. 汉语句法机制验察[M]. 生活·读书·新知三联书店，2004.

徐烈炯、刘丹青. 话题的结构与功能[M]. 上海教育出版社，1998.

徐时仪. 汉语白话发展史[M]. 上海教育出版社，2000.

徐通锵. 历史语言学[M]. 商务印书馆，1991.

颜景农. 近体诗的特殊语式[M]. 江苏教育出版社，1987.

杨伯峻、何乐士. 古汉语语法及其发展[M]. 语文出版社，2001.

杨合鸣. 诗经句法研究[M]. 武汉大学出版社，1993.

杨永龙. 汉语史论稿[M]. 中国社会科学出版社，2009.

姚守亮. 宋玉辞赋语法修辞研究[M]. 湖北人民出版社，2015.

袁宾. 近代汉语概论[M]. 上海教育出版社，1992.

袁毓林. 汉语语法研究的认知视野[M]. 商务印书馆，2004.

张斌. 现代汉语句子[M]. 华东师范大学出版社，2000.

张斌. 汉语语法学[M]. 上海教育出版社，2003.

张冰. 陌生化诗学——俄国形式主义研究[M]. 北京师范大学出版社，2000.

张伯江、方梅. 汉语功能语法研究[M]. 江西教育出版社，1996.

张赪. 汉语介词词组词序的历史演变[M]. 北京语言大学出版社，2002.

张赪. 汉语语序的历史发展[M]. 北京语言大学出版社，2010.

张美兰. 近代汉语语言研究[M]. 天津教育出版社，2001.

张美兰. 汉语双宾语结构句法及其语义的历时研究[M]. 清华大学出版社，2014.

张世禄. 张世禄语言学论文集[M]. 学林出版社，1984.

张世禄. 古代汉语教程[M]. 复旦大学出版社，2008.

张旺熹. 汉语特殊句法的语义研究[M]. 北京语言大学出版社，1999.

张相. 诗词曲语辞汇释[M]. 中华书局，1977.

张延俊. 汉语被动式历时研究[M]. 中国社会科学出版社，2010.

张延俊、钱道静.《文学书官话》语法体系比较研究[M]. 崇文书局，2007.

张永言. 训诂学简论[M]. 华中工学院出版社，1985.

张玉金. 甲骨文语法学[M]. 学林出版社，2001.

张玉金. 西周汉语语法研究[M]. 商务印书馆，2004.

张志公. 汉语语法常识[M]. 中国青年出版社，1953.

张志公. 语法和语法教学——介绍“暂拟汉语教学语法系统”[M]. 人民教育出版社，1956.

张中行. 文言和白话[M]. 黑龙江人民出版社，1988.

赵振铎. 中国语言学史[M]. 河北教育出版社，2000.

朱德熙. 语法讲义[M]. 商务印书馆，1982.

祝敏彻.《朱子语类》句法研究[M]. 长江文艺出版社，1991.

[澳]罗伯特·迪克森. 语言兴衰论[M]. 朱晓农等译. 北京大学出版社，2010.

[德]黑格尔. 美学(第三卷，下册)[M]. 朱光潜译. 商务印书馆，1981.

[美]勒内·韦勒克、奥斯汀·沃伦. 文学理论[M]. 刘象愚等译. 文化艺术出版社，2010.

[美]赵元任. 汉语口语语法[M]. 吕叔湘译. 商务印书馆，1979.

[日]平田昌司. 徽州方言研究[M]. 日本好文出版社，1998.

[日]桥本万太郎. 语言地理类型学[M]. 余志鸿译. 北京大学出版社，1985.

[日]太田辰夫. 中国语历史文法[M]. 蒋绍愚、徐昌华译. 北京大学出版社，2003.

[日]太田辰夫. 汉语史通考[M]. 江蓝生、白国维译. 重庆出版社，1991.

[日]塩见邦彦. 唐诗口语の研究[M]. 中国书店，1995.

[日]志村良治. 中国中世语法史研究[M]. 江蓝生、白维国译. 中华书局, 1995.

[英]利奇. 语义学[M]. 李瑞华等译. 上海外语教育出版社, 1987.

Sun, Chaofen. Word Order Change and Grammaticalization in the History of Chinese. Stanford: Stanford University Press, 1996.

Leech. G. N. and M. H. Short. Style in Fiction. London and New York: Longman, 1983.

Leech. Geoffrey N. A Linguistic Guide to English Poetry. London: Longman Group Ltd, 1969.

Widdowson. G. H. Practical Stylistics. Oxford: Oxford University Press, 1992.

Jakbson, R. "Closing Statement: Linguistics and Poetics." In Sebeok, Thomas A. ed. Style in Language. Cambridge, Massachusetts: The MIT Press, 1960.

论文

蔡义江. 律诗的句法字法[J]. 语文建设, 2011(Z1).

曹伯韩. 主语宾语问题随感[M]//中国语文杂志社. 汉语的主语宾语问题. 中华书局, 1956.

曹广顺、遇笑容. 中古译经中的处置式[J]. 中国语文, 2000(6).

曹广顺、龙国富. 再谈中古汉语处置式[J]. 中国语文, 2005(4).

曹小云.《朝野佥载》"被"字句研究[J]. 安徽师范大学学报, 1990(4).

曹小云. 王梵志诗语法成分初探[J]. 安徽师范大学学报, 1994(3).

常海星. 汉魏六朝主谓谓语句研究[D]. 武汉大学博士学位论文, 2011.

陈初生. 早期处置式略论[J]. 中国语文, 1983(3).

陈建裕.《世说新语》中的判断句[J]. 平顶山师专学报(社会科学版), 1996(2).

陈曼君. 惠安方言特殊兼语句[J]. 集美大学学报(哲学社会科学版), 2008(1).

陈倩. 汉语书面语价值再认识——从口语和书面语的关系谈起[D]. 安徽大学硕士学位论文, 2015.

陈顺成.《孟子》复句研究[D]. 西北师范大学硕士学位论文, 2007.

陈祥明. 中古五言诗句法初探[J]. 镇江市高等专科学校学报, 2000(3).

陈秀敏.《搜神记》中的词类活用现象考查[J]. 山西教育(教师教学版), 2008(10).

陈元胜. 论汉语句法的灵活性——跋《古代汉语特殊句法》[J]. 广东技术师范学院学报, 2005(3).

陈远骢. "事情的主体"和"行为的主体"[J]. 汉语学习, 1955(10).

程亚恒.《左传》兼语句研究[D]. 贵州大学硕士学位论文, 2006.

储泽祥、刘精盛等. 汉语存在句的历时性考察[J]. 古汉语研究, 1997(4).

储泽祥. 肯定、否定与时量成分在动词前后的位置[J]. 汉语学报, 2005(4).

邓瑗敏.《旧唐书》"有"字研究[D]. 湘潭大学硕士学位论文, 2009.

丁加勇. 隆回湘语动词句式及其配价研究[D]. 湖南师范大学博士学位论文, 2003.

丁建川.《世说新语》名词、动词、形容词研究[D]. 山东大学博士学位论文, 2007.

丁俊苗.《醒世姻缘传》复句研究[D]. 西北师范大学硕士学位论文, 2003.

董德志.《世说新语》中的判断句研究[J]. 许昌师专学报(社会科学版), 1994(1).

董云雯、陈宗胜.《世说新语》中的名词活用[J]. 昭通师专学报(社会科学版), 1996(2).

董志翘. 中世汉语中的三类特殊句式[J]. 中国语文，1986(6).

董志翘、王东. 中古汉语语法研究概述[J]. 南京师范大学文学院学报，2002(2).

杜焕君.《战国策》兼语句研究[D]. 暨南大学硕士学位论文，2003.

杜萍.《贤愚经》判断句研究[D]. 浙江大学硕士学位论文，2008.

杜玉闪.《孟子》“有”字句研究[D]. 华中科技大学硕士学位论文，2015.

段曹林. 略论唐诗句法修辞的历史传承[J]. 锦州师范学院学报，2003(5).

段曹林. 近体诗几种特殊句式的修辞理据[J]. 湘潭师范学院学报(社会科学版)，2004(3).

范方莲. 存在句[J]. 中国语文，1963(5).

范玉.《韩非子》兼语句研究[D]. 山东师范大学硕士学位论文，2011.

冯胜利. 古汉语判断句中的系词[J]. 汪维辉译. 古汉语研究，2003(1).

高万云. 汉语诗歌的语法学研究[J]. 河北师院学报(社会科学版)，1993(2).

高媛媛. 近代汉语双宾语结构研究[D]. 华南师范大学硕士学位论文，2003.

郭继懋. 领主属宾句[J]. 中国语文，1990(1).

郭锡良. 远古汉语的词类系统[C]//郭锡良. 汉语史论集. 商务印书馆，2005.

韩淑靖. “不说”递进复句的研究[D]. 浙江师范大学硕士学位论文，2011.

韩晓光 . 杜甫律诗词类活用及其表达功能[J]. 杜甫研究学刊，2000(3).

何乐士. 敦煌变文与《世说新语》若干语法特点的比较[M]//程湘清主编. 隋唐五代汉语研究. 山东教育出版社，1992.

何乐士.《世说新语》的语言特色——《世说新语》与《史记》名词做状语比较[J]. 湖北大学学报(哲学社会科学版), 2000(6).

何亚南. 试论先秦汉语"S 为$_2$O"句式中"为$_2$"的性质[J]. 南京师大学报(社会科学版), 1999(2).

洪诚. 论南北朝以前汉语中的系词[C]//雒诵庐论文集. 江苏古籍出版社, 2000.

洪心衡. 基本句的分类[M]//洪心衡. 汉语语法问题研究. 新知识出版社, 1956.

胡明扬. 书面语和口语之间的关系[J]. 教学与研究, 1957(2).

胡明扬. 近代汉语的上下限和分期问题[M]//胡竹安等. 近代汉语研究. 商务印书馆, 1992.

胡萍.《太平经》被动式研究[D]. 南京大学博士学位论文, 2007.

胡萍.《太平经》中的"所"字被动式[J]. 汉语史研究集刊(第十一辑), 巴蜀书社, 2008.

胡萍 .《太平经》中的"被"字被动式[J]. 华侨大学学报(哲学社会科学版), 2009(3).

黄丽丽.《左传》复句研究[M]//《古汉语研究》编辑部. 古汉语研究(第1辑). 中华书局, 1996.

黄岳洲. 试谈"一样""像……一样""似(是)的"[J]. 语文学习, 1955(5).

黄增寿.《贤愚经》状语研究[D]. 南京大学博士学位论文, 2005.

吉仕梅. "把"字句究竟出现于何时[J]. 乐山师专学报, 1995(2).

江蓝生. 助词"似的"的语法意义及其来源[J]. 中国语文, 1992(6).

江蓝生. 从语言渗透看汉语比拟式的发展[J]. 中国社会科学, 1999(4).

江蓝生. 汉语使令与被动兼用探源[M]//江蓝生. 近代汉语探源. 商务印书馆, 2000.

蒋绍愚. "抽象原则"和"临摹原则"在汉语语法史中的体现[J]. 古汉

语研究，1999(4).

蒋绍愚.“给”字句、“教”字句表被动的来源——兼谈语法化、类推和功能扩展[M]//吴福祥、洪波主编. 语法化与语法研究(一). 商务印书馆，2003.

赖江.《晏子春秋》复句研究[D]. 华东师范大学硕士学位论文，2005.

雷涛. 存在句的范围、构成和分类[J]. 中国语文，1993(4).

李崇兴. 处所词发展历史的初步考察[M]//李崇兴. 语文识小录. 华中科技大学出版社，2009.

李斐. 王力《汉语诗律学》诗律补正[J]. 理论语言学研究，2008(2).

李刚. 诗歌语言的陌生化——宋诗话中的语言批评[D]. 华中师范大学硕士学位论文，2002.

李海娟.《孟子》“有”字句研究[D]. 新疆师范大学硕士学位论文，2009。

李海英.《文学书官话》的汉语语法体系[J]. 当代语言学，2014(2).

李金坤. 杜甫“香稻啄余鹦鹉粒”句辨说[J]. 苏州教育学院学报，2001(2).

李丽琴. 庞德《在地铁车站》中译之商榷[J]. 译苑新谭，2012(0).

李敏. 比况短语研究综述[J]. 十堰职业技术学院学报，2005(2).

李明. 口语、书面语在普通语言学中的几个问题[J]. 苏州大学学报(哲学社会科学版)，1985(2).

李明滨. 苏联的唐诗研究概述[J]. 国外社会科学，1991(3).

李鹏飞.“名词语”句法的形成及其诗学意义[J]. 云南大学学报(社会科学版)，2010(1).

李强. 古今汉语话题句之比较研究[D]. 浙江大学硕士学位论文，2012.

李思明. 晚唐以来的比拟助词体系[J]. 语言研究，1998(2).

李无未、李光杰. 试论汉语史研究史评理论范畴[J]. 东疆学刊，2012(1).

李秀明. 媒介·互动·施为力——从语用因素分析语体特征和句法结构的一种思路[J]. 绍兴文理学院学报, 2011(1).

李元洛. 独特的语法——中国诗歌语言弹性美札记[J]. 当代文坛, 1985(9).

李运富.《左传》谓语"请"字句的结构转换[J]. 湖北民族学院学报(社会科学版), 1994(3).

梁银峰. 先秦汉语的新兼语式——兼论结果补语的起源[J]. 中国语文, 2001(4).

梁伟达. 格式塔心理学视角下庞德《在地铁车站》译本赏析[J]. 文史博览(理论), 2011(6).

刘春霞. 性质形容词与状态形容词的异同[J]. 和田师范专科学校学报, 2009(5).

刘丹青. 粤语句法的类型学特点[J]. 亚太语文教育学报(香港), 2000(2).

刘海平. 从《史记》、《世说新语》的语料对比看处所表达法的发展[J]. 赣南师范学院学报, 2011(4).

刘钧杰.《红楼梦》前八十回与后四十回言语差异考察[J]. 语言研究, 1986(1).

刘开骅. 试论中古汉语疑问代词宾语的句法位置[J]. 南京师范大学文学院学报, 2005(1).

刘利.《祖堂集》动词补语管窥[J]. 徐州师范学院学报, 1992(3).

刘丽川. 王梵志白话诗中的"被"字句与"将"字句[J]. 九江师专学报, 1983(3).

刘明华. 亲切的唐诗——唐代诗歌的日常生活功能[N]. 光明日报·文学遗产, 2016-05-14.

刘培玉、许海命. 把字句的生成及相关问题[J]. 信阳师范学院学报(哲学社会科学版), 2010(2).

刘世儒. 被动句的起源[J]. 语文学习, 1956(8).

刘世儒. 论汉语“被动式”的传统用法[J]. 北京师范大学学报，1963(1).

刘世生. 文学文体学：文学与语言学的交叉与融合[J]. 清华大学学报(哲学社会科学版)，2003(6).

刘宋川. 两汉时期的双宾语结构[J]. 湖北大学学报(哲学社会科学版)，2001(5).

刘文霞.《世说新语》中的判断句研究[D]. 河北师范大学硕士学位论文，2004.

刘文正. 汉语“指宾动结式”的判别和产生年代[J]. 古汉语研究，2009(2).

刘亚.《百喻经》动词研究[D]. 西南交通大学硕士学位论文，2009.

刘艳.《颜氏家训》复句研究[D]. 新疆师范大学硕士学位论文，2008.

刘颖、高瑒. 汉语诗歌中不及物动词带宾语现象[J]. 汉语学报，2015(3).

刘云. 汉语书面语的语码夹用现象及其语用价值[J]. 河南师范大学学报(哲学社会科学版)，2009(5).

柳士镇.《百喻经》中的被动句式[J]. 南京大学学报，1985(2).

柳士镇. 使动用法的双宾语结构[J]. 镇江师专学报(社会科学版)，1985(4).

楼枫. 唐宋至明清处置句研究[D]. 上海师范大学硕士学位论文，2009.

卢海鸣. 六朝时期建康的语言状况辨析[J]. 东南文化，1999(5).

陆俭明. 析“像……似的”[J]. 语文月刊，1982(1)

吕叔湘. 把字用法的研究[C]//吕叔湘. 汉语语法论文集(增订本). 商务印书馆，1984.

吕叔湘. 汉语语法分析问题[C]//吕叔湘. 汉语语法论文集(增订本). 商务印书馆，1984.

罗海来.《国语》中的判断句[J]. 贵州教育学院学报(社会科学版)，

2008(8).

马克冬.《搜神记》述补结构研究[D]. 西南大学硕士学位论文, 2007.

马予超.《世说新语》形容词研究[D]. 四川师范大学硕士学位论文, 2005.

孟昭连. 唐诗的口语化倾向[J]. 徐州工程学院学报(社会科学版), 2012(6).

欧阳骏鹏. 诗歌语言及其相关问题[J]. 湖北社会科学, 2006(4).

欧阳戎元.《荀子》句型研究[D]. 新疆大学硕士学位论文, 2005.

潘国良. 略谈汉语话题句的主要句型[J]. 汉语学习, 1986(5).

潘国良. 汉语话题句类举[J]. 山西大学学报, 1989(2).

潘悟云. 温州方言的动词谓语句[M]//李如龙, 张双庆主编. 动词谓语句. 暨南大学出版社, 1997.

彭吉军.《论语》话题结构研究[D]. 华中科技大学博士学位论文, 2011.

彭茗玮. 汉魏六朝诗歌中的连词浅析[J]. 青海师专学报(社会科学), 2001(2).

齐世昌. 论"贡金九牧"式语法结构及其语义[J]. 首都师范大学学报(社会科学版), 1994(3).

钱学烈. 试论《全唐诗》中的把字句[C]//钱学烈. 学海拾零(语言文学论集). 中央文献出版社, 2007.

钱宗武、刘彦杰. 今文《尚书》判断句研究[J]. 湖南师范大学社会科学学报, 1999(6).

任乐雅.《诗经》动词语法研究[D]. 大连理工大学硕士学位论文, 2013.

任远. 唐代语法研究刍议[J]. 浙江师大学报(社会科学版), 1993(3).

撒莎.《史记》主题句研究[D]. 复旦大学硕士学位论文, 2013.

邵敬敏. 建立以语义特征为标志的汉语复句教学新系统刍议[J]. 世界汉语教学, 2007(4).

沈家煊. 转指和转喻[J]. 当代语言学，1999(1).

沈家煊. “移位”还是“移情”？——析“他是去年生的孩子”[J]. 中国语文，2008(5).

石汝杰. 高淳方言的动词谓语句[M]//李如龙、张双庆主编. 动词谓语句. 暨南大学出版社，1997.

史存直. 论递系式和兼语式[J]. 中国语文，1954(3).

宋红晶.《论语》中的兼语句研究[J]. 安徽文学，2009(11).

宋绍年. 汉语结果补语式的起源再探讨[J]. 古汉语研究，1994(2).

苏延烨.《左传》主谓谓语句研究[D]. 暨南大学硕士学位论文，2007.

孙爱华.《在地铁站》译文漫议[J]. 淮阴师专学报(哲社版)，1991(2).

孙鹤窈. 汉语“把”字句历时演变研究[D]. 安徽师范大学硕士学位论文，2013.

孙力平. 汉语古典诗歌语法研究的开山之作[J]. 南昌大学学报，2000(4).

孙力平. 近体诗句法变异的韵律与语用分析[J]. 南昌大学学报，2001(2).

孙锡信. 汉语历史语法中的主谓谓语句[M]//孙锡信. 汉语历史语法丛稿. 汉语大词典出版社，1997.

孙园园.《搜神记》兼语句研究[J]. 淮北煤炭师范学院学报(哲学社会科学版)，2005(5).

孙叶林. 邵阳方言双宾句研究[D]. 湖南师范大学硕士学位论文，2004.

谭燚. 张正见诗歌研究[D]. 上海师范大学硕士学位论文，2008.

唐瑛.《墨子》形容词研究[D]. 西南师范大学硕士学位论文，2003.

唐钰明. 唐至清的“被”字句[J]. 中国语文，1988(6).

唐钰明. 汉魏六朝被动式略论[J]. 中国语文，1987(3).

陶红印. 试论语体分类的语法学意义[J]. 当代语言学，1999(3).

陶小路. 美国亚洲学会年会的唐诗研究[J]. 齐鲁学刊，2014(3).

田禾. 唐代品官命妇封赠制试探[J]. 社科纵横，2009(2).

汪维辉. 系词“是”发展成熟的时代[J]. 中国语文，1998(2).

王长汉. 古汉语中动词直接充当定语的现象[J]. 教学与管理，1986(3).

王丹. 唐诗语言研究综述[J]. 古籍整理研究学刊，2011(5).

王东.《水经注》中被动句考察[J]. 郑州大学学报，2004(5).

王红明. 紧缩句研究[D]. 吉林大学硕士学位论文，2006.

王静.《孟子》判断句研究[D]. 西北大学硕士学位论文，2016.

王军.《搜神记》“有”字句研究[D]. 贵州大学硕士学位论文，2007.

王玉红.《世说新语》被动句研究[D]. 东北师范大学硕士学位论文，2010.

王云路. 汉魏六朝诗歌校注释例[J]. 古籍整理研究学刊，1999(4).

韦明凤. 论《全唐诗》中的象声词[J]. 语文学刊，2010(9).

魏海艳. 今文《尚书》复句研究[D]. 扬州大学硕士学位论文，2010

魏培泉. 中古汉语新兴的一种平比句[J]. 台大文史哲学报，2001(54).

魏培泉. 中古汉语时期汉文佛典的比拟式[J]. 台大文史哲学报，2009(5).

吴波. 中古汉语介宾短语“于/在+处所”句法位置的变化[J]. 南京师大学报，2004(4).

吴晟. 黄山谷近体诗句法稗谈[J]. 广东教育学院学报(社会科学版)，1994(4).

武振玉.《入唐求法巡礼行记》中所见的语法成分[J]. 古汉语研究，1997(4).

萧红.《洛阳伽蓝记》中的五种判断句式[J]. 安徽师范大学学报(社科版)，1999(1).

萧红. 也说中古双宾语结构的形式与发展[J]. 古汉语研究，1999(1).

解植永. 中古汉语判断句研究[D]. 四川大学博士学位论文，2007.

邢欣. 致使动词的配价[M]//沈阳、郑定欧主编. 现代汉语配价语法研究. 北京大学出版社，1995.

徐杰、覃业位. “语言特区”的性质与类型[J]. 当代修辞学，2015(4).

徐清清.《世说新语》述补结构研究[D]. 华中科技大学硕士学位论文，2015.

徐时仪. 否定词“没”“没有”的来源和语法化过程[J]. 湖州师范学院学报，2003(1).

徐志林. 汉语双宾句式的历史发展及相关问题研究[D]. 中山大学博士学位论文，2008.

徐志啸. 他者的眼光 ——美国学者唐诗研究论析之一[J]. 福建师范大学学报(哲学社会科学版)，2008(5).

徐重人. 变式句与句子形式作谓语[J]. 汉语学习，1955(7).

许仰民.《水浒全传》的被动句[J]. 古汉语研究，1990(1).

许瑶丽. 论六朝赋风对诗的影响[J]. 四川师范大学学报(社会科学版)，2003(2).

严志君.《荀子》判断句句型研究[J]. 西南师范大学学报(哲学社会科学版)，1991(3).

闫晶淼.《颜氏家训》句法研究[D]. 南京师范大学硕士学位论文，2008.

杨高建.《三国志》兼语句研究[D]. 新疆大学硕士学位论文，2010.

杨匡汉. 弹性语言——诗学笔记之一[J]. 文学评论，1990(1).

杨亦鸣. 神经语言学与当代语言学的学术创新[J]. 中国语文，2012(6).

杨亦鸣、刘涛. 汉语话题句中语迹的神经机制研究[J]. 中国社会科学，2013(6).

杨振宁. 谈谈学习方法[C]//杨振宁. 杨振宁文集(传记·演讲·随笔上). 华东师范大学出版社，1998.

殷焕先. 复杂的谓语[M]//张志公. 语法和语法教学——介绍“暂拟汉语教学语法系统”. 人民教育出版社，1956.

余健萍. 使成式的起源和发展[C]//中国语文杂志社. 语法论集(第二集). 中华书局，1957.

俞理明、吕建军. “王冕死了父亲”句的历史考察[J]. 中国语文，2011(1).

袁宾.《祖堂集》被字句研究——兼论南北朝到宋元之间被字句的历史发展和地域差异[J]. 中国语文，1989(1).

袁宾. “蒙”字句[J]. 语言科学，2005(6).

袁健惠. 东汉佛典和本土传世文献的受事话题句[J]. 汉语学报，2011(3).

臧克家. 一字之奇，千古瞩目——略谈“诗眼”[J]. 文史知识，1988(9).

曾媛、王靖宇. “使动”双宾语结构说略[J]. 锦州医学院学报(社会科学版)，2006(4).

章传新.《朱子语类》的“比”字句及其汉语史价值[J]. 上饶师范专科学校，1991(4).

张伯江. “被”字句和“把”字句的对称与不对称[J]. 中国语文，2001(6).

张伯江. 语体差异和语法规律[J]. 修辞学习，2007(2).

张丹凤.《洛阳伽蓝记》述补结构研究[D]. 辽宁师范大学硕士学位论文，2007.

张涤修. 谈《世说新语》的被动句式[J]. 牡丹江师范学院(哲学社会科学版)，1984(4).

张红运. 近体诗超常句法结构的语言学论析[J]. 汉字文化，2003(2).

张惠英. 说“给”和“乞”[J]. 中国语文，1989(5).

张霁. 先秦动词作定语语义句法及语用分析[J]. 黔南民族师范学院，2010(2).

张静．"连动式"和"兼语式"应当取消[J]．郑州大学学报，1977(4)．

张娟．《世说新语》"以"字处置式研究[J]．阿坝师范高等专科学校学报，2009(3)．

张玲．从口语和书面语的关系谈起[J]．外语界，1995(3)．

张美霞、吕志敏．"名词+名词"无标记比况短语语义和句法功能考察[J]．南京师大学报，2009(5)．

张其春．主语和谓语的关系[J]．汉语学习，1955(10)．

张强等．我国神经语言学研究的理论和方法[J]．外语研究，2005(6)．

张全真．《元曲选》中的差比句式[J]．南京大学学报，1999(4)．

张桃洲．现代汉语的诗性空间——论 20 世纪中国新诗语言问题[J]．中国社会科学，2002(5)．

张文．汉语双宾句历时演变及相关结构问题研究[D]．北京大学博士学位论文，2013．

张锡厚．论王梵志诗的口语化倾向[J]．文艺研究，1983(1)．

张延俊．《水经注》被动式研究[J]．南京师大学报(社会科学版)，2005(4)．

张延俊．"这本书的出版"之类短语性质新议[J]．信阳师范学院学报(哲学社会科学版)，2008(6)．

张延俊．南宋词集《山中白云》中的被动式和处置式[J]．信阳师范学院学报(哲学社会科学版)，2013(4)．

张延俊．先秦到唐代的"谁为"和"为谁"[J]．信阳师范学院学报(哲学社会科学版)，2014(4)．

张延俊．杜甫诗歌历史句法现象考察[J]．现代语文(语言研究版)，2015(4)．

张延俊．"广义转折复句"也属于"广义因果复句"[J]．宁夏大学学报(人文社会科学版)，2017(6)．

张延俊．《文学书官话》作者张儒珍生平事迹考[J]．长安学术，2018(1)．

张延俊. 汉语话题句话旨类型研究[J]. 宁夏大学学报(人文社会科学版), 2018(6).

张延俊. 保留复句是与递进复句相对应的联合复句[J]. 学语文, 2020(1).

张燕. “……者……也”并不全是判断句[J]. 玉溪师专学报(社会科学版), 1992(3).

张媛媛. 现代汉语诗歌“陌生化”的语言实现[D]. 华中师范大学博士学位论文, 2013.

赵伯义. 论古代汉语的使动双宾语[J]. 邢台师范高专学报(社会科学版), 2001(1).

赵芳艺. 寒山子诗语法研究[D]. 台湾东海大学硕士学位论文, 1988.

赵小东. 世说新语兼语句研究[D]. 四川师范大学硕士学位论文, 2003.

郑颖. 庞德《在地铁车站》的意象分析[J]. 开封教育学院学报, 2006(3).

钟武媚. 粤语玉林话语法研究[D]. 广西大学硕士学位论文, 2011.

周迟明. 汉语双宾语句的语法现象和历史发展[J]. 山东大学学报, 1964(1, 2).

周祖谟. 表示存在或出现的宾语和表示处所的状语[M]//张志公. 语法和语法教学——介绍“暂拟汉语教学语法系统”. 人民教育出版社, 1956.

朱德熙. “的”字结构和判断句[M]//朱德熙. 现代汉语语法研究. 商务印书馆, 1980.

朱德熙. 说“跟……一样”[J]. 汉语学习, 1982(1).

朱徽. 唐诗在美国的翻译与接受[J]. 四川大学学报(哲学社会科学版), 2004(4).

朱力. 《太平经》与东汉佛经判断句比较研究[D]. 四川大学硕士学位论文, 2005.

竺家宁. 语言风格学之观念与方法[J]. 扬州大学学报(人文社会科学

版)，2003(3).

[法]贝罗贝. 双宾语结构从汉代至唐代的历史发展[J]. 中国语文，1986(3).

[美]高友工、梅祖麟. 唐诗的句法、用字与意象[M]//高友工、梅祖麟. 唐诗的魅力. 李世耀译. 上海古籍出版社，1989.

[法]贝罗贝. 早期"把"字句的几个问题[J]. 中国语文，1989(1).

[美]梅祖麟. 唐宋处置式的来源[J]. 中国语文，1990(3).

[美]薛凤生. 试论"把"字句的语义特性[J]. 语言教学与研究，1987(1).

[美]薛凤生. "把"字句和"被"字句的结构意义——真的表示"处置"和"被动"[M]//戴浩一、薛凤生主编. 功能主义与汉语语法. 沈家煊译. 北京语言学院出版社，1994.

[美]Charles N. Li，& Sandra A Thompson. 主语与主题：一种新的语言类型学[J]. 李谷城摘译. 国外语言学，1984(2).

[越]玄宗女贵莲.《坛经》判断句研究[D]. 广西师范大学硕士学位论文，2000.

后　　记

汉语语法史研究一般以散文类文献作为语料，为了拓展语料范围，本人产生了研究“魏晋南北朝诗歌语法”的念头，后来又觉得不如从大家都比较熟悉的唐诗入手，再说唐诗跟魏晋南北朝诗歌的关系也较密切，这样就有了“唐诗句型结构及其源流研究”这个课题。

学术界对诗歌语法研究似有禁忌。高万云先生(1993)说：“对诗歌作语法学研究，尤其对汉语诗歌作语法学研究，这是一件‘冒天下之大不韪’的事情。因为‘诗歌超越语法和逻辑’似乎已成定论。翻开中外诗人、评论家们的论文论著，随时可以看到相类的论述。”此话所讲是事实。但是，既然诗歌语言是一种常见语体，那么它在语法研究中就应占有一席之地，而且正如竺家宁先生(2003)所说：“诗的语言仍是自然语言的延伸与规律放宽，并不是完全独立，重新塑造的新语言。它可以说是自然语言的一个‘方言变体’。”其实，上述高氏所引主流看法也是来自诗歌语法研究，只是其所观察的范围过于狭小(只关注所谓“特殊现象”)，研究的方法比较落后(定性的、随意的)而已。近年来已有人开始采用定量法来研究诗歌语法，但是数量不多，只涉及个别形式。

“唐诗句型结构及其源流研究”课题的确立是对自己的一个挑战。逐字逐句地审读、辨析唐诗文本，穷尽性地统计、描写唐诗语言的整个句型体系，就如申小龙先生写作《中国句型文化》和管燮初先生写作《左传句法研究》那样，并不容易。不仅如此，还要在此基础上对唐诗每种句型及其结构形式进行探源溯流，探寻汉语各种句型及其结构的发展过程和趋势。最为关键的是要构建一个能够经受住检验的科学的句型体系。构建一个句型体系不难，构建一个科学的句型体系不易。科学的句型体系：一是立足于句法结构的；二是句型之间没有交叉的；三是分类标准统一的；四是覆盖全面的，让每个句子都有合适的家。这就需要在充分吸收现行一般句型体系合理成分的基础上对其进行刊谬补缺，在此过程中会遇到一些长期未解的难题需要解决，其难度不言而喻！例如，若不对其特殊结构形式进行深入分析和对其使用情况进行历史考察，就不会发现“云霞出海曙”“梅柳渡江春”“苔痕上阶绿”“草色入帘青”等属于唐代以前文献中一直使用的另一种使动双宾语句，一种不同于“使动词+间接宾语+直接宾语”（“饮赵盾酒”）的使动双宾语句——“使动词+直接宾语+间接宾语”句。再如，“无主话旨话题句”包括“王冕死了父亲”等许多次类，仅“王冕死了父亲”的类型划分问题，学术界“经历半个世纪的讨论都未能得到令人满意的解释”（参看俞理明、吕建军，2011），可见是一个难题。这个句型，本人思考了数年的时间。开始是给“朔方健儿好身手”找家，因为它既不同于名词性成分充任谓语的判断句，也不同于形容词充任谓语的描写句（表态句），更不同于一般动词充任谓语的叙述句，其整句的语意是表示“××拥有××”的，跟“草木有本心”相同（“朔方健儿好身手”意为“朔方健儿有好身手”），所以最初是将其划入“领有句”的。后来通过结构分析发现，在“朔方健儿好身手”“草木有本心”里，“好”“有”跟其后成分结合紧密，而跟句首成分关系疏松，这些句子实际上是话题句，只是其话旨部分跟一般话题句不同，属于无主结构。其余“六宫粉黛无颜色”“少壮能几时”“香稻啄余鹦鹉粒，碧梧栖老凤凰枝”“月是故乡明”等所有“无主话旨话题句”下层类型，都是经过反复思考和深入分析才得以确定的。又如对于“叙述复句”“描写复句”和“判断复句”的划分，最初是从用例数量较为均衡方面考虑的，后来在深入的语义、句法分析基础上才发现其跟单句类型“叙述句、描写句、判断句”和文章类型“记叙文、说明文、议论文”的对应关系。

从2009年产生研究意向到2016年完成初稿，经历了六七年的时间。这期间，本人一边承担着古代汉语、汉语语法词汇史、语义学、音韵学、中国语言学史、语言研究方法等本科和研究生课程的教学工作，一边在课余时间孜孜矻矻于此项课题，虽经历辛苦，但精神上是充实的！

值此书稿付梓之际，本人衷心感谢合肥师范学院教授曹小云、重庆师范大学教授何亮、社科院语言研究所研究员杨永龙、北京大学教授杨荣祥、北京语言大学教授崔希亮、华中师范大学教授汪国胜、华侨大学副教授胡萍等学者对书稿的指正！衷心感谢南京大学教授柳士镇、北京语言大学教授刘利等先生对本选题的肯定！衷心感谢武汉大学出版社李琼责任编辑为本书出版所提供的帮助！

由于个人能力和精力所限，书中定有不少谬误，敬请学界专家学者不吝赐教！

张延俊

2020 年 10 月 1 日(庚子年八月十五日)